BASTEI LÜBBE

MAX KRUSE

HAZARD

DER SPIELMANN

ROMAN AUS DEM MITTELALTER

BASTEI LÜBBE

BASTEI-LÜBBE-TASCHENBUCH
Band 12 638

Lizenzausgabe: Bastei Verlag Gustav H. Lübbe GmbH & Co.,
Bergisch Gladbach
Printed in France April 1997
Einbandgestaltung: Dieter Ziegenfeuter
Unter Verwendung einer Abbildung aus »Das Buch der Wunder«,
Bibliothèque Nationale, Paris, ms. fr. 2810 –
mit freundlicher Unterstützung des Faksimile Verlags, Luzern
Satz: KCS GmbH, Buchholz/Hamburg
Druck und Bindung: Brodard & Taupin, La Flèche
ISBN 3-404-12638-6

Der Preis dieses Bandes versteht sich einschließlich
der gesetzlichen Mehrwertsteuer.

Inhalt

Das Spiel in der Stadt

Die Stadt Seimarle war Venproces Tor zum Süden: nach Byzanz, nach Sizilien, ins Heilige Land und nach Ägypten – nicht zu vergessen in die fernen, bunten Häfen der Sarazenen und Mauren. Und Venproce war die südlichste Provinz des christlichen Königs; hier hatten schon die Römer reiche Städte gegründet, darunter auch Seimarle.

Hazard wurde nie müde, zum Kai hinabzusehen. Seit er laufen konnte, war ihm dieses Bild vertraut, und er liebte es seit nunmehr fast vierzehn Jahren.

Möwen und Seeschwalben schossen aus Nebelschwaden hervor und kreisten über den Masten. Was für einen Lärm sie machten! Zwischen ihnen flogen die Dohlen, die wie Geier waren, immer auf der Suche nach Aas oder anderen Abfällen. Wenn die Schiffe ablegten, schwärmten auch sie mit ihnen davon, dazwischen Sperlinge wie dunkle Punkte. Nur Schwalben gab es jetzt nicht mehr, sie waren schon fort, dorthin, wo auch die Pilger hinwollten – oder von wo sie zurückkehrten, nicht immer glücklich.

Hazard drehte den Kopf und schaute zur anderen Seite, die schmalen Häuser lehnten sich schief aneinander. Es war keine vornehme Straße, die Bürger nannten sie abfällig Rue de l'Aventure, Straße der Abenteuer, wobei sie sowohl die Abenteuer der Seefahrt meinten, als auch die vielfältigen anderen Abenteuer – bis hin zum Verbrechen. Aber es war auch eine Straße voller Leben, wo die Seefahrer wohnten und die Huren vor den Türen warteten. Hazard kannte jede, manche kam ja auch zur Mutter in die Badestube. In diesem Viertel verbargen sich die Gauner, hier kehrten die Fahrenden ein, die Gaukler und Spielleute, die Ehrlichen und die Schlitzohrigen. Sogar Totengräber fanden geldgierige Hauswirte, die ihnen Rattenlöcher vermieteten, nur Henker und Scharfrichter wurden selbst hier nicht geduldet.

Am größten der Steinhäuser, über dessen Eingang die Jahreszahl 1250 eingemeißelt war, ging jetzt die Tür auf, dort, wo er wohnte. Das Haus stand noch nicht lange, es war gut gebaut. Eine weibliche Gestalt trat heraus, seine Mutter, er erkannte sie gleich an der Bewegung. Sie schaute sich verstohlen um – wollte sie denn jetzt noch ausgehen? Es war doch bald Abend. Die Mutter trug ein dunkles Gewand, dunkelbraun wallte der Rock auf die Füße, graubraun hing das Oberkleid darüber, und schwarz umhüllte ein Tuch ihren Kopf. Sie winkte ihm. Er lief zu ihr, sie legte ihm eine Hand auf die Schulter:

»Warte heute abend nicht auf mich«, sagte sie, ein wenig atemlos.

»Wo willst du hin?«

»Zur Beichte, doch danach muß ich etwas anderes erledigen. Es kann länger dauern, aber wenn du noch wach bist, komme ich zu dir. Baudo kümmert sich um die Badegäste. Wenn du ihm hilfst, ist es mir lieb. Denk dran, daß die Knechte und Mägde zwar gut ausschenken sollen – ich will keine Klagen hören –, doch auch nicht übertrieben und vor allem so, daß nichts überschäumt. Das Bier ist wieder teurer geworden. Und höre, es darf nicht an sauberen Tüchern fehlen, die Leute sind heikel, besonders die Bürgerfrauen. Seitdem sie soviel von den Sarazenen aus dem Heiligen Land erfahren, können auch sie es nicht fein genug bekommen.« Hazards Mutter seufzte: »Was soll's, so ist es nun mal. Du kannst heute in der Badestube essen, aber steig zu keinem in die Wanne, das mag ich nicht!«

Die Mutter strich ihm über das Haar. Er drehte den Kopf, schämte sich, hielt aber still und schielte zur Seite, ob es niemand beobachtete. Dann zog sie das Tuch tiefer in die Stirn und verbarg ihr Gesicht.

»Was ist ...«, wollte er wissen.

»Du sollst jetzt nicht fragen«, antwortete sie. »Und nun laß mich!« Sie ging, ohne sich noch einmal umzublicken. Er sah sie an den Wänden entlanghuschen und die Weiber in den Türen riefen ihr Grußworte nach.

Hazard mochte noch nicht heim, er sprang die wenigen Stufen zum Hafen hinab, wo die Schiffe Rumpf an Rumpf vertäut lagen, Galeeren mit Rudern, Segler mit schlanken Masten, an deren

Rahen Taue herabhingen; Schoner, Schaluppen und kleine Kutter, mit denen die Fischer ausfuhren. Matrosen gestikulierten. Um sich besser verständlich zu machen, nahmen sie die Hände zu Hilfe, denn die verschiedensten Sprachen und Dialekte schwirrten durcheinander, und alle konnte keiner beherrschen.

Hazard lief an Seeleuten vorbei, an Sackträgern und Karrenschiebern. Kinder jagten sich, spielten mit Stöcken, mit Reifen, mit Bällen, Schiffszimmerleute hingen an den dunklen Bordwänden in Seilen, rauchgeschwärzte Kerle rührten Teer in Kübeln über Flammen und schmierten die klebrig-heiße Masse in die Ritzen. Auf dem Kai wimmelte es von Menschen, es war ein Durcheinander von Schiffsjungen, Lastträgern und Hafenarbeitern. Kisten und Kästen standen herum, auch Ballen gewebter Stoffe, Weinfässer wurden gerollt, Wagen gezogen, durchhängende Netze mit Flaschenzügen an Bord gehievt. In endlosen Ketten buckelten Träger die Lasten auf die Schiffe. Galeerensträflinge wurden vorbeigetrieben, ihre Ketten klirrten, auf ihren nackten Rücken leuchteten die blutigen Striemen. Hundegebell und Geschrei, das Blöken von Schafen, das Meckern von Ziegen erfüllte die Luft, Schweine grunzten, Tauben gurrten in Käfigen und Hühner gackerten in geflochtenen Körben.

Hazard stand, gaffte und spürte ein unbestimmtes Sehnen, das er nicht zu artikulieren vermochte. Als er weiterlief, sah er vor einer Bude, die ein wenig abseits auf der Mole stand, eine Menschentraube. Neugierig trat er näher und zwängte sich langsam hindurch, ohne sich um Püffe oder wütende Worte zu kümmern. Er war nicht wehleidig, niemand, der am Hafen lebte, konnte sich Empfindsamkeit leisten, mochten ihn nun alte Weiber ankeifen oder Männerfäuste zurückdrängen. Einmal begegneten seine Augen denen eines wild aussehenden Buckligen, da faßte Hazard unwillkürlich nach seinem Messer im Gürtel. Buben versuchten, sich an ihm vorbeizuwinden, aber schließlich schaffte er es und kam dorthin, wo die Kinder vor einem Ring aus Leibern auf Kisten hockten.

Hazard bekam große Augen, sein Mund öffnete sich, er wurde von den Menschen hinter ihm an ein Tau gepreßt, das für Abstand sorgte. Doch er spürte es nicht. Ihm gegenüber stand etwas ähnliches wie ein kleines Haus, aus derben Brettern zusammengefügt, mit einer viereckigen Öffnung in der Mitte. Und darin spielte sich ein Wunder ab, etwas, was Hazard noch nie gesehen hatte. Da bewegten sich Menschen, wenn auch ungelenk, hampelnd, schwankend – oder waren es doch keine lebenden Wesen? Sie redeten miteinander in einer kehligen Sprache, wie die Leute, die von weither kamen. Bestimmt handelte es sich um keine richtigen Menschen, denn sie waren viel kleiner, nur ihre Köpfe und ihre Hände, mit denen sie jedes Wort mit einer Geste begleiteten, wirkten übergroß.

Es mußten wohl nachgemachte Menschen aus Holz und Stoff sein, die eine Geschichte erzählten. Ritter mit Schwertern und dunkelhäutige Sarazenen, deren rote Umhänge wallten, brüllten sich an und kämpften miteinander, indem sie mit ihren Waffen herumfuchtelten. Hazard konnte nicht verstehen, wieso sich Nachbildungen, die nicht lebten und atmeten, zu bewegen vermochten. Sie schienen zu schweben und waren den Menschen so ähnlich wie die Heiligenfiguren in der Kirche. Wie konnten sie stehen und ihre Köpfe tragen?

Der Junge hörte die Leute vor der kleinen Bühne auch miteinander reden:

»Das ist Zauberei!«

Manch einer bekreuzigte sich, und es gab Kinder, die ihre Köpfe in den weiten Röcken der Mütter versteckten.

Nun besiegte der silberne Ritter den dunklen Sarazenen und bohrte ihm sein Schwert in die Seite. Der Sarazene knickte zusammen und stieß einen Schrei aus, dann sank er röchelnd auf den Boden. Der Ritter setzte ihm seinen Stiefel auf den Nacken, und die Zuschauer jubelten.

In diesem Augenblick geschah etwas, das Hazard fast noch mehr fesselte.

Drei Männer in schwarzen Umhängen kamen von hinten und traten vor die Bühne. Sie brachten Figuren mit sich, die nicht einmal halb so groß waren wie sie und ihnen knapp bis zur Hüfte reichten. Jetzt erkannte Hazard, daß die Puppen an langen Fäden hingen, die oben an Holzgestellen befestigt waren. Wenn dic Spieler kleine Balken bewegten, hoben die Puppen ihre Arme, setzten die Füße oder nickten mit den Köpfen. Die Schnüre waren sehr dünn, vielleicht aus feinem Hanf oder Schusterzwirn, und kaum zu sehen. Hazard spürte ein Interesse wie bisher noch niemals, er betrachtete alles genau und prägte sich jede Einzelheit ein. Der Bühnenraum mußte oben offen sein, da zogen die Männer wohl an Fäden, an denen die nachgebildeten Menschlein tanzten.

Jetzt spielten die Künstler vor dem Häuschen, denn alle sollten ihr Können bewundern. Die Zuschauer sollten erkennen, daß es keine Zauberei war, sondern eine besondere Fertigkeit, die belohnt werden mußte. Eine ihrer Figuren wirkte besonders unheimlich: ein bleiches Gerippe, der Tod. Er trug eine Sense, klapperte mit dem Gebiß und führte mähende Bewegungen aus. Nach und nach wurden andere Puppen in das Spiel einbezogen, die ihr Ende mit traurigen Worten besangen. Es war ein Totentanz. Der Kaiser mit Zepter und Reichsapfel sang:

O Welt, du warst mir untertan,
all meine Macht ist nun vertan.
Auch kaiserliche Majestät
im Tod zu bloßem Staub vergeht.

Und so klang das Lied des Kardinals:

In Purpur ging auf Erden ich,
bis daß mein Purpurrot verblich.
O Todesnot, o Todespein,
jetzt lieg ich unterm Leichenstein.

Der Doktor mit einem aufgeschlagenen Buch gab zu bedenken:

Gelehrter bin ich wohl gewesen,
im Tode kann ich nichts mehr lesen.
Was nützt nun alle Gelehrsamkeit,
im Grab ist jeder gleich gescheit.

Oder der Bettler, auf Krücken gestützt:

Besessen hab ich Ärmster nichts,
jetzt harre ich des Weltgerichts.
Im Leben war ich krank und arm,
nun hoff' ich, daß sich Gott erbarm.

Zum Schluß der Narr, bunt und mit Kappe, der wie immer das letzte Wort haben wollte:

Nun, da der Tod uns alle frißt,
erkennt, wie nichtig alles ist.
Zu End ist alle Sinnenlust,
ich Narr hab's immer schon gewußt!

Nach jeder Person, ob hoch oder niedrig, röchelte der Tod:

Zu Ende ging das Leben dein,
so seid ihr endlich alle mein!

Sein Singsang in immer gleichen Worten unterstrich so recht das Schauerliche des Tanzes, der seine lähmende Wirkung auf die Zuschauer nicht verfehlte. Danach brachten die Spieler ihre Puppen hinter die Hütte, kamen wieder hervor, warfen ihre Mäntel ab, und standen nun in farbigen Kostümen da: Bunte Gaukler sangen, tanzten, schlugen auf Tamburine, ließen die Schellen schwirren und sorgten für ausgelassene Stimmung, die sich in erlöstem Gelächter und Klatschen ausdrückte. Ein Mädchen mit schwarzen Haaren drängte sich zwischen die Leute, hielt ihnen ein Strohkörbchen hin, und wenn einer nichts gab, fauchte ihn die Schöne an, worauf sich manch Beutel öffnete. Jeder hatte ein paar Münzen bei sich, denn Bettler lungerten überall herum, und es gehörte zum gottesfürchtigen Leben, gute Werke zu tun.

Auch Hazard besaß ein Kupferstück, es war zwar nicht viel wert, aber er warf es in den Korb, und als es auf die anderen klingelte, schaute ihn die Dirne kurz an, lachte, ergriff die Münze, nahm sie wieder heraus, drückte sie Hazard in die Hand, beugte sich zu ihm nieder und küßte ihn rasch auf die Wange.

»Du bist mir mal ein Hübscher! Behalte dein Geld! Gewiß kannst du es bald für etwas Besseres brauchen!«

Der Bucklige neben Hazard sah ihn scharf an, seine Augen funkelten böse, doch er drehte sich wie unbeteiligt zur Seite.

Hazard war so verwirrt, daß er dem Mädchen nichts zu antworten wußte und das Geldstück in der Faust verbarg, während seine Wangen rot anliefen und das hübsche Geschöpf sich anderen Leuten zuwandte. Er wartete noch eine Weile, hoffend, ein neues Theaterstück begänne. Aber einer der Männer klappte ein Brett von oben herab, verschloß die Bühne, und danach zerstreuten sich die Zuschauer.

Hazard, innerlich aufgewühlt, wollte noch nicht nach Hause. Er schlenderte am Kai entlang, blickte zu den Schiffen empor, wo die Matrosen sich Flüche zuriefen, und hörte den anlandenden Fischern zu, die von ihrem Fang prahlten. Er schritt um eine Holzhütte herum und kletterte über aufgestapelte Bretter.

Schließlich kam er bis zum Ende der Mole. Dort lag kein Schiff mehr. Hazard war allein – kein Mensch verirrte sich bis hier hinaus – er schaute aufs offene Meer. Er atmete tief ein und wußte, einmal würde auch er fortfahren, weit, weit fort, in die wunderbaren Reiche der Sarazenen, von denen die Spielleute sangen.

Beim Anblick der endlosen Fläche, in die nun die Dunkelheit

einsickerte, und der Schleier, die über dem Wasser hingen, geriet er in eine träumerische Stimmung. Aber plötzlich hatte er das Gefühl, doch nicht allein zu sein. Er drehte sich um – ja, da war wieder diese Gestalt, sie zögerte, schien sich zu ducken – kam sie ihm nach? Oder schlenderte der Bursche nur genauso herum wie er selbst? Hazard hätte ihn gerne angesprochen, es war ihm ein wenig unheimlich, man trifft in der Dämmerung nicht gern auf einen Unbekannten, wenn man allein ist.

»He!« rief Hazard, bekam aber keine Antwort, doch der andere blieb stehen. Hazard drehte sich um, nur nach Hause wollte er jetzt und rannte los, der andere ebenfalls. Bald war er mit ihm auf gleicher Höhe, zwischen den Brettern und einem offenen Boot. Da geschah es: der Bursche sprang auf ihn zu, ein Messer blitzte in seiner Hand, und er stach wild auf ihn ein. Aber Hazard war auf der Hut gewesen, kein Stich traf. Voller Kampfgeist setzte er sich zur Wehr. Er spürte keine Angst, schon oft war er in Prügeleien verwickelt gewesen. Geistesgegenwärtig riß er sein Messer aus dem Gürtel und richtete die Klinge gegen seinen Angreifer, einen gedrungenen, kräftigen Burschen, dessen Kopf tief in den Schultern saß. Die Dämmerung machte aus ihnen Schattengestalten.

»Du stirbst!« schrie der Bucklige und stieß erneut zu. Blut sollte fließen. Hazard parierte ebenso flink.

»Was willst du?« keuchte er. »Ich habe kein Geld!«

Der Bucklige gurgelte noch einmal: »Du stirbst« und zielte nach Hazards Kopf.

Hazard duckte sich, vorbei, dann stach er selber zu, der Bucklige drehte sich, das Messer streifte seine Brust nur leicht.

Ein neuer Anlauf, ein neuer Stoß, Hazard wich aus, ein wilder Kampf entbrannte, Hazard sprang über die Bretter, stieß an das Boot. Möwen stoben auf.

»Stirb!« schrie der Bucklige wieder.

»Zur Hölle mit dir!« brüllte Hazard zurück.

Er stand jetzt mit dem Rücken zur Hütte, sein Gegner keuchte, doch seine Stöße folgten rasch aufeinander. Hazard wich Schritt für Schritt zurück, zu seiner Seite war das Meer. Der Bucklige spürte Hazards Ermatten und stieß wütend nach seiner Kehle. Hazard drehte den Hals – das Messer fuhr vorbei, aber der Ruck brachte ihn aus dem Gleichgewicht, er stolperte, prallte gegen das Boot, der Schlag war hart.

»Jetzt habe ich dich!« brüllte der Bucklige.

Da war Hazard rascher. Geduckt schnellte er gegen seinen Angreifer, stieß in etwas Weiches, in den Leib. Auch ihn berührte die Klinge seines Gegners an der Schulter, aber es war nur ein Ritzen. Der Bucklige jedoch knickte zusammen, stumm, wie ungläubig, und Hazard stieß ein zweites Mal zu, diesmal gegen die Brust. Da war ein Widerstand, der ihm das Messer aus der Hand schlug.

Der Getroffene gurgelte, stolperte.

Mit aufgerissenen Augen starrte Hazard ihn an, atmete kaum. Der andere faßte an seine Wunde, drehte sich, taumelte zum Rand der Mole – und stürzte ins Meer. Es gab einen Schlag, Tropfen sprühten empor, dann lag der Mann unten und rührte sich nicht mehr.

Wie betäubt wischte sich Hazard die Handflächen an seinem Beinkleid ab. War der andere wirklich tot? Die Arme halb ausgebreitet lag er still in der dunklen Flut. Der Buckel ragte empor und wurde von kleinen Wellen überspült, grau in grau, schwarz in schwarz. Hazard wich zurück, blickte sich um. Kein Mensch war zu sehen. Hazard fühlte, daß es besser für ihn war, rasch fortzugehen. Er wollte nicht auf die Folterbank, noch weniger auf das Rad. Wer würde ihm schon glauben, daß er zuerst angegriffen worden war, daß er sich nur verteidigt hatte? Er war kein Adliger, kein Reicher, warum sollte man ihn, einen Halbwüchsigen, der nichts besaß, also angreifen?

Das fragte er sich selber. Warum hatte der Bursche ihn angefallen? War es eine Verwechslung? Oder war es reiner Mutwillen? Was immer man denken oder vermuten konnte, am besten war es doch, wenn nie jemand von der Sache erfuhr. Wer war der Tote? Würde ihn jemand vermissen? In der Nacht mochte der Leichnam aufs offene Meer treiben und irgendwo versinken, falls die Haie ihn nicht fraßen.

Hazard lief um die Hütte herum, rannte zuerst, doch dann befürchtete er, seine Eile könnte auffallen. Er zwang sich, langsam zu gehen. Bald sah er die ersten Gestalten, hörte Stimmen, nun war er wieder unter Menschen. Keiner achtete auf ihn. Mit gesenktem Kopf lief er an allen vorbei und pfiff leise vor sich hin, eines der Lieder, die in der Badestube gesungen wurden. Er tat es gegen seine Beklommenheit.

Auch der Mutter würde er nichts sagen. Wie gern hätte er sich ihr anvertraut, sein Herz war ja übervoll, aber es schien ihm doch besser, wenn sie nichts wußte. Falls sie gefragt werden sollte, mußte sie nicht lügen. Außerdem würde sie wohl noch nachträglich Angst bekommen und ihm womöglich verbieten, zum Hafen zu gehen. Aber der Riß im Hemd, die Wunde an der Schulter! Er faßte dorthin, es brannte ein wenig. Er hatte sich einfach verletzt, irgendwo, hatte es selbst nicht gemerkt, war an einem rostigen Nagel hängengeblieben oder an einem abgesplitterten Brett. Wie oft war er schon mit Kratzwunden heimgekehrt. Und heute kam die Mutter sowieso spät zurück. Das war gut, da konnte er in die Badestube gehen und sich die Wunde auswaschen.

Aber das Bild, wie der bucklige Bursche schlaff im Wasser hing, verfolgte Hazard bis in seine Träume.

***

Stumm standen die Schiffe, gleichmütig klatschte das Wasser an die Mole. Auch die Vögel waren jetzt still, nur einzelne hockten auf Kisten. Kam er in ihre Nähe, flogen sie auf. Feuer waren entfacht worden, in den Hafenschenken wurden Kienspäne und Öllämpchen angezündet. Aus den kleinen Fenstern drang gelber Schein, dazu ertönte das Grölen von Prahlhänsen und Aufschneidern. Wie immer fühlte sich Hazard davon angezogen. Auch heute lehnte er sich auf eine Brüstung und schaute in den Innenraum, der nur mäßig hell war. Sein Herz war schwer, hier suchte er Vergessen, neue Bilder, die das Schlimme überlagerten. Die Lämpchen schufen kleine Lichtinseln, und die Bilder seines Inneren verschwammen mit denen, die seine Augen sahen. Noch war der Erstochene in ihm gegenwärtig, aber allmählich wurde er undeutlicher, er blickte auf die Leute an den Tischen. Seeleute und Hafenarbeiter hockten beim dünnen Bier, manche ließen Würfel klappern, nur wenige spielten Karten, denn diese waren teuer. Jede wurde mit der Hand bemalt, die einfachen mit Kohle, die kostbaren mit Farben. Die Fürstin von Seimarle und Vignona hatte die Karten- und Würfelspiele, bei denen Geld eingesetzt wurde, auf Betreiben der Geistlichkeit zwar untersagt, aber niemand kümmerte sich darum, und die Hafenwachen drückten beide Augen zu, weil die Leute so noch am besten abgelenkt wurden. Beim Spiel kamen sie nicht auf dumme Gedanken, betrogen sich nur an den Tischen und dachten weniger an Raub und Mord, denn im Hafen galt ein besonderes Recht. Frauen sah man hier nicht, nur Schankmägde, die bedienten und sich manch frechen Griff gefallen lassen mußten. Die Mädchen waren es gewöhnt und ihrerseits nicht zimperlich, den Leuten auf die Finger zu klopfen. Ein Musikus wurde mit Beifall begrüßt, die Mandoline hing vor seiner Brust, er setzte einen Fuß auf den Schemel und zupfte die Saiten:

In fremden Ländern bin ich viel gewesen
und hab in schöner Frauen Aug' gelesen,
von einer Lust, so wundersam,
wie sie noch nie zur Erde kam.
Die Lust, sie muß vom Himmel sein,
doch trägt sie keinen Heiligenschein!

Er sang auch von der Fahrt ins Heilige Land, von Sarazenen und Mädchen mit großen, dunklen Augen, von Wasserspielen, Palästen und Moscheen. Und Hazard spürte wieder ein heißes Verlangen, eine brennende Sehnsucht.

»Ich möchte auch so reisen«, murmelte er. »Schließlich kann ich genauso Mandoline und Laute spielen und singen, ich unterhalte jetzt schon die Gäste der Badestube.«

Hazard zog es in die weite Welt, in die Ferne, auf bunte Märkte, er wollte fremde Menschen sehen, andere Sprachen hören. Nicht nur reine Abenteuerlust, vielmehr die erste Regung eines unbestimmten Wissensdurstes bemächtigte sich seiner. Er war froh über dieses Gefühl, es half ihm zu vergessen, auch wenn sein Herz noch nicht frei war und er die Beklemmung spürte.

Da blies der Nachtwächter in sein Horn und verkündete die siebente Abendstunde. Hazard wurde an seine Pflicht gemahnt, er löste sich vom Anblick der Schankstube, die Mutter vertraute ihm. Langsam trottete er zur Treppe und kletterte empor. Ohne sich um die Zurufe der Dirnen zu kümmern, ging er zum Haus. Oft scherzte er mit ihnen, heute war er nicht dazu aufgelegt. Da die Vordertür noch verschlossen war, ging er um die Ecke – das Tor zum Badehaus stand offen.

Im Hof loderten zwei Feuer, über denen am Dreibein rauchgeschwärzte Kessel hingen, überglüht vom emporflammenden Licht. Bei ihnen standen die Feuerknechte, die Wasser aus dem Brunnen schöpften, um es zu erhitzen. Die Knechte trugen es in Bottichen zur Badestube, eilig, denn schon waren die ersten Kunden gekommen. Jetzt legten die Bürger, die Meister und Gesellen, die Arbeit nieder, da sie nicht mehr genug Tageslicht hatten. Schneider, Töpfer, Schuhmacher, Küfer, Gerber, Apotheker, Kaufleute – und auch ihre Frauen kamen ebenso wie die Kapitäne, die Pilger, die Händler und Abenteurer. Die Badestube der Mutter war früher einmal ein großer Schuppen gewesen, in dem die Kaufleute ihre Waren lagerten, die Gewürze, die Stoffe, die Silberschüsseln. Hazards Großvater Molinet hatte daraus eine

Badestube gemacht. Aber ein Schlag raffte ihn früh dahin, und so hatte Gayenne, seine einzige Tochter, das Geschäft übernommen, nachdem ihre hochfliegenden Wünsche nicht erfüllt worden waren. Hazard hatte – hinter vorgehaltener Hand – von einer Affäre der Mutter mit einem reichen Bürger erfahren. Sie selbst redete nicht darüber, und er fragte nicht, denn er wußte, daß es am besten war, die Dinge zu nehmen, wie sie sind. Gayenne Molinet betrieb das Geschäft der Baderin allein und hatte gelernt, sich bei Anzüglichkeiten und Nachstellungen den nötigen Respekt zu verschaffen.

Hazard überquerte den gepflasterten Hof. Die Tür zur Badestube war nur angelehnt, da die Knechte ständig hin- und hereilten. Dampf schlug ihm entgegen. Bretterwände, in die Fensterchen eingelassen waren, durch die man zusammen essen, trinken, reden und sich berühren konnte, teilten den Raum. Zur Rechten vergnügten sich die Männer, die ohne Begleitung erschienen waren, links war die Abteilung für die Ehepaare und Familien, noch etwas weiter hinten badeten die Frauen. Männliche Badegäste kamen Hazard entgegen. Sie hatten keine Hemmungen, nur mit einem Lendenschurz bekleidet zu den Frauen hinüberzuschlendern, die er drüben kreischen hörte. Er wußte, daß sie sich geschmeichelt fühlten, war er selbst doch oft genug dort, sah die alten Mütterchen und die jungen Mädchen nackt in die Bottiche steigen und sich ungeniert allen Blicken preisgeben.

Ein Herr, der sein Tuch vorne zusammenhielt, strich Hazard durch die Haare. Lachend sagte er:

»Ja, mein Junge, bei euch kann man sich amüsieren!«

Hazard wußte, was er meinte, man sang gemeinsam, schwatzte und scherzte, aß und trank – und tat all das, was die Sinne sonst noch erfreute. Obwohl Hazard heute nicht der Kopf danach stand, nahm er seine Laute aus der Truhe, setzte sich auf einen Schemel und versuchte, ein scherzhaftes Lied vorzutragen. Aber seine Stimme klang rauh, die Töne kamen gedrückt, und ein Gast fragte ihn:

»Was hast du, Junge? Du krächzt heute so trübe.«

»Hab' keine Lust«, antwortete Hazard und legte das Instrument zurück.

Ein Bader und eine Bademagd bemühten sich um einen feisten Bürger, der geschröpft werden wollte. Hier wurde getanzt, dort schütteten Knechte warmes Wasser in eine Wanne, in der mehrere Gäste zusammen badeten, Mägde schleppten Krüge mit Bier herbei und stellten sie auf die Schemel. In einem Bottich saßen zwei an einer gedeckten Tafel, die auf dem Wasser schwamm. Ein Schwirren und Schnattern erfüllte die Badestube – das bunte und fremdartige Sprachenstrandgut des Hafens. Hazard kannte sie alle, die Zungen der Sarazenen, die Dialekte der Byzantiner, die der Römer, der Juden und der Normannen. Er verstand nicht jedes Wort, aber er vermochte in jeder Sprache zu antworten und sich in jeder zur Wehr zu setzen. Das war auch nötig, denn einerseits war der Junge Liebkind von jedermann, andererseits war auch er Anzüglichkeiten ausgesetzt. Nun, er ließ sich nichts gefallen, und seine Mutter achtete streng darauf, daß er nicht zu Schaden kam. Nicht vermeiden konnte sie es freilich, daß er immer wieder einmal gehänselt wurde:

»Wer ist denn dein Vater, Bübchen?«

»Es heißt, er trägt eine goldene Kette und säumt seinen Mantel mit Zobelpelz.«

Dann wandte er sich ab. Er war mit einem Makel behaftet – und noch viel mehr war es seine Mutter. Unehelich war er geboren, die schöne Baderstochter hatte sich einem Mann hingegeben ohne den Segen der Kirche, und auch danach hatte sie nicht geheiratet. Freier hätte sie wohl gehabt, aber sie hatte alle abgelehnt, aus Stolz und Trotz, denn der leibliche Vater Hazards war mit einer Bürgerlichen verbunden, die ihm Geld in die Ehe gebracht und ebenfalls einen Sohn geboren hatte.

Noch immer fand Hazard keine Freude am Trubel in der Badestube. Es gelang ihm nicht, mit den Gästen zu scherzen. Er war froh, daß der Badeknecht Baudo seine Sache ordentlich machte.

So entbehrte niemand etwas, und alle waren zufrieden. Die Gäste wurden mit heißem oder kaltem Wasser abgespült, massiert oder mit dem Badewedel gerieben und mit den Kardendisteln gebürstet. Barbiere rasierten die Männer und schnitten ihnen die Haare, ließen sie zur Ader, setzen die Schröpfköpfe und Blutegel. Bald darauf kam die Stunde der Scharlatane, der Wunderheiler, Quacksalber und anderer Spezialisten aus dem Kreis der fahrenden Leute. Dann waren auch die erfreulichen Dienste der Dirnen gefragt.

Jetzt konnte Hazard beruhigt ins Wohnhaus hinübergehen. Er schloß die Hintertür auf und kletterte die schmale Stiege in der Finsternis empor, denn er kannte jeden Winkel. Unter der Dachschräge trat er in seine Kammer, zündete die Kerze im Zinnständer an und warf sich auf sein Lager, wo er die Beine hängen ließ und zur Decke starrte. Alles kam wieder: der Überfall, der Kampf. Wie leicht hätte es ihn selbst treffen können! War es ein Zufall gewesen oder Absicht? Gab es gar einen Plan, ihn zu töten? Aber nein, Hazard konnte sich keinen Menschen denken, der seinen Tod wünschte. Der Bucklige hatte ihn sicher nur berauben wollen. Aber warum hatte er dann kein Geld von ihm gefordert, sondern ihm gleich den Tod angedroht. Warum wohl?

Erst nachträglich spürte Hazard Angst. Er schaute auf die Kerze, die Flamme flackerte, legte sich, so leicht hätte auch sein Lebenslicht erlöschen können. Er richtete sich halb auf und empfand nun erneut Beklemmung, denn er hatte getötet. Mußte er Reue empfinden? Nein, es war Notwehr, er brauchte keine Gewissensbisse zu haben. Er würde um Vergebung beten, und Gott würde sie ihm gewähren. Was hätte er denn anderes tun können, als sich zu wehren? Ja, er durfte sogar stolz sein, denn er hatte gesiegt, den Gegner überwunden. Nun wußte er, daß er für sich eintreten konnte. Er war reif für das Leben, reif für die Welt. Ein Lächeln umspielte seine Lippen.

Wie viele Kinder der Liebe war auch Hazard von der Natur bevorzugt bedacht worden. Seine Eltern hatten einander über alle Maßen und über alle Vernunft geliebt, ohne die Folgen zu bedenken. Schön waren sie beide gewesen, und dieser doppelten Schönheit war auch eine schöne Frucht entsprungen. Hazard war wohlgewachsen, mit dunklen Brauen über fast schwarzen Augen, mit einer hohen, gewölbten Stirn, leicht gebräunter Hautfarbe, langen Haaren und weichen, ein wenig aufgeworfenen Lippen, die ihm einen trotzigen Ausdruck gaben. Dazu war er lebhaft und kühn bis zur Waghalsigkeit. Er sank wieder zurück und bettete den Kopf auf den abgewinkelten Arm, so schlief er ein. Als er erwachte, saß die Mutter neben ihm und strich über sein Haar.

»Du schläfst bei brennender Kerze«, sagte sie mit leichtem Vorwurf.

»Ich wollte wachbleiben«, erwiderte er. »Ich habe auf dich gewartet.«

»So kommt es! Und dann stehen die Häuser in Flammen.« Sie streifte den Umhang von den Schultern und entblößte die Haare. Doch statt Hazard weiter zu tadeln, lächelte sie. Dann sah sie sein zerrissenes Hemd. »Junge«, murmelte sie, »wo hast du dich wieder herumgetrieben? Du bist ja verwundet! Rede!« In diesem Augenblick spürte er den brennenden Wunsch, ihr alles zu sagen, ihr zu beichten, sein Herz zu entlasten. Er richtete sich abrupt auf, warf seine Arme um ihren Hals und legte seinen Kopf an ihre Wange.

»Was ist dir Junge, was hast du, mein Liebling?« fragte sie leise und streichelte ihn. »Muß ich mir Sorgen machen?«

Er hatte schon die Worte auf der Zunge, wollte ihr sagen, daß er angegriffen worden war, daß er sich zur Wehr gesetzt und dabei schuldlos getötet hatte, suchte Trost, Wärme, Entlastung, aber er brachte es nicht heraus. Weniger Klugheit hielt ihn zurück, vielmehr verschloß ihm ein Wirbel von Empfindungen den Mund. So murmelte er nur:

»Ach, es ist nichts, gar nichts, ich habe gerauft, es war aber nur ein Spaß, und den Riß an der Schulter brachte mir ein Balken bei, an dem ich hängenblieb. Du siehst ja, es blutet nicht einmal mehr, es hat nichts zu bedeuten.«

Sie seufzte und streichelte seinen Kopf.

»Ich hoffe es!«

Er löste sich von ihr, und sie schaute ihn innig an. Wie lieb sie diesen Buben hatte! Eine Welle der Zärtlichkeit überflutete sie und machte sie stumm. War es nicht, als ob sie seinem Vater in die Augen blickte? So sehr ähnelte er ihm. Ach, sie hatte diesen fremden Mann, der damals fast noch ein Jüngling gewesen war, geliebt wie sonst nichts auf der Welt. Ihr war klar, daß sie eine Sünde begingen, aber sie hätte dafür sogar die ewige Höllenpein auf sich genommen, und vielleicht hatte sie das ja auch getan. Von ihrem Gefühl völlig überrannt, hatte sie sich diesem Mann hingegeben, ohne an die Folgen zu denken, ach, sie war ja überhaupt unfähig gewesen, irgend etwas zu denken. Und wenn sie es jetzt richtig überlegte, so konnte sie es nicht einmal bereuen, Gott möge ihr verzeihen, denn der süßesten Stunde, die doch die Stunde der Schande gewesen war, verdankte sie nun ihr größtes Glück, ihren Sohn.

Sie schreckte zusammen. Was grübelte sie da, welchen unfruchtbaren Empfindungen gab sie sich hin? Sie nahm sich zusammen und sagte, auf seine Erklärung eingehend:

»Aber ich bin dennoch glücklich, daß nun alles anders werden wird. Ich war nämlich deinetwegen fort, auch zur Beichte, denn ich wollte ja etwas von Gott.« Er schaute sie verwundert und voller Erwartung an. »Denk dir, ich war bei Père Mertin, du hast ja von ihm gehört, er unterrichtet Knaben. Er wird auch dich unterweisen, Hazard. Was immer du einmal machen wirst, ob du die Badestube weiterführst oder etwas anderes unternimmst, du mußt etwas lernen, schreiben, lesen, das ist wichtig. Vielleicht zieht es dich sogar zum geistlichen Stand …«

Hazard war nicht einmal überrascht. Andeutungen dieser Art hatte die Mutter wohl manchmal gemacht und dazu auch etwas von Sühne für ihre Sünden gemurmelt. Aber bisher hatte er es nicht ernst genommen, ihm gefiel das Leben am Hafen, und er war immer davon ausgegangen, daß es so bleiben würde, denn als Baderin gehörte die Mutter nicht zu den Vornehmen. Ihr Gewerbe wurde benötigt und geduldet, aber angesehen war es nicht, und die vornehmen Bürger mieden sie außerhalb der Badestube. Und für so jemand wie er war, ein Kind der Sünde nämlich, war es doppelt schwer, in den geistlichen Stand aufgenommen zu werden, ja, es war eigentlich unmöglich. Gerade die Pfaffen in Seimarle waren berüchtigt für ihren Hochmut, Hazard konnte sich also schon denken, daß es die Mutter nicht bloß eine Beichte und ein Gebet gekostet hatte, sondern wohl auch eine Stiftung.

Tausend Gedanken schossen ihm durch den Kopf, er wollte ablehnen, trotzen, betteln, er wollte kein Priester werden, aber er war vorsichtig. Er kannte die Hartnäckigkeit der Mutter und ihren eisernen Willen. Außerdem war es sicher auf jeden Fall von Vorteil für ihn, wenn er lesen und schreiben konnte. Das gab ihm Überlegenheit, am Hafen, unter den Kapitänen – oder wo auch immer. Er kannte sogar Fahrende, die aus dieser Kunst ihren Vorteil zogen, und wenn er einmal die Badestube übernehmen sollte, dann mußte er die Einnahmen und Ausgaben aufschreiben können, nicht nur mit dem Messer auf dem Brett, sondern auch mit dem Kohlestift auf Pergament. Hazard nickte also:

»Wenn ich wirklich Geistlicher werde«, murmelte er scheinbar gefügig, »was wird dann aus dem Badehaus?«

»Ich betreibe es, solange ich kann, Ansehen gewinne ich zwar nicht damit, aber etwas, womit man es kaufen kann: Geld. Gold hat man immer nötig, auch Ämter und Pfründe sind selten umsonst.«

So war es also, das hatte die Mutter mit ihm im Sinn, auch wenn sie ihm scheinbar die letzte Entscheidung überlassen wollte.

Hazard lag noch lange wach, aber schließlich übermannte ihn die Erschöpfung, wie sie so gesund und heilsam nur die Jugend spüren kann. Er schlief fest, und als er am Morgen erwachte, waren die bösen Bilder des Abends verblaßt. Es zog ihn auch gleich wieder hinab zum Hafen, zu der Holzbude mit den Puppenspielern, doch er fand sie nicht. Er fragte viele Leute, aber kein Mensch schien sie zu kennen. Schließlich zweifelte er, ob er sie wirklich gesehen hatte oder ob es nur ein Traum gewesen war.

***

Die Sonne versank während der langen Winterwochen zwischen den Dächern, als Hazard zum Refuge de Dieu, zum Kloster der Göttlichen Zuflucht, wanderte. Das kleine Haus, in dessen Erdgeschoß Père Mertin wohnte und im Stock darüber einen Raum gemietet hatte, in dem er die Knaben unterrichtete, duckte sich an die ehrwürdigen Mauern dieser Abtei. Die Töchter der gebildeten Familien wurden Nonnen anvertraut. Hazard ging durch Nebel und treibende Schneeflocken, er strich an den Mauern entlang, vorbei an den Wohnhäusern und Schänken, er trabte durch die engen Straßen Seimarles, in denen die Händler ihre Waren anpriesen. Er überquerte den Marktplatz, an dem sich die Kathedrale erhob, vor deren Portal die Bettler und Krüppel lungerten. Die Türme ragten klobig in den Himmel, Hazard sah die Frühlingswolken über ihre Hauben ziehen und im Herbst die Schwärme der Zugvögel.

Manchmal schritt die Fürstin, die königliche Frau, im Brokatgewand mit ihrem Gefolge zur Messe, umgeben von Rittern und Höflingen. Sie kam aus dem Stadtschloß, vor dem die Säulen eines antiken Palastes standen. Die Wachen vertrieben die Leute und schufen der hohen Frau Platz. Auch Hazard mußte zur Seite springen und den Rücken beugen.

Es kam wieder ein Winter, erneuter Frost, danach der milde Wind, später der Sommer mit seiner Glut, unter der alle stöhnten und den Schatten suchten. So ging es dreimal – dreimal der Herbst, dreimal der Winter, dreimal der Frühling, zweimal der Sommer – denn jetzt herrschte wieder die glühende Jahreszeit, die dritte, seit Hazard Père Mertin zum ersten Mal aufgesucht hatte.

Die Erziehung der Sprößlinge Seimarles teilten sich auf der einen Seite die Familien, auf der anderen die Kirchen und Schulen. Die Lehrer mühten sich redlich um ihre Zöglinge und erzogen sie zu gottesfürchtigen, manchmal sogar zu denkenden Menschen. Traten die Schüler später in die Universitäten ein, waren manche zu Studenten geworden, die sich nicht scheuten, die Gelehrten herauszufordern. Viele Lehrer für die profanere Ausbildung waren Laien, Père Mertin aber war einer der tonsurierten Kleriker, die vom Katheder die Lehrerlaubnis erhalten hatten. An ihn wandten sich die Gebildeten, die Wert darauf legten, daß aus ihren Kindern etwas Rechtes wurde, und sie bezahlten gut dafür. Die Baderin Gayenne Molinct opferte ein wenig mehr als die anderen, damit Père Mertin ihren Sohn bei sich aufnahm. Sie hatte es gleich so vorgeschlagen, um sich erst gar keine Absage einzuhandeln, aber vielleicht war sie voreilig gewesen, denn Père Mertin hätte Hazard möglicherweise sogar gegen ein geringeres Entgelt unter seine Fittiche genommen. Er mochte den Jungen, er schaute mit Wohlgefallen auf seine sowohl anmutige als auch kräftige Gestalt, je länger Hazard mit den anderen Schülern vor ihm auf dem Fußboden saß und sich bemühte, die Grammatik auswendig zu lernen. Hazards Reiz kam ja gerade daher, daß sich in ihm geschmeidige Zartheit mit Kraft, sogar mit einer gewissen Wildheit paarten. Die Stube des Magisters war ein kahler, nüchterner Raum, der sein Licht durch zwei hohe Fenster empfing, die sich zum Klosterhof, zum Kreuzgang öffneten. Oft hörten sie die Vorlesungen der gelehrten Professoren für die älteren Semester unter den Bogengängen, die Lehre der sieben freien Künste, die das ganze Wissen umfaßten: Arithmetik, Geometrie, Musik und Astronomie, dazu Grammatik, Rhetorik und Dialektik – alles durchtränkt von Theologie. Oder sie sahen die Studenten in Streitgesprächen beieinanderstehen, mit ihren Lehrern diskutieren und im Schatten der Abteikirche nach der Antwort auf die

Kardinalfragen suchen. Père Mertins Schüler, die jüngeren also, hatten ebenfalls die Erlaubnis, sich zeitweise im Kreuzgang aufzuhalten.

Zwölf Eleven erzog der Lehrer derzeit, mit denen sich Hazard vertrug – und auch balgte, wie es sich ergab. Alle kamen aus den besten und reichsten Bürgerhäusern und ließen es ihn spüren. Sie sollten Geistliche oder Kaufleute werden und schauten auf Hazard herab, denn er war ihnen nicht ebenbürtig. Zunächst setzte er sich zur Wehr, später gewöhnte er sich daran, daß sie ihn hänselten, und als er nicht mehr darauf einging, ließen sie es schließlich. Ja, manchmal bewunderten sie Hazards zwielichtige Herkunft sogar, umgab sie ihn doch mit dem Zauber des Anrüchigen und Verbotenen. Empfand er das, prahlte er gern damit, daß er Matrosen und Dirnen kannte, in Schenken ein- und ausging, und daß Fahrende und Gaukler seine Freunde waren. Er brachte es schließlich zu einer Art Meisterschaft, seine Mitschüler für sich einzunehmen und ihre Vorbehalte spielerisch zu überwinden. Er jubelte heimlich, wenn man ihm zulächelte.

Auf einem Wandbord von Père Mertins Stube sah Hazard zum ersten Mal Bücher. Weder besaß die Mutter derartige Schätze, noch war er im Hafen darauf gestoßen. Die Werke waren Père Mertins Eigentum. Der Magister war immer froh, wenn er eines der wertvollen Bücher selbst besaß, zumal er in der Klosterbibliothek manchmal Wochen, ja Monate warten mußte, bis er so ein seltenes Exemplar bekam. Vor allem die Werke der lateinischen Klassiker: Cicero, Vergil und Horaz waren ständig ausgeliehen!

Père Mertin, ein Mann Anfang Vierzig, ging leicht gebeugt, war nicht immer ganz sauber, aber er trug seine Soutane mit Würde. Er war ein wenig rundlich, da er gutes Essen schätzte, sprach mit leiser Stimme und bemühte sich um Klarheit, was ihm Überlegenheit verlieh. Über den gewölbten Wangen leuchteten schmale, scharfe Augen, die er meist zusammenkniff, denn seine Sehkraft hatte nachgelassen. Er schien immer ein wenig entrückt zu sein und verschaffte sich dadurch Respekt. Freilich munkelten seine Schüler manchmal, ihr Lehrer habe die Knaben lieber, als es erlaubt war, aber Hazard schien es undenkbar, daß dieser dem Geist zugewandte Magister die gleichen Bedürfnisse haben sollte wie die sinnenfrohen Bürger im Badehaus, die dort ihre Zoten rissen. Für Hazard war Père Mertin der Person gewordene klare Verstand, frei von menschlichen Schlacken, der reine Geist. Er sah zu ihm auf und seine besondere Verehrung für diesen Lehrer rührte daher, daß er ihn weit über den gewöhnlichen Niederungen wähnte. Er vermochte sich nicht vorzustellen, daß sein Magister auch nur ein Mensch aus Fleisch, Blut und Begierde war. Aber es stimmte, daß Père Mertin Hazard gern sah – ja, mehr als das, der Junge wurde zu einer Anfechtung für ihn, die er zunächst mit Beten und Kasteiungen zu unterdrücken versuchte. Hazard war freilich nicht nur eine Anfechtung des Herzens – oder des Körpers, wie man es nennen will, sondern auch eine des Geistes. Père Mertin war nämlich nicht damit zufrieden, ihm nur die Minuskeln beizubringen, er wollte in ihm das Feuer der Liebe zur Wissenschaft entzünden. Eines Tages hielt er ihn zurück und forderte ihn auf:

»Schau dir meine Bücher an, Hazard Molinet«, nahm eines vom Wandbord und blätterte darin. »Jedes ist eine Kostbarkeit, nicht nur für mich. Hätte ich sie nicht geerbt oder von dankbaren Vätern geschenkt bekommen, hätte ich sie mir niemals leisten können, denn ein einziger Band kostet mehr, als ich in einem ganzen Jahr verdiene. Ich kenne ein Meßbuch, das gegen einen Weinberg eingetauscht wurde. Aber ich sage dir, die Bücher können dein Leben auf wunderbare Weise bereichern.«

Hazard schaute ehrfürchtig sowohl auf das Buch, als auch auf seinen Lehrer, und sein Herz klopfte ein wenig schneller, weil er sich ausgezeichnet fühlte. Père Mertin fuhr fort: »Heute werden die Bücher meist noch auf Schafshaut geschrieben, aber schon gibt es die ersten Werkstätten für einen Stoff, den man Papier nennt und der viel einfacher herzustellen ist. Beugten sich bisher nur die Mönche in den Klöstern über die Bücher und brauchten dabei viele Monate für die Abschrift einer Bibel, so haben heute unsere Universitäten bereits eigene Schreibstuben, und du magst mir glauben, daß dabei auch andere Werke abgeschrieben werden als die der Kirchenväter. Es gibt mehr und mehr Übersetzer, die uns den Reichtum der antiken Literatur erschließen. Vielleicht, da dir in der Badestube und am Hafen ja viele Sprachen zufliegen, wirst du einmal ein Angehöriger dieser neuen Zunft.«

Wollte er das? Hazard war ein wenig verwirrt. Père Mertin sprach von Dingen, an die er noch nie gedacht hatte.

»Wissen wir jetzt doch«, erklärte der Magister weiter, »über welche großen Kenntnisse die heidnischen Klassiker bereits verfügten. Sie waren uns in fast allem überlegen: in der Philosophie und in der Astrologie. Wie war eine derartige Klarheit des Verstandes damals schon möglich, in diesen finsteren, gottlosen Zeiten? Über einen Geist wie Aristoteles können wir nur staunen. Oder ich weise dich auf die Lebensbeschreibungen der Philosophen Diogenes und Platon hin – wahre Fundgruben der Weisheit. Ich sage dir, unser Wissen wird sich ungeheuer vermehren. Durch die Übernahme der griechischen und sarazenischen Astronomie wird auch die Theologie zu einem neuen Begriff des Göttlichen kommen. Ja, es ist wahr«, rief Père Mertin, »drei Leidenschaften verzehren mein Leben! Die erste ist die Leidenschaft zu Gott, natürlich, die zweite … nein, die zweite geht nur mich etwas an, obwohl du …« Er sah Hazard ebenso herzlich wie prüfend an, fuhr dann jedoch schnell fort: »Die dritte aber ist die Leidenschaft zu den Büchern. Gern wäre ich Bibliothekar einer Universität, dann fiele mir vielleicht auch einmal das Buch aller Bücher in die Hand, das alle Fragen löst. Ja, Hazard Molinet, so ein Wunderbuch existiert. Der große Gelehrte Esavero hat es geschrieben, aber es heißt, daß es verlorenging.« Père Mertin schwieg, und der Ausdruck in seinen Augen hatte nichts Irdisches mehr. »Ich freilich glaube, daß es irgendwo zwischen tausend anderen Büchern verstaubt und auf seine Entdeckung wartet. Man muß es nur finden, es würde sich lohnen, die Bibliotheken der ganzen Welt danach zu durchforschen. Es ist das Buch, das alles Wissen der Welt enthält, ein Buch, das über alle Geheimnisse aufklärt, über die verschiedenen Religionen und ihre Wahrheiten genauso wie über das Geheimnis des Goldmachens. In diesem Buch wird alles Wissen von Gott und der Welt entschlüsselt, in ihm sind vor allem auch die Spielregeln des Lebens aufgeschrieben, so daß, wer es besitzt, das Leben beherrscht.«

Hazard hörte sehr genau zu, obwohl er allmählich zu träumen meinte, aber es war ein Traum von Intensität und Klarheit. Dieses Werk, von dem Père Mertin so schwärmte, von dem er mit Verzückung sprach, was wäre, wenn er es fände, er, Hazard Molinet? Dann besäße er alles, um glücklich zu werden.

»Das wäre ein Ziel!« murmelte er.

»Was meinst du?«

»Ich möchte dieses Buch suchen, überall, in allen Ländern der Erde! Und wenn ich es finde, dann bringe ich es Euch!«

»Das würdest du tun?« Père Mertin sah Hazard grübelnd an, wobei seine Augen zunächst noch etwas schmaler wurden, sich aber dann wie erschrocken weiteten. Es war, als saugte er den Anblick des Jungen in sich ein. Ein gefährlicher Ausdruck veränderte seine Züge, ein Ausdruck des Begehrens, den Hazard freilich nur auf das Buch bezog. Fast atemlos murmelte der Magister: »Ich will dir ein Geheimnis verraten, das du bei dir bewahren mußt: Ich halte es nicht nur für lächerlich, sondern sogar für verwerflich, daß immer wieder Stimmen das Verbrennen der griechischen, erotischen Dichter fordern. Denn wieviel können wir gerade von diesen Poeten über den Menschen und sein Wesen erfahren. Wenn wir beide uns einmal besser kennen und ich mit dir so vertraut geworden bin, wie ich es mir wünsche, dann will ich dich auch von diesen Früchten kosten lassen. Sie sind süß und faulig zugleich. Freilich muß ich mich zuvor davon überzeugen, daß du die nötige Reife besitzt, wobei ich annehme, daß du sie schneller erwirbst als deine Kameraden, denn du wächst in einer ungleich freieren Atmosphäre auf und lernst die wahre Natur des Menschen besser kennen. Daher hast du weniger Vorurteile.« Als sei er über sich selbst erschrocken, brach Père Mertin plötzlich ab: »Nun geh! Ich will dich natürlich auch nur an diese Dinge heranführen, um deine Seele besser dagegen zu wappnen. Doch lassen wir das für heute, ich möchte dich nicht verwirren, sondern behutsam einführen.« Für diesmal war die vertrauliche Unterredung beendet, wobei Hazards Verehrung für seinen Magister womöglich noch gewachsen war. Und er lernte in der Folge von Père Mertin nicht nur lesen und schreiben, er wurde mittels der Kirchenväter in das Latein eingeführt, las später sogar Ovid.

Gern ging er mit den anderen Schülern zum Gottesdienst, sang mit ihnen im Chor, betete den Rosenkranz und war stolz, daß er die lateinischen Worte der feierlichen Messe mehr und mehr verstand. Er genoß den Geruch des Weihrauchs, liebte es, ihn aus dem Gold der Gefäße in das Gewölk emporsteigen zu sehen zu den Verzierungen und zu den Heiligenfiguren, zu den Aposteln mit den Tieren, zu Johannes, zu Jakobus, zu Weinstock, Schaf und Taube. Er war geborgen zwischen den Säulen, empfand ein wohliges Schaudern vor den Dämonengestalten an den Kapitellen, bewunderte das Schnitzwerk der Türen, fühlte sich wie gebadet vom Licht der Fenster, aber anders als im mütterlichen Badehaus, reiner, schlackenloser, heiliger.

Einen Knaben gab es unter den Schülern, zu dem Hazard nach und nach eine besondere Beziehung entwickelte. Der Junge hieß Eustache, kümmerte sich selbst aber nicht um Hazard und war auch ein wenig älter, so daß Hazard schon deshalb zu ihm aufsah. Aber das war es nicht allein. Vor Eustache behielt er immer eine zarte Scheu, der Knabe erschien Hazard wie ein Wunder. Eustache sprach ein elegantes Latein, hatte ein unaufdringliches, tadelloses Benehmen, schaute meist still an ihm vorbei, als sei er so tief in Gedanken versunken, daß er nicht gestört zu werden wünschte. Sein Gesicht war schmal, seine Lippen klar gezeichnet, Eustache war von blühender Schönheit, der Sohn des angesehensten Kürschners der Stadt, eines Zunftmeisters dazu, der durch sein Können reich geworden war. Seine gelockten, blonden Haare waren immer sorgsam gekämmt, nie ließ er sich in seiner Kleidung eine Nachlässigkeit zuschulden kommen, die Spitzen seines Hemdes waren stets makellos, sein Wams war aus feinem Wollstoff und ein gefältelter Kragen lag über seiner schmalen Schulter. Er vermochte gewinnend zu lächeln, und dieses Lächeln war sein Schlüssel zu den Herzen der anderen, denn Eustache war nicht frei von Raffinesse. Neben seiner Anmut empfand Hazard sich oft als Flegel. Er ahnte nicht, daß es gerade Eustaches mädchenhaftes Wesen war, das ihn so sehr berührte und um den Schlaf brachte.

***

Diesen Eustache mochten eigentlich alle, manch einer war vielleicht sogar in ihn verliebt, Hazard, auch wenn er es sich nicht eingestehen mochte, bestimmt. Er suchte Eustaches Nähe und floh sie gleichzeitig, er wurde rot, wenn Eustache ihn auch nur geistesabwesend anlächelte. Er bekam Herzklopfen, wenn er Eustaches Hand berührte, und wenn er neben ihm stand, war ihm die Kehle wie zugeschnürt, dann mußte er schlucken, ehe er ihn anreden konnte, falls er überhaupt ein Wort herausbrachte. Er bewunderte den vornehmen und ruhigen Knaben, der ihm so unendlich überlegen zu sein schien. Gern wäre er so gewesen wie Eustache, aber er blieb der Bastard aus dem Badehaus. Bald würde Eustache den Unterricht von Père Mertin verlassen und zu den Professoren in die Universität gehen. Dann sah er ihn vielleicht nie wieder. Mehr und mehr ergriffen seine Gefühle von ihm Besitz, heimlich zuerst, mit Selbstvorwürfen und Zweifeln, nach und nach wurden sie ihm vertraut, und er sagte sich, sie könnten doch keine Sünde sein. Die Mutter wünschte ja, er solle

Geistlicher werden, dann mußte er der irdischen Liebe entsagen und das Gelübde der Keuschheit ablegen. Das war ihm jetzt nicht mehr so fremd. Es gelang ihm sogar, sich ein Dasein als dienender Bruder vorzustellen. Er sah sich in seiner Zelle über Büchern, im Gebet und hörte sich mit den Mönchen Psalmen singen. Dann wollte er asketisch leben und fühlte sich den Bürgern, die sich im Badehaus ihren leiblichen Genüssen hingaben, unendlich überlegen. In diesem Zustand der Entrückung glaubte er, daß die Mädchen, die er dort sah und deren Körper er kannte, niemals eine Gefahr für ihn werden könnten. Mochten sie für andere Männer Objekte der Begierde oder – je nachdem – auch Feindinnen und Teufelinnen sein, er war vor ihnen gefeit. Aber diese Phantastereien verflogen auch wieder, dann schweiften seine Gedanken in die Weite, und er ging auf Abenteuerfahrt. Wie auch immer, ob er Ritter wurde oder Mönch, die Freundschaft zu dem engelhaften Knaben war erlaubt, er durfte sich in ihn verlieben, seine Gefühle waren vielleicht sogar gottgefällig. Schlimm war es freilich, daß ihm Eustache mit Herablassung, fast sogar mit Kälte begegnete, nicht mit Unfreundlichkeit, aber mit Kühle, und das war fast schwerer zu ertragen, denn darin lag Geringschätzung. Eustache ließ Hazard bei aller äußerlichen Freundlichkeit spüren, daß eine Schranke zwischen ihnen lag. Er half ihm wohl in Latein, wenn Hazard eine Form nicht verstand, aber er tat es mit Gönnerhaftigkeit. Er sprach manchmal sogar mit ihm über Logik und Theologie, aber es war, als sähe er ihn dabei gar nicht. Wie gern hätte sich Hazard zu seiner Zuneigung bekannt, aber der schöne Junge hielt auf Abstand. So geriet Hazard in einen träumerischen Zustand, den Père Mertin scharfsichtig mißbilligte, wenngleich er dazu schwieg – noch schwieg.

Doch eines Tages änderte sich das. Der Unterricht war zu Ende, und alle Kameraden hatten den öden Raum bereits verlassen. Père Mertin schien etwas in seinem Pult zu suchen, er beugte den Kopf tief unter die Klappe, schaute dabei aber seitlich zu Hazard, der noch unschlüssig war, ob er hinausgehen sollte. Da hielt ihn der Magister zurück: »Warte, Hazard Molinet«, sagte er, und seine Stimme klang rauh. »Ich möchte mit dir reden.«

Hazard blickte ihn erfreut an, es war wie damals, als Père Mertin ihm die Bücher gezeigt hatte.

»Heute möchte ich über dich sprechen, das gehört auch zu meinen Pflichten. Es tut mir leid, daß du dich quälst!«

»Wie meint Ihr das, mon Père?«

»Du liebst Eustache«, erklärte Père Mertin so unverblümt, daß Hazard völlig verblüfft war. Er stellte sofort innerlich alle Stacheln auf.

»Ich? Aber nein, gewiß nicht«, rief er, indem er dem Ausgang zustrebte.

Père Mertin hielt ihn am Wams fest.

»Ich sehe scharf in eure Herzen«, erklärte er. »Du glaubst nicht, wie oft ich dergleichen bereits erlebt habe. Meist war es nur harmlose Schwärmerei, manchmal ging es aber auch tief und bedeutete eine Gefahr für den, der davon ergriffen wurde. Trotzdem habe ich Verständnis, du kannst rückhaltlos offen zu mir sein. Ich betrachte das alles als selbstverständlich, eure männliche Natur rührt sich, sie verlangt ihre Rechte, ihr habt noch keine Übung darin, sie zu bändigen und die gefährlichen Neigungen zu unterdrücken. Ihr habt noch nicht gelernt, eure Liebe allein auf Gott zu richten, daher bedürft ihr des Beistandes und der Unterweisung. Ich möchte dir helfen. Es ist nicht gut, wenn zwei unreife Geschöpfe in dieser Not aufeinandertreffen. Es wird eine heillose Verwirrung daraus, es kommt zu Verfehlungen, die man zwar bereuen kann, die aber nur schwer zu verzeihen und noch schwerer zu sühnen sind. Ich bin ja auch euer Beichtvater. Wir müssen daher einen Weg finden, die fleischlichen Begierden dorthin abzuleiten, wo sie dem anderen nicht schaden. Vertraue dich einem reiferen, einem erfahrenen Manne an, mein lieber Junge!«

»Wie meint Ihr das?« flüsterte Hazard. Jetzt erinnerte er sich an all die dunklen Andeutungen seiner Kameraden. Gern hätte er die Türschwelle hinter sich gebracht, aber Père Mertin ließ es nicht zu, denn plötzlich warf der verehrte Lehrer seine Arme um den Knaben, preßte Hazard an sich und versuchte ihn zu küssen. Da Hazard den Kopf entschlossen zur Seite drehte und weit nach hinten neigte, gingen die Zärtlichkeiten teils ins Leere, teils trafen sie nur die Wange oder den Hals.

»Du Schönheit«, stammelte Père Mertin, »du himmlische, du verfluchte Verlockung! Warum zerreißt du mein Herz, warum zerstörst du meinen Seelenfrieden? Laß mich, ach, laß mich ...«

Hazard empfand Angst und Abscheu, er versuchte Père Mertin von sich wegzudrücken. Aber dieser verdoppelte seine Anstrengung, er war nicht nur erregt, er wußte auch, wie bedenklich es für ihn war, wenn er nicht zum Ziel kam. Nur wenn Hazard gefügig wurde, wenn er seine Zärtlichkeiten duldete, oder noch besser, wenn er sie erwiderte, konnte Père Mertin sicher sein, daß sein Überfall ein Geheimnis blieb. Er verdoppelte seine Anstrengung.

»Du weißt, wie der Mensch ist, du schöner Kerl, du siehst ihn doch jeden Abend in seiner gottgeschaffenen Nacktheit, für die wir nichts können. Gerade du weißt doch, wie der schlimme Brand gelöscht werden kann, mein Liebling, und du kannst mir nicht einreden, daß du euren Gästen nicht auch zu Willen bist! Warum also versagst du dich mir? Es ist doch nichts dabei!«

Während Père Mertin so wirre und auch so begehrliche Worte stammelte, umschlang er Hazard mit dem linken Arm und zog ihn so eng an sich, daß er für einen Augenblick in seiner Gewalt war. Père Mertins rechte Hand glitt auf Hazards Rücken hinauf und herab, betastete die Hüfte gierig und suchte gleich darauf den Einschlupf im Hosenbund. Er wollte hinab, dorthin, wo er hoffte, das zu finden, was ihn zum Meister über den Knaben machte.

»Rührt sich da schon etwas?«, keuchte er mit heißem Atem. »Ich muß dich auch das lehren, es gibt ja nicht nur die Wissenschaft, Hazard, meine tägliche Anfechtung!«

Père Mertin war außer sich geraten, er empfand sowohl wildes Begehren als auch ein Bedürfnis nach Zärtlichkeit, dem er so hilflos ausgeliefert war, daß er dabei litt. Er hätte sein Ziel vielleicht sogar erreicht, wäre der Junge nicht Hazard Molinet gewesen, den seine große Erfahrung rettete. Er spürte die körperliche Erregung des Magisters und wußte, daß er sich ihm mit Gewalt nicht entziehen konnte, ohne alles zu verderben, und zwar für immer. Hier halfen nur Sanftheit und Verständnis.

»Bitte …« flüsterte er und versuchte, die drängende Hand festzuhalten. »Bitte, nicht jetzt … Ich meine, nicht hier … Bedenkt, wenn jemand käme! Ich verstehe Euch ja, und Ihr seid mir auch nicht gleichgültig, gewiß nicht, aber im Augenblick …«

Die sanfte Stimme verfehlte ihre Wirkung auf das bedürftige Herz nicht, das war der Ton, auf den es gewartet hatte. Der Sturm legte sich sofort, Père Mertin lockerte seinen Griff, er hatte sich zwar hinreißen lassen und war in Gefahr gewesen, aber die Vernunft kehrte wieder. Er war ja gleichzeitig immer auf der Hut und begriff, daß er für diesmal verloren hatte und daß er nichts Klügeres tun konnte, als diesem Jungen zu vertrauen. So gelang es Hazard, sich loszumachen, und er hatte genug Taktgefühl, es mit Behutsamkeit zu tun.

»Es ist ja gut«, brachte er leise heraus und wurde dabei flammend rot. Er schob Père Mertin fast liebevoll von sich fort und flüsterte noch einmal: »Ich verstehe Euch! Ich weiß ja … Und ich denke nicht schlecht von Euch, bestimmt nicht! Aber … bitte nicht … Ich meine …«

Père Mertin war ein Mann, der zwar die Kontrolle verlieren konnte, der sich aber genau so rasch wieder zu disziplinieren vermochte. Er richtete sich auf, zog sich zurück, strich sich die Soutane glatt und murmelte:

»So ist es recht, ich bin zufrieden! Ich wollte dich nur auf die Probe stellen, Hazard! Der Satan lauert überall, auch unter euch Schülern! Ein jeder ist Anfechtungen ausgesetzt, jeder kennt diese Fieberanfälle des Blutes. Aber für den reifen Menschen bedeuten sie nichts, sie gehen vorbei. Nur euch jungen Burschen werden sie gefährlich! Hüte dich also davor! Prüfe dich, gehe in dich, beichte, und unterdrücke deine Gelüste.«

Hazard ließ sich nichts vormachen, sein Lehrer log, aber es war eine wohltätige Lüge und eine der Klugheit, die einen Ausweg bot. Er wußte, daß er den Magister verletzt hatte und daß es nie wieder so werden konnte wie vordem. Er zwang sich zu einem Lächeln, während Père Mertin einen kalten, hochmütigen Ausdruck annahm und nun zu ihm sagte:

»Ich sehe mit großer Sorge, Hazard, daß dir Eustache nicht so gleichgültig ist, wie er es sein sollte. Sei gewarnt und sei auf der Hut, vor ihm und – noch mehr fast vor dir! Und nun geh!«

Hazard nickte.

»Ich danke Euch«, murmelte er. Er war erleichtert, daß sich der Lehrer so geschickt aus der Affäre gezogen hatte, nun konnte er sich beruhigt entfernen. Er steckte sein Hemd in die Hose und rannte die Treppe hinab zum Kreuzgang, und während er den langen Weg entlanglief, wirbelten tausend Gedanken durch seinen Kopf. Er, der das Begehren der Menschen nur allzugut kannte, war nicht etwa angewidert von diesem Blick in Père Mertins Tiefen. Nein, Hazard verachtete ihn nicht – und doch war etwas in ihm zusammengebrochen. Nun mußte er den verehrten Lehrer so sehen, wie dieser in Wirklichkeit war, nicht reiner als andere, sondern vielleicht noch schlimmer gepeinigt. Er fühlte sich abgestoßen vom Alter dieses Mannes, der ihn so enttäuscht hatte, er war aber auch angezogen davon, begehrt zu werden. Eine Schleuse in seinem Inneren hatte sich geöffnet. Er wehrte sich ja nicht grundsätzlich gegen die Liebe, auch nicht gegen körperliche Zärtlichkeit, er wollte sie, aber nicht von diesem Lehrer. Und die Erkenntnis, daß Père Mertin auf Eustache eifersüchtig war, hatte ihn in all seiner Verwirrung darüber aufgeklärt, daß auch er nach Liebe verlangte, aber nach der Liebe eines einzigen, nach der von Eustache.

Nun suchte er ihn und fand ihn im Kreuzgang, der schlanke

Bursche saß auf der Brüstung, wo er an einer Säule lehnte, ein Blatt in der Hand hielt und Grammatik lernte. Er hob den Kopf, als er die raschen Schritte hörte.

»Ach, du bist es«, sagte er uninteressiert, aber Hazard bemerkte die Herablassung nicht, er war innerlich so aufgewühlt, daß er seine Scheu verlor. Es war Liebe, die ihn zu Eustache trieb, aber auch das Bedürfnis nach einem Menschen, nach Verständnis. Er warf seine Arme um Eustache, und es war ihm in diesem Augenblick selbstverständlich.

Eustache, verblüfft, brachte zuerst kein Wort heraus. Langsam ließ er das Blatt sinken.

»Ach, Eustache!« rief Hazard. Ein Damm war gebrochen, er spürte, daß der Druck von ihm gewichen war, und es erschien ihm vollkommen natürlich, was er tat. Er hörte Eustaches Herz klopfen, seine Wange drückte sich noch ein wenig fester gegen die Brust, er empfand einen Augenblick vollkommen reiner Liebe, Zärtlichkeit, doch er hoffte vergeblich auf eine Erwiderung. Eustache richtete sich auf und drückte ihn ruhig fort, so wie Hazard Père Mertin von sich gestoßen hatte.

»Was ist los, Hazard Molinet? Du bist ja ganz außer dir! Weißt du nicht, daß wir uns um Gelassenheit bemühen müssen? Wir sollen unsere Gefühle im Zaum halten. Geh beten, wenn dich etwas bedrückt.«

Hazard spürte die Kühle sofort, mochte sie aber nicht wahrhaben und flüsterte:

»Ich habe dich sehr gern, Eustache. Ich muß es dir einmal sagen. Es ist vielleicht verboten, und ich bemühte mich auch, mein Gefühl zu unterdrücken, aber es ist stärker als ich, und daher denke ich, es ist doch von Gott.«

»Du bist ja närrisch«, meinte Eustache. »Diese Gefühle sind nie von Gott. Du tust gut daran, sie zu beichten. Wir zwei können nie mehr sein als Schulkameraden. Wir sind zu weit voneinander getrennt, schon durch unsere Geburt. Auf eine gewisse Art habe ich dich zwar ganz gern, du bist ja auch sehr hübsch, und gewiß kannst du selbst nichts dafür, daß deine Mutter dich ohne den Segen der Kirche empfing, aber du kommst aus dem Hafenquartier und der Badestube, du gehörst nicht zu den vornehmen Familien der Stadt. Sicher, du möchtest heraus aus Wasserdampf und zotigem Gelächter, du bemühst dich darum. Aber erst deine Kinder oder sogar deine Enkel können den Aufstieg in eine höhere Welt schaffen. Auch das hat Gott so gewollt, er hat jedem von uns einen Platz zugewiesen, die Ordnung der Welt ist seine Ordnung. Wir sind nicht aus Zufall Tagelöhner, Zunftmeister oder Herzöge. Auch ich muß mich ja bescheiden mit der Rolle, die mir zugedacht wurde. Und nun sei vernünftig.«

Hazard wich langsam zurück. Jetzt hatte er verloren, aber irgendwie hatte er doch auch gewonnen, denn seine Zuneigung zu Eustache begann sich zu verändern. Er sah ihn klarer. Eustache war nicht der, für den er ihn gehalten hatte. Der schöne Knabe war befangen in Vorurteilen, in den Anschauungen seines Standes, die Hazard von den protzigen Besuchern der Badestube kannte. Und er hatte seine Mutter beleidigt, das vor allem verletzte Hazard sehr. Seine Kehle war wie zugeschnürt, er hätte jetzt nichts mehr sagen können, er drehte sich um und ging wortlos davon.

Als Hazard auf dem Heimweg an der Abteikirche vorbeikam, trat er leise ein. Er wollte nur einmal das Knie vor der Muttergottes beugen und sie um Vergebung für all seine Sünden bitten. Er gab seine Absicht aber sofort auf, denn er sah Père Mertin so hingeworfen, so hingebungsvoll vor einem Seitenaltar knien, daß er die Qual des Lehrers selbst spürte. Um alles in der Welt durfte sein Magister nicht wissen, daß er ihn so sah. Keiner der drei, weder Eustache, noch Père Mertin und Hazard selbst, erinnerte jemals auch nur mit einer Andeutung an diese Vorfälle. Es war alles vorbei. Père Mertin war zwar weiterhin freundlich, aber betont zurückhaltend, und widmete sich nur noch der geistigen Erziehung seines Schülers. Eustache blickte so gleichgültig durch Hazard hindurch wie bisher, und Hazard vergaß.

***

In dieser Zeit geriet Hazard mehr und mehr in einen Zustand zwischen Traum und Wachen. Wenn er zum Unterricht wanderte oder heimkehrte, sah er die Straße kaum noch so, wie sie war, die Menschen, die Häuser, die Brunnen. Zwar verfehlte er den Weg nicht, aber er war erfüllt von inneren Bildern, er dachte an die Texte, die er durchgenommen hatte, aber ganz ungeordnet, er vermengte dabei die griechischen Philosophen mit den Giganten der Sagen und die lateinischen Klassiker mit den Helden der römischen Geschichte und diese wieder mit den Aposteln, den Kirchenvätern und den Päpsten. Dann wieder träumte er von bunten Fernen, sah sich in fremden Ländern, lebte in Burgen, kämpfte auf Turnieren, tanzte in Palästen, zechte auf Festgelagen. Er sah sich als Ritter, als Gelehrter, als Spielmann, seltener als Mönch, eher noch als Abt, der verzweigte Verbindungen zu anderen Klöstern und deren Schreibstuben unterhielt, wo die illuminierten Bibeln entstanden, die Gebet- und Stundenbücher mit den goldenen Bildern. Für Hazard erfüllte sich in seinen Träumen alles – und auch wieder nichts, denn er hatte auch Stunden der Kleinmut, der Verzagtheit. Dann glaubte er, daß er zu nichts tauge. Er war nun einmal nicht von Stand, und so würde es bleiben. Er wünschte sich alles und wußte nicht, was er eigentlich wollte. Nur eines war sicher: Seine Wünsche wurden immer farbiger, lodernder, wilder. Und Bücher zogen ihn an, aber dazu mußte er doch nicht unbedingt Pfaffe werden, da gab es doch Universitäten und Bibliotheken, überall in der Welt! Noch ein anderes wurde ihm klar: Die Badestube wollte er nicht weiterführen, später, wenn seine Mutter sie aufgab, alt wurde oder starb. Gewiß, mit ihr hätte er sein sicheres Auskommen, und er könnte trotzdem viel lesen, aber so verschiedenartig die Menschen waren, die in die Badestube kamen, ihm erschienen sie nun derb, ungebildet, sogar niedrig in ihren Lüsten. Nun ja, um sich zu vergnügen, kamen sie schließlich, aber er wollte sich nicht täglich mit all dem abgeben müssen.

Wenn Hazard ernsthaft an seine Zukunft dachte, schob er diese Überlegungen schnell beiseite. Wozu sollte er sich jetzt schon den Kopf zermartern? Die Mutter war noch jung, sie lebte noch lange, und so lange blieb sie auch Gayenne Molinet, la belle baigneuse, die schöne Herrin über Zuber, Wannen und Wasserfluten.

So verging ein Herbst, und die Krähen schwirrten. So glitten die Wintertage vorüber, brachten Nieselregen und überzogen das Pflaster mit einer dünnen Eisschicht. So kam ein Frühling, der die Aprilwolken über die Türme trieb. Gayenne Molinet bemerkte den träumerischen Zustand ihres Sohnes wohl, sorgte sich aber deswegen nicht, lächelte eher und dachte: Das gibt sich, das sind die Jünglingsjahre, das Küken wird flügge, Hazard wird ein Mann, und das verwirrt ihn.

Eines Abends ging Hazard in die Badestube. Er tat es nur aus Gewohnheit, fast aus Langeweile. Schon an der Holztür waberten ihm Wolken entgegen, es war Dampfbadetag, grölende, singende Menschen erschienen und verschwanden gleich wieder, sie waren umhüllt von feuchtem Nebel. Wer den Jungen erkannte, begrüßte ihn, mancher legte ihm die Hand auf die Schulter. Die Mutter war in das weiße Badergewand gehüllt, ihre nackten Füße schauten darunter hervor, sie stand in Wasserlachen. Ein Bürger im Zuber brüllte nach Bier.

»Lauf, Hazard!« bat sie ihn.

Hazard wollte sich abwenden, da tauchte plötzlich ein Mann vor ihm auf, den er bisher nicht gesehen hatte. Er kam aus dem Dunst – und schon blitzte ein Messer.

»Hazard!« schrie die Mutter, riß ihn fort und warf sich vor ihn. Hazard taumelte, der Dolch streifte seine Wange und traf die Mutter, saß in ihrer Brust.

Ihr Schrei gellte, sie stöhnte. Der Mann riß den Dolch aus der Wunde. Ein Badegast wollte ihn fassen, aber er riß sich los und schlüpfte durch die Tür. Blitzschnell war er verschwunden, und keiner hatte ihn erkannt.

Hazards Schramme blutete. Aber das war ja nichts! Die Mutter war auf den Boden gesunken, sie preßte die Hand auf die Wunde und stammelte:

»Das galt dir!« Und Hazard entsann sich gleich des Buckligen, damals im Hafen, der ihm aufgelauert hatte. Also war das doch kein Zufall gewesen!

Viele Leute waren herbeigelaufen, sie redeten aufeinander ein, Hazard beugte sich zur Mutter hinab, ihr Badergewand hatte sich geöffnet und glitt zur Seite, es färbte sich rot. Blutüberströmt war ihre Brust, und die Wasserlachen auf dem Boden verfärbten sich. Ein Mann kam und schob die anderen beiseite, es war der Hafenmedicus, der sich auskannte.

»Das sieht böse aus«, meinte er und schüttelte den Kopf.

Der Knecht Baudo war zur Stelle, der Medicus verlangte ein Tuch, riß es auseinander, preßte es zusammen und auf die Wunde, umsonst, alles wurde durchtränkt.

»Es geht zu Ende«, murmelte die Mutter. »Bringt mich in meine Kammer! Ich will nicht hier sterben.«

Der Medicus nickte:

»Mehr können wir nicht für sie tun!« Er schaute nach Hazards Verletzung. »Das ist nur ein Ritz«, meinte er und behandelte ihn mit Alaun.

Eine Bahre wurde geholt. Knechte und Mägde hoben die Mutter, betteten sie darauf und trugen sie über den Hof ins Haus. Hazard lief nebenher, hielt ihre Hand, er war wie benommen. In der Stube hob man die Baderin mit der Bahre auf ihr Bett. Kerzen wurden entzündet. Da lag Gayenne Molinet, la belle baigneuse, totenbleich. Die Blutung war ein wenig geringer geworden, doch sie hatte sehr viel verloren. Ihre Lider waren geschlossen, und ihr Atem ging schwach.

»Betet«, forderte der Arzt, der ihren Puls fühlte.

Noch einmal öffnete die Mutter die Augen und umfaßte den

Sohn mit einem Blick voll Liebe. Hazard beugte sich nah vor ihren Mund.

»Wer war es, Mutter? Und warum?« flüsterte er.

Sie hauchte:

»Ich empfehle dich Gott dem Herrn, mein lieber Sohn! Werde ein guter Mensch«, dann verließ sie die Kraft.

»Wer war es Mutter? Hast du ihn erkannt? Wer kann das gewollt haben?« stammelte Hazard. Ihre Lippen bewegten sich schwach, war es ein Name? Dann erschlaffte der Körper, das Haupt fiel zur Seite, der Arzt ließ ihren Arm sinken, er führte ihr die Hände über der Brust zusammen, schob die Finger ineinander, fuhr der Toten mit der Hand über die Augen und streifte die Lider herab.

»Es ist vorbei«, sagte er.

Hazard hatte schon viel gesehen und Böses erlebt, auch Messerstechereien, jetzt aber war er wie betäubt, das hier verstand er nicht.

»Wer … wer … wer …«, flüsterte er nur, als ob es noch wichtig gewesen wäre.

Irgend jemand hatte die Wachen gerufen, die Männer stapften in die Stube, füllten sie mit Lärm, Spießen, gezückten Schwertern, mit Wichtigtuerei. Der Hauptmann trieb die Badegäste im Hof zusammen. Seine Leute hielten Fackeln empor und beleuchteten die wirre Szene. Die Bürger und ihre Weiber bemühten sich um ihre Kleider, man redete durcheinander. Der Hauptmann setzte sich schnell ins Bild, ein Mann war geflohen … Nein, er war nicht geflohen … Er war doch geflohen … Baudo hatte ihn über den Hof huschen sehen, das war aber auch alles. Er trug das Gewand eines Fahrenden … Unsinn, es war ein Schiffer! Oder ein Sarazene! Nein, nein ein Jude! Niemals, er war wie einer von uns gekleidet.

»Was wurde gestohlen?« fragte der Hauptmann.

Man eilte zur Schatulle, die unversehrt war, viele Münzen lagen darin. Und Hazard schüttelte das Haupt.

»Ich glaube nicht, daß es darum ging …«, murmelte er. »Es ging nicht um Geld, da war etwas anderes im Spiel.«

»Du weißt offenbar mehr, als du zugibst«, erklärte der Hauptmann und blickte Hazard scharf an. Vielleicht fand man bei dem Jungen die Wahrheit. Man müßte ihn verhören.

Da der Mörder entkommen war, ließ der Hauptmann die Gäste heimgehen und befahl, die Badestube zu schließen. Die Mägde nahmen sich der Toten an, die Leichenfrau wurde bestellt, ein Geistlicher gerufen. Man band Hazard die Hände.

»Was soll das?« fragte er und verstand nichts, war wütend, vergaß sogar seinen Schmerz um die Mutter.

»Du kommst mit«, sagte der Hauptmann. »Du warst Zeuge der Tat, man sieht es an deinem Gesicht. Wenn einer etwas weiß, so bist du es!«

Hazard bockte, er trat, doch das verstärkte nur den Druck der Bewaffneten, sie rissen ihn, bis er taumelte.

»Das ist dein schlechtes Gewissen«, meinte der Hauptmann. »Aber es nützt nichts!« Da ließ Hazard alles mit sich geschehen.

»Wie sollte er es gewesen sein?« fragte Baudo, der Knecht.

»Du hast recht, er selbst war es wohl nicht«, brummte der Hauptmann. »Aber er könnte doch hinter dem Anschlag stecken!« Mehr sagte er nicht.

Hazard empfahl Baudo das Haus, und der Knecht versprach, für alles zu sorgen.

»Ihr kommt ja bald wieder«, meinte er und redete Hazard schon als künftigen Herrn an.

Man führte den Jungen über den Hof, auf der Straße schauten die Dirnen hinter ihm her. Eine rief:

»Hab keine Angst! Das geht auch vorbei!« Sie hatte Erfahrung. Man brachte Hazard in eine finstere Zelle im Stadtgefängnis und band ihm die Hände los. Dann war er allein, fand eine Pritsche, Stroh, Wasser und Brot. Er verbrachte eine schlimme Nacht und haderte mit Gott. Er weinte, schwor Rache! Wem auch immer! Er versuchte, sich über seine Lage klar zu werden, vergeblich. Zu wirr, zu aufgewühlt waren seine Empfindungen. Der Morgen verging zunächst in Einsamkeit. Endlich knarrte die Tür in den Angeln, und ein Gerichtsdiener hieß ihn aufstehen. Man band ihn nicht, aber Bewaffnete ergriffen ihn rauh und führten ihn durch einen Gang in den Saal der Justiz.

»Nun rede, was hast du mir zu sagen?« fragte der Untersuchungsrichter kühl, fast unbeteiligt.

»Ich wüßte nichts«, erklärte Hazard. »Meine Mutter wurde erstochen! Warum bin ich überhaupt hier und nicht bei ihr?«

»Eben weil sie erstochen wurde«, erwiderte der Richter. »Das ist doch erwiesen. Der Medicus hat die Wunde gesehen, und du stehst hier, weil du es gewesen sein könntest!«

»Aber das ist doch absurd!« rief Hazard. »Ich wurde ja selbst verwundet, und man sah einen Mann mit dem Messer! Alle haben ihn gesehen, er floh!«

»Möglich oder auch nicht«, sagte der Richter. Schritte waren zu hören, die Wachen an der Tür salutierten. Ein Gewand rauschte, und eine Frau trat ein, zwei Soldaten schritten neben ihr. Sie blieb im Halbdunkel des Hintergrundes stehen, der Richter verneigte sich, und sie gab ein Zeichen.

»Möglich oder auch nicht«, wiederholte der Richter. Er sprach jetzt lauter, damit die Dame es gut höre. »Der Mann ist jedenfalls verschwunden, und niemand kann ihn beschreiben. Alle haben etwas anderes gesehen. Aber das ist es nicht allein, denn offenbar fehlt kein Geld. Es war also kein Raubmord! Was wollte er dann?«

»Ich weiß es doch auch nicht!« rief Hazard. »Ich glaube, er meinte gar nicht die Mutter …«

»Sondern?«

»Er meinte eigentlich mich …« Hazard zeigte auf seine blessierte Wange.

»Das kann klug erdacht sein«, sagte der Richter. »Vielleicht wurdest du nur zum Schein verwundet. Vielleicht sollte es so aussehen, als wärest in Wahrheit du selbst das Ziel des Anschlags, und wir sollen auf eine falsche Spur gelockt werden.«

Der Richter lächelte zum ersten Mal, denn er war stolz auf seine Schlauheit.

»Aber ...« Hazard protestierte, Blut schoß ihm zu Kopf. Er wünschte sich Père Mertin herbei, er brauchte Hilfe, und von wem konnte er sie jetzt bekommen, wenn nicht von seinem Lehrer?

Der Richter schob die Lippen vor.

»Wir müssen uns doch fragen, wer ein Interesse am Tod deiner Mutter gehabt haben könnte, Hazard Molinet«, sagte er scharf. »Und wir werden es erfahren, so oder so! Es fehlt nun einmal kein Geld! Wie also, wenn du einen Mann gedungen hättest, den du bezahltest? Du kennst ja mehr als einen Lumpen und Messerstecher. Der Hafen wimmelt von Gelichter, und viele gehen bei euch ein und aus, die sich woanders nicht sehen lassen können. Da war es wohl leicht für dich, einen Gauner zu finden, der sich ein Zubrot verdienen wollte. Skrupel kennt da doch keiner! Alles kann abgesprochen gewesen sein.«

»Aber warum? Warum denn?« fragte Hazard tonlos. Er spürte die drohende Gefahr.

»Warum? Das ist leicht erklärt«, sagte der hagere Mann mit dem spitzen Gesicht. »Jetzt, da deine Mutter tot ist, gehört dir die Badestube. Nur ein einziger profitiert also vom Tod deiner Mutter! Da ist sonst niemand in der ganzen Stadt, der einen Nutzen von ihrem Tod hätte. Und sie hat keinen Gatten, keine Kinder außer dir, du erbst also alles! Sie schuldete keinem Juden Geld, und es gibt keinen Schuldner, der sie sich vom Hals schaffen wollte. Sie hatte keine Feinde. Ja, wenn es noch ein Raubüberfall gewesen wäre, dann ... Aber so! Das war dein entscheidender Fehler, Hazard Molinet, du hättest den Mörder Geld stehlen lassen müssen, aber dazu bist du wohl zu geizig gewesen.«

Der Stoff rauschte wieder, und der Richter verbeugte sich. Die Fürstin von Seimarle und Vignona trat an den Tisch, ihr Kleid war aus braunrotem Brokat, und ihre Haare bedeckte ein Spitzenschleier. Die beiden Soldaten flankierten sie. Die gereifte Frau, die sich dem dreißigsten Jahr näherte, war überaus schön. Von Zeit zu Zeit erschien sie unangemeldet im Gericht, hörte zu, schwieg meistens oder entschied manchmal. Das war dann unwiderruflich. Nun fragte sie:

»Du heißt Hazard Molinet?« und musterte ihn. Etwas an dem Jungen rührte ihr Herz.

Er nickte, brachte aber kein Wort hervor, bis ihn ein Soldat anstieß und er sich verneigte.

»Wer kann für dich bürgen?«

»Mein Magister, Père Mertin«, murmelte Hazard.

Sie neigte das Haupt.

»Das ist ein Mann, den wir schätzen. Du bist also sein Schüler?«

Er nickte wieder.

»Und du bist es gern?« Ihre Blicke erfaßten ihn aufmerksam.

»Ja«, erwiderte er.

»Man hat dich verwundet, du hast deine Mutter verloren und bist nun allein. Das ist schlimm!«

Hazard preßte die Lippen zusammen. Er mochte kein Mitleid, schon gar nicht hier, und er wollte auch nicht weinen, obwohl ihm Tränen in die Augen traten.

»Hast du vorher bedacht, daß du nun allein sein wirst?« Er verstand die Frage nicht. Sie nickte, wie wenn er ihr etwas bestätigt hätte. »Du hast es nicht überlegt. Und was machst du nun mit der Badestube?« fragte sie weiter und versuchte, ihre Teilnahme zu verdrängen. Sie durfte der Junge nicht spüren, und der Richter sollte erst recht nichts merken. Also legte sie ein wenig mehr Schärfe in ihre Stimme, die sonst so warm, so wohlklingend war.

»Ich weiß es nicht ...« murmelte Hazard. »Ich weiß es wirklich nicht! Es war ja erst gestern ...« Und nun flossen doch Tränen, die er sofort wegwischte.

»Du hast deine Mutter verloren«, murmelte sie. »Das ist bitter für dich, und vielleicht ist es sogar eine Strafe. Und du hattest keine Pläne gemacht, alles trifft dich unvorbereitet. Ich glaube dir, denn hättest du den Anschlag beabsichtigt, wäre deine Antwort anders ausgefallen. Auch machst du eher einen verträumten als einen gerissenen Eindruck. Vielleicht wurde dir wirklich nach dem Leben getrachtet und nicht deiner Mutter. Ich denke, ich kann dich laufen lassen. Aber hüte dich, wenn noch einmal etwas vorfällt, wird man dich nicht mehr schonen! Wir werden dich im Auge behalten, Hazard Molinet!«

Er verneigte sich tief, diesmal tat er es aus eigenem Antrieb, froh, davongekommen zu sein. Er ahnte nicht, daß er auf die Fürstin einen Reiz ausgeübt hatte, über den sie sich selbst keine Rechenschaft ablegen mochte. Sie erteilte ihre Befehle, der Richter winkte Hazard, dieser ließ sich auf sein Knie nieder und neigte das Haupt. Da legte sie ihm die Hand auf den Scheitel, es war eine Berührung der Fingerspitzen, die sie gleich wieder zurückzog.

Man führte ihn zur Tür. Das Licht des Tages blendete ihn, er kniff die Augen zusammen, wobei noch etwas Tränenfeuchtigkeit herausgepreßt wurde, die er gleich verstrich. Dann rannte er über den Marktplatz, an der Kathedrale vorbei. Er kam heim, als man die Mutter aus der Tür trug. Der Knecht Baudo hatte für alles gesorgt.

»Ich wußte ja nicht, wann Ihr zurückkehren würdet«, erklärte er. »Es muß doch alles seinen Gang gehen.«

Klageweiber zeterten, heulten und rissen an ihren Gewändern. Die halbe Straße war zusammengelaufen, alles war schwarz vor Menschen. Für die Dirnen war es, als hätten sie eine Mutter verloren.

Man brachte den Leichnam hinüber nach St. Etienne. Hazard fand es tröstlich, daß er jetzt mitgehen konnte. So gut es ging, unterdrückte er seinen Schmerz, obwohl er jetzt fast davon überschwemmt wurde und er all seine Kraft brauchte, um zu widerstehen. In der kleinen Kirche wurde Gayenne Molinet aufgebahrt, und Hazard überhäufte sie mit allen Blüten, die der Frühling bereithielt. Dann ging er heim, in die leere Stube der Mutter. Hazard setzte sich auf ihr Bett, weinte hemmungslos und warf sich in ihr Kissen. Wie sehr spürte er nun, daß er allein war, daß er nie mehr mit ihr reden konnte, daß sie ihm nie mehr Antwort geben würde.

Zwei Tage vergingen. Die Badestube war geschlossen, was selbstverständlich war. Hazard blieb auf seiner Stube, die Magd brachte ihm Essen, doch er rührte die Speisen nicht an. Der Knecht Baudo schickte nach Père Mertin, und der Magister kam, saß bei dem Jungen und hielt seine Hand. Die stürmische Anwandlung der Leidenschaft war längst überwunden.

»Du mußt dich in Gottes Willen fügen«, beschwor ihn der Lehrer.

Hazard antwortete nicht, verneinte aber auch nichts und begehrte nicht auf. Er flüsterte nur:

»Ich bitte Euch, begleitet mich zum Grab, es wird mir allein zu schwer.«

»Wir kommen alle«, versprach Père Mertin. »Auch deine Schulkameraden.«

So standen sie bei der Kirche, die Schüler und Père Mertin, sogar Eustache, im Habit der Studenten, wirkte blaß und beherrscht unter den anderen Schülern, eine schlanke, schwarze Gestalt. Der Gottesacker war voller Menschen. Viele aus dem Hafenviertel waren gekommen: Dirnen und ihre Zuhälter, Fahrende, Spielleute, Kapitäne und Matrosen. Hazard konnte sehen, wie beliebt seine Mutter gewesen war, und das tat ihm wohl. Und vor dem Tor warteten die Armen, die Grindigen und die Krüppel, die um Almosen bettelten.

Da empfand Hazard plötzlich eine Art Schwindel, der sich in eine Vision wandelte: Er sah all diese Menschen an Schnüren hängen, an unsichtbaren Schnüren, wie damals im Puppentheater beim Totentanz. Und er erkannte: Es war wie ein großes Spiel, sie wurden alle geführt, sie waren ohne eigenen Willen. Hielt

Gott die Fäden? Oder war es der Tod? Oder das Leben? Oder wurden die Schnüre weitergereicht von Gott an das Leben und vom Leben schließlich zurück an den Tod? Wie auch immer – er, Hazard Molinet, hing an so einem Faden und bewegte sich nach fremdem Willen. Er spürte es beinahe körperlich. Selbst als gesungen und gebetet wurde, sah er die Schnüre; sogar Père Mertin neben ihm hing an Bändern wie damals, als er ihn lieben wollte. Hazard empfand Mitleid mit ihm und allen anderen. Niemand war frei, alle spielten nach fremdem Plan.

Père Mertin blieb auch noch, als die Totengräber die Grube zuschaufelten.

»Ich will herausfinden, wer meine Mutter tötete«, sagte Hazard leise.

»Mein ist die Rache, spricht der Herr«, ermahnte ihn der Magister. »Du wirst nun die Badestube übernehmen, wirst bald eine Frau heimführen und alles vergessen.«

»Ich werde nichts vergessen und die Badestube nicht weiterführen, ich werde sie verkaufen«, antwortete Hazard entschieden. »Ich will kein Bader werden, ich möchte lieber die Welt sehen.«

»Aber ich denke, du willst herausfinden, wer deine Mutter ermordete und warum?«

»Ja, ich will herausfinden, wer mir ans Leder wollte und vielleicht immer noch nach dem Leben trachtet und vor allem, aus welchem Grund! Denn meine Mutter starb für mich, davon bin ich überzeugt.«

»Aber willst du fortgehen oder dieses Geheimnis lösen? Beides zusammen geht wohl nicht!«

»Doch, Père Mertin! Ich will in die Welt, und ich werde es trotzdem herausfinden, denn ich glaube, wenn man mich wirklich töten will, wird man mir folgen. Warum sollte ich also hierbleiben, hier, wo man mich in Verdacht hat, daß ich es war, der die Mutter ermorden ließ? Ich will auch kein Geistlicher werden, jetzt weiß ich es gewiß. Ich gehe auf Wanderschaft und suche das Buch!«

»Welches Buch, Junge? Du redest in Rätseln!«

»Aber Ihr seid es ja gewesen, der mir von dem Wunderbuch erzählte.«

»Das hast du dir gemerkt?« murmelte der Magister. Ein seltsamer Glanz lag in seinem Blick, als er rief: »Ja, suche danach, Hazard Molinet!«

»Nicht mehr Molinet! Ich nenne mich von heute an Hazard le Bain!« erklärte der Junge. »Meine Kindheit ist zu Ende und mit ihr verging der Name Molinet. Etwas Neues beginnt.« Unvermittelt wandte er sich an Eustache, faßte seine Hand und zog ihn näher an sich heran. »Mein Freund«, bat er, »komm mit mir, heraus aus der Stadt, begleite mich, sei mein Gefährte. Wir wollen über's Meer, ins Heilige Land, oder auf Märkten singen, schöne Frauen lieben, komm mit! Was willst du bei totem Leder und stinkenden Pelzen!« Hazard hatte die anderen vergessen, er sah nur noch Eustache, und der Gedanke, mit dem schönen Freund zu wandern, erfüllte sein Herz. Alles, was er in der Vergangenheit unterdrückt hatte, flammte noch einmal auf. Aber Eustache entzog sich ihm auch jetzt mit kühler Höflichkeit.

»Du bist ein Schwärmer«, murmelte er. »Soll ich das Leben eines Landstreichers führen? Wie sonderbar, daß du das denken kannst. Was willst du denn werden? Ein Tagelöhner? Ein Fürstenknecht, ein Günstling oder ein fahrender Sänger? All das steht dir offen. Ich aber werde, was mir von Geburt an bestimmt ist, Bürger und Kürschnermeister.«

Da spürte Hazard die Wand, die ihn von Eustache trennte, und schämte sich seines Überschwangs. Er nickte Eustache zu und ging.

Hazard Molinet verkaufte die Badestube, Hazard le Bain verließ Seimarle.

Das Spiel im Lager des Grafen

Regen rauschte nieder, ein Regen, wie er zu dieser Jahreszeit gehört, kurz, aber kräftig. Dann blies der Wind die Wolken beiseite, und die Sonne brach strahlend hervor. Hazard hatte Zuflucht unter dem Vordach einer Kapelle gesucht. Das weiße Steinhäuschen stand am Straßenrand zwischen hohen Bäumen, deren Blätter in jener Helligkeit schimmerten, die für ihre Frische und Jungfräulichkeit zeugt.

Es war Frühling.

Hazard war zu Fuß unterwegs, schon mehr als zwei Tage. Seimarle lag hinter ihm, und zwar schon so weit, daß es ihm vorkam, als sei es in der Vergangenheit versunken. Nun sah er in die Weite, auf Felder, Wiesen und Hügel, die umsäumt waren von mäßig hohen Bergen und durchsetzt von grauem Fels. Da wuchs Gebüsch, da standen niedrige Kiefern, die ein Wind, der ohne Unterlaß wehte und Mistral genannt wurde, zur Seite bog.

Die Luft duftete.

Übernachtet hatte Hazard in Heuschobern, nicht gerade bequem, sein Bett daheim war behaglicher gewesen, aber schließlich hatte seine Jugend doch ihr Recht bekommen, und er war ausgeruht. Jetzt fiel sein Blick auf die Madonna unter dem Steinbogen, sie hob die betenden Hände vor die Brust, hielt das Haupt geneigt und verkörperte so die innigste Versenkung. Der Holzschnitzer hatte sein Handwerk vortrefflich verstanden. Der Junge bewegte seine Lippen: »Tota pulchra es, Maria, et macula originalis non est in te.«

Er betrachtete die Arbeit: Wie fein der Kopf der Figur war, wie zierlich die Wangenknochen, wie sanft geschwungen die Lippen. Die Verzauberung kam auch daher, daß die Statue in vollem Licht stand, die Sonne hell und unbeeinträchtigt auf sie fiel. In Seimarles Kirchen hatte Hazard die Heiligenfiguren immer nur in der Dämmerung gesehen, in einer matten, grauen Beleuchtung, aber diese Maria hier wurde verklärt vom offenen Himmel. Das Blau fiel strahlend über sie und umhüllte sie, vielleicht mit jenem Glanz, der die Mutter Gottes auch im Himmel umgab.

Alles trat deutlich und lebendig hervor: die gewölbte Brust, die Schultern, die Arme, die Handgelenke. Hazard schaute lange und nahm die Kunst eines Holzbildhauers zum ersten Mal mit Verstand auf, er hatte diese Statuen bisher immer nur als selbstverständlichen Teil der Gotteshäuser hingenommen, so wie die Mauern, Säulen und Gewölbe, ohne danach zu fragen, wer sie schuf. Nun erkannte er sie als eigenständige Werke.

Er ließ sich auf der Stufe nieder und streckte die Beine aus. In Gedanken sah er die Bude mit den Theaterfiguren im Hafen von Seimarle vor sich und verglich sie mit dieser Mutter Gottes. Die Puppen an den Schnüren waren profan gewesen, und diese Maria war heilig, aber der Unterschied war nur äußerlich, denn beides waren Erzeugnisse von Menschenhand. Nicht weit entfernt erblickte er ein Gehöft in den Feldern, zwei niedrige, strohgedeckte Häuser, neben denen sich eine Scheune duckte. Er überlegte, ob er sich dort etwas zu essen besorgen könnte, stand auf, schüttelte die Beine locker und ging näher. Es war nicht weit, und er wunderte sich, daß alles so ruhig war. Nur Vieh rumorte im Stall, aber er sah keinen Menschen. Als er aber rief, mußte er nicht lange warten, denn ein Mädchen kam aus dem Haus. Eigentlich wirbelte sie mehr. Sie hatte ihn schon durch ein Loch in der Tür gesehen und für sich entschieden, daß von ihm keine Gefahr drohte. Sie freute sich sogar, daß er kam, weil sie gerade allein auf dem Hof war und sich langweilte. Sie warf sich rasch ein braunes Tuch über die rotblonden Haare, auch ihre Augen waren braun, und dazu hatte sie viele Sommersprossen.

»Kommst du allein?« fragte sie, dennoch vorsichtig, den Holzschuh in der Tür und auf dem Sprung, ihn zurückzuziehen und sie zuzuschlagen, um ins Haus zu verschwinden.

»Ja«, antwortete er. »Ich will auch gleich weiter. Ich bitte dich nur um ein Stück Brot oder etwas Maisbrei, ich bezahle natürlich.« Er legte eine Münze in ihre offene Hand und fühlte, wie weich diese war.

Als sie von seinen Fingerspitzen berührt wurde, empfand sie

ein angenehmes Kribbeln; sie nahm das Geldstück, drehte es vor ihren Augen und steckte es in ihr Mieder. Dann zeigte sie auf einen Holztisch und eine Bank, die etwas entfernt unter einem Walnußbaum standen:

»Setz dich dorthin.«

Er ließ sich im Schatten nieder. Sie ging ins Haus, kehrte aber bald zurück, schob ihm eine Schüssel mit gelbem Brei hin, und er begann sofort zu essen. Sie sah ihm ruhig zu, von Zeit zu Zeit lugte auch er nach ihr, über den Holzlöffel hinweg.

»Ist denn außer dir niemand hier?« fragte er. »Du brauchst gewiß keine Angst zu haben, ich bin ein sehr friedlicher Mensch und ganz harmlos. Wenn ich etwas von dir will, dann höchstens Gutes.«

Sie schaute ihm in die Augen und spürte Vertrauen zu ihm, ja mehr als das, sie empfand ein eigenartiges Begehren.

»Ich glaub' dir«, erwiderte sie. »Vor dir habe ich keine Angst, ich hab' auch einen Blick für Männer. Ich bin nicht allein hier, nein, der Bauer ist da und die Bäuerin, jedenfalls waren sie eben noch hier und können jeden Augenblick wiederkommen.«

»Wo sind sie jetzt?«

»Ach, nicht weit, ein Trupp zog vorbei, ein reicher Zug mit vielen Wagen. Auf der Wiese am Weidensee, hinter dem Wäldchen, wollen die Leute nächtigen. Der Bauer und die Bäuerin müssen ihnen den Weg zeigen und für Getreide und Heu sorgen, außerdem wollen sie ihnen Milch, Geflügel, Schafe und Ziegen verkaufen. Deshalb sind sie jetzt fort, nur ich bin im Haus geblieben, damit jemand hier ist, und das war ja auch richtig, wie man sieht!« Das sagte sie schon mit einer gewissen Keckheit.

»Ein Zug?« fragte er und sah sie neugierig an. Sie gefiel ihm immer besser. »Ich sah, daß die nasse Straße voller Furchen und Tritte ist.«

Ihre Augen verfingen sich in seinen.

»Ja, ein Graf, und es heißt, daß er ins Heilige Land will, ach, ich weiß nicht viel. Ich mußte ja hierbleiben, obwohl ich gern alles gesehen hätte. Aber jetzt bist du ja gekommen, das ist auch gut.« Nun blickte sie auf die Tischplatte nieder. Sie war flink mit der Zunge und besaß einen raschen Verstand, außerdem wußte sie, was sie wollte, und daß man das Geschenk der Stunde annehmen muß.

Er zeichnete ein Muster im Holz der Tischplatte nach.

»Ist das wirklich gut?« fragte er leise, ihre Worte variierend.

Sie spürte, wie ihr Nacken heiß wurde und flüsterte:

»Ich denke schon, denn wir zwei sind allein, und du kannst mir doch viel erzählen, was kein anderer zu hören braucht.« Sie erschrak, weil sie sich so weit vorgewagt hatte, und lenkte schnell ab: »Wo kommst du her?«

»Aus Seimarle«, antwortete er und begann zu erzählen: von den Straßen, vom Hafen, vom Badehaus, von den Schiffen, den Matrosen und Dirnen. Er erzählte von Père Mertins Schule, vom Kreuzgang und der Universität, nur Eustache verschwieg er. Sonst aber fand er kein Ende, und sie hörte mit offenem Mund zu. Auf ihren Lippen lag schimmernder Glanz, sie fuhr sich immer wieder mit der Zunge darüber.

Hazard spürte den Wunsch, diese feuchte Spitze zu küssen. Es war so still ringsum, das Blöken der Schafe und das Muhen der Kühe erzeugte, in ihm ein Gefühl von Behagen und Geborgenheit.

Dieses Mädchen – es hieß Laure, wie es dem Fremden verriet, nachdem es auch seinen Namen erfragt hatte –, war ein Stück Natur, dem alles Natürliche selbstverständlich war. Und sie fand, daß es mehr als nur eine kleine Gunst war, daß der Hof jetzt verwaist und Bauer und Bäuerin abwesend waren, denn der Bursche gefiel ihr über alle Maßen. Er sah so anständig aus und war viel feiner, viel zartgliedriger als die Knechte, derbe Gesellen, die, wenn sie bekommen hatten, was sie wollten, gingen und kein Wort mehr darüber verloren. Dieser hier versprach etwas anderes. Vielleicht bekam sie nie wieder so einen aus der Stadt, der studiert hatte, der schreiben und lesen konnte, dessen Haut wie durchscheinend war und dessen lockiges Haar zum Streicheln einlud. Er hatte dünne Handgelenke, an denen die Knöchel hervortraten, ausdrucksvolle Daumenwurzeln und Fingerspitzen, die zärtlich den Maserungen auf dem Tisch nachgingen und die auch andere zarte Berührungen versprachen, Berührungen, an die ein Dorfjunge kaum dachte.

Laure wußte manches von den anderen Mädchen, von den jungen Frauen, die mit ihren Erfahrungen geprahlt hatten.

»Erzähle«, bat sie und wollte wirklich, daß er sprach, denn seine farbigen Berichte – ach, wie gut er fabulieren konnte! – seine Erzählungen von der Stadt und ihren hohen Häusern, vom Schloß und der vornehmen Fürstin, erregten ihre Phantasie nicht nur geistig, sondern auch sinnlich. Das war eine ganz andere Welt, die sie noch nie gesehen hatte. Alles begeisterte sie: die Seeleute, die Pilger, die Welt der Mauren und Sarazenen. Und als er aus dem Badehaus erzählte – nun selbst mit beginnender Raffinesse, die sie hervorgelockt hatte, denn er merkte wohl, wie sie Feuer fing – und, sanft errötend, immer kühnere Schlüpfrigkeiten einfließen ließ, da schob sie ihre Hand so weit vor, daß ihre Finger die seinen berührten und Haut an Haut ihren Zauber entfalteten, nun schon unwiderstehlich.

Da hielt er mit dem Nachzeichnen der Tischrunen inne. Daumen lag an Daumen, und plötzlich lag Hand in Hand und das Streicheln begann. Er umfaßte ihre Finger und ihr war, als umfaßte er bereits mehr. Sie senkte den Kopf und starrte auf die beiden Hände, die ineinanderlagen und sah anderes darin als nur zwei Hände, nämlich eine Vereinigung, die Vereinigung zweier schöner Vögel vielleicht. Ein paar Strähnen ihrer Haare fielen unter dem Tuch hervor in die Stirn, und das sah lieblich aus.

Es ist seltsam, aber in solchen Momenten geschieht vieles fast gleichzeitig, weil eines das andere vorantreibt, immer nur hauchzart, immer nur haarfein, aber das Gegenüber reagiert sofort, und so schaukelt sich das Begehren aneinander empor und treibt aufeinander zu. Noch war es so, daß sie beide den Kopf gesenkt hielten, dann aber blickten sie gleichzeitig hoch und sahen sich in die Augen – und da schaute ein jeder in den Brunnen des anderen. Und sie brauchten keine Worte, um sich zu verstehen.

Sie zog ihn empor und zur Scheune, deren Tür einen Spalt offenstand, gerade so viel, daß beide hindurchschlüpfen konnten. Und das Heu duftete nicht nur, nein, es roch betäubend, und sie lagen darin und waren selbst wie betäubt. Vorsichtig schickte Hazard seine rechte Hand auf die Suche, sie rutschte zunächst an ihrem Hals abwärts, unter das Leibchen und stieß dort auf ihre Brust. Ihn schwindelte, diese Weichheit, diese Zartheit, das war überirdisch. Es war ja das erste Mal für ihn. Laure gab die letzte Zurückhaltung auf, streifte sich selbst das Gewand über den Kopf und lag bald nackt neben ihm, mattschimmernd in der Scheunendämmerung. Er beugte sich über ihren Leib, küßte, schmeckte, erkundete alles mit tastenden Lippen.

»Ja«, hauchte sie, denn so hatte sie es erhofft. Noch einmal nahm sie seinen Kopf zärtlich und fest in ihre Hände und fragte: »Weißt du, wie du es machen mußt?«

»Man hat's mir erzählt«, flüsterte er. »Ich weiß schon sehr viel!«

Sie verstand, daß sie sein erstes Erlebnis war, und das erregte sie noch mehr, sogar über alle Maßen. Aber sie wußte auch, daß es gefährlich sein konnte.

»Du mußt vorher raus«, hauchte sie heiser. »Versprich es mir!«

»Verlaß dich darauf«, murmelte er, ohne zu wissen, auf was er sich einließ. Er hätte alles versprochen, wenn er jetzt nur an sein Ziel gelangte, wenn sie sich ihm jetzt nur hingab. »Ich will dir ja kein Kind machen …« Er stammelte es hervor wie die größte Liebeserklärung, die Lippen eindringlich an ihrem Ohr, und es war ja auch eine Liebeserklärung, weil es genau das war, was sie hören wollte und was ihr Vertrauen gab.

»Ach …« Ein Schauer durchlief sie, aber sie preßte ihre Beine zusammen und hielt die Luft an.

»Komm …« stöhnte er.

»Ja, ich will dich auch, nur dich und sonst keinen!«

Er drängte zwischen ihre Schenkel, und sie leistete keinen Widerstand mehr. Sie zog ihn an sich und in sich hinein. Sie spürten beide die äußerste, letzte Spannung des Leibes und zugleich der Seele. Es schien ihm überirdisch, solange es währte und sich steigerte, bis es kaum noch zu übertreffen war. Da riß er sich zurück.

Danach lag er auf ihr, ermattet, aber zufrieden und küßte sie zärtlich. Und sie sagte mit spielenden Lippen:

»So ist's gut! Ach, so ist es gut! Jetzt bin ich ruhig! Du bist wirklich brav.«

Ruhe kam über beide, sie streichelten sich. Er legte seinen Kopf auf ihre Schulter, hielt die Augen geschlossen und ließ seine Finger wandern. Nach und nach kehrte alles zurück: die Gerüche, das Heu, das Knistern bei jeder Bewegung. Im Licht, das durch die halb geöffneten Lider kam, sah er die tanzenden Staubkörnchen.

Hazard richtete sich ein wenig auf und griff zu seinem Hemd, das neben ihm lag. Er hob es soweit auf, daß es über ihm schwebte und schwenkte es hin und her, bis die Ärmel sich bewegten.

»Ich heiße Hazard …«, flüsterte er und ließ das Hemd sinken. »Ich heiße Hazard und bin ein Student!« Er führte das Hemd über ihre Brüste, es berührte ihre Warzen. Dann senkte er den Stoff auf ihren Oberkörper. »Ich mag dich sehr«, murmelte er. Sie warf ihre nackten Arme über das Hemd, zog es an sich und küßte es.

»Was du alles machst«, rief sie lachend, wenn auch verhalten. Da hörten sie draußen Gebell.

»Der Bauer, die Bäuerin! Sie sind wieder da!« rief Laure, nun wie verwandelt in ein verängstigtes Tier, schob rasch seine Hand fort, sprang auf und schlüpfte in ihr Kleid.

Die Stimmen wurden ungeduldiger:

»Laure! Wo steckst du?«

Schnell noch das Tuch über die Haare.

»Ich muß fort«, stieß sie atemlos hervor. »Wenn der Hund mich sucht und hier hereinkommt, findet er dich! Dann ist es aus! Da hinten ist eine Tür, durch die kannst du verschwinden. Du kommst in ein Wäldchen, dahinter ist der Weidensee, wo der Troß lagert, dort bist du sicher.«

Sie schaute sich gar nicht mehr um, rutschte erst, flog dann hinweg. Noch im Laufen schrie sie:

»Ich komme!« und zog die Scheunentür hinter sich zu.

Hazard hatte sich ebenfalls hastig angekleidet. Sein Herz klopfte wild, er krabbelte über das Heu und fand die hintere Tür. Sie quietschte, als er sie öffnete, goldgelbes Licht empfing ihn, nicht mehr vom Nachmittag, sondern schon vom beginnenden Abend, die Sonne stand schräg und blendete.

Er atmete tief durch und lief in das Wäldchen. Schon bald hörte er den Lärm vom Lager, nun war keine Gefahr mehr. Dann sah er die Wiese.

***

Wenige Stunden zuvor noch, als der Zug durch das Land gerollt, getrabt, geknarrt, gelärmt, geschaukelt war, hatten die Landleute ihre Feldarbeit unterbrochen, um ihn vom Wegrand aus zu begaffen, denn ihr Leben war arm an Sensationen und karg an Augenschmaus. Das hier sahen sie nicht alle Tage: Ritter, deren Rüstungen auf Saumtieren klapperten; Damen zu Pferde, deren Seidengewänder über die Steigbügel fielen; Troßknechte, die mißmutig neben den Wagen einhertrotteten; alle Arten von Leuten zu Fuß, schwitzende Geistliche, Grobschmiede, Fechtmeister, Waffenhalter … dazu die rollenden Räder, Hufe, Füße … und Fahnen, Standarten, Wimpel, Schilde, Spieße, Hellebarden, Schwerter. Es war ein aufwendiger, endloser Zug, viel zu viele Wagen, wie die erfahrenen Reisenden murrten, viel zu viele schwerfällige Vehikel und viel zu viele unnütze Mäuler. So konnte man leicht in eine schlimme Lage geraten.

Nicht nur ein einzelner Bauer wurde aus seiner Hütte aufgescheucht, im ganzen Umkreis stöberte man die Tölpel auf. Aber sie schleppten gern ihr Getreide und Heu herbei, ihre Hühner und Ziegen, denn sie wurden gut bezahlt.

Der Comte de la Brosse kam nicht als Räuber, der Graf befand sich auf dem Weg nach Konstantinopel, von wo aus er ins Heilige Land überschiffen wollte, um dem Fürsten von Antiochia eine Braut zuzuführen. Deshalb hatte er auch so viele Dienerinnen und Kammermädchen bei sich. Kein Wunder, daß die Kirchenfürsten sittliche Schäden befürchteten, den Verfall der Moral geißelten und sich Sorgen um das Heil all dieser Leute machten, die schließlich, wenn auch nur in zweiter Linie, zu einem Pilgerzug aufgebrochen waren. Der Graf und seine Damen betrachteten es sowieso mehr als eine Vergnügungsreise, die sie in vollen Zügen genießen wollten. Gewiß war es auch eine Zeit der Strapazen, aber vor allem war es doch ein ständiger Wechsel der Landschaften, der Völker. Es waren Monate der Vielfalt, Tage neuartiger Feste, Nachtlager der üppigen Tafeln und Tänze, Musikanten, Spielleute und Narren.

Abends ertönte Gelächter, bei Einbruch der Nacht gab es das verstohlene Hin und Her zwischen den Zelten, denn dieses Lager war kaum keusch zu nennen, wie die Pfaffen zornig wetterten.

Als Hazard den Quartierplatz betrat, wurde er von niemandem beachtet, denn man hielt ihn für einen Knecht oder für ein anderes Mitglied des Gefolges. Es kam oft vor, daß sich irgendwelche Leute dem Zug anschlossen und eine Weile mitwanderten, mitgeschleift wurden und irgendwann zurückblieben. Der Zug war wie ein lebender Organismus, er atmete, er vergrößerte oder verkleinerte sich, und auch das brachte stets neue Abwechslung.

Hazard schaute. Am See standen Weidenbüsche, deren dünne Äste silbergrün schimmerten, dort waren die ersten Zelte aufgeschlagen worden. Ringsum befanden sich vierrädrige Wagen, die von sehr starken Tieren gezogen worden sein mußten, daneben gab es auch kleinere Karren, ebenfalls hochbeladen, auf denen verschließbare Reisekoffer und zusammengerollte Planen gestapelt waren, die vor der Nacht noch aufgeschlagen werden mußten. Überzüge aus Leder oder Leinwand schützten die Ladung vor Staub und Regen.

Aber schon loderten kleinere Feuer, oder man bemühte sich, sie zu entzünden, und die Köche wiesen ihre Küchenjungen an, Geflügel auf Spießen zu drehen. In der Nähe des Wassers war man damit beschäftigt, Stoffbahnen über Stangen zu einem großen, runden Zelt aufzurichten, es sollte das Zelt für den Grafen werden. Es war ein Gewoge von Menschen und Tieren, die auf der aufgeweichten Wiese durcheinanderliefen, durch Schlamm und Pfützen, Hazard sah Bewaffnete, Pagen, sogar Schreiber, dazu Bedienstete jeden Ranges, und es wurde geflucht, gewiehert, geblökt, gemeckert, Pferde stampften und schnaubten. Die langen Soutanen der Kirchenmänner schleiften durch den Unrat, so daß die würdigen Herren sie mit spitzen Fingern hochziehen mußten. Schildknappen wuschen Rüstungen, von denen Armschienen an Lederbändern herabhingen, im See und stellten die leeren Hülsen danach zum Trocknen am Ufer auf. Hazard mußte bei dem Anblick der hohlen Oberkörper, Halsberge und Helmköpfe mit geckenhaftem Federschmuck lachen, so grotesk sahen sie aus.

Am Weiher zogen Enten entlang, die hinteren mit den Schnäbeln an den Bürzeln der vorderen. Am Ende bewegte sich eine Art Mann, ja, eine Art, denn ein richtiger Mann war es wohl kaum, sein Gewand war ein Sack und hatte auch diese schmutzigbraune Farbe. Der Kerl duckte sich und watschelte wie einer der Vögel, er wackelte mit dem Hinterteil, streckte den Hals vor und rief. »Kwakwakwakwak!« Dazu schlug er mit den Armen, aber die Enten kümmerten sich nicht um ihn.

Im dunklen Wasser spiegelte sich das letzte Licht mit den glühenden Wolken.

»He du!« rief Hazard dem Burschen zu, »was treibst du da?«

»Kwakwakwakwak!« war seine Antwort, dabei schaute er den

Frager an. In seinen Zügen schienen sich die verschiedensten Völker ein Stelldichein zu geben: die Juden, die Sarazenen, die Griechen genauso wie die Leute aus Venproce. Äderchen durchzogen seine Stirn, und die Wangen waren übersät von Stoppeln, in deren Mitte eine knubbelige Stupsnase stand, während sich unter dem Kinn ein scheckiger Bart breitmachte. Der Bursche lachte gemütlich, während die Enten in den Teich watschelten und mit angelegten Flügeln davonglitten.

»Wie heißt du?« fragte Hazard den Stupsnasigen.

»Kwakwak!« war die Antwort.

»Schön, Kwakwak! Du bist also eine Ente. Aber willst du denn heute abend auch am Spieß hängen und gebraten werden?«

»Ich hänge nicht, und ich brate nicht«, sagte der Bursche nun vernünftig. »Jetzt bin ich Kwakwak und Canard, die Ente, dann bin ich wieder Camard, die Stupsnase. Aber Canard, die Ente, und Camard, die Stupsnase, sind immer noch besser als la camarde, der Tod. Ich wechsle zwei Buchstaben, und ich wechsle alles. Mit Buchstaben kannst du die Welt verändern. Gott soll mich schützen und dich auch!«

»Danke! Ich vermute, dieses Spiel kann man immer weitertreiben und kommt nie an ein Ende.«

»Ja, es ist unerschöpflich und eines der lustigsten. Man muß freilich aufpassen, daß aus der Lust keine Last wird.«

»Es sei denn, du machst aus der Last wieder eine List!«

»Ich sehe, du hast das Spiel verstanden!«

»Ich bin verrückt auf alle Arten von Spielen!«

»Dann passen wir vielleicht zusammen. Übrigens nennt man mich hier nur Bouffon, den Narr. Aber wie heißt du, Spieler?«

»Also Bouffon? Auch gut – ich heiße Hazard le Bain, denn ich komme auch aus dem Wasser, freilich nicht aus dem Teich, sondern aus dem Zuber.«

»Wenn du aus dem Zuber den Zauber machen kannst, sollten wir zusammengehen. Was spielst du denn? Die Flöte, die Fidel, das Hackbrett oder das Krummhorn?«

»Nur ein wenig Laute oder Mandoline«, erklärte Hazard. »Aber schau einmal …« Er machte drei Schritte ans Ufer und schnitt zwei Äste von einer Weide ab, fügte sie zu einem Kreuz und band sie mit abgeschälter Rinde zusammen. Er hob einen der Brustpanzer auf, steckte das Holzkreuz so hinein, daß es im Schulterschutz festhielt, setzte oben einen Helm darauf und bewegte diesen halben Ritter so, daß die hohlen Armschienen an den Riemen schlenkerten. Dann klappte er den Mundschutz auf und zu und grölte, wenn auch verhalten:

Ich bin der Ritter Cessandre,
und wandre, wandre, wandre!
Ich bringe den Heiden eine Braut,
wie man sie schöner nie geschaut!

Hazard hob die rechte Armhülse und schwenkte sie hin und her, wie es ein Mann tut, der gestikuliert:

Oh, wären wir doch bald im Hafen,
ich möchte mit der Schönsten schlafen!

Hazard war so vertieft in sein Spiel, daß er nicht bemerkte, wie ein pfauenhaft gekleideter, schwerleibiger Mann vor das Rundzelt trat. Dieser gemästete Goldfasan war Seine Durchlaucht, der Comte de la Brosse. Er knabberte gerade an einem Hühnerschenkel, und sein gestutzter Backenbart war fettverschmiert. Neben ihm erschienen sowohl Hofschranzen und Diener als auch junge Damen, unter denen sich Demetria von Mistra befand, eine junge Griechin, so schön und verführerisch, daß sie von jedem Mann begehrt wurde. Sie alle schauten Hazards Spiel belustigt zu. Aber in Demetrias Augen trat ein Ausdruck des Verlangens, denn der sehnige Körper des Jünglings versprach Freuden, nach denen sie süchtig war.

»Famos!« rief der Graf schließlich und schleuderte den abgenagten Hühnerknochen so geschickt gegen den Brustharnisch, daß es einen hellen Klang gab. »Das ist famos!« Er klatschte, und die Hofleute machten es ihm nach. »Wer bist du, Spielmann? Warum habe ich dich noch nie gesehen?«

Hazard nannte seinen neuen Namen und erklärte, daß er erst heute abend ins Lager gekommen sei.

»Amüsant«, meinte der Graf. »Hazard le Bain erweckt totes Rüstzeug zum Leben! Wo kommst du her, Bursche, und wo willst du hin?«

»Ich komme aus Seimarle und will irgendwohin. Alles ist mir recht, wenn es mich nur meinem Ziel näher bringt.«

»Welchem Ziel, du zielstrebiger Mensch?«

»Durchlaucht, mein Ziel ist freilich sonderbar, ich suche etwas, das überall sein kann und nirgends.«

»Nun, sind wir nicht alle auf der Suche? Und schließlich finden wir auch alle dasselbe. Was wohl? Das ist ein Rätsel, du Tölpel, löse es mir!«

»Wir sind auf der Suche nach dem Lebensglück«, meinte Hazard, »und wir finden schließlich alle den Tod. So jedenfalls stellt es sich mir dar. Wenn wir es umgekehrt machen würden, wäre es vielleicht gescheiter!«

»Wie meinst du das nun wieder?«

»Vielleicht fänden wir unser Lebensglück eher, wenn wir den Tod suchten«, antwortete Hazard.

»Ach, das ist eine Ritterweisheit«, meinte der Comte de la Brosse und verzog seinen Mund. »Sie taugt nur für Kampfhähne, nicht aber für Liebhaber des Lebens und seiner Freuden. Immerhin könnte ich sie ja meinen Soldaten auf die Fahnen schreiben lassen.«

Bouffon gackerte wie ein Hahn:

»Schickt ihn weg, schickt ihn weg!«

»Und warum, du Narr?«

»Er ist mir zu weise und stiehlt mir das Brot.«

»Vielleicht könnte ich noch einen zweiten Narren ernähren«,

erwiderte der Graf und wandte sich an Hazard. »Sieh dich aber vor und spiele nicht mit meinen Kleidern auf diese Weise. Ich mag es nicht, wenn man mich zum Gespött macht, und ich lasse mir auch ungern einen Zerrspiegel vorhalten.«

»Das ist schade, denn mit Euer Durchlaucht Gewand ließen sich vortreffliche Spiele inszenieren.«

»Welche, du Spieler?«

»Das Spiel von der Macht, das Spiel der Ehre und das Spiel vom Reichtum, die Spiele der Eitelkeit, der Prunksucht und natürlich auch die Spiele vom Ruhm!«

»Nimm deine Worte in acht! Es ist besser, du verschluckst eines und hast daran zu würgen, als daß ich dir die Zunge abschneiden lasse. Genug! Es bleibt bei dem Verbot. Aber du hast mir noch nicht gesagt, nach was für einer Kostbarkeit du auf der Suche bist.«

»Es ist eigentlich eine Kleinigkeit, aber sie hat es in sich. Es ist ein Buch.«

»Nur ein Buch? Das kann nicht viel bedeuten. Bücher habe ich genug, und sie lügen alle. Meine Hoffnung ist, daß ein einziges nicht lügt: das Buch der Bücher, die Bibel. Würde sie lügen, hätte ich statt der ewigen Seligkeit die ewige Verdammnis zu erwarten. Was steht also in deinem seltenen Buch?«

»Es ist auf seine Art auch ein Buch der Bücher, denn es löst alle Fragen. Aber was soll's, es ging verloren.«

»Ich hörte von vielen Büchern, von einem solchen noch nie! Erzähle weiter.«

»Ich weiß nicht, ob ich es finden werde. Aber mir bleibt eine Hoffnung, und ohne Hoffnung können wir nicht leben, Durchlaucht! Vielleicht steht dieses Buch in irgendeiner Bibliothek. Vielleicht sogar in der Euren und Ihr wißt es nur nicht. Laßt mich also nachsehen! Dieses Buch enthüllt alles Wissen der Welt, es kennt alle Geheimnisse, es löst die Rätsel der Religionen und weiß, welche die reine Wahrheit verkündet und welche lügt.«

»Das wäre allerdings ein unschätzbarer Gewinn«, murmelte der Graf.

»Aber hört weiter, das Buch kennt auch die Kunst des Goldmachens.«

Der Comte de la Brosse lachte.

»Und ich dachte, daß ich diese schon beherrsche! Sieh her …«

Er winkte, ließ sich von einem Höfling eine Münze reichen und warf sie Hazard zu. »Das ist ein Golddukaten«, rief er. »Wie du siehst, trägt er mein Bild. Er gehört dir. Bleibe bei mir und ziehe mit mir nach Antiochia. Vielleicht finden wir dort dein Buch … oder auf dem Marsch durch Ungarn … oder in Konstantinopel. Dann soll es das meine sein, und du wirst so reich belohnt werden, daß du auf alles Wissen pfeifen kannst!« Hazard fing das Geldstück auf und betrachtete das feine Relief mit dem Profil des Grafen, ließ die Münze auf der Hand hochschnellen und steckte sie dann rasch in seinen Beutel unter dem Gürtel. Er dankte, darüber hinaus aber schwieg er. Er sprach auch nicht weiter vom Inhalt des Werkes, nämlich daß es die Spielregeln des Lebens enthielt. Dieses Geheimnis wollte er für sich behalten.

»Durchlaucht, wenn ich Euch dienen kann, verfügt über mich. Vielleicht als Schreiber.«

»Das findet sich«, meinte der Graf »Wenn du Künste beherrschst, sollen sie nicht ungenutzt bleiben. Aber wir müssen dich ausstaffieren. Hast du einen warmen Mantel, die Nächte sind kalt? Nein? Du bekommst einen Umhang. Hast du ein Pferd? Nein? Du bekommst ein Roß. Waffenmeister, sorge dafür! Es braucht kein edles Tier zu sein, aber ein ausdauerndes, denn ich schätze, daß unser neuer Freund weite Strecken zu reiten haben wird.«

Irrte sich Hazard oder hörte er leises Gemurmel des Unwillens unter den jungen Edelleuten? Neideten sie ihm, dem Neuling, die spontane gräfliche Gunst?

Der Comte de la Brosse jedenfalls wischte alles mit einer Handbewegung fort.

***

Der Waffenmeister winkte Hazard, sein Gesichtsausdruck war mürrisch, denn auch ihm gefiel die Bevorzugung des Neulings nicht. Hazard drückte Bouffon, der Stupsnase, die aus der Rüstung bestehende Figur in den Arm.

»Stell sie wieder ordentlich hin«, bat er und ging mit dem Waffenmeister.

»Unser Herr ist zu gutherzig, doch sieh dich vor«, brummte dieser auf dem Weg, schwieg sich aber darüber aus, wovor Hazard sich in acht nehmen sollte.

Die Roßknechte hatten am Rande der Wiese eine Koppel aus Weidenhölzern errichtet, in der die Pferde standen. Der vierschrötige Herr über die Waffen rief den Stallmeister zu sich und wies ihn an, ein Tier auszusuchen:

»Befehl Seiner Durchlaucht!«

Der Stallmeister wählte einen kräftigen Braunen, ein gedrungenes Tier.

»Ein Rennpferd ist es nicht«, meinte er, und Spott klang in seinem Lachen, »aber es trägt ein Leichtgewicht wie dich bis nach Konstantinopel und, wenn es sein muß, auch bis nach Antiochia.«

»Ich bedanke mich!« Hazard war zufrieden, ihm gefielen die großen, dunklen Augen des Braunen und vor allem der auffällig weiße Fleck auf der Stirn. »Aber wo bleibt es heute nacht?«

»Kannst du zahlen?« Der Stallmeister hielt die Hand auf. Hazard legte eine Münze hinein. Der Mann nickte:

»Du kannst Garçon morgen früh abholen.«

Nun führte der Waffenmeister Hazard zu einem hochrädrigen Wagen, der mit einer gerundeten Plane abgedeckt war. Im Inneren waren Kleidungsstücke aufgestapelt, in denen der knurrige Mann kramte, die Stücke durcheinanderwarf, betont auffällig ächzte und brabbelnd vor sich hinschimpfte. Endlich fand er den Haufen mit Mänteln, der noch zusammengeschnürt war. Der Waffenmeister band ihn auf und zerrte einen Umhang heraus, der aus verschiedenfarbigen Resten zusammengesetzt war.

»Das ist das Rechte für einen Narren«, knurrte er, indem er Hazard das Stück gab.

Hazard warf den Umhang über und begriff schnell, daß er ihn nachts warmhalten würde. Er dankte und wollte gehen.

»Was ist mit mir?« fragte der Waffenmeister und streckte die offene Hand vor.

Hazard seufzte. Er sah, daß das Leben auch hier teuer sein würde, aber er war nicht arm, der Verkauf der Badestube gestattete ihm für lange Zeit ein sorgenfreies Leben. Gewiß, er hatte nicht alles Geld bei sich, und das war auch klug so. Er hatte es zum Juden gebracht, der zahlte ihm nicht nur Zinsen, er hatte ihn außerdem mit Kreditbriefen ausgestattet, die Hazard bei dessen Glaubensgenossen, bei Geldverleihern und Bankhäusern an vielen Orten einlösen konnte. Trotzdem sann Hazard darauf, zusätzlich etwas zu verdienen.

Mit dem Umhang über dem Arm kehrte er in das Lager zurück. Um das Rundzelt des Comte de la Brosse war ein kleiner Platz freigehalten worden, wo die Zelte der Adligen, der vornehmen Bürger und der Damen standen, auch das Demetrias. Es war inzwischen dunkler geworden, die Zelte zeichneten sich schwarz in der Dämmerung ab, obwohl sie eigentlich hell und farbenfroh waren. An Feuern wurde über glühenden Holzkohlen Fleisch gebraten: Hammel, Hähnchen und Tauben. Der fettige Geruch erfüllte die Luft, und überall saßen Männer, die aßen oder Wein aus Zinnkrügen tranken. Auch Bier war beliebt, aber doch eher bei Knappen und Knechten, für die der Wein zu teuer war.

Um einen Mann mit einer Laute auf den Knien hatte sich eine Gruppe gebildet. Auch Hazard blieb stehen und lauschte den gezupften Tönen.

»Er hat es von den Mauren gelernt«, erklärte die Stupsnase, »und ich habe es ihm abgeschaut.«

»Wer ist der Spieler?« fragte Hazard.

»Er heißt Mathieu de Baze und ist ein Leichtfuß. Und der

Edelmann neben ihm mit dem Barett nennt sich Boudin du Chastel. Beide sind Verwandte unseres Grafen, entfernte Cousins mütterlicherseits. Paß auf, sie sind hinter jedem Rock her und betrachten ihn als ihr Eigentum. Also sieh dich vor, daß du ihnen nicht ins Gehege kommst, denn sie sind dauernd in Händel verwickelt. Wären sie nicht aus der Familie des Grafen, hätten sie wohl schon längst verschwinden müssen, so aber können sie sich fast ungestraft mit jedermann anlegen. Wenn du mich fragst, die beiden taugen nicht viel.«

»Aber der Kerl singt schön!«

»Das tut er, aber eine reine Kehle steht längst nicht immer auf einer reinen Seele«, reimte Bouffon.

»Stupsnase, hör auf zu dichten, denn sonst kommt mir der Verdacht, ich müßte es auch lernen, um neben dir bestehen zu können. Laß uns lieber zuhören.«

Hazard hatte recht, denn was immer gegen Mathieu de Baze vorgebracht werden konnte, er sang wie eine Lerche, vielleicht sogar wie eine Nachtigall, mit einer äußerst wohlklingenden Stimme. Der Wein hatte ihn schon ein wenig trunken gemacht, sein melodiöser Gesang erfüllte die Abendluft und gefiel Hazard sehr. Mochte der Kerl sein, wie er wollte, seine Stimme versöhnte mit ihm und mußte die Frauen betören. Er sang vom Abend und wie er zu seinem Liebchen gehen wollte und vom Morgen, wie er es verlassen mußte:

Der Mond hing in der Silbernacht,
mich zog's zu ihr mit Zaubermacht.
O Sonne, laß dein Tagen,
mir will das Herz verzagen.

Es fiel Hazard nicht auf, daß Bouffon verschwand und sein Platz neben ihm für eine Weile leer blieb, denn er hörte gebannt zu. Nicht nur Mathieu de Baze sang, Boudin du Chastel fiel bald in den Gesang ein, und die Stimmen der beiden verschmolzen in jugendlichem Wohlklang. Sie erzählten von einer fernen Geliebten, die im Morgenland auf sie wartete. Bouffon trat wieder neben Hazard und zupfte ihn am Ärmel: »Unser Herr scheint einen Narren an dir gefressen zu haben«, flüsterte er und deutete auf das Rundzelt. »Du sollst zu ihm kommen!«

Hazard löste sich nur ungern von der Gruppe, warf Bouffon seinen Umhang zu und trat an das Zelt. Zwei Wächter standen mit Hellebarden vor dem Eingang, sie ließen Hazard sofort ein. Der Innenraum war mit Kerzen matt, aber anheimelnd beleuchtet, sie standen auf hohen Ständern im Kreis und verströmten ein warmes Licht. Der Comte de la Brosse saß breitbeinig in der Mitte auf einem Klappgestell, das mit Leinen bezogen war, ein runder Tisch neben ihm war üppig mit Fleisch, Fisch und Geflügel auf Platten beladen. Aus Karaffen wurde Wein eingeschenkt, ein knabenhafter Page füllte sie immer wieder. Den Rasen bedeckte ein Teppich, auf dem man Kissen verstreut hatte – und auf diesen streckten drei junge Damen ihre Glieder aus: die Braut des Fürsten von Antiochia, ein rothaariges, nicht mehr ganz junges Wesen, dafür aber von höchstem Stand, eben eine Prinzessin; daneben die augenblickliche Favoritin des Grafen, zur Fülle neigend, aber gerade dadurch von Seiner Durchlaucht begehrt; und Demetria von Mistra, die in ein schlichtes, aber umso raffinierteres Hausgewand aus blauer Seide gehüllt war. Der Stoff umspielte ihre schlanke Gestalt auf eine Weise, die sie gleichzeitig preisgab; seine Farbe paßte zu ihren goldblonden Locken. Das Gewand war am Hals so weit ausgeschnitten, daß der Ansatz ihrer Brust und die schneeweiße Haut zu sehen waren, und um ihre Hüfte hing ein goldener Gürtel, dessen Enden bis auf die nackten Füße herabfielen, an denen sie nur leichte Sandalen aus dünnen Riemchen trug. Als Hazard eintrat, zog dieses schöne Wesen die Augen zusammen und nippte an seinem Trinkgefäß, ohne den Blick von ihm zu wenden, und es war nicht ersichtlich, was sie mit größerer Wonne in sich einsog, seinen Anblick oder den Wein.

Der Graf schnippte mit den Fingern. Ein zweiter Klappstuhl wurde aufgestellt, und der Comte de la Brosse befahl Hazard, er solle sich auf dem Sitz niederlassen.

»Zu den Mädchen da runter kommst du mir nicht«, knurrte er, eher belustigt als unfreundlich. »Das könnte dir so passen! Und bilde dir nichts ein, weil ich dir erlaube, dich auf eine Höhe mit mir zu setzen. Es gefällt mir, mit dir zu reden, und wenn es mir nicht mehr gefällt, mußt du verschwinden!«

Hazard nickte und schwieg.

Der Comte de la Brosse griff nach einem festen Hühnerbein und warf es ihm zu. Dann winkte er dem Pagen, Hazard auch mit Wein zu versorgen, wobei dieser das Silbergefäß auf den Boden stellte, in die Reichweite von Demetrias Füßen.

»Du willst also mein Schreiber werden?« fragte der Graf.

»Wenn es Euch gefällt!«

»Das weiß ich noch nicht. Doch iß zuerst, es redet sich schlecht mit hungrigen Leuten.«

Während Hazard kaute und trank, fragte der Graf weiter:

»Hast du eine gute Schrift? Ich habe schon zwei Schreiber, aber sie taugen beide nichts. Man braucht sie, leider, das ist aber auch alles. Was aufgeschrieben wird, das bleibt, sagen die Weisen. Also bleiben auch aufgeschriebene Lügen, sage ich.« Er machte eine Pause. »Nun wisch dir die Finger ab.« Hazard wurde eine Schüssel gereicht, in die er seine Fingerspitzen tauchen, ein Tuch, an dem er sie abtrocknen konnte. Unvermittelt fragte der Comte de la Brosse: »Kannst du singen?«

»Ein wenig. Aber da waren vor Eurem Zelt zwei junge Burschen …«

»Junge Burschen, Spielmann? Laß sie das nicht hören! Es sind junge Herren! Edelleute! Nun ja, eigentlich sind es auch Taugenichtse, aber sie stehen unter meinem Schutz, weil die Gräfin in sie vernarrt ist, denn sie sind aus ihrer Familie. Also beleidige sie nicht, am besten gehst du ihnen aus dem Weg, sie schlagen sich gern, und das kann ich nicht dulden.«

»Aber sie singen hübsch!«

»Das tun sie, das muß man ihnen lassen. Darin sind sie einzigartig, und deshalb habe ich sie gern um mich. Ich möchte, daß auch du für mich singst – doch nicht jetzt, ein andermal.« Der Graf schwieg, als wollte er seinen Worten damit Gewicht verleihen und fuhr dann fort: »Nun zu etwas anderem. Du hast von einem Buch gesprochen, das du suchst. Hier findest du es nicht, leider, ich hätte es selbst gern. Aber ich schenke dir ein anderes, ein Liederbuch. Singe daraus und ergänze es durch neue Weisen!« Er winkte nach hinten, die Überraschung war vorbereitet. Der Page brachte dem Grafen einen in Leder gebundenen Band. Der Comte de la Brosse schlug ihn auf und zeigte Hazard nacheinander die Seiten, auf denen mit tiefschwarzen Buchstaben Strophen geschrieben waren. Daneben waren bunte, fast zierliche Gestalten zu sehen, singende Ritter, einige zupften Leiern, andere waren von Ranken umgeben, wieder andere trugen nur Helme mit Federbüschen.

»Das soll mir gehören?« Hazard glühte vor Freude.

»Ich scherze nicht! Oder glaubst du, ich könnte dir ein so kostbares Geschenk nicht machen? Ich denke mir ja etwas dabei!«

»Durchlaucht, Ihr überhäuft mich mit Güte. Ich danke!« rief Hazard, sank auf ein Knie nieder und küßte die herabhängende Hand.

»Danke mir, indem du für mich singst, und nun setze dich wieder. Ich mag Sänger und Dichter, sie dienen meinem Ruhm, und du könntest meinen Ruhm vielleicht vermehren!«

»Ich?« Hazard hielt das Buch wie etwas Zerbrechliches auf dem Schoß. Er war erstaunt. »Aber nichts täte ich lieber!« rief er. »Nur fühle ich mich noch nicht würdig dazu.«

»Du mußt es werden«, erklärte der Comte de la Brosse, »ich bin süchtig nach Ruhm, da er das einzige ist, was von uns bleibt. Der Ruhm besiegt den Tod, daher brauche ich Ruhm! Ruhm ist das verläßlichste Grabdenkmal! Puh! Was für triste Gedanken!« Er trank und spülte den Schauder hinunter. »Du hast vorhin da draußen etwas gemacht, das mir neu war«, erklärte er schließlich. »Das habe ich noch nie gesehen, dieses Spiel mit der Rüstung. Ich vergaß dabei völlig, daß es nur eine leere Hülle ist und sah einen Ritter, der sich bewegte und redete.«

»Ach, ich habe keinen Verdienst daran«, erwiderte Hazard. »Ich sah so ein Spiel im Hafen von Seimarle, die Künstler kamen wohl übers Meer, denn sie waren braunhäutig. Sie führten kleine Menschen an Fäden, aber es waren in Wirklichkeit natürlich keine Menschen, ich glaubte es nur zuerst. Es waren Figuren aus Holz und Stoff, die sich bewegten und redeten, als seien sie lebendig.«

»Das wäre etwas für meinen Hof«, erklärte der Comte de la Brosse. »Auch damit könntest du meinen Ruhm verkünden, Bursche! Glaubst du, daß du das fertigbringst?«

»Ich möchte es versuchen.«

Demetria streifte nachlässig eine Sandale ab. Ihre Fußspitze berührte Hazards Trinkgefäß. Er schaute irritiert zu. »Die Ähnlichkeit dieser Figuren mit uns Menschen ist nur zu natürlich«, erklärte er. »Sie kommt daher, weil wir ebenso an Fäden hängen, an unsichtbaren Fäden natürlich.«

»Wie meinst du das?

»Ich erkannte es einmal sehr deutlich auf einem Gottesacker. Da sah ich all die Leute an Schnüren hängen. Sie bewegten sich nicht, sie wurden bewegt, sie lebten nicht, sie wurden gelebt.«

»Hör auf! Du jagst mir einen Schauder den Rücken hinab. Du willst doch nicht etwa sagen, der Tod hielt die Fäden?«

»Einen Totentanz sah ich auch, aber das war bei den Spielern im Hafen. Nein, ich weiß nicht, wer die Fäden hält, ob es der Tod ist oder das Leben. Vielleicht spielen beide, denn der Tod nimmt dem Leben die Figuren schließlich alle aus der Hand.«

»Willst du etwa behaupten, daß wir alle nur spielen?«

»Ich weiß es nicht, ich glaube aber, das ganze Leben ist nur ein Spiel!«

»Soll man es wirklich nur als Spiel betrachten?« fragte der

Graf. »Alle Kinder spielen, das ist wahr, wir aber sind keine Kinder mehr.«

»Auch Pferde spielen auf der Weide miteinander, junge Hunde und Katzen«, rief Hazard.

»Aber wir sind noch weniger Tiere«, entgegnete der Comte de la Brosse. »Unser menschliches Tun ist etwas ganz anderes, Tiere haben doch keine Seele!«

»Und doch ist alles ein Spiel«, beharrte Hazard. »Wir Menschen spielen wie die Tiere, nun ja, vielleicht beseelter, aber wir kommen auf die Welt und spielen und lassen es nie, bis zum Tode.«

»Wie die Kinder ...« murmelte der Comte de la Brosse nachdenklich. »Ich denke doch, wir werden eines Tages vernünftig!«

»Auch unsere Vernunft ist nur ein Spiel, und je vernünftiger wir zu sein scheinen, desto mehr spielen wir, desto ernsthafter. Nein, Hoheit, wir verlernen das Spielen nie. Das Spiel war vor uns da und wird nach uns sein.«

»Und meine Macht?«

»Ein Spiel«, sagte Hazard kühn. »Eure Macht würde zerfallen, wenn nicht alle das Spiel mitspielen würden!«

»Was erlaubst du dir? Meine Macht ist vom König, und der hat sie von Gott!«

»Aber das sage ich ja! Der König hat von Gott seine Macht, und Ihr habt sie vom König, also von Gott, und damit spielt auch Ihr. Ihr spielt dieses Spiel mit all seiner Spannung, mit all seinem Glanz, mit all seiner Düsternis.«

Die drei jungen Damen nippten am Wein, sprachen nicht und hingen atemlos lauschend an Hazards Lippen. Was für ein junger Mann! Er war feurig, mutig und offen. Demetria von Mistra öffnete als erste ihren Kirschenmund, auf dem ein Weintropfen perlte und fragte:

»Und die Liebe, mein kluger Freund, ist sie denn auch ein Spiel?«

»Aber ja!« rief Hazard und errötete sofort, denn er erkannte, daß er sich zu weit vorgewagt hatte.

Demetria lachte hell.

»Und spielst du dieses Spiel?«

Hazard schwieg und sah auf den Boden.

»Ich wette, du spielst es gut«, meinte sie und verschob mit ihrem Zeh seinen Becher ein wenig, so daß er leicht kippte.

»Demetria«, warnte der Comte de la Brosse. »Wenn du zynisch sein willst, so verschone unseren jungen Gast! Was weiß denn er davon! Er ist ja noch nicht einmal trocken hinter den Ohren und redet unverständliches Zeug.«

»Aber Ihr habt doch gehört, Durchlaucht, daß selbst junge Hunde dieses Spiel schon spielen«, meinte Demetria ungeniert.

»Ja, wenn die Hündin läufig ist«, knurrte der Graf und lächelte wider Willen.

»Eben!« Demetria nahm einen Schluck Wein. Der Graf warf ihr einen scharfen Blick zu und murmelte:

»Denk lieber an Mathieu, wenn du ein Unheil vermeiden willst, und laß deine Finger von diesem Knaben!«

»Im Spiel liegt Schönheit«, murmelte Hazard verträumt, vom Wein entspannt.

»Mir scheint wirklich, du weißt mehr, als man vermutet. Du entwickelst eine eigene Wissenschaft vom Spiel.«

»Scientia ludorum«, sagte Hazard.

»Scientia?« spottete Demetria. »Nun, wie er mit dieser Rüstung spielte, das erschien mir gar nicht wissenschaftlich, sondern höchst amüsant. Als wäre da ein Mann mit lebendigen Gliedern …«

»Demetria!«

Demetria war in ihrem Element. Genau wissend, weshalb der Comte de la Brosse ihre Gegenwart schätzte, antwortete sie ungeniert: »Was meint Ihr denn, Durchlaucht? Ich sprach von Gliedern, nicht von einem …«

»Mädchen!« Der Comte de la Brosse spielte den Empörten. »Du bist frivol! Dabei solltest du fromm sein und beten!«

»So fromm wie Ihr und ein Kloster stiften? Ja, Ihr seid wahrhaftig fromm!«

»Welches Kloster meinst du? Saint Maximin? Saint Gilles? Saint Trophime?«

»Ihr braucht mir nicht all Eure Stiftungen aufzuzählen. Ihr wißt recht gut, daß ich Euren Lieblingsplan, das Dirnenkloster meine, in dem alle Insassen Eure reizenden, jungen Gespielinnen sein sollen. Dann habt Ihr beides zugleich: Von Euren Ausschweifungen könnt Ihr Euch unverzüglich absolvieren lassen, ohne aus dem Haus gehen zu müssen. Und wenn Ihr dann genug gebetet habt, könnt Ihr gleich wieder das Weihwasser abwaschen … Oder soll ich sagen: abspielen?«

»Womit wir wieder beim Spiel wären«, meinte der Comte und lachte unmäßig. Seine Favoritin verzog ihren Mund, denn sie wußte nicht, ob sie sich freuen sollte oder ob ihr Demetria gefährlich wurde und sie das laszive Geschöpf als Nebenbuhlerin betrachten mußte. Die dritte der jungen Damen blieb weiterhin stumm. Sie war aber nach und nach errötet, und das machte sie noch lieblicher.

»Wir wollen es für heute genug sein lassen«, meinte der Graf schließlich. Ihm stand nach dem Genuß der Worte und des Rebensaftes nun der Sinn nach einem weiblichen Körper.

Demetria streckte schnell den Fuß aus und stieß Hazards Becher um, so daß sich der Inhalt auf den Teppich ergoß und die Spitze ihrer großen Zehe benetzte.

»Tölpel!« Demetria tat so, als sei Hazard ungeschickt gewesen und gab ihm die Schuld.

Hazard wußte nicht, wie er sich benehmen sollte, schließlich konnte er die Dame doch nicht bloßstellen, und Demetria fand, daß ihm diese Verlegenheit gut stand. Dem Grafen aber war klar, was er davon zu halten hatte, und er tadelte das Mädchen.

»Du gehst zu weit«, knurrte er und rief nach dem Pagen, der

mit Tüchern den Fleck aufzuwischen versuchte. »Der Fleck wird bleiben, schade um den kostbaren Teppich.«

»Und mein Zeh?« rief Demetria und streckte ihr Bein, so daß ihr Fuß fast Hazards Mund erreichte. Der Graf begann wieder zu lachen.

»Also schlürf es schon weg, Spielmann, ich erlaube es.«

Hazard wurde dunkelrot, neigte sich vor, faßte den Fuß und führte den Zeh an den Mund. Vorsichtig leckte er die roten Tropfen ab.

»Teufel, was machst du mit deiner Zunge? Das war nicht erlaubt! Du kitzelst mich«, rief Demetria und kicherte.

»Schluß, Demetria!« befahl der Graf. Aber sie wußte, daß er solche Scherze liebte. Und die Favoritin hoffte, er würde dieses Spiel bei ihr wiederholen.

Hazard wußte später kaum mehr, wie er aus dem Zelt gekommen war. Mit einem Mal stand er draußen, das Liederbuch in der Hand. Es war dunkel, aber die Feuer loderten noch, Männer hockten daneben und tranken, sangen oder schwatzten.

Bouffon zog Hazard am Ärmel.

»Komm«, wisperte er. »Ich habe ein Plätzchen für dich.«

Dann lag Hazard unter seinem neuen Umhang, gut zugedeckt, das Buch wie ein Kissen unter dem Kopf. Er schaute zum Himmel, wo der halbe Mond im Kranz der Sterne stand, im flimmernden, hohen Zelt. Hazard freute sich über dieses Spiel des Lebens und seine neue Rolle darin.

***

Hazard schlief fest und ohne gaukelnde Bilder. Die Geräusche im Lager wurden immer leiser, die Gespräche waren schon lange verstummt, die Schritte verklungen. Manchmal schnaubte ein Pferd, und im See quakten die Frösche.

Irgendwann wurde er sanft gerüttelt. Ein kleiner Page mit dunkler Haut, so braun wie die Nacht, weckte ihn, das Weiß seiner Augen funkelte im Mondschein. Er legte dem Erschrockenen gleich die Hand auf den Mund.

»Still, Herr, still! Habt keine Angst! Es ist nichts Schlimmes, im Gegenteil, Ihr dürft mitkommen!«

»Wohin?«

»Seid leise, es darf keiner wissen, auch Bouffon nicht!«

Bouffon atmete gleichmäßig, manchmal schnarchte er, offenbar war er in einer anderen Welt.

»Wohin?« flüsterte Hazard noch einmal in gespannter Aufmerksamkeit.

»Zu meiner Herrin, laßt alles hier!«

Hazard erhob sich, legte das Buch unter den Umhang, und bemühte sich, leise zu atmen.

Der Page hielt ihm die Hand hin, zog ihn mit sich fort. Auf Zehenspitzen schlichen sie durch das Lager, da und dort glomm noch Glut unter schwarzmarmorierter Asche, und das Gras war weich. Das Zelt schimmerte im Dunkel. Der Page lüpfte den Einschlupf, Hazard kroch hindurch, der Page blieb zurück.

Demetria ruhte auf einem Holzgestell mit Leinenbezug, bedeckt von einem Leopardenfell, das dünn und schmiegsam war, aber auch warm. Ihr Haar floß wie ein goldener Vorhang über ihre Schultern. Ein Öllämpchen flackerte neben der Liege, und auf dem Klapptisch befanden sich Gegenstände, wie sie das Fräulein zu ihrer Toilette und zu ihrer Bequemlichkeit brauchte, auch eine Karaffe mit Wein und ein Becher. Auf dem Hocker lagen ihre Kleider, das blaue Gewand, das lange, goldene Gürtelband.

»Sei leise und komm«, flüsterte das Mädchen. »Wenn du sprichst, so sei es wie wispernder Wind. Setz dich hier auf den Rand, es geht schon.«

»Was wollt Ihr?« fragte Hazard.

»Küß mich«, hauchte Demetria.

»Aber …«

»Küß mich, das sagt viel mehr.«

Hazard spürte Erregung. Sie kroch ihm vom Unterleib bis in den Hals, er beugte sich vor und berührte ihren Mund. Zuerst hielt sie nur still, und Hazard verstärkte den Druck, da öffnete Demetria die Lippen, und Hazards Erregung wuchs.

»Spielmann«, raunte sie, schob ihre Hand unter dem Fell heraus und faßte nach seiner. Ihr Arm und ihre Schulter schimmerten. Sie schien vollkommen nackt zu sein. Sie legte seine Hand auf ihre Brust und zog seinen Kopf herab, so daß er ihre Warze spürte. Als seine Zunge die Knospe umspielte, seufzte Demetria:

»Spielmann, ich wußte, daß du es kannst, aber mit all dem, was du am Körper trägst, bist du mir zu rauh, obwohl das Stachlige auch seinen Reiz hat. Deine Haare mag ich, das Kratzige deiner Wange. Los ... los ...«

Hazard vermochte nicht mehr zu denken. Dumpf ahnte er, daß er sich in Gefahr begab, fühlte sich aber hilflos. Sie half ihm, ihre Finger arbeiteten flink und geschickt: die Bänder gelöst, das Hemd über den Kopf, ihre streichelnden Hände liebkosten seine Rippen, seine Brust, er spürte ihre Begehrlichkeit. Das Gürtelband auf, die Hose herab:

»Ah ... nimm das Fläschlein dort mit Rosenwasser ... ein paar Tropfen genügen ...«

Er kam zu ihr. Ihr Körper war weich und biegsam und schlangengleich und unermüdlich. Das Mädchen gab sich ihm hin, aber es forderte auch, es verlangte.

Und es war der Himmel.

Dann lag er ermattet. Und sie genoß seinen Körper. Das war eine neue Erfahrung für ihn. Sie kostete ihn aus, sie erfreute sich an ihm, sie begeisterte sich an den zart modellierten Muskeln seiner Waden, biß, wenn auch gefühlvoll, in seine Oberschenkel, zupfte die Härchen mit den Zähnen, kitzelte die Leistenbeugen mit den Augenwimpern, knabberte an seinen Beckenknochen.

»Du ...« seufzte er.

Sie hob den Kopf, ihre Haare fielen über ihn, es war eine knisternde Berührung, weich und doch irgendwie spröde, die Härte von Seidenfäden, die sich unter seinen gleitenden Händen verteilten, bis sie nur noch Strähnen waren auf schwellender Haut, das schönste Schleiergewand.

»Was soll aus uns werden?«

»Narr, was willst du denn wissen? Hat dir noch niemand gesagt, daß ich eine Prinzessin bin? Ich bin eine Nichte des Kaisers von Byzanz, er residiert in Konstantinopel und hat keine Kinder. Wenn du mich heiratest, kannst auch du Kaiser werden, du beerbst ihn einmal und trägst goldene Gewänder, badest in Eselsmilch und in Wannen aus Marmor. Du befehligst die Flotte! Höre, Konstantinopel ist die schönste Stadt der Welt, die reichste, die größte, es gibt nichts Prächtigeres.«

»Ich kann es nicht glauben«, murmelte er benommen. »Ich bin nicht von Adel.«

»Hazard le Bain? Du und nicht von Adel? Mit so einem Kopf, mit so einem Körper? Ach was, wir behaupten es einfach! Wer will das Gegenteil beweisen?« Sie schwieg und überlegte, dann fuhr sie fort: »Alle Fürsten sind einmal emporgestiegen! Jetzt steigst du! Das ist doch ein Spaß! Warum nimmst du alles so genau? Du kannst doch spielen! Also spiele mit mir! Ja, spiel mit mir!«

»Wie?«

»Da ... Nimm meinen Gürtel, das goldene Band ...«

»Was soll ich damit?«

»Binde es mir um die Handgelenke, so ... Ja ... knote die Enden fest, und ich lege mich wieder. Du kniest, nein, weiter unten, ich lasse die Arme fallen. Und nun hebe sie auf, indem du an den Bändern ziehst, wie bei der leeren Rüstung, du hast es uns ja vorgemacht. Der Unterschied ist nur, daß ich lebendig bin, deine lebendige Puppe. Na, siehst du ... Das ist doch ein Spiel. Und ich hab' es durch dich gelernt.«

Das matte Licht des Öllämpchens floß über ihre Körper, modellierte sie dezent, aber auch schmeichelnd: den gespreizt über dem Mädchen knienden Burschen, der seine Arme bis über den Kopf hob, und die Finger, von denen Bänder herabhingen, bewegte – und an den Bändern die Arme des Mädchens, seine Hände, seinen Oberkörper, der sich nachfolgend aufrichtete, während die Glieder teils schaukelten, teils suchten, berührten, tasteten. Und das alles in vollkommener Stille, der Stille eines fast heiligen Spiels, dessen Schatten an die Zeltwand geworfen wurden, matt zwar, aber geisterhaft vergrößert, und schwankend, tanzend.

Da krähte draußen ein Hahn, grell, schmetternd und triumphierend. Beide schreckten auf.

»Schon Morgen? Du mußt fort! Du mußt fort!« rief sie. Nun wimmerte sie beinahe. »Mein Gott, wir haben die Zeit vergessen!«

Er flog auf, raffte seine Sachen vom Boden, schlüpfte hinein, küßte sie nicht einmal mehr, glitt durch den Zeltspalt. Da war schon das erste Grau am Himmel, aber noch Stille – oder doch ein Geräusch?

Zurück zum Schlafplatz. Ein Glück, daß er ihn gleich fand! Neben Bouffon auf den Boden, unter den Mantel, den Kopf auf das Liederbuch.

Der Hahn krähte wieder, und jetzt war es nicht mehr nur einer, andere stimmten gleichfalls den Morgengruß an.

»O Himmel«, murmelte Hazard. »Ich muß dem Vieh sogar dankbar sein!« Er streckte sich aus und schloß die Augen.

Stupsnase richtete sich auf und beugte sich zu Hazard.

»Ach, du Narr«, murmelte er. »Was soll aus dir werden?«

»Der Kaiser von Byzanz«, erwiderte Hazard.

»Hat sie dir das auch weisgemacht?« fragte Bouffon. »Ich hätte dich warnen sollen. Sie ist eine Prinzessin, ja, aber eine der Phantasie! Die Dirne erzählt das jedem. Vielleicht glaubt sie's ja selbst, aber sie ist so wenig eine wirkliche Prinzessin, wie du ein Prinz bist und jemals einer werden wirst.«

»Das ist gut«, sagte Hazard. »Da passen wir besser zusammen!«

»Ich fürchte, man wird euch auseinandertreiben«, knurrte

Bouffon und schreckte auf: »Ach, ich hoffte, es würde nicht so bald sein – aber nun kommen sie schon!«

Hazard hörte Schritte, es waren zwei Burschen, die Musikanten vom gestrigen Abend, Mathieu de Baze und Boudin du Chastel. Ihr Waffengehänge klirrte, und der Sänger gab Hazard einen Tritt:

»Los, steh auf und wehr dich, wenn du nicht willst, daß ich dich absteche wie eine Sau!«

***

Mathieu de Baze forderte seinen Freund auf:

»Gib ihm dein Schwert, Boudin!«

Boudin du Chastel band seine Waffe vom Gürtel und reichte sie Hazard. Seine Züge drückten Widerwillen, sogar Ekel aus. »Was soll ich damit?« fragte Hazard, nahm aber die Waffe in einem Reflex.

»Wirf sie weg!« rief ihm Bouffon zu.

»Du hast recht, Stupsnase!« Hazard schleuderte das Schwert von sich, es fiel in eine Pfütze.

»Bist du verrückt?« brüllte Boudin du Chastel. »Weißt du Tölpel nicht, wie man mit so etwas Edlem umgeht? Du kommst wahrhaftig aus der Gosse. Ach, laß ihn Mathieu, er verdient deine Höflichkeit nicht.«

Mathieu de Baze schob Hazard das Schwert mit der Stiefelspitze wieder entgegen.

»Ob er es wert ist oder nicht, spielt keine Rolle. Demetria ist es wert, darauf allein kommt es mir an. Ich will das jetzt ein für allemal klären.« Er drehte sich Hazard zu: »Heb das Schwert auf und zieh, oder ich trenne dir den Kopf vom Rumpf. Ich erlaube es doch keinem fremden, lumpig-zerrupften Hahn auf eine Henne zu steigen, die zu meinem Gehege gehört!«

»Ach, gackere doch, wo du willst, aber laß mich in Frieden«, rief Hazard, nun selbst aufgebracht.

»Du bist es, Gaukler, der mich in Frieden lassen soll. Zieh also das Schwert, oder du wirst nie mehr mit Rüstungen spielen. Wir tragen es jetzt aus!«

»Lauf weg!« riet Bouffon seinem Freund.

»Nein«, antwortete Hazard entschieden.

»Zieh sofort!« brüllte Mathieu.

»Ich kämpfe nicht gegen einen Verwandten Seiner Durchlaucht!«

»Nur weil ich aus seiner Familie und daher von Adel bin, kämpfe ich überhaupt mit dir. Sonst würde ich dich einfach niederschlagen! Du wirst mit mir fechten!« Mathieu streifte seine Jacke ab und schleuderte sie ins Gras. Die Ärmel seines Hemdes leuchteten weiß aus dem Leibchen hervor, sie waren an den Handgelenken zierlich gefältelt und gebunden. Er heftete seine Augen auf den Boden und suchte ihn ab, nach Wurzeln, nach Holzstücken und Wasserlachen. Er las einige Äste und Steine auf und schleuderte sie fort. Einen derben Ast, einen richtigen Kloben, beachtete er nicht.

»Ich werde nicht mit dir fechten!« rief Hazard noch einmal. »Ich mag deine Lieder und möchte lieber dein Freund sein!«

»Dich hat wohl der Hafer gestochen, Gaukler! Sei der Freund von Bouffon, bleibe unter deinesgleichen, bleibe im Dreck!« Die letzten Worte waren von einem heftigen Hieb begleitet, dem Hazard nur durch einen Sprung zur Seite ausweichen konnte.

»Siehst du, nun hüpfst du schon, Hahn!« rief Mathieu. »Ich will dich laut gackernd davonflattern sehen. Oder du hängst an meinem Schwert, zum Rupfen bereit.«

Einzelne Männer kamen aus den Zelten, sie schlenderten neugierig herbei und bildeten Gruppen, die sich zu einem Kreis formten, so daß ein Kampfplatz entstand. Boudin du Chastel trat aus dem Ring, legte seine Hand auf Mathieus Schulter und bat ihn nochmals:

»Es ist genug, Mathieu! Der Gockel schlottert ja schon vor

Angst. Du weißt, daß dein Oheim dir seine Ungnade angedroht hat, falls du die Händel nicht aufgibst!«

»Und ich kündige dir meine Freundschaft, wenn du mich nicht in Ruhe läßt«, erwiderte Mathieu gereizt und verzog geringschätzig seinen Mund, indem er auf Hazard deutete. »Der Lump verläßt das Lager! Ich will nicht, daß er mit uns nach Antiochia zieht! Er verschwindet aus meinem Leben und von der schönen Demetria, er verschwindet überhaupt aus dem Leben, oder ich will mein Lebtag kein einziges Lied mehr singen!«

Noch stand Hazard wenige Schritte von Mathieu entfernt und hielt sein Schwert gesenkt. Er begriff nun sehr wohl, was es mit Demetria auf sich gehabt hatte. Für sie war es wirklich nur ein Spiel gewesen. Sie spielte gern, und sie spielte mit vielen. Er würde sie verlieren, ja vielleicht hatte er sie schon verloren. Jedenfalls konnte er mit dem Comte de la Brosse nicht mitziehen, wenn er sie nicht aufgab.

»Ich will dir das Mädchen nicht nehmen«, sagte er langsam.

»Du gibst es also zu?« brüllte Mathieu. »Los jetzt, willst du nicht als Feigling sterben – denn sterben wirst du so oder so.«

Hazard erkannte, daß er nicht länger ausweichen konnte. »Falls ich nicht lebend hier herauskomme«, rief er Bouffon zu »schenke ich dir mein Liederbuch und den Umhang. Du wirst beides brauchen können.« Er hob den dicken Ast auf, um ihn an den Rand zu legen.

Bouffon stellte sich zwischen die anderen. Die Sonne war aufgegangen, doch sie stand tief, die taufeuchten Gräser blitzten, und die Zelte warfen lange Schatten.

Mathieu deutete eine Verbeugung an, indem er die Spitze seines Schwertes gegen die Stirn führte. Hazard empfand diese Geste als reinen Hohn. Und nun begann der Kampf. Hazard wußte, daß er Mathieu unterlegen war, denn der Edelmann war viel geübter mit dem Schwert, obwohl Hazard genügend Erfahrung mit Raufereien und Faustkämpfen hatte. Jetzt konnte ihn nur sein Verstand retten.

Mathieus Schläge kamen schnell, seine Hiebe sausten nur um Haaresbreite an Hazard vorbei und brachten ihn in arge Bedrängnis. Nur seiner seiltänzerischen Behendigkeit war es zu verdanken, daß er nicht zu Boden sank, ja nicht einmal blutete. Aber der Kampf ermüdete ihn, er zehrte an seinen Kräften. Sein Atem ging keuchend, und er spürte das Gewicht des Schwertes.

Die Zuschauer beteiligten sich durch Rufe, die meisten feuerten Mathieu an, den sie als einen der ihren betrachteten, während Hazard ein Fremder war.

»Mathieu!« rief der Waffenmeister.

»Ho, ho! Mathieu!« brüllte der Stallmeister.

»Los! Los! Gib ihm den Rest!« brüllten die Roßknechte, die Knappen, die Ritter.

Mathieu kämpfte rücksichtslos, er suchte dic Entscheidung.

Seine Schläge waren voller Kraft. Hazard mußte zurückweichen, Schritt für Schritt. Doch er schlug sich wie noch niemals zuvor. Er wollte nicht töten, immer wieder sah er den Leichnam im Hafen von Seimarle. Er dachte an Demetria und daran, daß auch Mathieu ihr schönes Spielzeug war, aber sterben wollte er ihretwegen nicht.

Voller Wut stürzte Mathieu auf ihn zu. Hazard verstand seine Worte nicht, wich weiter zurück, kam dicht an den Ring. Mathieu spürte Hazards Ermatten, wollte es ausnutzen, stieß zu, zielte nach Hazards Kehle. Hazard drehte den Oberkörper, die Klinge fuhr vorbei, ein Ruck, Hazard stolperte über den Ast, stürzte rücklings. Im Fallen traf ihn ein Schlag, er konnte ihn abwehren, aber es schlug ihm die Klinge aus der Hand.

Mathieu triumphierte, schrie:

»Jetzt habe ich dich!« Mit beiden Händen faßte er den Griff des Schwertes, hob es hoch, zögerte einen Augenblick … Da geschah zweierlei gleichzeitig. Hazard raffte sich auf und griff nach dem Prügel. Mit diesem hieb er auf Mathieu ein, während Stupsnase Mathieus erhobene Arme von hinten ergriff, so daß dieser für einen Augenblick gehindert war.

»Jetzt ist es genug!« brüllte Bouffon.

Und vielleicht wäre es auch genug gewesen, aber im selben Augenblick traf Hazards Holzstock Mathieu mit Wucht an den Kopf. Es krachte, und Mathieu fiel wie ein Stein zu Boden. Blut rann über sein Gesicht.

Die Zuschauer schrien auf. War er tot?

Da! Spieße und Hellebarden über den Köpfen.

»Der Graf! Platz für die Durchlaucht!«

Der Ring öffnete sich für die Wachen, in ihrer Mitte schritt der Comte de la Brosse, mit der rechten Hand hielt er den pelzverbrämten Mantel vor der Brust zusammen, denn ihn fröstelte in der Morgenkühle.

Alle schwiegen und beugten das Knie. Der Graf sah auf Mathieu hinab, dann wanderten seine Blicke hinüber zu Hazard.

»Ist das deine Art zu spielen?« fragte er düster.

»Durchlaucht, ich wollte es nicht! Ich war es, der angegriffen wurde!«

»Nicht ohne Grund! Ich warnte dich, Spielmann. Gewiß, ich kenne Mathieu de Baze – er ist ein Raufbold, aber er ist auch ein Edelmann.« Der Graf ließ den Medicus rufen und wandte sich Hazard wieder zu. »Mir brauchst du nichts zu erklären. Ich habe meine eigenen Augen, die sahen genug. Nach meinem Gesetz müßtest du hängen, denn ich will Ruhe im Lager, und Waffenkämpfe sind streng verboten. Aber ich halte dir zugute, daß du verlockt wurdest und daß du noch zu unreif bist, um zu widerstehen. So verbanne ich dich nur. Verlaß uns sofort, ich will dich hier nicht mehr sehen! Ich rate dir gut, gehorche! Denn andernfalls übergebe ich dich meinem Henker.«

Hazard spürte des Grafen Ernst. Er verneigte sich tief:

»Ich werde gehen, aber ich hoffe auf eine günstigere Stunde.«

Dann erhob er sich und trat zu Bouffon.

Man wich vor den beiden zurück und machte ihnen Platz, als wären sie aussätzig. Hazard umarmte Stupsnase, dann reichte er ihm herzlich die Hand. Er nahm sein Buch und warf sich den Umhang über. Vor ihm öffnete sich der Ring der Neugierigen, und Hazard schritt hindurch. Auch einige andere gingen, fast heimlich: der Waffenmeister, der Stallmeister und drei Roßknechte, die sich zugenickt hatten.

Hazard lief zur Pferdekoppel und suchte seinen Braunen, erkannte ihn am Fleck auf der Stirn, nahm das Pferd am Halfter und saß auf. Ein strahlender Morgen brach an, Hazard dachte zurück an die Fülle der Erlebnisse seit gestern: an Laure im Heu, an Demetria von Mistra im Zelt, an die zappelnde Rüstung in seinen Händen.

»Das wäre doch etwas ...« murmelte er und sah das Mädchen unter sich an den Goldbändern hängen. Da mußte er lächeln, und die Bedrückung wich. »Eigentlich bist du doch ein Glückskind, Hazard le Bain«, redete er sich gut zu, hoffend, Mathieu de Baze nicht erschlagen zu haben. Da hörte er Pferdegetrappel, und als er sich umdrehte, sah er die Meute kommen: den Waffenmeister, die Roßknechte.

»Runter vom Pferd!« herrschte ihn der knurrige Alte an. Die anderen rissen sein Tier an der Trense zurück und richteten die Schwertspitzen gegen ihn.

***

Im Nu war Hazard eingekreist von Pferden und Waffen. Die Männer blickten ihn grimmig an.

»Warum?« begehrte er auf. »Was wollt ihr?«

»Den Braunen gibst du zurück«, erklärte der Waffenmeister.

»Das hättest du wohl gern, du Gaukler, das wäre ein feines Geschäft: einen Abend unser Gast sein, den Grafen beschwatzen, eine Dame beschlafen, einen Edelmann erschlagen und sich zur Belohnung mit einem Pferd aus dem Staube machen.«

»Aber Seine Durchlaucht hat es mir geschenkt!«

»Runter! Sonst stürzt du und stehst nie wieder auf! Wir lassen dir das Roß nicht. Andernfalls behauptest du noch, ein Ritter zu sein!«

Gegenwehr erschien Hazard zwecklos, es waren einfach zu viele. Widerwillig ließ er sich aus dem Sattel gleiten, und als er den Boden berührte, fühlte er sich erst recht klein neben den Knechten zu Pferde. Besorgt klemmte er das Liederbuch unter den Arm und hielt den Umhang fest.

»Den Lumpen magst du behalten, Gaukler«, knurrte der Waffenmeister. Vom Buch sagte er nichts. Danach gaben sie ihren Pferden die Peitsche und stoben davon.

Hazard blieb allein zurück. Er warf sich den Umhang über, das bunte Gewand. Wie ein Paradiesvogel sah er aus.

»Da stehst du nun abgerissen auf der Landstraße«, murmelte er. »Aber wenn du überall, wo man dich hinauswirft, mit einem Buch davonkommst, dann wirst du auch reich. Und wer weiß, vielleicht ist sogar einmal das eine, das einzige Buch dabei, das du suchst!«

Das Zwischenspiel beim Hirten

Lange wanderte er durch das stille Land und sah keine Stadt, kein Dorf. Hätte er nur das Pferd noch gehabt, dann wäre er rasch vorangekommen, aber zu Fuß brauchte er viele Stunden, und allmählich spürte er seine Knochen. Der Zweikampf bei Tagesanbruch hatte ihm zugesetzt. Obwohl es noch nicht Sommer war, stach die Sonne, je weiter die Zeit vorrückte. Am Mittag rastete er unter einem Baum und verfluchte seine übereilte Flucht, bei der er keine Wegzehrung hatte mitnehmen können. Er wußte auch nicht, wo er hinwollte und hoffte auf einen Zufall, besser noch auf sein Glück. Die Blütenträume von Antiochia und vom Heiligen Land, die Trugbilder von Glanz und Würden in Konstantinopel waren zerstoben.

Mißmutig trottete er die Straße entlang. Das Land war öde, aber es lag ein Geruch nach Kräutern in der Luft.

Am Abend traf er auf eine Schafherde, die auf einer Wiese weidete und rief nach dem Hirten. Der Mann kam. Er sah aus wie ein Gnom, gedrungen, aber kräftig, er trug ein Gewand mit vielen Rissen, das auch ein Sack hätte sein können. Er hatte zwei bullige Hunde, die ihm gehorchten.

»Kann ich bei dir etwas zu essen bekommen und über Nacht bleiben? Ich will nichts umsonst«, fragte Hazard.

Der Hirt nickte, knurrte aber nur wie ein Tier und wies auf seinen Karren. Hinter dem Wagen, der einer Hütte auf Rädern glich, graste ein zottiges Pferd.

Hazard war froh, nicht im Freien schlafen zu müssen, nachts wurde es feucht. Er zog seinen Beutel aus dem Gürtel, fand ein Silberstück, dachte, es sei eigentlich zuviel, aber dann rührte ihn der Anblick dieser armseligen Kreatur, und er reichte es dem Mann, der es gierig nahm und rasch einsteckte, wobei er wieder grunzte.

Hazard setzte sich neben den Hirten und verzehrte Schafskäse und kalte Hafergrütze. Wasser schöpften sie aus dem Bach, der durch die Wiese murmelte.

Der Hirt redete kein Wort, entweder hatte ihn die Einsamkeit mundfaul gemacht, oder er war den Umgang mit Menschen nicht mehr gewöhnt. Vielleicht war er auch stumm. Die Schafe blökten, Lämmer drängten sich an ihre Mütter. Der Hirt zog eines zu sich heran und drückte die Schnauze auf seine Schenkel. Er beugte den Kopf herab, bis seine Stirn auf der dichten Wolle lag, dann schaukelte er hin und her und brummte. Er umfaßte das Schaf und zauste das Fell, so daß Hazard sich über so viel Zärtlichkeit zu einem Tier wunderte.

Bald begann es zu dämmern, und der Hirt wies mit dem Daumen zum Karren. Hazard kletterte hinauf und schlüpfte durch die Tür. Innen roch es nach Schweiß. Stroh und Heu lagen auf dem Fußboden. Hazard streckte sich an der rechten Seite aus, lehnte das Liederbuch neben sich gegen die Bretterwand, zog seinen Umhang über sich und stopfte sich ein wenig Stroh unter den Kopf. Der Hirt kam auch bald und rollte sich nach links, rülpste, furzte und schnaufte. Die Tür ließ er halb offen, so daß sie die Geräusche der Herde hörten, das Blöken und die Bewegungen. Alles verklang jedoch mit dem verlöschenden Licht, und Hazard schlief bald ein. Aber sein Schlaf war leicht.

Mitten in der Nacht erwachte er und spürte gleich, daß er allein war. Er wunderte sich, rutschte zur Tür und schaute durch den Spalt. Draußen war es auf geisterhafte Weise hell, denn der Mond hing voll am Himmel, so daß Hazard den Hirten auf der Wiese stehen sah, um ihn herum die lagernden Schafe, an sie gedrängt die helleren Lämmchen. Der Gnom hielt die Arme gegen das runde Himmelslicht, hob sie über den Kopf und schaute empor. Er legte den Kopf in den Nacken, und bleiche Helligkeit lag auf seinem struppigen Gesicht. Der Gegenstand, den er in den Händen hielt, war zu klein, als daß Hazard ihn genau erkennen konnte, aber er meinte, ihn funkeln zu sehen. Es war wohl die Silbermünze, die er dem Hirten gegeben hatte. Der Mann reckte sich und hob das rechte Bein, ganz langsam zog er es empor, setzte es wieder auf die Erde und hob das linke, dann wieder das rechte … das linke … Er begann zu brummen und zu summen.

Mein Gott, er tanzt, dachte Hazard, er tanzt vor Freude!

Ja, der Hirt bewegte sich, er stapfte und stampfte. Jetzt löste er die Finger voneinander, breitete die Arme aus, drehte sich, schwankte hin und her, ließ seine Hände auf und ab wehen und flattern, stolzierte herum wie ein plumper, schwerfälliger Vogel, der nicht fliegen kann, übergossen von der Silberhelligkeit des Mondes.

So ging das eine Zeit, Hazard wußte nicht, wie lange. Es schien ihm, als versetze sich der Hirt in eine Art Rausch. Er tanzte im Kreis, durchmaß immer weitere Strecken und umrundete schließlich auf diese schaukelnde, stampfende Weise seine ganze Herde. Dabei sang er, wenn auch leise, und es war wie das Brummen eines Bären.

Plötzlich ließ er sich nieder, wurde selbst zu einem Tier, kroch auf allen vieren zu einem Schaf und warf sich darüber. Dunkel lag er über dem hellen Tier. Er war sicher nicht bei klarem Verstand, denn er begann sich zu bewegen wie ein Bock, hob und senkte sich und stöhnte dabei.

Hazard spürte, wie er errötete, denn er empfand Scham. Zunächst schaute er noch gebannt zu, es war ja eine elementare Kraft in dem Bild. Er war nicht entrüstet, aber es schnürte ihm die Kehle zu. Dann gab er sich einen Ruck, ich habe kein Recht, das zu sehen, dachte er. Dann kroch er zurück, legte sich auf seinen Platz, zog sich den Umhang über und schloß die Augen. Doch er wurde das Bild nicht los. War auch dieses Geschehen von Gott gewollt? Oder war es ein Werk des Satans?

»Vater im Himmel«, murmelte er, »wie einsam ist dieser Mann! Und wie sehr sind wir Sklaven des Verlangens, wie sehr werden wir gepeinigt vom Begehren, wie sehr bedürfen wir der Zärtlichkeit und der Erlösung – und sei es von einem Tier!«

Bald fiel er in Schlaf. Er träumte, daß er auf Demetrias schlankem Körper lag und ihre Arme spielerisch emporhielt, aber sie hatte das Gesicht von Eustache. Und dann rüttelte ihn Père Mertin und rief ihm zu: »Ich wollte dich nur in Versuchung führen!«

Davon wachte er auf.

Der Platz des Hirten in der Karre war wieder leer – oder immer noch. Hazard schaute durch die Luke, die Sonne brannte. Der Hirt war draußen und ließ die Schafe von den Hunden durch den Bach treiben, denn drüben war die Weide saftiger. Hazard kroch hinaus, und der Hirt brummte freundlich. Sie vesperten zusammen wie am Abend, und Hazard fragte nach der nächsten Stadt. Die Antwort war wieder nur ein Knurren, doch der Mann deutete dabei gegen Osten.

Da näherte sich auf der Straße ein Wagen. Hazard vernahm, wie ein Ochse angetrieben wurde, er hörte das Knirschen der Räder, das Schnauben und Murren des Tieres. Ein Bauer hockte auf dem Bock, hinter ihm saß eine Frau auf Säcken.

Hazard schnappte seinen Umhang und sein Buch, rannte zu dem Ochsenwagen und wurde rasch mit dem Landmann einig. Er sprang auf und setzte sich neben die Bäuerin auf die Säcke. Von ihr erfuhr er, daß die Stadt eine halbe Tagesreise entfernt war, daß sie Corastanne hieß und auch das Land, gelegen im schönen Venproce, diesen Namen trug. Es wurde regiert von Herzog Erne.

Die Frau war mitteilsam, sie sagte:

»Das Schloß ist fast wie eine Zwiebel in ihren Häuten, aber diese Frucht muß sich mit nur zwei Schichten begnügen.«

»Wie das?« fragte Hazard.

Die Bäuerin kicherte.

»Zwei Schichten, jawohl, nämlich der Mauerring um die Häuser, und dann noch einmal der Wall um das Schloß.«

»So liegt das Schloß in der Mitte der Stadt?«

»Ja und nein, je nachdem, von wo man kommt. An der einen Seite der Schloßmauer gurgelt der Fluß an den Häusern vorbei. Die sind prächtig, und da liegen die Boote.«

Hazard hatte von Corastanne gehört, die Stadt war berühmt für ihre Fröhlichkeit und Pracht, obwohl das die Mittel des Herzogs oft überstieg, was diesen jedoch wenig zu stören schien.

Mittags erreichten sie den Fluß vor dem Tor. Hazard sprang ab und dankte dem Bauern. Als er die steinerne Brücke überquerte, spuckte er hinab in das Wellengekräusel, es sollte ihm Glück bringen. Alles war hell hier: der Brückenbogen, die aufragende Umgürtung mit ihren Zinnen und Türmen, die Häuser, denn nur der hellgelbe Stein der Gegend wurde zum Bauen verwendet. Von dieser Farbe ging viel Heiterkeit aus, besonders an diesem Tag, der mit Sonne geradezu verschwenderisch verfuhr.

Rechts und links des Stadttores hingen die Fahnen mit dem Wappentier des Herzogs, einem weißen Sperber auf rotem Grund. Die Wachen trugen Federn auf dem Barett und fragten Hazard nachlässig, was er in Corastanne wolle.

»Ich will mein Glück versuchen!« antwortete er in gleichem Ton. Er zeigte das Liederbuch als Beweis für seine Künstlerschaft. Da ließ man ihn passieren. Mit Pilgern, Mönchen, Handwerkern, Knechten, Mägden und Bauern schritt er unter dem Turm hindurch.

Das Spiel am Hof des Herzogs

Nach wenigen Schritten befand sich Hazard in der Hauptstraße. Über den Türen hingen die Schilder der Händler und Handwerker in vielerlei Formen. Die Holzläden der Geschäfte waren hochgezogen, so daß er in die Gewürzstuben hineinschauen konnte – oder auch in die Werkstätten, wo die Waren zur Schau gestellt wurden: die Tonkrüge oder Sitzschemel, die gewebten Tücher und die Messingschalen, die Kupferkessel und die gedrechselten Stäbe. Menschen jeden Alters drängten sich aneinander vorbei, schreiende Kinder und schwatzende Alte.

Die Straße stieg ein wenig an und mündete in einen Platz, in dessen Mitte sich die Baustelle des Domes befand. Hier erhoben sich Mauern, manche mit Gerüsten versehen. Zu beiden Seiten hatte man die niedrigeren Seitenschiffe bereits hochgezogen, vorn stand nur das Portal, über dem die Wand im Nichts endete. Im spitzen Bogen drängten sich die Heiligen und Apostel so dicht, daß die eine Figur aus der anderen herauszuwachsen schien. Die Baustelle war menschenleer, die Arbeit ruhte. Dem Herzog, der das Gotteshaus gestiftet hatte, war das Geld ausgegangen. Hazard erblickte weder Maurer noch Steinmetze, aber Bettler und Krüppel gab es auch hier.

Vorne sprudelte Wasser aus einem Rohr in einen Brunnen, gegenüber lockte eine Schenke mit der Nachbildung eines Bierhumpens über der Tür. Hazard schwankte, wo er zuerst eintreten sollte, in das Gotteshaus oder in die Taverne. Er hatte Hunger, und er war durstig, er dachte aber auch, daß es gut sei, Gott für seine Hilfe zu danken und ihn zu bitten, ihn weiter zu beschützen. Er zögerte daher nur kurz, dann ging er über den Platz, am Brunnen vorbei und trat in den Dom. Der ummauerte Raum dehnte sich weit, darüber leuchtete der Himmel. Hazards Schritte knirschten auf dem unebenen Boden. Er erkannte die Umrisse der hohen Fenster, zwischen denen Strebepfeiler aus den Wänden ragten. Wenn der Bau einmal fertig war, würden hier auch religiöse Spiele aufgeführt, beklatscht und belacht werden.

Noch freilich war nur Sand zu Haufen aufgeschüttet, Fässer standen herum, Arbeitsgerät, Schaufeln und Spitzhacken. Es war hell, da es noch kein Dachgewölbe gab, nur vorn, im Chor, war eine Holzabdeckung über den Altar gezogen worden, um diesen zu schützen. Da hing der aus Holz geschnitzte, gekreuzigte Christus. Das in Qual herabgesunkene Haupt des Herrn trug eine Dornenkrone, an seinen Armen traten die Muskeln und Sehnen hervor, ebenso deutlich waren die Rippen geformt, die Hüftknochen, die Knie und die aufeinander gepreßten Füße, die vom Nagel durchbohrt waren.

Hazard faltete die Hände und betete ein Vaterunser. Seine Bewunderung für die Arbeit des Holzbildhauers war noch größer als seine Andacht, er bestaunte die Genauigkeit der Darstellung, und diese Aufmerksamkeit verdrängte seine Ergriffenheit. Er tastete jedes Detail mit den Blicken ab, schloß die Augen und sah die biblische Szene plastisch vor sich, auch die Figuren, die hier nicht mit dargestellt waren.

Da schreckte er auf und schaute zur Seite. Ein Mann war neben ihn getreten, der ihn ansprach:

»So starb Gott für uns am Kreuz.«

Hazard nickte.

»Man glaubt dabei zu sein. Wer schnitzte dieses Kruzifix?«

»Das willst du wissen?« murmelte der Mann. »Das fragt sonst keiner. Warum interessiert dich das?«

»Ich bewundere diese Kunst.«

»Willst du sie etwa erlernen?«

»Das weiß ich nicht«, erwiderte Hazard. »Vielleicht genügt es mir, den Mann zu kennen, der sie ausübt.«

»Er steht neben dir«, erklärte die Stimme. »Aber ich brauche keinen Lehrjungen.«

»Ihr seid es? Ihr selbst? Wenn Ihr auch keinen Lehrjungen benötigt, vielleicht darf ich trotzdem einmal zu Euch kommen?«

»Komm nur! Meine Werkstatt liegt in der Nähe. Wenn du aus dem Dom trittst, geh nur geradeaus am Brunnen vorbei, in die

Seitengasse, gleich neben der Taverne. Drei Häuser weiter findest du mich. Du bist hier fremd?«

»Ja, und es ist merkwürdig, fremd fühle ich mich überall – und doch gleichzeitig zu Hause.«

»Das ist wohl, weil wir alle fremd in Gottes Welt sind und doch in ihr daheim. Nun, frage nach Maître Cadet, man wird dir den Weg weisen.«

Hazard neigte den Kopf:

»Ich werde Euch aufsuchen, sobald ich weiß, wo ich hier unterkommen kann«, erwiderte er und ging. Er suchte die Schenke Zum Bierhumpen auf, bestellte Speck und Hirsebrei, ließ auch Wein kommen, dunkelroten, der herb schmeckte, aber voll und reif war. Er trank rasch, denn er war durstig. Bald spürte er die Schwere in den Gliedern als wohltuende Entspannung. Er streckte die Beine aus und lehnte sich zurück. An den einfachen Tischen saßen nur wenige Gäste, er sah ihre hervortretenden Backenknochen, die spitzen Bärte und wuchernden Augenbrauen. Dabei hörte er unabsichtlich ein Gespräch vom Nebentisch mit.

»Ich sage dir, der Herzog ist es, der nicht zeugen kann«, erklärte einer der Männer.

»Nein, nein, es liegt an der Herzogin«, antwortete der andere. »Sie ist mit Unfruchtbarkeit geschlagen und kann keine Kinder bekommen.«

»So oder so, es fehlt ein Erbe, denn es gibt kaum ein größeres Unglück für das Land, als wenn der Fürst keine Nachkommen hat.«

»Ja, über kurz oder lang weckt das Begehrlichkeiten von Fremden, es gibt Krieg, und wir bekommen einen anderen Herrscher. So gut wie unser Herzog Erné wird keiner sein.«

»Er ist gut, aber leichtsinnig!«

»Zerbrechen wir uns nicht den Kopf, unser Herzog ist ja noch jung.«

»Jung schon, aber ist er auch gesund?«

Hazard überlegte, daß auch er an seine Zukunft denken müsse. Er wollte zum Schloß gehen. Er zahlte, nahm seine Sachen und ging.

***

Es war kein weiter Weg zum Château Épervier, so genannt nach dem Wappentier, dem weißen Sperber. Die Sonne brannte in die Straßenschluchten. Sie stand hoch, ihre Strahlen stachen steil hinab, und alle Schatten waren kurz. Vom Domplatz führte der Weg in einem weiten Bogen, an dem die prächtigsten Häuser standen, direkt zum Schloß, das von einer hohen Mauer und einem mit Wasser gefüllten Graben umgeben war, so daß es wie auf einer Insel lag. Die Befestigungsmauer ragte mit zwei Ecktürmen in die Straße hinein und mit zwei weiteren Türmen in den Fluß, wo sich die Mauer direkt aus der Schlammflut erhob. Das Tor stand offen, von zwei Hellebardieren flankiert, die eher wie Schmuck denn als Wächter wirkten.

Hazard schritt über die Zugbrücke. Die Zeremonie vom Stadttor wiederholte sich, er wurde nachlässig befragt, er antwortete ebenso, trat in den Hof und staunte, wie geräumig dieser war. Über dem Schloßportal sah er einen in Stein gemeißelten Sperber. Gegenüber lagen die Ställe, die Werkstätten, die Küchen und der klobige, viereckige Wohnturm des Gesindes, ebenso ein Durchgang zu einem weiteren Wirtschaftshof, Waffenknechte riefen Mägden, die am Brunnen Wasser schöpften, Anzüglichkeiten zu, ein Reiter trabte herein und sprang ab, Männer und Frauen schleppten Ballen, Säcke, Bottiche oder Eimer, und Schreiber waren mit Rollen unter den Armen unterwegs.

Wenn es leicht gewesen war, in den Hof zu gelangen, so stellte sich Hazard jetzt in Gestalt des Majordomus ein Hindernis in den Weg. Der würdige Mann trug rote, über dem Knie sich bauschende Hosen, ein enganliegendes Leibchen und sehr spitze Schuhe.

»Halt!« rief er, »wer bist du, was willst du?«

»Ich bin ein Spielmann und möchte dem Herzog Freude bereiten!«

»Da kommt täglich jede Menge Gelichter, und alle Hungerleider, die eine Fratze schneiden können, rühmen sich, Spielleute zu sein.« Der Majordomus musterte Hazard von oben bis unten.

»Aber ein Hungerleider verdient sich dies hier nicht ohne Kunst!« Hazard zog seinen Beutel aus der Hose und wies den Golddukaten mit dem Bildnis des Comte de la Brosse vor.

»Den hast du gestohlen«, rief der Haushofmeister und wollte ihn schnappen, aber Hazard war flinker. Er ließ die Münze verschwinden und holte eine andere, kleinere aus dem Säckchen. »Natürlich weiß ich auch die Verdienste anderer Leute zu würdigen, verehrter Herr«, erklärte er lachend und ließ das Silberstück in die ausgestreckte Hand gleiten. Heimlich seufzte er über die Kosten des höfischen Lebens.

Der Majordomus nickte, steckte die Münze rasch weg und rief mit schriller Stimme nach einem Diener. Der Lakai eilte herbei, erhielt einen Befehl, winkte Hazard und führte ihn die Treppe hinauf. Dabei lief er rasch, denn er mochte das Gesindel nicht, das zum Hof kam.

Schon bald hörte Hazard ein Lärmen, das auf eine fröhliche Gesellschaft schließen ließ. Musik ertönte, Gelächter drang zu ihm, sogar Geschrei, es war ein dichter Teppich miteinander verwobener Geräusche.

Die Tür des Speisesaales stand offen. Das Licht flutete durch fünf spitzbogige Fenster, und davor erstreckte sich in ganzer Länge eine Tafel. Da war alles, was zur Dienerschaft gehörte: die Pagen, die Lakaien, die Knechte und Mägde. Man räumte die Tafel ab, die Mahlzeit war eben beendet. Es war ein Durcheinander von Menschen, zwischendrin zeigten Gaukler ihre Kunst, vor allem Jongleure, die ihre Keulen und Bälle wirbeln ließen. Ihre Kleidung leuchtete in allen Farben, in verwaschenem Blau, in grellem Rot, in hellem Grün, in sonnigem Gelb.

In der rechten Ecke saßen Musikanten, die zupften, bliesen und trommelten.

Die Hofleute saßen mit den Rücken zum Tageslicht und blickten in den Saal. Der Tisch zeigte das wüste Stilleben einer Schlemmerei. Obwohl die Pagen eilten und ständig Platten forttrugen, standen immer noch verschmierte Schüsseln durcheinander, lagen abgenagte Knochen auf dem Linnen, kollerten umgestoßene Becher, aus denen roter Wein rann. In der Mitte der Hofschranzen saß ein Mann, der nur der Herzog selbst sein konnte, zu seiner Linken wohl seine Gemahlin. Hazard warf einen flüchtigen Blick auf einen geckenhaft gekleideten jungen Mann und einen hochgestellten Geistlichen. Auch ein alter Herr mit gepudertem Gesicht und geschminkten Lippen fiel ihm auf, der in des Herzogs Gunst zu stehen schien und Hazard aus grauen Augen musterte. Gefesselt wurde Hazards Blick jedoch sofort von einem jungen Geschöpf neben der Herzogin, das seine festen Zöpfe hochgesteckt trug.

»Warte am Eingang«, wies ihn der Diener an. Der Lakai schritt um die lange Tafel, schlängelte sich hinter den Rücken der Sitzenden bis zum Herzog, zu dessen Ohr er sich hinabbeugte und flüsterte. Die Hoheit ließ ihre Blicke zu Hazard schweifen, nickte dann und winkte.

Nun trat Hazard näher an den Tisch und sah den Herzog an.

Der trug ein sandfarbenes Seidengewand mit roten Aufschlägen am Kragen und an den Ärmeln. Das Haar des Herzogs war dunkelbraun wie seine Augen, sein Gesicht jung, er trug einen gepflegten Backenbart über einem spitzen Kinn und hatte einen verschmitzten Gesichtsausdruck. Die Herzogin neben ihm war ebenfalls hell gekleidet, jedoch mit vielen Spitzen, auf denen kostbarer Halsschmuck funkelte. Sie war jung, jünger noch als ihr Gemahl. Aschblonde Haare umschlossen einen hageren Kopf, aus dem hellblaue Augen leuchteten, doch sie würdigte Hazard keines Blickes.

Verstohlen schaute Hazard zu der Schönheit neben ihr und fing ihren Namen auf: Bellefleur – wie gut er paßte! Sie prunkte mit kastanienroten Haaren, leuchtend braunen Augen und zierlichen, zart geröteten Wangen, ihr Gewand schimmerte lindgrün. All das zierte sie, dazu die kleine, nur wenig gewölbte Brust. Das Mädchen erinnerte Hazard flüchtig an Demetria, und er hatte Mühe, auf die Fragen des Herzog zu achten.

»Du kommst als Spielmann? Nun gut, ich liebe das Spiel! Ich will Fröhlichkeit und hasse nichts so sehr wie Trübsinn, ich brauche Heiterkeit. Wenn du so etwas bieten kannst, gib uns eine Probe.«

»Verzeiht, Hoheit, ich bitte zuerst um eine Gunst. Gewährt mir eine Frist, denn meine Kunst ist ganz neu, und ich brauche noch etwas Zeit zu ihrer Vorbereitung.«

»Bist du ein Apfel, der reifen muß? Ich warte nicht gern, ich will eine Frucht sehen und gleich hineinbeißen. Wie lang soll deine Frist dauern?«

»Nur einen Monat … oder zwei … oder auch drei!«

»Du bist unverschämt! Deine Art scheint es zu sein, nach und nach immer mehr zu verlangen. Drei Monate sind sehr viel!«

»Ja, Hoheit, aber auch für mich ist es ein Versuch.«

»Also habe ich deine Kunst noch nie gesehen?«

»Das weiß ich nicht, da ich selbst nicht sicher bin, ob ich sie schon einmal sah oder nur träumte.«

»Nun, dann muß sie neu sein. Es ist doch nicht etwa eine Kunst, die den Weibern Kinder macht? Ach nein, die ist ja uralt!« Der Herzog lachte über seinen eigenen Witz.

Da vertiefte sich die scharfe Falte um den Mund der Duchesse. Sie blickte ihren Gemahl an und zischte:

»Nicht in allen Künsten kann man sich von anderen vertreten lassen!«

»Wie denn, meine Liebe«, antwortete er. »Ich sprach von Weibern! Seit wann rechnet Ihr Euch dazu?«

Sie preßte die Lippen zusammen.

Der Herzog ließ sich Wein einschenken und trank. Dann, während er sich den Mund abwischte, fragte er Hazard:

»Was sagst du zu meinem Scherz? Ich will doch sehen, ob du Geist hast!«

»Hoheit, ich lerne gern Neues. Denn ich kenne bisher nur eine einzige Art, Kinder zu machen, zu der man keine besondere Vorbereitung braucht. Und ich weiß nicht, ob man es eine Kunst nennen soll, obwohl es die höchste Lust bereitet.«

»So?« warf der geckenhaft gekleidete junge Mann ein. Er war ein Cousin des Herzogs und trug den Namen Crespin de Bisson. »Du rechnest die Zeit, die der Knabe braucht, bis er mannbar ist, und das Mädchen, bis es empfangen kann, nicht zur Vorbereitung?«

»Diese währt allerdings viele Jahre«, meinte der Herzog lachend. »Mir ist sie jedenfalls lang geworden!«

»Aber nicht immer führt sie zum Ziel«, zischte seine Gemahlin und blickte den Herzog herabsetzend an.

Der Herzog wurde rot und fuhr sich mit dem Zeigefinger in den Kragen.

»Es gibt Künste, die man zu zweit ausüben kann, meine Liebe, und sie müssen von beiden beherrscht werden«, murmelte er.

Der Erzbischof fand es an der Zeit, ins Gespräch einzugreifen: »Hoheit, ich bitte doch, die Zügellosigkeit nicht zu weit zu treiben.«

»Es ist ja nur in Worten, Monseigneur«, antwortete der Herzog und wandte sich wieder Hazard zu: »Du mußt uns wirklich etwas Neues bieten. Es gibt sicher keine Kunst, die hier nicht schon vorgeführt worden wäre, oder hast du wilde Tiere dressiert? Ach, das sahen wir auch schon, und ich fand es nicht einmal amüsant, denn Tiere haben keinen Verstand, und daher langweilen sie mich.«

»Keine Tiere«, erwiderte Hazard. »Überhaupt nichts Lebendiges – oder doch nichts, das wirklich lebendig ist. Es scheint freilich so lebendig zu sein, daß man es dafür halten möchte!«

»Nun machst du mich neugierig.« Der Herzog deutete auf Hazards Arm: »Und was hast du da?«

»Ein Liederbuch, Hoheit!«

»Du singst?«

»Ein wenig, doch ich singe nicht die Lieder aus diesem Buch, ich kenne nur andere aus Häfen, Lieder von Seeleuten und Vaganten, die für derbe Ohren bestimmt sind, keinesfalls würde ich sie Euch vortragen.«

Der Erzbischof rief:

»Ich hoffe, daß es nicht die Lieder der Albigenserketzer sind, wie sie von manchen Troubadours gesungen wurden.«

Der Herzog wandte sich an Hazard und streckte seine Hand aus:

»Laß also sehen.«

Hazard reichte ihm das Werk, der Herzog nahm es und schlug es auf.

»Das ist kostbar«, rief er. »Es sind höfische Lieder, Liebeslieder. Wie kommst du dazu? Kannst du überhaupt lesen?«

»Ich lernte es auf der Schule, Hoheit!«

»Heutzutage ist alles voller Wunder«, murmelte der Herzog.

»Bald deklamieren sogar die Betteljungen Horaz!«

»Dieses Buch schenkte mir der Comte de la Brosse als Belohnung für meine Kunst!«

»Dann ist sie so neu auch wieder nicht.«

»Sie ist ganz neu, Hoheit, denn Seiner Durchlaucht konnte ich nur den ersten Zipfel weisen, Euch aber möchte ich das ganze Gewand zeigen.«

»Nun, dann sollst du deine Frist haben. Willst du mir bis dahin sonst noch dienen?«

»Vielleicht als Schreiber, Hoheit. Ich beherrsche auch fremde Zungen und würde mich ebenso gern in Eurer Bibliothek nützlich machen.«

»Hoho, hört her«, rief der Herzog. »Hier haben wir einen Spielmann, der ein Gelehrter ist, oder einen Gelehrten, der sich als Spielmann ausgibt. Das hatten wir wirklich noch nie.«

Die Herzogin schaute kurz auf, aber ihr Blick huschte nur über

Hazard hinweg. Die Schönheit neben ihr sah ihn nicht an, sie unterhielt sich mit dem Erzbischof.

»Es laufen hier schon zu viele Laffen herum, niemand kann all diese Leute verköstigen und schon gar nicht bezahlen. Ich habe einen Schreiber, und ich habe einen Bibliothekar, die beide reichlich zu tun haben. Also erscheine du wieder, wenn du mit deiner Kunst fertig bist. Du darfst beim Gesinde im Wohnturm hausen.«

Hazard überlegte. Die Aussicht, mit Dutzenden von schwitzenden Leuten in einem Raum zu liegen, behagte ihm gar nicht. Der Herzog deutete sein Zögern richtig.

»Du scheinst verwöhnt zu sein, nun, ich vergaß, daß du ein Gelehrter bist. Doch es werden auch Zimmer in der Stadt an Hofleute vermietet. Dort kannst du dein Glück versuchen, freilich auf eigene Kosten.«

»Das möchte ich. Doch gewährt mir noch eine Wohltat, erlaubt mir den Zutritt zu Eurem Hof, wie wenn ich in Euren Diensten stünde. Schlafen werde ich in der Stadt.«

»Meinetwegen. Und wo du schnarchst, ist mir gleichgültig.«

Der Herzog winkte, die Unterredung war beendet. Hazard verneigte sich und ging, versuchte dabei noch einmal, einen Blick der jungen Schönheit zu erhaschen, doch vergeblich. Sonst aber war alles nach Wunsch gegangen. Nun hatte er ein Ziel und mußte versuchen, seinen Plan zu verwirklichen, von dem er bisher nur eine unklare Vorstellung hatte. Aber wiederkommen ins Château wollte er, schon ihretwegen: Bellefleur – schöne Blume!

***

Hazard rannte die Treppe hinab, überquerte den Vorplatz, lief über die Zugbrücke und durch die Stadt. Er suchte das Haus von Maître Cadet und fand den Bildschnitzer in seiner Werkstatt, über eine Arbeit gebeugt, indem er mit dem Knüppel behutsam auf ein Eisen schlug, wobei ein Span sich vom Holz abrollte.

»Da bist du und jetzt schon«, begrüßte ihn der Meister, nachdem er kurz aufgeschaut hatte. Vor dem Hinterfenster jammerte ein Esel, und Hühner gackerten.

»Ich brauche ein Quartier«, erklärte Hazard. »Ich bleibe einige Zeit bei Hof und will nicht im Gesindeturm schlafen. Ich ertrage so viele Schnarcher nicht und dachte mir, daß Ihr mir einen Rat geben könnt, an wen ich mich wenden soll. Ihr kennt vielleicht eine Witwe, die Zimmer vermietet. Aber wartet, ehe Ihr antwortet. Viel wichtiger ist mir etwas anderes: Bringt mir das Schnitzhandwerk bei!«

»Ach, daher weht der Wind! Ich sagte dir doch, daß ich keinen Gesellen brauche, erst recht keinen Lehrjungen. Dafür bist du auch schon zu alt.«

»Ich möchte weder Euer Lehrjunge noch Euer Geselle werden, Maitre Cadet. Ich möchte etwas lernen, aber ich werde dafür bezahlen, und ich will auch keine ganzen Figuren machen, so wie Ihr. Mir genügt es, kleine Köpfe schnitzen zu können ... und Hände ... und Füße!«

»Und das sagst du, als sei es das Leichteste von der Welt! Du hast dir das Schwierigste ausgesucht.«

»Aber es muß keine so feine Arbeit sein wie die Eure, ich denke mir alles derber, ja, sogar etwas übertrieben.«

»Was stellst du dir vor?«

»Ich brauche keine Figur, groß wie ein Mensch, die man in einer Kirche aufstellt oder auf einem Platz. Nein, da seid unbesorgt! Ich weiß, daß ich Euer Können nicht erreichen kann. Mir dient das alles nur zu einer anderen, ganz neuen Kunstfertigkeit. Wie kann ich es nur erklären? Es sollen Figuren werden, die sich bewegen!«

»Das wird ja immer toller! Kerl, willst du Gott ins Handwerk pfuschen?«

»Nein, ich will ihm nur etwas abgucken. Maitre, laßt es mich versuchen. Dann werdet Ihr sehen, was ich vorhabe.«

Maitre Cadet brummte.

»Du machst mich neugierig. Gott etwas absehen, das versuche ich, solange ich arbeite – und irgendwie tue ich es sogar.«

»Am liebsten würde ich bei Euch unterkommen«, erklärte Hazard geradeheraus. »Läßt sich das nicht einrichten? Ich bin bescheiden.«

»Bei mir?« Der Meister legte sein Stecheisen aus der Hand, überlegte und fragte endlich: »Was hast du da unter dem Arm?«

Hazard zeigte ihm das Buch, und der Meister betrachtete es genau, wobei er sich Zeit ließ.

»Das gefällt mir und nimmt mich für dich ein«, brummte er. »Ich könnte die eine oder andere Figurine abzeichnen. Kannst du singen?«

Der Esel draußen jammerte wieder.

»Etwa so wie der«, antwortete Hazard. »Ich muß ehrlich sein, aber vielleicht könnte ich es lernen, das wäre gut für mein Vorhaben. Nur werde ich dann nicht nach diesem Buch singen.«

»Du nimmst dir ziemlich viel vor, meinst du nicht?«

»Vielleicht! Bitte helft mir! Von Euch hängt viel ab, nein, von Euch hängt jetzt alles ab. Sagt ja – sagt ja zum Schnitzen, sagt ja zur Unterkunft.«

»Ich bin nicht allein«, murmelte der Meister. »Und ich entscheide auch nicht allein.«

»So bitte ich Euch, fragt Eure Gemahlin!«

»Es ist keine Gemahlin mehr da«, erwiderte der Meister, und es klang düster.

»Ja, fragt Ihr denn Eure Magd?«

»Dummkopf. Eine Magd ist zwar auch hier, aber Anne würde ich nicht fragen. Warte …« Er legte den Knüppel aus der Hand, ging zur Tür und öffnete.

»Jeanine!« Jetzt klang seine Stimme wieder froh. Irgendwo schien ein Wirbelwind loszutoben. Es polterte die Treppe hinab, sauste durch den Gang, dann stand es in der Tür: ein Mädchen, noch nicht ganz flügge, knapp vierzehn Jahre alt. Es blies sich eine Strähne aus der Stirn, blondes Haar, das zu zwei Zöpfen geflochten war, hing über den Rücken des zierlichen Persönchens, das ein wenig staksig wirkte. Das Kleid war verrutscht, gab die linke Schulter bis zur Achsel frei, und die Augen blitzten hellblau.

»Ja, Papa?« rief sie, und es klang wie eine Flöte.

Hazards Herz war gewonnen.

»Sieh dir diesen Kerl an, Jeanine!« Der Meister zog das Mädchen näher und bedeckte seine Schulter mit dem Kleiderstoff. »Er will bei mir Schnitzen lernen. Meinst du, das wird er können? Doch nein, deswegen rief ich dich nicht. Er will nämlich auch bei uns wohnen. Meist will er zwar auf dem Schloß sein, und ich ahne nicht, wie er die Arbeit bei mir und den Dienst bei Hof miteinander verbinden will. Ein Sänger will er außerdem noch werden. Überleg also mit mir, ich weiß nicht, was ich von all dem halten soll.«

Hazard lächelte das Kind an. Er befand sich mit ihm bereits im Einverständnis, und Jeanine erwiderte:

»Ach ja«, nachdem sie den Gast zum Schein noch einmal begutachtet hatte. Dabei legte sie das Köpfchen schief und schob die Unterlippe vor.

»So einfach ja?« brummte der Vater. »So ohne Überlegung und ohne Einschränkung? Du mußt genauer hinsehen, Kind.«

»Ach ja«, erklärte Jeanine noch einmal. »Wir wollen es mit ihm versuchen, und wenn es nicht geht, setzen wir ihn einfach wieder auf die Straße!«

»Ja, wenn das so leicht wäre«, murmelte der Vater. »Es gibt Leute, von denen denkt man, man habe ihnen nur eine Fingerspitze gereicht, aber schon halten sie deine ganze Hand und lassen dich nie wieder los! Wie heißt du überhaupt, Bursche?«

»Hazard le Bain, Maitre, aber wenn Ihr mich Hazard ruft, ist es genug.«

»Hazard«, wiederholte Jeanine. Sie rollte das R über die zierliche Zunge.

»Also gut, aber ins Haus ziehst du mir trotzdem nicht«, entschied Maitre Cadet. »Ich habe eine Idee, du bekommst die Gerätekammer über dem Hof, ein Strohsack ist leicht hineingeschafft, eine Truhe steht dort, Anne räumt sie aus, mehr brauchst du nicht, denn du wäschst dich am Brunnen. Führe ihn hinüber, Jeanine, nein, rufe erst noch die Magd.«

Jeanine war schon an der Tür:

»Anne!«

Hazard hörte es klappern, eine dralle Person kam, sie schien mürrisch, nickte aber zu allem, und Hazard dachte sich, er müsse auch sie mit ein wenig Geld für sich gewinnen. Freudestrahlend dankte er dem Meister. Alles ließ sich so gut an, seine Wanderschaft war nun wohl zu Ende. Ob er im Hinterhof schlief oder im Haus, war gleich.

Jeanine zeigte ihm alles: die Werkstatt mit den zwei Türen – die vordere führte von der Straße ins Haus, die hintere in den Hof, den Ziehbrunnen, die Schweine, Hühner, den Esel und die Ziege:

»Sie gibt uns Milch!«

Auf dem niedrigen Dach saßen Schwalben.

Die Kammer war klein. Dahinter lag ein Gemüsegärtchen, so war hier allerhand Gartengerät untergebracht. Die Magd schleppte den Strohsack herbei, brummte, als sie ihn auf den Boden warf:

»Ein Esser mehr, als ob es nicht schon Arbeit genug gäbe!«

»Ein Esser mehr ist auch ein Zahler mehr«, erwiderte Hazard. »Schau her, Anne, das ist für dich!« Die Kupfermünze wirkte, und als Hazard hinzufügte: »Und wie hübsch du bist, wenn du lächelst«, da verschönte ein Leuchten ihr breites Gesicht. Anne räumte sogar die Truhe aus, in der leere Säcke lagen und Hanfschnüre, alles wollte sie fortschaffen.

»Nein, laß mir die Schnüre«, bat Hazard. »Auch einen leeren, alten Sack möchte ich haben.«

Anne wunderte sich und warf beides in die Ecke.

Hazard legte seinen Umhang über den Strohsack, nun sah es schon wohnlicher aus. Er fand auch eine Decke aus Ziegenfell, mehr wollte er nicht.

***

Das Haus von Maitre Cadet war geräumig und ganz aus gelbem Stein erbaut wie alle anderen, so daß die Stadt einem Mosaik aus Würfeln in Sandfarbe glich. Das Gebäude erhob sich zwei Stockwerke über die Straße, der Meister war kein armer Mann. Hazard erfuhr, daß er Witwer war, seine Frau war früh gestorben. Freilich hätte er wieder heiraten können, Witwen gab es genug, sogar junge Frauen, doch Maitre Cadet hatte seine Gemahlin geliebt, und da er jede andere mit ihr verglich, gefiel ihm keine. Den jugendlichen Drang nach dem Körper hatte er sublimiert und in seine Arbeit gelegt, sein Bedürfnis nach Zärtlichkeit wurde durch Jeanine befriedigt, sie war ihm alles.

Für den Haushalt hatte er eine Magd genommen. Anne bereitete die Mahlzeiten, sie kochte schlicht, sang manchmal dabei, war aber eher wortkarg, oft sogar brummig. Aber sie wachte eifersüchtig über das Mädchen, und eine neue Frau hätte es nicht leicht gehabt. Anne schaltete und waltete im Haus, betrachtete es als das ihre, besorgte die Wäsche und putzte. Ihre Küche lag über dem Hof, vom Haus entfernt, wegen der Feuergefahr.

Hazard begann gleich zu arbeiten, nachdem er mit dem Meister seinen Beitrag für Kost, Unterkunft und Lehre ausgehandelt hatte. Der Meister hatte Hazard einen Platz an einem Ecktisch angewiesen, ohne viel zu reden, ihm einen Bogen vorgelegt und einen Kohlestift.

»Zeichne zuerst«, hatte er gebrummt, und Hazard hatte die ersten ungelenken Linien gezogen, indem er eine Hand versuchte.

»Zeichne einen Fuß, das ist leichter«, hatte ihn der Meister korrigiert. »Doch stell dir auch das nicht zu einfach vor. Der Mensch ist ein sehr kompliziertes Gebilde und sehr kunstvoll. Bei mir kannst du Ehrfurcht vor dem Schöpfer lernen. Eigentlich ist jeder Teil gleich schön und gleich schwer nachzubilden, ein Fuß kann auch sehr edel sein. Dennoch ist die Hand in ihrer Vielgliedrigkeit, mit den feinen Gelenken, den Knöchelchen, dem

Daumen, den Fingern, den Nägeln, einer der schwierigsten. Was du da zeichnest, sind bestenfalls Würste, die an einem kleinen Schinken hängen.«

Hazard seufzte und versuchte es erneut.

»Maitre«, erklärte er. »Ich brauche nur Hände, von denen man annehmen kann, daß es welche sind. Allein dadurch, daß sie zum Ärmel heraushängen, erkennt man sie. Vielleicht würde mir sogar ein Stückchen rundes Holz genügen ...«

»Dann begnüge dich mit einem Stückchen rundem Holz, und belästige mich nicht«, knurrte der Meister. »Wenn du schon hier sitzt, dann arbeite anständig. Indem du dich mit den Gliedern und Gesichtern der Menschen beschäftigst, lernst du auch etwas über ihr Wesen. Und das willst du doch, oder?« Hazard nickte, zeichnete und knetete feuchten Lehm. Der Meister war nicht leicht zufriedenzustellen.

So vergingen mehrere Wochen, die Sonne stieg von Tag zu Tag höher, und es wurde wärmer. Endlich drückte Maitre Cadet Hazard ein Schnitzmesser in die Hand, legte ihm ein Stück Lindenholz vor und forderte ihn auf:

»Also, versuche es!«

Hazard fühlte sich, als sei er bereits Geselle.

Und wieder verstrich die Zeit, in der Hazard wie ein Kind im Hause wurde. Am meisten freute er sich, wenn Jeanine seine Nähe suchte. Sobald sie ihn hörte, lief sie herbei, wie sie es beim Vater gewöhnt war. Aber nun schaute Jeanine nicht mehr dem Vater, sondern Hazard über die Schulter, sie schwärzte ihm die Nase mit Kohle, schnippte Tonkügelchen auf seine Zeichnungen und lehnte sich an ihn. Schließlich wurde es dem Vater zuviel, er wies sie hinaus.

»Du lenkst den Burschen ab!« knurrte er und fühlte sich gleich unwohl, weil er seine Tochter getadelt hatte. Hazard spürte, daß der Vater eifersüchtig auf ihn war, und daß er sich in acht nehmen mußte. Das änderte freilich wenig daran, daß Jeanine bei jeder Gelegenheit um Hazard herumstrich wie eine kleine Katze. Sie legte sich in seiner Kammer auf den Strohsack, verschränkte die Arme unter dem Kopf und bettelte:

»Erzähle, du Landstreicher.«

Und er berichtete aus Seimarle und dem Badehaus, vom Hafen und den großen Schiffen, er plauderte von Kapitänen, Pilgern und Kreuzrittern. Er erzählte auch von seiner Wanderschaft, vom Grafen de la Brosse und von Bouffon, dem hilfreichen Narren. Nur seine Liebesabenteuer verschwieg er, redete nur nebenbei von schönen, jungen Damen. Aber gerade davon wollte Jeanine mehr hören. Sie lachte, schaute ihn aus strahlenden Augen groß an, strich sich das blonde Haar aus der Stirn und rief:

»Du sagst mir nicht alles! Gewiß hast du sie geliebt! Ach, du liebst alle, Hazard, und keiner bist du treu.«

»Was weißt du von Liebe?« fragte er. Manchmal streichelte er ihr Haar, dann hielt sie still, schloß die Augen und schnurrte leise. Er mochte das Kind und dachte sich nichts dabei. Er nutzte die Zeit, denn er wollte möglichst vollkommene Figuren schaffen, ehe er vor ein Publikum trat, vor die Hofgesellschaft, den Herzog. Er wußte, wie anspruchsvoll diese Leute waren, wie rasch sie mäkelten, und deshalb wollte er von vornherein mit Puppen auftreten, die in ihrer Art gelungen waren, mit charaktervollen Köpfen und schönen Händen. Aber so weit, daß er solche schnitzen konnte, war er noch lange nicht. Trotzdem wollte er sich nun auch mit dem Spielen vertraut machen und es üben. Immer wieder vergegenwärtigte er sich das Theater im Hafen von Seimarle und versuchte sich an jede Einzelheit zu erinnern, wie die Spieler mit den Figuren vor die Bühne getreten waren, sie an Schnüren geführt hatten, und wie die Fäden an kleinen Gestellen befestigt gewesen waren.

Heimlich steckte er ein Stück Lindenholz, an dem er herumgeschnitzt hatte, in seine Tasche. Es glich einer Birne, die vorn in der Mitte eine Erhöhung hatte, die man für eine Nase halten konnte. Zwei Wülste mochten als Lippen durchgehen, zwei Kerben die Augen sein, auf Ohren verzichtete er, aber zwei Holzröllchen, die vorn etwas dicker waren, sollten die Hände sein.

Beim Schneider erwarb er eine Schere und Nähnadeln, dann zerschnitt er den Sack und machte daraus einen Schlauch mit Ärmeln. Er suchte den Schmied auf und kaufte eine Handvoll kleiner Nägel und einen Hammer. Er nagelte den Schlauch an den Birnenhals, für die Schultern schob er ein Stück Holz hinein, wie er es im herzoglichen Lager schon getan hatte, damals mit dem Weidenast im Harnisch. Und so entstand wirklich eine brauchbare Figur. Es mochte ein Bettler sein oder auch ein Einsiedler, das Haupt war noch kahl, aber mit einem Stückchen Fell ließ sich die Illusion eines Schopfes erzeugen.

»Wunderbar!« rief Hazard, auf seinem Strohsack sitzend. Mit leuchtenden Augen betrachtete er sein Werk, hielt die Figur am Kopf und bewegte sie vor sich hin und her, er ließ das Gewand über seine Oberschenkel schleifen, so daß es aussah, als schreite sie. Hüpfende Bewegungen ließen sein Männlein springen. Dann nahm er die Hanfschnüre aus der Truhe, verknotete zwei an den Händen, eine nagelte er auf dem Kopf fest. Er ließ seinen Greis steif baumeln und bewegte die Hände auf und ab. Dann kam ihm der Gedanke, den Kopf an zwei Schnüren zu befestigen, eine im Genick und eine in der Mitte des Schädels. Nun konnte das Männchen den Kopf bewegen. Noch besser würde es gehen, wenn er die Schnüre oben am einem Holzstück festmachte, genauso wie er es gesehen hatte. Kippte er diese kleine Leiste, nickte sein Einsiedler.

Obwohl Hazard ein Geheimnis aus seinem Spiel machte, war er nicht unglücklich, sondern vielmehr entzückt, als eines Tages die Tür aufging und Maitre Cadets Tochter eintrat. Jeanine blieb erstarrt auf der Schwelle stehen, hob beide Hände und schlug sie vor ihre Lippen, wobei ihre Augen sich weiteten.

»Schönen guten Morgen, liebe Jeanine. Ich begrüße dich herzlich«, rief Hazard mit verstellter Stimme und ließ das Männlein den Kopf neigen.

Jeanine wollte fliehen, aber sie schaute gebannt auf die Figur. Sie sah die Schnüre nicht, nicht, daß es Hazard war, der die Gestalt zu seinen Füßen bewegte, sie sah nur ein kleines, lebendiges Wesen, das vor ihr herumzappelte.

»Jeanine, fürchtest du dich etwa?« fragte Hazard, nun mit seiner richtigen Stimme.

»Was ist das?« flüsterte sie. »Ein Zwerg?«

»Ich bin dein Freund, ich bin dir zu Diensten«, brummelte das Männlein, indem es sich verneigte, so gut es eben ging. »Du brauchst keine Angst vor mir zu haben! Ich mache nur, was Hazard will, er ist mein Herr, er hat mich erschaffen, und er läßt mich nur das tun, was dir Freude macht. Du mußt uns aber auch versprechen, niemandem zu verraten, was du hier siehst! Dann darfst du mir sogar die Hand geben! Tritt näher!«

»Nein!« rief sie.

»Komm ruhig, Jeanine, komm ganz herein und mach die Tür hinter dir zu. Es ist nur eine Figur, siehst du? Du kennst doch Figuren, dein Vater schnitzt ja mehr als genug. Das kann dich doch nicht erschrecken.«

»Aber dieses Männlein bewegt sich und spricht«, erklärte Jeanine, schon etwas zutraulicher.

»Nun, er plappert natürlich nicht, sondern ich bin es, der redet. Und er zappelt auch nicht wirklich, sondern ich halte ihn und bewege ihn. Sieh her, ich lasse ihn sich noch einmal vor dir verbeugen! Wenn ich dich erschreckt habe, so tut mir das zwar leid, aber es freut mich auch, denn es zeigt mir, daß die Illusion glückt.«

Jeanine trat langsam näher, indem sie sich auf Zehenspitzen bewegte und dabei das Männchen, das leicht schwankte, nicht aus den Augen ließ. Sie blieb vor ihm stehen und betrachtete es lange, mit zur Seite geneigtem Kopf. Endlich beugte sie sich ein wenig zu ihm hinab:

»Du bist herrlich!« flüsterte sie.

»Warte«, sagte Hazard. »Gib mir dein Versprechen, uns nicht zu verraten!«

»Ich verspreche es, bestimmt!« erklärte Jeanine, und Hazard ahnte, daß sie ihm eben ihre Seele verschrieben hatte.

»Reiche dem Männlein die Hand und schwöre es.«

»Ich schwöre ...« Zögernd und mit zwei Fingern faßte Jeanine das Männlein und schüttelte leicht seinen Arm. Da nichts geschah, außer daß es hin und herschaukelte, schwand ihre Scheu völlig. »Genügt es so?«

»Ja, so ist es gut! Aber nun mußt du es auch mir in die Hand versprechen.«

Jeanines kleine Hand lag weich in der seinen. Er drückte sie fest, und es kam ihm vor, als läge ein Vögelchen darin, mit weichen Federn.

»Ich will niemals etwas verraten«, sagte Jeanine, »niemals, bis du selbst es willst. Dafür mußt du mir aber auch erlauben, herzukommen ... dabeizusein ... zuzuschauen ... und mitspielen zu dürfen.«

»Herkommen und zuschauen, das ja«, erwiderte Hazard. »Aber mitspielen noch nicht, das mußt du verstehen, denn ich will es erst selber lernen. Aber bei etwas darfst du mir gleich helfen: Du darfst das Männlein taufen. Gib ihm einen Namen, damit wir wissen, wie wir es anreden sollen. Wie soll es heißen?«

»Jean ...« meinte Jeanine. »Nein, doch nicht Jean. Er soll nicht heißen wie ich, ich werde ihn heiraten. Er ist mon mari ... ja, er soll mon mari heißen oder nur einfach Mari ...«

»Oder doch lieber Mario?« fragte Hazard. »Warum nicht Mario? Also gut, bedanke dich bei Jeanine, Mario, weil sie dir einen so hübschen Namen gegeben hat.« Er ließ die Figur in ihr Gewand versinken. Nur der Birnenkopf mit dem weißen Fell ragte noch daraus hervor und die ungeschickt geschnitzten Augen schienen zu lachen.

»Aber das mit der Heirat würde ich mir noch einmal überlegen«, meinte Hazard. »Du findest sicher einen besseren und schöneren Gemahl, einen richtigen Mann.«

»Vielleicht. Es ist ja nur ein Spiel, und im Spiel kann man sooft heiraten, wie man will. Aber gut, ich heirate ihn nicht, ich weiß schon, wen ich heiraten werde.«

»Wen denn, du Kind?«

»Das geht dich nichts an, aber Mario soll er trotzdem heißen, das ist abgemacht.«

»Abgemacht«, bekräftigte Hazard und packte die Figur zusammen, wickelte das Gewand um ihren Kopf, so daß sie aussah wie ein Stück Sack und verstaute sie in der Truhe.

***

In den folgenden Tagen kamen Hazard und Jeanine oft zusammen, um mit Mario zu spielen. Zuerst dachte die Magd sich nichts dabei, allmählich wurde Anne jedoch mißtrauisch. Noch schwieg sie, und als sie endlich mit dem Vater reden wollte, hatte sie keinen Grund mehr, weil Hazard meist außer Haus war und auch kaum noch in die Werkstatt kam. Er vernachlässigte die Arbeit bei Maitre Cadet, denn es zog ihn immer heftiger aufs Schloß. Dort mischte er sich unter die Spielleute, hörte zu, wie sie sangen, beobachtete sie, wenn sie ihre Kunststücke machten: die Akrobaten und die Spaßmacher. Er sah, wie sie auf Kugeln gingen oder mit sorgfältig einstudierten Sprüngen glänzten. Jeder wollte gefallen und war untröstlich, wenn er keinen Beifall bekam. Einmal erschien ein Knabe mit seinem Vater, der erfreute den Herzog und die Herzogin durch die Lieblichkeit seines Gesanges. Er blieb aber nicht lange, sondern zog schnell an einen reicheren Hof, zur Fürstin von Seimarle und Vignona.

All das bewunderte Hazard, verspürte aber keine Neigung, es nachzumachen. Nur den Taschenspielern schaute er ihre Tricks ab und übte sie, bis er über eine so große Fingerfertigkeit verfügte, daß er kleine Gegenstände aus seinen Ärmeln in die Hände und aus den Händen in die Falten seiner Kleidung verschwinden lassen konnte. Oft wurde er gehänselt und aufgefordert, doch endlich seine neue Kunst zu zeigen, dann tat er geheimnisvoll – und schwieg.

Die Wahrheit war, daß er nur aufs Schloß kam, um Bellefleur zu sehen. Sie war die Kammerfrau der Herzogin. Die Herzogin aber lebte sehr zurückgezogen, nur bei den Mahlzeiten kam sie mit ihrem Gemahl zusammen.

Wenn Hazard das Mädchen endlich einmal erblickte, suchte er seine Nähe, aber Bellefleur schaute über ihn hinweg. Dann litt er, nahm sich vor, nicht mehr aufs Schloß zu gehen, sondern sich nur noch mit seiner Schnitzerei zu beschäftigen und saß wieder in der Werkstatt. In diesem Wechsel, der zugleich ein Wechselbad der Gefühle war, lebte er. Nachts schlief er wenig, lag wach und dachte an sie. Er träumte auch von ihr, und es kam vor, daß er ihr Bild und das der kleinen Jeanine nicht auseinanderhalten konnte.

Manchmal streifte er durch das Schloß, um Bellefleur zu suchen. Es tat ihm weh, daß sie ihn offensichtlich mied, aber auf diese Weise lernte er das Gebäude kennen, die langen Flure, die Treppen. Er stand hinter Türen und preßte das Ohr ans Holz, kam jemand, flüchtete er auf Zehenspitzen. Zwar fühlte er sich dabei nicht wohl, es war aber ein unwiderstehlicher Drang, sie zu finden, alles über sie zu erfahren.

So kam er eines Tages zum Arbeitszimmer des Herzogs. Die Tür war nur angelehnt, er schob sie langsam auf. Drinnen herrschte gedämpftes Licht, wie es für Studien förderlich ist. Die schweren Vorhänge neben dem Spitzbogenfenster, das man mit den neuen, bleigefaßten Rautenscheiben versehen hatte, waren halb zugezogen. Stille erfüllte den Raum, und Hazard spürte eine Spannung, ein gewittriges Knistern. Er trat leise hinter eine Säule, aus der sich das Rippengewölbe herrlich entfaltete und duckte sich hinter ein Stehpult. Plötzlich hörte er Stimmen, zwei Männer redeten aufeinander ein. Es waren der Herzog und der

Erzbischof. Schon wollte Hazard sich heimlich entfernen, da sagte der Herzog zornig:

»Aber ich brauche einen Sohn, ich will Kinder!«

»Hoheit, habt Geduld, vertraut auf Gott«, erwiderte der Erzbischof.

»Nein, ich habe keine Geduld mehr, denn auch ich altere. Kann ich die Nachfolge nicht bald regeln, ist mein Thron gefährdet. Der König wartet nur auf einen Vorwand, ihn mir zu nehmen.«

»Ihr liebt Eure Gemahlin nicht«, raunte der Erzbischof. »Das ist der wahre Grund, deshalb sind Euch Kinder versagt geblieben.«

»Was soll diese Zurechtweisung?« Der Herzog fauchte. »Ich tat meine Pflicht, und ich tue sie noch. Aber meine Gemahlin ist unfruchtbar. Sie schenkt mir nie einen Erben!«

»Und wenn es nun nicht an der Herzogin läge?«

»Wollt Ihr mir die Schuld geben? Kenne ich das Werkzeug, das mir Gott verlieh, nicht am besten und weiß, wie gut es seine Aufgabe erfüllt?«

»Bitte keine Einzelheiten, Hoheit! Ihr vergeßt Gottes Willen. Betet! Fleht ihn um Erhörung an! Tut Buße! Vielleicht werdet Ihr auch gestraft dafür, daß der Bau der Kathedrale seit einiger Zeit nicht mehr vorangeht!«

»Es fehlt an Geld, die Kassen sind leer.«

»Das Geld fliegt zu den Fenstern und Türen hinaus, für die Spielleute, für Vergnügungen!«

»Erspart Euch die Vorwürfe, Monseigneur, wir werden weiterbauen.«

»Das höre ich gern, und dann wird Gott Euch gewiß erhören. Aber bedenkt auch, daß die Natur ihre eigenen Wege geht.«

»Die Natur … die Natur! Ihr wißt, was ich von Euch will: Löst diese Ehe auf, erklärt sie für ungültig, findet einen Grund. Wenn Ihr lange genug sucht, entdeckt Ihr gewiß, daß die Herzogin meine Cousine über zehn Ecken ist.«

»Das kann ich nicht, das wäre zu durchsichtig!«

»Ihr wollt doch, daß die Kathedrale weitergebaut wird.«

»Das ist mein brennendster Wunsch, aber ich weiß auch, daß Ihr hoch verschuldet seid, Hoheit. Wo sollte da Geld herkommen?«

»Eben! Jetzt seid Ihr auf der richtigen Spur, denn eine neue Braut bringt auch eine neue Mitgift. Ich verspreche Euch, in wenigen Jahren könnt Ihr in der Kathedrale die Messe lesen, wenn Ihr mir jetzt helft.«

»Ich kann Eure Ehe nicht trennen, das könnte höchstens der Heilige Vater!«

»So verwendet Euch beim Papst für mich und tut es schnell. Reist nach Rom, Ihr könnt fahren, wann Ihr wollt.«

»Ich werde es überlegen.«

»Aber nicht zu lange!« rief der Herzog ungeduldig.

Hazard mochte nicht entdeckt werden, es gelang ihm, sich unbemerkt zurückzuziehen, er schlüpfte durch die Tür, ließ sie angelehnt und erreichte die Treppe. Da straffte er seinen Rücken und atmete tief durch. Rasch war er eine Treppe tiefer, lief am Saal vorbei, der voller Menschen war, aber Bellefleur war nicht unter ihnen. Daher achtete Hazard nicht auf die anderen, jetzt wollte er heim. Er ging über den Hof und betrat die Zugbrücke. Er war so in Gedanken versunken, daß er den gebeugten Kerl, der einen Sack über dem Rücken trug, zuerst gar nicht bemerkte. Als der Mann jedoch die Wache passieren wollte, zu watscheln anfing und »Kwakwakwakwak!« schrie, wachte Hazard auf.

»Bouffon«, rief er, schrie es beinahe vor Freude. Die beiden fielen sich in die Arme. Die Stoppeln auf Bouffons Wangen waren einige Tage nicht mehr geschabt worden, sie hatten sich zu einem kurzen Bärtchen entwickelt. Aber die Knubbelnase war dieselbe, wie auch der scheckige Kinnbart.

»Wie kommst du hierher?« fragte Hazard atemlos.

»Also, ich denke, so ähnlich wie du«, antwortete der Schelm. Er deutete auf seine ausgetretenen Schuhe. »In diesen Latschen nämlich. Bessere habe ich ja nicht, und da ich weiß, daß man dir das Pferd wieder weggenommen hat, glaube ich, daß du auch nicht viel anders gereist bist.«

»Wirklich, du bist noch immer ein so kluges Köpfchen wie früher. Aber wie kommst du gerade nach Corastanne und an den Hof Herzog Ernés?«

»Ich könnte eher fragen, wieso nicht?« antwortete Bouffon. »Wer das Glück sucht, muß überall hingehen, denn das Glück kann überall sein – und nirgends natürlich!«

»Aber ich dachte, du wolltest mit dem Comte de la Brosse nach Antiochia!«

»Ich bin anderen Sinnes geworden. Antiochia ist sehr weit und mir lief im Lager des Herzogs unverhofft ein Hahn vor die Füße, der versprach, auf eine ganz neue Art zu krähen. Da dachte ich mir, daß ich das von ihm lernen möchte. Denn wer neuartig kräht, dem hört man zu, und wem zugehört wird, dem gibt man auch gern, und wem gegeben wird, der kräht immer besser. Also siehst du, daß ich des Krähens wegen gekommen bin.«

»Du suchst dein Glück bei mir?«

»Ich sprach von einem krähenden Hahn. Bist du ein Hahn? Ja, vielleicht bist du auch einer und krähst nicht nur Hennen an, die sich mit den Federn griechischer Prinzessinnen schmücken. Aber der Hahn, den ich meine, läßt sich zu leicht sein Gefieder ausrupfen. Es wäre schade um diese Federn, sie sind recht hübsch! Ich dachte, man muß auf ihn aufpassen!«

»Du hast mir schon einmal beigestanden«, sagte Hazard gerührt. »Wahrscheinlich hast du mir sogar das Leben gerettet, und das vergesse ich dir nicht. Womöglich hat dich ein anderer Hahn meinetwegen verjagt!«

»Ich ging freiwillig«, widersprach Bouffon. »Wie weit bist du mit deiner neuen Kunst? Zappeln deine Figuren schon?«

»Ich bin auf gutem Wege«, antwortete Hazard. »Einen geschickten Gehilfen könnte ich aber wirklich brauchen. Man wird sehen, wie anstellig du bist. Kannst du singen?«

»Wie ein Rabe, aber vielleicht paßt das gerade. Du kannst mich ja auf die Probe stellen!«

»Gut! Komm heute abend in die Taverne Zum Bierhumpen. Du findest sie am Platz, wo die Kathedrale gebaut wird.«

»Ich war schon da!« Bouffon hauchte Hazard an.

»Wahrhaftig, ich rieche es. Also wirst du die Kneipe ja wiederfinden. Doch zuerst: Wo willst du schlafen?«

»Wo bettest du dich denn?«

»Ich habe eine Unterkunft bei Maitre Cadet, dem Holzschnitzer.« Hazard sprach die letzten Worte zögernd, weil er sich über Bouffons Anwesenheit zwar ehrlich freute, aber sein Quartier nicht mit ihm teilen wollte. Denn wenn Bouffon mit ihm in derselben Kammer schlief, dann wäre es mit den heimlichen Besuchen von Jeanine vorbei gewesen, mit ihrem fröhlichen Kichern über seine kleinen Scherze, dann läge das Mädchen nicht mehr auf seinem Strohsack, dann erzählte er ihm keine Geschichten mehr. Er wollte das alles mit niemandem teilen, und mochte es selbst der beste Freund sein. Er war daher erleichtert, als Bouffon erklärte:

»Da bleibst du, da gehöre ich nicht hin, schlag ruhig dort Wurzeln. Laß dir aber kein neues Gesicht anschnitzen, das alte ist ja ganz gut, du kannst es nicht verbessern. Wir beide sehen uns woanders, zum Beispiel hier im Schloß, da können wir den ganzen Tag zusammensein. Ich schlafe im Wohnturm beim Gesinde. Ich bin gern unter Menschen, Schlafsäle regen meine Phantasie an – so viele Schicksale! Und was die Leute alles erzählen! Da lerne ich immer etwas.«

»Aber du brauchst die Erlaubnis des Herzogs, wenigstens die des Majordomus.«

»Darum ist mir nicht bange, laß mich nur machen.«

»Nimm das«, Hazard reichte ihm eine Münze. »Das stimmt den Haushofmeister freundlich.«

»Das stimmt auch mich freundlich!« Bouffon warf das Silberstück in die Luft, fing es gleich wieder auf und ballte die Hand zur Faust. »Damit kann mir nun gar nichts mehr passieren. Zwar blieb Bouffon bisher schon überall, wo er bleiben wollte, doch nun wird er um so sicherer im Schloß Unterschlupf finden. Aber verrate mir trotzdem, was du bei einem Bildschnitzer machst.«

»Kannst du es dir nicht denken, Schlaukopf?«

»Denken ist gut, Wissen ist besser!«

Hazard zog Bouffon beiseite, ans Brückengeländer. Ihre Schatten verschmolzen zu einer schwarzen, doppelköpfigen Figur. Hazard flüsterte Bouffon ins Ohr:

»Verrate es noch niemandem«, und erzählte ihm von seinen Plänen.

»Denkst du an richtige Theaterstücke?«

»Ja, aber alles muß wachsen. Ich will die Zuschauer verhexen, sie sollen verzaubert werden durch mein Spiel!«

»Durch unser Spiel!« Bouffon lachte und stupste Hazard. »Es wäre toll, wenn es dir gelänge, ich bin jetzt doppelt froh, daß ich dir gefolgt bin.«

»So hast du mich wirklich gesucht?«

»Keinen anderen, wozu hätte ich sonst verhindert, daß dir der Schädel eingeschlagen wurde, Hazard le Bain, du Spielmann.«

»Hazard le Bain?«, murmelte Hazard. »Vielleicht wechsle ich auch bald diesen Namen. Hazard du Jeu wäre auch nicht schlecht, oder?«

Dann trennten sie sich. Bouffon schlurfte an den Torwächtern vorbei in den Schloßhof. Dank des Silberstücks nahm ihn der Majordomus ohne weiteres auf. Er war schließlich nur ein Schalksnarr mehr unter vielen anderen.

***

Am Abend kehrten Hazard und Bouffon in der Taverne Zum Bierkrug ein. Es war allerhand Volk da, Bürger, aber auch Gesellen und Bauleute, die am Dom gearbeitet hatten und hier ihren Lohn vertranken. Dazu Landfahrer und Pilger auf der Durchreise, die an der Küste entlangwanderten, bevor sie das Gebirge überschreiten mußten, auf ihrem Weg zum Grab des Apostels Jakobus, unter ihnen auch Frauen.

Hazard hatte das Liederbuch des Grafen unter dem Arm, Bouffon trug eine Laute am Band. Als sie eintraten, schlug ihnen Lärm entgegen, Gelächter und Gegröle, Rede und Gegenrede. Sie kamen spät, und es war düster im Raum. Auf den Tischen flackerten Binsenlichter. Hazard und Bouffon fanden kaum Platz, aber an einer längeren Tafel rückte schließlich ein Mädchen mit dunkler, sonnengebräunter Haut zur Seite. Sie war noch jung und trug ein Gewand, das aus Lederstücken zusammengesetzt war, so abgeschabt, daß sie einem gefleckten Tier glich. Das tat ihrem Reiz freilich keinen Abbruch, im Gegenteil. Ihr rabenschwarzes Haar bildete über dem hübschen Gesicht eine Art Kappe, die auf dem Rücken in einen Schweif überging. Ein grell gekleideter Mann mit einer schrägsitzenden Mütze über einem derben Gesicht saß neben ihr. Das Mädchen machte Hazard Platz, nachdem es ihn kurz angeschaut hatte, obwohl der Mann einen Laut des Unwillens ausstieß. Bouffon stupste Hazard an und raunte ihm zu:

»Mach uns nicht gleich wieder Ärger, du Liebling der Frauen! Du siehst, daß sie nicht allein gekommen ist, und du weißt nicht, wie locker der Herr neben ihr sein Messer trägt.«

Hazard und Bouffon quetschten sich zwischen die Leute, und Bouffon richtete es so ein, daß er neben dem Mädchen zu sitzen kam. Er wolle Hazard von ihr fernhalten. Hazard legte das Liederbuch sorgsam neben sich, während Bouffon für die Laute einen sicheren Platz unter dem Tisch suchte.

Sie bestellten Bier, es war dünn und obergärig, sie tranken aus Holzbechern, stützten die Arme auf, und Bouffon erzählte umständlich, kein Detail auslassend, von den Geschehnissen beim Comte de la Brosse. Hazard fiel ein Stein vom Herzen, als er hörte, daß er Mathieu de Baze nicht getötet hatte. Was aus Demetria geworden war, wußte Bouffon freilich nicht.

»Der Graf wird ihr verziehen haben, wie er ihr immer verzeiht. Vielleicht lacht er inzwischen über diese Affäre, die ja auch irgendwie nach seinem Geschmack war. Doch du, mein armer Freund, du gerätst mir zu leicht in Bedrängnis. Du sagtest, daß man dir schon in Seimarle ans Leder wollte. Erzähle also, ich weiß so wenig von dir.«

»Ja, zweimal wollte man mich daheim schon töten. Deshalb bin ich von zu Hause fortgegangen.«

»Aber warum, kennst du den Grund?«

»Nein. Würde ich ihn wissen, könnte ich mich vielleicht schützen. Bisher hatte ich stets Glück, und nach dem Tod meiner Mutter setzte sich die Fürstin von Seimarle selbst für mich ein!«

»Sogar die Fürstin? Du übst offenbar eine magische Anziehungskraft auf die Weiber aus. Ich selbst spüre das ja auch, obwohl ich doch beileibe kein Weib bin, denn wieso bin ich gerade dir nachgelaufen?«

»Weil du von mir etwas Neues lernen willst?«

»Das glaubte ich auch, aber jetzt zweifle ich, ob nicht vielleicht noch etwas anderes dahintersteckt.«

»Ach Unsinn! Was sollte das sein?«

»Menschenfängerei«, rief das junge Weib an Bouffons linker Seite dazwischen. Das Mädchen hatte bis jetzt geschwiegen und drehte sich nun Hazard und Bouffon zu. Ihre Zähne blitzten, und ihre Lippen waren üppig und schön geschwungen. Mit den schwarzen Haaren und der dunklen Haut wirkte sie wie eine fremdartige Blume. »Der junge Herr ist ein Menschenfänger«, wiederholte sie. »Ihr besitzt einen Zauber, der Euch beschützt!«

»Was redest du da …«

»Gib mir deine Hand.«

Halb lachend, halb widerstrebend schob Hazard die Hand über den Tisch. Sie nahm sie, wobei sie ihren schlanken Arm vorstreckte, strich mit dem Zeigefinger darüber und betrachtete sie lange.

»Du suchst etwas«, verkündete sie endlich.

»Aber das tut doch jeder«, antwortete Hazard, der nicht an Wahrsagerei glauben wollte, denn er hatte zuviel Scharlatanerie in der Badestube kennengelernt.

»Aber du suchst mehr als andere, und es ist ein Geheimnis dabei, auch für dich.«

»Wird sich das Geheimnis denn lüften?«

»Das weiß ich nicht, aber das eine oder das andere enthüllt sich. Du bist auch verliebt.«

»Das stimmt, aber auch das ist jeder!«

»Du glaubst mir nicht«, sagte das Mädchen und war nicht beleidigt.

»Sprich weiter, was wird aus meiner Liebe?«

»Sie findet Erfüllung, aber es ist nicht die Erfüllung, die du dir wünschst.«

»Das versteht keiner! Was denn dann?«

»Eine andere Erfüllung, ich weiß es nicht. Am wahren Glück gehst du vorüber, aber vielleicht nicht für immer. Du tust sogar recht, jetzt daran vorüberzugehen, denn die Zeit ist noch nicht reif. Außerdem trachtet man dir nach dem Leben.«

»Das hast du eben gehört.«

»Trotzdem kann ich es auch aus deiner Hand lesen, das eine widerspricht nicht dem anderen. Und du hattest recht: Man will deinen Tod.«

»Aber wer und warum?«

»Das sehe ich nicht. Sei jedenfalls auf der Hut und verlasse dich nicht auf dein Glück.« Sie gab Hazard frei, und er warf ihr ein Geldstück zu. Sie fing es auf und steckte es in den Gürtel. Dann wies sie auf das Liederbuch: »Du singst?«

»Ein hoher Herr schenkte mir das Buch, die Lieder will ich erst lernen. Ich vermute aber, mein Kamerad hier kann mehr, als man denkt.«

»Ich bin es ja nicht wert, daß man mir aus der Hand liest«, Bouffon lachte breit.

»Man muß nicht in deinen Linien lesen, um zu sehen, daß du ein geschundener Hund bist«, sagte das Mädchen.

»Jetzt fängt sie auch mit diesen Wortspielen an«, rief Hazard. »Das wird ja zu einer Seuche!«

»Es gehört geistige Wendigkeit dazu«, meinte Bouffon. »Nun gib mir einmal dein Buch, Hazard, ehe es in einen Bach aus Bier fällt.«

Hazard schob ihm das Buch zu, Bouffon holte seine Laute unter dem Tisch vor und nahm sie vor die Brust. Dann blätterte er in den Seiten.

Die ringsum sitzenden Leute standen auf und drängten sich hinter ihn, um ihm über die Schulter zu blicken.

Auch das Mädchen schaute ihn an, seine Lippen öffneten sich. Der bunte Mann neben ihr prahlte seinem Nachbarn vor, daß er der König der Seiltänzer sei.

Bouffon schlug eine Seite auf und schob Hazard den Folianten zu.

»Halte ihn mir!« Danach zupfte er die Saiten und räusperte sich. Seine Stimme war rauh und krächzend.

Ich sing von Rittern, welche zart
wie es der edlen Herren Art,
um Minne werben und heimlich Glück
und um der Dame holden Blick.
Wie doch die Rose duftend blüht!
Und wie die Lippe purpurn glüht!
O Herrin, schenk mir deine Huld,
dann bleib ich stets in deiner Schuld.

Es gab Beifall, aber Bouffon spuckte seitlich aus und verzog seinen Mund. Er schob Hazard mit dem Buch fort.

»Klapp es zu«, raunzte er. »Mir wird übel davon, dieses Süßholz zu raspeln. Das mag den edlen Herren gut über die Lippen gehen. Ich will etwas anderes singen, das besser zu mir paßt.« Er setzte den Becher an den Mund und schüttete das Bier in sich hinein. Als er danach zu singen begann, klang es wild, aufrührerisch, wütend.

Dum, dum,
die Not geht herum,
reißt's Maul auf und schreit:
Hunger ihr Leut!

Dum, dum,
das Siechtum geht um,
reißt's Maul auf und schreit:
Helft uns, ihr Leut!

Dum dum,
die Angst schleicht herum,
reißt's Maul auf und schreit:
Frieden, ihr Leut!

Da fiel unversehens das Mädchen ein, aber es war mehr ein Sprechen, ein melodisches Rufen:

> *»Wißt, daß die Leute sich mancherorts von den Körpern der Gehenkten ernähren, die sie von den Galgen schneiden!«*

»Weh, weh, weh ...« einige Zuhörer seufzten, und es war wie ein Chor. Diesmal summte sogar der Mann neben ihr mit.

»Wißt, daß die Leute ihre eigenen Kinder essen!« rief das Mädchen.

»Es ist wahr, die Armen haben nichts zu lachen«, sagte der bunte Mann.

»Und ich will euch auch sagen, warum«, brüllte Bouffon erregt und setzte seinen Gesang fort:

Die Bauern hüten die Schweine im Wald,
die Bauern schleppen das Holz herbei,
die Bauern säen das neue Korn,
die Bauern eggen das brache Feld,
sie schulten und rackern
und placken sich ab …

»Bist du denn ein Bauer, daß du so für diese Kreaturen eintrittst?« fragte der bunte Mann.

»Ich habe ein Herz für sie, denn sie sind Menschen wie wir, aber sie werden geschunden wie Vieh«, erwiderte Bouffon. »Während die Fürsten prassen und die Leute quälen, müssen diese Ärmsten der Armen die Rücken krumm machen und sich schinden lassen.«

»Wenn das der König hört, lauft Ihr die längste Zeit frei herum«, meinte das Mädchen.

»Schon gut«, brummte Bouffon. »Ich habe ja nur Spaß gemacht und wollte euch zeigen, daß es auch eine andere Art gibt, wie man singen kann. Im übrigen bin ich ein treuer Untertan des Königs … und des Herzogs … und des Papstes … und des Bischofs … kurz, ein treuer Untertan jedes hohen Herrn, der mir ein Brot gibt.«

»In dir steckt mehr, als ich vermutete«, sagte Hazard. »Ich habe wohl deine Kraft zur Aufsässigkeit nicht, aber vielleicht kann ich von dir lernen.«

»Das laß lieber.« Bouffon stellte die Laute fort, setzte sich wieder, trank und wurde immer wortkarger, einsilbiger, schien seinen Gedanken nachzuhängen. Er saß mit gesenktem Kopf und brütete vor sich hin. Die Lämpchen flackerten. Der bunte Mann stand irgendwann auf, packte sein Mädchen an der Hand und zog es mit sich fort. Die Taverne leerte sich. Es war spät. Hazard nahm sein Buch, half Bouffon auf und hängte ihm die Laute um den Hals.

So verließ er mit ihm den Raum, wobei er den betrunkenen

Narren über den Platz führen und kräftig stützen mußte. Bouffon summte, lallte und schwankte.

Über den emporstrebenden Mauern des Domes stand der halbe Mond. Die Gerüste davor bildeten ein dunkles Geflecht, und zwischen den niedrigen Wänden der Seitenschiffe lag Finsternis. Die Heiligenfiguren und Apostel im spitzen Bogen des Portals schienen zu schweben.

Hazard führte Bouffon vor das Tor des Châteaus, wo sich die Mondsichel im Grabenwasser spiegelte. Die Nachtwache unter der Pechfackel an der Mauer hielt die Hand auf. Dann torkelte Bouffon über den Hof, und Hazard überzeugte sich, daß er den richtigen Eingang zum Wohnturm nahm. Danach drehte er sich um und suchte seine Stube im Hof bei Maitre Cadet auf.

Er lag auf dem Strohsack und dachte an das fremde Mädchen. Schön war sie gewesen, eine Wildblume des Waldes, aber Bellefleur war schöner. Was hatte sie gesagt? Er sei auf der Suche? Ja, das stimmte. Noch immer suchte er nach dem Buch der Wunder. Er hatte es fast vergessen, und er beschloß, morgen einen Versuch beim Herzog zu machen. Er war müde, aber er konnte nicht schlafen. Erst im Morgengrauen fielen ihm die Augen zu. Am anderen Tag nahm er sich Urlaub vom Meister.

»Wie willst du jemals einen vernünftigen Kopf schnitzen, wenn du so oft fort bist?« murrte Maitre Cadet.

Jeanine stand in der Tür.

»Immer läufst du zu den schönen Damen bei Hof!«

»Sie sind nicht schöner als du, nur ein wenig älter«, erwiderte Hazard, lachte und dachte sich nichts dabei.

»Ich wachse ja noch!« Jeanine verzog schmollend den Mund.

***

Hazard suchte die Bibliothek und fand sie schließlich im Seitenflügel des Châteaus. Zu seiner Enttäuschung war sie nur ein mittelgroßer Saal mit mäßig gefüllten Regalen, an denen ein schmächtiges Männlein damit beschäftigt war, Folianten einzuordnen. Hazard trat näher.

»Darf ich mich bei Euch umsehen?«

»Merkwürdig«, antwortete der Bibliothekar, der zugleich Schreiber des Königs war, denn die Tätigkeit hier füllte ihn nicht aus. »Es gibt hier doch sonst kaum jemanden, der sich für Bücher interessiert. Und nun kommt einer, den ich eher für einen Landstreicher gehalten hätte, und will sie sehen. Behaupte nur noch, daß du lesen kannst!«

»So ist es!«

Hazard blickte sich um und entdeckte an der Außenwand unter dem hohen Fenster einen Mann, der das Licht nutzen wollte. Es war ein heller Tag, und der Mann beugte sich über einen Tisch.

»Das ist unser Illuminator, er schreibt und verziert uns die Bücher, er erleuchtet sie gewissermaßen«, erklärte der Bibliothekar. »Er kommt aus Flandern und ist ein fleißiger Herr. Ihm ist keine Mühe zu groß, er braucht einen ganzen Tag für eine einzige Initiale und eine Woche für eine Titelseite.«

Hazard trat neugierig näher. Vor dem Maler war ein Blatt Pergament aufgespannt, davor bildeten Schälchen und Tiegel mit Silber- und Goldtinten und anderen Farben – blau, grün und rot – ein hübsches Stelldichein. Pinsel standen in Töpfen, daneben lagen Federkiele und scharfe Schabemesser. Der Illuminator arbeitete an einer liturgischen Handschrift, mit minutiöser Genauigkeit verherrlichte er die höfische Liebe und schilderte die Eleganz der weiblichen Bewegung in einem fließenden Gewand, unter dem sich der Körper enthüllend abzeichnete.

»Was ist das?« fragte Hazard.

»Ich stelle die Ankunft eines Ritters auf dem Schloß seiner Dame dar«, gab der Maler zur Antwort. »Ich versuche die Unruhe des Liebenden zu beschreiben, der seiner Angebeteten seine Leidenschaft erklärt.«

»Aber ich dachte, Ihr malt nur religiöse Themen.«

»Das tue ich natürlich ebenso, aber die Kunst fragt heute auch nach dem Menschen, der Gottes Geschöpf ist. Alles kommt ja von Gott, auch die profanen Dinge.«

Hazard schaute genauer hin.

Der Ritter auf der Miniatur trug ein kurzes, eng geschnittenes Gewand, machte in einiger Entfernung vor dem Schloß Halt und war versunken in den Anblick seiner Dame, wobei er die Arme verschränkte. Die Angebetete stand auf der Freitreppe einer Burg.

»Aber sie gleicht einem der Fräuleins hier!« rief Hazard überrascht. »Sie heißt Bellefleur.«

»Das ist wahr«, antwortete der Meister. »Die Hofdame diente mir als Modell. In einer anderen Illumination nehme ich dann freilich die Herzogin zum Vorbild der Muttergottes, du verstehst!«

»Fein ausgedacht!«

Hazard beschaute sich das Bildchen, auf dem die geschwungenen, blauen Kapitalbuchstaben in goldenen Ranken leuchteten. »Wie habt Ihr das gelernt?« fragte er.

»Wie man halt alles lernt, durch ständiges Üben. Ich war natürlich in einer Lehre. Aber ich zeichne darüber hinaus ununterbrochen, Tag für Tag, Menschen, Gewänder, Mantelfalten, Käfer, Gräser und Tiere, Gesichter und Leiber, Kinder und Greise.«

»Ich versuche etwas Ähnliches. Ich lerne das Holzschnitzen. Aber laßt uns lieber von Euch sprechen. Was ist Euch das Wichtigste?«

»Gott zu dienen, natürlich. Aber dazu muß ich so vollkommen in meiner Kunst werden wie möglich. Meine Kunst ist eigentlich nur ein ständiges Entdecken und Enthüllen von Gottes Wundern!«

»So soll es wohl sein«, meinte Hazard. »Ich hoffe, daß ich es später auch verwirklichen kann.«

Inzwischen war der schmalbrüstige Bibliothekar zu ihnen

getreten. Vielleicht empfand er Eifersucht, weil sich der Besucher so lange mit dem Illuminator beschäftigte, statt mit ihm.

»Kamst du nun wegen der Bilder oder wegen der Bücher?«

»Verzeiht, daß ich Euch warten ließ«, rief Hazard. »Aber ich sah diese Kunst noch nie, und sie fesselt mich.« Er verabschiedete sich von dem Illuminator und kehrte mit dem Bibliothekar zu den Regalen zurück. »Ich suche nach einem Buch«, erklärte er ihm.

»Das kommt hier selten vor.«

»Es ist ein Buch der Wunder …« Hazard erzählte alles, was er darüber wußte, und der Bibliothekar hörte erstaunt zu.

»Das muß wahrhaftig ein Wunderbuch sein«, murmelte er. »Und du bist ein seltener Vogel. Ein Mann, der die ganze Welt nach einem Buch absuchen will, ist mir noch nicht begegnet. Aber ich habe auch noch nie etwas Ähnliches gehört, dieses Buch muß so voluminös sein, daß es ein ganzes Regal ausfüllt.«

»Oder – im Gegenteil: ganz schmal! Vielleicht ist das letzte Geheimnis aller Dinge überhaupt nur ein einziges Wort, wie ein Schlüssel, der alle Tore öffnet.«

»Sehr geistreich! Du bist auch noch ein philosophischer Kopf. Aber nein, hier kenne ich alle Bücher, es sind ja nicht so viele, wie du siehst. Ich habe nur einige Psalter, Evangeliare und Breviere, ein Herbarium über besonders heilkräftige Pflanzen, ein Bestiarium mit der Darstellung der wildesten Tiere, ich habe auch ein Werk über Rüstungen und Turniere – und sogar noch einige Philosophen. Noch, sage ich, denn meine Bücher vermehren sich nicht, sie werden auf wundersame Art weniger. Unsere Hoheit, Gott möge sie schützen, hat für geistige Werke nicht so viel übrig, wie ich wünschte. Sie sind ihm zu teuer, sagt er, aber ich weiß, daß er sein Geld lieber für andere Dinge ausgibt. Wir Menschen sind nun einmal verschieden. Und es ist ja auch nicht zu leugnen, daß sich die nackte, blutdurchströmte Haut eines jungen Weibes angenehmer anfühlt als das alte, kühle

Pergament.« Der Bibliothekar seufzte und richtete seine Augen gegen die Zimmerdecke.

»Ehrlich gesagt, ich dachte auch gar nicht, daß ich das Buch der Bücher hier finden würde«, meinte Hazard. »Aber versuchen wollte ich es, denn es gibt ja seltsame Zufälle. Und wäre es denn nicht möglich, daß sich ein solch vergessenes und verschollenes Werk gerade dort befindet, wo man es am wenigsten vermutet?«

»Da fällt mir etwas ein: Bevor ich beim Herzog von Corastanne Schreiber wurde und gleichzeitig die Betreuung seiner Bücher übernahm, wurden einmal weit über hundert kostbare Werke verkauft.«

»Was sagt Ihr? An wen?«

»Nun reiß mir doch nicht das Wams entzwei. Sie wurden von der Fürstin von Seimarle und Vignona erworben, weil der Herzog Geld brauchte. Er ist ja ständig in Nöten, und ich fürchte noch um meine letzten Bestände.«

»Die Fürstin von Seimarle ...« meinte Hazard nachdenklich.

»Sie ist eine kunstsinnige Dame, und ich wünschte, ich könnte bei ihr Dienst tun.«

»So sind die verkauften Bücher in Seimarle? Wißt Ihr nicht, welche es waren?«

»Nein, ich sagte ja, es war vor meiner Zeit.«

»Seimarle ... von dort komme ich her! Schade, daß Père Mertin nichts davon wußte!«

»Man weiß in Seimarle wohl deshalb nichts davon, weil sich die Bibliothek der Fürstin eben nicht dort befindet, sondern in ihrer Sommerresidenz Vignona.«

»So ist Vignona mein nächstes Ziel«, erklärte Hazard. »Und jetzt entschuldigt mich, ich habe Eure Zeit schon zu lange in Anspruch genommen.« Er hob seine Hand, um auch den Illuminator zum Abschied zu grüßen, aber dieser sah nicht auf.

Hazard verließ die Bibliothek, denn er hatte nun das Bedürfnis, wieder zu schnitzen.

***

Der Herzog lud zum Fest der dreiundzwanzigsten Wiederkehr seiner Geburt. Schon Tage vorher war die Stadt in Aufregung, die Menschen schmückten sich, Gäste, Ritter und Adlige, reisten von weither an. Bouffon bat Hazard um ein Darlehen. »Ich brauche ein neues Kostüm«, erklärte er. »Ich ließ mein altes Narrengewand beim Grafen, als ich von dort flüchtete. Das Geld bekommst du zurück, ich denke, daß ich Einnahmen haben werde.«

Hazard reichte ihm etliche Münzen.

»Ich wünsche dir, daß du mich bald nicht mehr um etwas bitten mußt.«

Bouffon lachte und meinte, es mache ihm nichts aus:

»Zartbesaitet darfst du nicht sein, wenn du als Gaukler nicht untergehen willst.« Dann verschwand er.

In der Werkstatt bei Maitre Cadet wurde Hazard von Jeanine erwartet.

»Wärst du fleißiger gewesen, hättest du dein Figurentheater schon auf dem Fest vorführen können«, stichelte sie.

»Ach nein, da beachtet mich niemand, da geht alles im Trubel unter«, antwortete er mürrisch. Er wußte ja selbst, daß er trödelte und nicht mehr bei der Sache war, denn seine Gedanken weilten bei Bellefleur. Lustlos betrachtete er den Kopf, an dem er gerade schnitzte. Er hatte es gewiß schon mit mehr als einem Dutzend versucht. Die ersten waren völlig mißlungen gewesen, doch langsam konnte man erkennen, daß es ein Gesicht werden sollte, Nase, Augen, Lippen. Aber noch war er nicht zufrieden. »Ich könnte sonst ja gleich eine Wurzel nehmen«, brummte er. »Das wäre vielleicht origineller.«

»Gib zu, daß du nur die Hofdamen im Sinn hast«, sagte Jeanine und kräuselte die kindliche Stirn.

Die Magd rief sie in die Küche, Anne sah es nicht gern, wenn sie zu viel mit Hazard zusammen war.

Am Morgen des Festtages zog der Herzog durch die Hauptstraße und über den Domplatz. Trompeten und Pauken kündigten ihn an, es folgten Flöten und Schalmeien, danach kamen die

Hoheiten zu Pferde, der Hofstaat, die Gäste. Überall hingen bunte Tücher, Fahnen, Wimpel und Teppiche aus den Fenstern. Am Nachmittag vergnügte sich das niedere Volk im Schloßhof. Es gab ein großes Gedränge von Handwerksgesellen, Lehrlingen, Dienstleuten, Zugewanderten, Durchreisenden, Scholaren und Vaganten, die froh waren, einmal zu solchen Genüssen zu kommen. Bier wurde ausgeschenkt, Ochsen und Lämmer an Spießen gedreht. Rauchschwaden verdunkelten die Sonne.

Am Abend folgten der Adel und die höhergestellte Bürgerschaft der Einladung. Zahllose Kerzen brannten und tauchten den Saal in ein flackerndes, warmes Licht, zauberten dazu gleitende Schatten, die über den Boden, über Gestalten und Gesichter huschten. Alles war bunt, vielfarbig die Gewänder, die Wände mit Bildern bemalt und mit Teppichen aus Seidendamast behängt, in die figürliche Muster eingewebt waren, Vögel und Waldtiere, Ritter und Damen und immer wieder der weiße Sperber, das herzogliche Wappentier.

Der Raum, geteilt von kostbar verzierten, gedrehten Säulen, konnte trotz seiner Größe die Fülle der Menschen kaum fassen. Nicht nur der Hof mit den Ministerialien, Rittern, Geistlichen, Äbten und Pröpsten, Kustoden und Priestern drängte sich, ebenso waren die Stadträte, die Zunftmeister gekommen, unter ihnen Maitre Cadet, wenn auch widerstrebend. Dazu wimmelte es von Bediensteten, Kämmerern und Edelknappen; von Truchsessen, die Erfrischungen reichten, und von Schenken, die sich mit Weinkannen einen Weg durch die Menge zu bahnen versuchten. Dazwischen wuselten, kobolzten, sprangen und huschten Spielleute und Jongleure, Possenreißer, Spaßmacher und Zauberkünstler. Auf sie wollte der Hof zu seiner Belustigung und Unterhaltung nicht verzichten.

Auch das schöne Mädchen im Ledergewand aus der Taverne bot seine Künste an, es las den Leuten aus der Hand. Ihr bunter Begleiter verrenkte seine Glieder tanzend auf einer Stange, die über zwei Hocker gelegt worden war.

Während Herzog Erné die vornehmen Gäste empfing, thronte er unter einem Baldachin von golddurchwirkter Seide. Neben ihm saß die Herzogin mit blassem Gesicht, ihr Gewand leuchtete schneeweiß, sie sah darin unnahbar aus. Crespin de Bisson, der Cousin des Herzogs, schaute hochmütig in die Menge.

Neben den Hoheiten stand der Erzbischof mit dem Kreuz vor der Brust. Ihm sah man an, daß er die Ausgelassenheit mißbilligte. Der Herzog flüsterte ihm ins Ohr:

»Monseigneur, habt Ihr über meinen Wunsch nachgedacht?«

Der Erzbischof verstand sofort.

»Hoheit, es ist unmöglich, die Ehe ist ein Sakrament, man kann sie nicht nach Belieben eingehen und nach Lust und Laune wieder auflösen.«

»Ich habe mich wohl unklar ausgedrückt, mein hochwürdigster Freund. Mein Land ist gefährdet. Wäre es nicht schade darum? Es ist ein Hort der Fröhlichkeit – und der Frömmigkeit, das werdet Ihr zugeben. Ihr wißt, ich brauche einen Erben, und zwar bald. Es handelt sich also nicht um einen beliebigen Wunsch, sondern um eine wohlerwogene, unerläßliche Maßnahme.«

»Aber es gibt keinen triftigen Grund für die Heilige Mutter Kirche, Eure Verbindung mit der Herzogin Albane aufzulösen.«

»So findet einen«, zischte Herzog Erné und legte seinen Finger, an dem ein funkelnder Ring steckte, auf den Mund. »Ich bin bereit, ein Kloster oder eine Kirche zu stiften.«

»Hoheit, sorgt zunächst dafür, daß die Kathedrale fertiggebaut wird. Wenn das geschieht, will ich noch einmal nachdenken. Verzeiht, wenn ich es unumwunden sage, Ihr werft Euer Geld für sinnlosen Tand, für Eitelkeiten zum Fenster hinaus!«

»Ihr meint dieses Fest? Da irrt Ihr. Solche Veranstaltungen sind notwendig, um die Leute bei Laune zu halten.«

»Ihr seid auch zu ungeduldig«, meinte der Erzbischof. »Ich bete für Euch und la Duchesse. Vielleicht wird Euch der Nachkomme ja doch noch geschenkt.«

»Ich glaube, aus Abneigung kann keine Leibesfrucht erwachsen«, murmelte der Herzog und klatschte zum Tanz. Sogleich begannen die Flöten und Fiedeln zu spielen, und man säumte nicht, sich im Reigen zu drehen oder zu springen.

Schon lange hatte Hazard Bellefleur mit den Augen verschlungen. Noch nie war sie ihm so anmutig, so liebenswert vorgekommen. Ihr verkürztes Oberkleid war aus heller Seide, darunter schaute eine himmelblaue Tunika heraus. Sie erschien Hazard frisch wie der Frühling. Über ihrem kastanienroten Haar wehte ein feiner Schleier, ihre braunen Augen funkelten, auf ihren zartblassen Wangen lag ein rötlicher Schimmer. Einmal tanzte der Herzog mit ihr, dann der Cousin, danach verschiedene Ritter und Adlige. Hazard hatte schon alle Hoffnung aufgegeben, da stand sie plötzlich einen Augenblick lang allein.

Sofort faßte er sich ein Herz und bat:

»Tanzt mit mir!«

»Wer bist du? Ach, der neue Spielmann. Ich soll mit dir tanzen? Warum nicht?«

Da klopfte sein Herz, und er drehte sich mit der Schönen in feierlichem Schritt, er neigte sich, und sie neigte sich, er faßte ihre Hand, und es überlief ihn heiß und kalt.

»Helft mir«, bat er, und seine Augen glänzten.

»Dir helfen, du Narr, womit denn, weshalb denn?«

»Hilf mir, denn ich verbrenne vor Liebe. Ich liege die Nächte wach. Ich vermag nicht mehr zu schlafen, nicht mehr zu essen!«

»So lebst du von der Luft?«

Sie tanzten in gemessenem Schritt. Bellefleur stand ihm gegenüber und hob die Hand, ihre Fingerspitzen berührten sich leicht. So schritten sie umeinander, bewegten sich rückwärts und neigten die Köpfe.

»Nein, nein, ich lebe von meiner Liebe zu dir«, erklärte Hazard. »Aber ich weiß nicht, wie lange man allein von der Liebe leben kann.«

Sie drehte sich lachend und stellte die Füße vor, Hazard sah ihre spitzen Schuhe unter dem perlenbesetzten Rocksaum. Ihre Blicke wanderten zu den anderen Tänzern.

»Die Liebe ist wohl auch nicht zum Leben da«, sagte sie leichthin.

»Ich glaube, sie ist nur dazu da! Wozu sollte sie denn sonst dienen, wenn nicht zur Erfüllung des Lebens und schließlich – aber damit will ich dich nicht erschrecken – zur Erzeugung neuen Lebens.«

Sie schüttelte die Haare und knickte die Hüfte im Takt:

»Du vermagst mich nicht zu erschrecken, denn ich nehme dich nicht ernst. Das ist dein Glück. Wenn ich es täte, würde ich nicht mit dir tanzen und keinen Blick an dich verschwenden.«

Hazard biß sich auf die Lippen.

»Wozu gibt es die Liebe denn sonst, wenn nicht zum Leben?«

»Die Liebe ist ein Spiel«, antwortete Bellefleur.

»Wie merkwürdig, daß du das sagst. Ich empfinde ja auch alles als Spiel, aber gerade mit der Liebe ist es mir bitterernst. Es mag ja sein, daß sie als Spiel beginnt, aber dann schenkt sie eine Lust, eine Erfüllung, die dem Tod sehr nahe ist … Leben und Tod berühren sich in der Liebe, so daß sie nicht mehr auseinanderzuhalten sind.«

»Und genau das macht mir angst«, sagte sie. »Deshalb will ich, daß die Liebe ein Spiel bleibt, das hübscheste Spiel, das wir kennen.« Bellefleur hauchte ihre Worte, auch das war ein Teil ihres Spielens. »Wehe, wenn aus ihr Ernst wird. Dann wird sie schwer, unelegant, peinlich und widerlich – ja, sogar tödlich. Ich aber will nicht sterben. Ich will leben! Das Begehren, die Werbung: Das alles ist Spiel und äußert sich in tausend verspielten Formen. Du mußt dieses Spiel beherrschen lernen, du Narr, wenn du bei Hofe aufsteigen willst.«

»Unterrichte mich! Ich warte sehnsüchtig darauf!«

»Schon wie ich dich ansehe, ist nur Spiel«, sagte sie. »Das

Spiel der Blicke und Augen ist sogar das wichtigste. Damit beginnt alles.«

»Aber das weiß ich doch«, erwiderte er ungeduldig. »Nur darf es kein oberflächliches Spiel bleiben, sondern es muß hinführen zum Ernst des Lebensspiels. Ich verbrenne …«

»So lösche diesen Brand«, sagte sie. »Oder halte ihn so niedrig, daß er nur ein kleines Feuer ist, hübsch anzusehen, mit vielen kleinen Flämmchen, und gerade so, daß man sich daran erwärmen und erfreuen kann.«

»Bellefleur«, flüsterte er dicht an ihrem Ohr, »ich verbrenne wirklich … Ich stehe lichterloh in Flammen. Es gibt nur eines, das diese Glut löschen könnte: werde meine Frau!« Er stieß es fast keuchend heraus, denn er ahnte ihre schroffe Ablehnung und fürchtete, sie könnte sich ihm sofort entziehen.

Sie schien zu erschrecken. Einen Augenblick lang stockte sie im Tanz, dann drehte sie sich weiter und sagte:

»Du bist wirklich ein Narr! Doch wenigstens bist du nicht unehrenhaft. Die meisten versuchen, ihr Ziel zu erreichen, ohne sich zu binden. Was kannst du mir bieten? Ein Leben auf der Landstraße, von Burg zu Burg und von Hof zu Hof, im Winter unter Brücken oder in windigen Scheunen?«

Er beschloß, jede Vorsicht fallen zu lassen.

»Meine Mutter hatte ein Badehaus«, erklärte er trotzig. »Wir verdienten gutes Geld, und ich weiß, wie man es führt. Da ist es warm, du findest nichts von einer zugigen Landstraße, eher das Gegenteil.«

»Sieh an! Daher kommst du Narr also, aus einem Badehaus. Daher der hochtrabende Name le Bain. Und er denkt, daß es auch mich dahin ziehen könnte. Mein Lieber, da du ehrlich zu mir gesprochen hast, will ich dir auch ehrlich antworten. Ich will bei Hofe bleiben, mir steht jeder Weg nach oben offen. Und ich will aufsteigen. Ich will niemals mehr hinab in die Niederungen des Daseins, in die Not. Ich will Gold, Juwelen, Feste, Tanz, Musik und Macht. Ich will herrschen, und ich werde herrschen. Mein

Weg ist noch nicht zu Ende, er wäre es aber, wenn ich mich an einen wie dich binden würde. Du brauchst mir nicht zu antworten. Glücklicherweise ist der Tanz ja vorbei, die Musik macht eine Pause, und wir werden uns trennen. Ich lasse dir aber eine Hoffnung: Wenn du einmal hoch aufgestiegen sein solltest, und wenn ich bis dahin noch nicht Gräfin oder Herzogin geworden bin, dann können wir noch einmal miteinander sprechen. Nun, aber so hoch wirst du wohl nie steigen. Immerhin: Wenn du den Weg hinauf beschreiten willst, dann rate ich dir, dich an diesen Herrn da zu halten ...«

»An welchen Herrn?« fragte Hazard mit tonloser Stimme. Er hatte alle Zuversicht verloren, und es war ihm eigentlich gleichgültig, was sie ihm riet.

»Der da«, erwiderte sie und deutete mit einer Kopfbewegung in eine Ecke: »Baron de Bercy. Du erkennst ihn an seinem schwarzen Samtgewand und an dem weißen Spitzenkragen.«

»Der geschminkte Greis, dieser alte Stutzer?«

»Sag das nicht! Er ist sehr feinsinnig, und es gibt niemanden, der mehr Einfluß auf den Herzog hätte, denn er ist hier der heimliche Regent. Wenn es einen gibt, der dir den Weg nach oben öffnen kann, dann er. Er könnte aus dir sogar einen Baron machen. Vielleicht adoptiert er dich! Dann hast du alles gewonnen. Er verschlingt dich ja schon den ganzen Abend mit den Blicken.«

»Ist er ...?« fragte Hazard.

»Ja, er liebt junge Männer«, antwortete Bellefleur. »Sprich also mit ihm, etwas Besseres kann ich dir nicht raten!«

»Wenn du es wünschst«, knurrte er, um sie zu reizen.

»Ich will es!« Bellefleur lachte kurz auf und verschwand zwischen den Leuten.

Hazard war wie ausgebrannt, Maitre Cadet schritt vorbei, im dunklen, pelzverbrämten Mantel, er beachtete ihn nicht. Nicht weit entfernt hatten junge Leute einen Kreis gebildet, faßten sich an den Händen und bewegten sich schaukelnd hin und her. In ihrer Mitte tanzte ein kleiner Mann. Einer von diesen Spielleuten, dachte Hazard mißmutig, mit seinen Gedanken weit fort. Bellefleur hatte ihn abgewiesen, und er warnte sich selbst: Laß die Finger von ihr, reiß dich los! Du wirst unglücklich, wie du es bei Eustache geworden bist. Auch er mißachtete dich wegen deiner niedrigen Herkunft. Geistesabwesend trat er hinter eines der Mädchen und schaute ihm über die Schulter. Da erkannte er das Gesicht des tanzenden Narren, es war Bouffon, der sich wie ein Schalk gekleidet hatte und ein Gewand trug, das von Farben geradezu sprühte. Er tanzte zum Tamburin, auf den er mit dem Handballen schlug und mit den Fingern trommelte, dazu ließ er die Schellen klingen, schlug Purzelbäume, drehte Pirouetten und sprang wie ein Bock.

Armer Kerl, dachte Hazard, du hast kein leichtes Leben und bist eine geschundene Kreatur. Ob ich dir ein besseres Dasein schaffen kann? Doch dieser Gedanke kam ihm nur flüchtig, ihn beschäftigte sein eigenes Schicksal. Er wandte sich ab und ging.

***

Das Fest schäumte, es trieb seinem Höhepunkt zu, der Lärm brandete gegen die Wände und wurde von ihnen zurückgeworfen. In einer Ecke, aus der ein Strebepfeiler emporwuchs und sich im Fächergewölbe verlor, stand der Baron mit gepudertem Gesicht und geschminkten Lippen. Seine Augen waren grau und klein, aber sie beobachteten scharf. Hazard verneigte sich, und der alte Mann lächelte. Es lag etwas Flehendes in seinem Ausdruck, aber Hazard spürte einen Anflug von Widerwillen. Da wollte er lieber weitergehen, doch der Baron hielt ihn fest.

»Du weißt, wer ich bin?« fragte er.

Hazard neigte sein Haupt.

»Nicht wahr, Bellefleur hat von mir gesprochen. Was sagte sie? Scheue dich nicht, es mir mitzuteilen. Ach, im Grunde weiß ich es auch so, sie hat dich vor mir gewarnt. Diese Mädchen sind Giftschlangen. Hüte dich vor ihnen.«

Hazard schüttelte den Kopf.

»Sie hat Euch gepriesen als hochgebildeten Mann.«

»Hat sie dir nicht gesagt, daß ich dir zu deinem Glück verhelfen könnte? Na, siehst du! Sie will dich loswerden! Denn aus Menschenfreundlichkeit hat sie es nicht getan. Bellefleur ist ein schöner, glitzernder, aber durch und durch gefrorener Eiszapfen.« Der Baron zog Hazard etwas tiefer in die Nische, was diesem peinlich war, denn er wollte nur ungern mit ihm gesehen werden. Das Gesicht des greisenhaften Mannes war von einem Netz feiner Linien und Falten überzogen, die durch den abblätternden Puder durchschimmerten. »Es ist recht so, Hazard le Bain«, sagte er. »Es ist gut, daß Bellefleur dich zu mir geschickt hat. Auch schlechte Absichten können zu guten Ergebnissen führen. Ich möchte wirklich mit dir sprechen, denn ich beobachte dich schon seit deiner Ankunft im Schloß. Du kommst aus einem anrüchigen Haus, dennoch war deine Mutter eine brave Frau und dein Vater könnte ein achtbarer Bürger, vielleicht sogar ein Adliger gewesen sein. Jedenfalls bist du kein gewöhnlicher Spielmann, du hast eine Schule besucht, kannst lesen und schreiben. Man könnte mehr aus dir machen. Dazu siehst du sehr gut aus. Dafür kannst du gewiß nichts, aber es wird dein Leben bestimmen, Gott hat es so gewollt und daher will Gott auch, daß du den Nutzen daraus ziehst.«

Hazard schaute den Baron verlegen an. »Ich habe nicht mehr viel Zeit, mein Junge. Die wenigen Jahre, die mir noch bleiben, sind kostbar. Hast du Geduld, mich anzuhören, oder treibt es dich wieder zu den jungen Gänsen?«

»Es könnte nichts Wichtigeres geben, als mit Euch zu sprechen«, antwortete Hazard, aber seine Blicke glitten in den Tanzsaal, wo er Bellefleur suchte.

»Mein lieber Junge, du lügst«, sagte der Baron. Sein Blick verschleierte sich. »Aber du lügst liebenswürdig, von einem gewissen Alter an ist man sogar über höfliche Lügen froh. Man ist froh, wenn überhaupt jemand zu einem spricht, denn das Alter ist grausame Wahrheit genug. Was wir suchen, ist Zuneigung. Weißt du, was das bedeutet, du schöne Gestalt?«

Die Hand des Barons berührte Hazards Hals, wanderte aufwärts und verweilte unter seinem Kinn. Hazard wunderte sich, daß diese Hand weich war, gar nicht unangenehm, wie er es eigentlich erwartet hatte. Und er nickte, wobei er des Barons Finger an seiner Kehle spürte. »Nein, natürlich weißt du es nicht«, fuhr der alte Mann fort, »denn das weiß man nur, wenn man der Zuneigung entbehrt. Du aber bist zu hübsch, um Zuneigung zu entbehren. Sie fliegt dir zu, nicht immer die richtige, aber du kannst es dir eben nicht aussuchen, und manchmal ist es dir sogar lästig, so wie jetzt. Nun, was ich eigentlich sagen wollte: Falls Bellefleur dir erklärt hat, daß du durch mich dein Glück machen könntest, dann hat sie die Wahrheit gesagt. Ich besitze viel Einfluß, sogar Macht. Man kann sagen, was ich möchte, das geschieht – es sei denn, Seine Hoheit ist anderer Ansicht als ich, aber das befürchte nicht. Ich kann dich herausheben aus deinem jetzigen Stand, kann dich fortbringen von der Landstraße, ich kann aus dir noch mehr machen als einen Schreiber. Gewiß, dein Weg wird über das Amt eines Ministerialen gehen. Du wirst Hofbeamter werden, ich werde dir Aufträge anvertrauen, du kannst mein Sekretär werden, Diplomat, wenn du dich bewährst, und ich zweifle nicht daran. Bald wird man dich als Ritter und Adligen sehen.«

Hazard empfand keine Freude ob solcher Aussichten, er hatte nie derartige Erwartungen gehegt. Aber er ahnte eine seelische Not hinter allem. Was wollte der Baron denn gerade vom ihm? Die schlimme Stunde mit Père Mertin fiel ihm wieder ein. War es nun hier genauso? Alles in Hazard drängte fort, und dennoch hielt es ihn. Der Baron streichelte flüchtig seine Wange und sagte leise:

»Mein Junge, ich weiß, du denkst, der Alte hat doch Macht, er ist angesehen, ja sogar hochgestellt, er besitzt Reichtümer – was will er noch? Genügt ihm das alles nicht? Siehst du, all das trifft zu, aber es ist gleichzeitig nur ein kümmerlicher Ersatz für Jugend. Ich gäbe alles um sie! Aber die vergangenen Jahre sind das einzige, was man nicht zurückkaufen kann.« Der Baron de Bercy machte ein lange Pause. Dann sagte er ungeschminkt: »Deshalb, mein Junge, liebe ich Knaben, sie verkörpern für mich die verlorengegangene Jugend. Sie sind mein zweites, mein jüngeres Ich. Gib zu, daß du es wußtest! Bellefleur hat es dir wohl schon gesagt, warum soll ich darum herumreden. Vielleicht hat Bellefleur dich sogar vor mir gewarnt, aber ich glaube eher, sie wollte dich loswerden. Wie auch immer, die Warnung wäre überflüssig gewesen, ich wende schließlich keine Gewalt an. Höchstens locke ich mit dem, was mir geblieben ist, mit meinem Einfluß und mit Geld. Die Jugend bekommt alles geschenkt, auch das ist eine der vielen Ungerechtigkeiten des Lebens.« Der Baron berührte wieder Hazards Kinn. »Du bist wirklich ein sehr hübscher Kerl ...«, flüsterte er. »Und ich bin dir wahrscheinlich unangenehm.«

»Nein«, entgegnete Hazard rasch, und das war fast die Wahrheit. »Meine Mutter betrieb ein Badehaus, da habe ich viel gesehen! Mir ist nichts fremd. Und trotzdem bitte ich Euch, bei mir nicht zu suchen, was ich nicht geben kann!«

Der Baron errötete unter der dicken Puderschicht. »Eigentlich überrascht mich das nicht«, murmelte er. »Denn du hast nichts anderes im Sinn als Bellefleur. So muß ich warten, erfreulicherweise gibt es nicht nur das Glück des Berührens, sondern auch das des Anschauens, obwohl die Berührung tausendmal süßer ist. Aber das Betrachten hilft über die Wartezeiten hinweg, es tut niemandem weh, du wirst mir also erlauben, dich anzusehen ...« Damit verabschiedete ihn der Baron.

Als Hazard das Château verließ, war es finstere Nacht, und der Mond verbarg sich. Im Hof glühten noch einige Feuer, und der Geruch nach Qualm und gebratenem Fleisch hing in der Luft. Da und dort standen Knechte und Mägde eng beieinander, ineinander verschlungen, andere lagen auf dem Boden. Hazard glaubte, auch Bouffon zu erkennen. Ich gönne ihm diese Freude, dachte er flüchtig, vielleicht wird ihm einmal ein wenig Glück geschenkt.

***

Als Hazard das Anwesen von Maitre Cadet erreicht hatte, schlich er über den Hof, denn er wollte keinen Lärm machen. Der Brunnen stand dunkel, der Esel rumorte im Stall. Kaum hatte er die Tür seiner Kammer hinter sich geschlossen und sein Wams abgelegt, vernahm er ein Geräusch. Er erschrak, hielt inne und lauschte, es war ihm, als atme jemand. Leise ging er zu seinem Strohsack – und tatsächlich: Dort lag ein Mensch. Hazard wich zurück und suchte nach einer Waffe. Doch nun kicherte es leise:

»Erschrickst du? Ich bin es doch nur!«

Es war Jeanine, und Hazard fuhr zusammen. Nur das nicht! Er trat ans Bett, schemenhaft sah er ihre Figur.

»Mädchen, was willst du? Wenn dich hier jemand findet! Geh bitte, und zwar schnell.«

»Nein«, entgegnete sie. »Ich bleibe, und du kommst zu mir!«

»Da sei Gott vor …«

»Dann schreie ich und behaupte, daß du mich hergeschleppt hast!«

»Aber das ist doch gelogen, und niemand wird dir glauben!«

»Meinst du nicht, daß Anne es tut?«

»Die Magd wäre so dumm«, murmelte er.

Jeanine schlug die Felldecke zurück.

»Nun komm«, forderte sie ihn auf. Sie trug nur ein dünnes, helles Leinengewand. »Komm!« wiederholte sie. »Sonst schreie ich wirklich!«

Hazard befand sich in einer mißlichen Lage, so ein Kind war ja unberechenbar. Was sollte er tun?

Schließlich ergriff er sein Liederbuch, wickelte sich in seinen Umhang und schlüpfte zu ihr auf den Strohsack. Sofort schmiegte sie sich an ihn und zog die Felldecke hoch, so daß sie beide darunterlagen. Rasch klemmte er das Liederbuch zwischen sich und das Mädchen.

»Was machst du?« fragte sie.

»Das verstehst du nicht«, murmelte er heiser.

Sie schlang einen Arm um ihn.

»Das Buch ist hart.«

Er schwieg.

Sie bettete ihren Kopf auf seine Schulter.

»Du dummer Kerl«, flüsterte sie. »Ich heirate dich doch, und ich weiß mehr, als du denkst! Schließlich sehe ich die Hühner und den Hahn, die Hunde und die Katzen – überall, im Hof, auf den Gassen …«

Es überlief ihn heiß, außerdem war er ja aufgewühlt, trunken vor Liebessehnsucht. Jeanines Haar duftete, ihr Körper war weich und er fühlte mehr als nur Herzlichkeit für sie. Sie bot ihm, was ihm Bellefleur verweigerte. Wenn er es sich nahm und morgen vor den Vater trat und um ihre Hand bäte? Dann wäre sein Schicksal besiegelt, er würde vielleicht Meister werden, in Corastanne bleiben, für immer …

»Nimm mich in deinen Arm«, bettelte sie, und er umfaßte ihre zierliche, noch ein wenig knochige Gestalt. Ganz sacht streichelte er sie, und sie schnurrte kaum hörbar.

»Es geht nicht, Kind«, flüsterte er. »Nein, es geht nicht!«

»Ach, du denkst nur an das Fräulein«, erwiderte sie. »Ich weiß schon, daß du nichts anderes im Sinn hast, aber das macht nichts. Das Fräulein kannst du nämlich nicht heiraten, nie! Sie wird die Geliebte eines Fürsten oder die Gemahlin eines Ritters werden. Ganz sicher nimmt sie keinen Spielmann. Aber ich nehme dich bestimmt, keinen anderen.«

Hazard richtete sich ein wenig auf.

»Dein Vater wird mir den Hals durchschneiden, wenn ich nicht sogar am Galgen ende!«

»Papperlapapp! Nichts dergleichen wird passieren.« Sie lehnte sich an seine Schulter. »Ich weiß, du willst es auch, sehr sogar, sei ehrlich! Und auf jeden Fall wird es einmal geschehen, eines Tages oder eines Nachts, und da kann es auch schon heute sein, das ist doch gleich.«

Er brauchte all seine Kraft, um ihr zu sagen:

»Jeanine, sei vernünftig, du bist noch zu jung!«

»Ich bin vierzehn Jahre alt. Wäre ich adlig, würde ich vielleicht schon die Gemahlin eines Ritters, eines Barons oder Fürsten sein.«

Er wollte sich schon über sie beugen, aber mit einem Rest von Vernunft preßte er seine Hand, von der er befürchtete, daß sie an ihrem kindlichen Körper abwärts weiterwanderte, fest gegen ihre Schulter. Es durfte nicht sein …

»Warum hältst du die Luft an? Du mußt doch atmen! Küß mich!«

»Wir müssen aufhören, ehe es zu spät ist«, keuchte er. »Du gehst jetzt rasch wieder über den Hof, schleichst drüben die Treppe empor und kriechst in dein Bett. Morgen spielen wir mit Mario, das verspreche ich dir. Dann können wir Mario sagen, was wir auf dem Herzen haben, und er wird uns seinen Rat geben.«

»Papperlapapp! Ich mag Mario wirklich, das weißt du, aber das ist jetzt unwichtig. Ich will deine Frau werden, und du brauchst trotzdem nicht zu befürchten, daß du hier ein Handwerk erlernen und schließlich Zunftmeister werden mußt. Wir werden über Land ziehen, von Stadt zu Stadt, mit Mario und mit Mariette …«

»Mariette?«

»Denkst du, Mario bleibt allein? Er wird natürlich heiraten und Kinder bekommen, und Brüder und Schwestern hat er auch bald. Wir werden viele Figuren haben, mit denen wir Vorstellungen geben.«

Dieses Kind, dachte Hazard, es kann wahrhaft Gedanken lesen.

»Küß mich!« Ihr Atem war warm, wie ein Frühlingshauch.

»Jeanine, sei lieb! Sei lieb, indem du mir verbietest, noch zärtlicher zu dir zu sein. Ich küsse dich, ja, einmal, aber nur, wenn du mir versprichst, daß es heute dabei bleibt und daß du dann brav fortgehst. Morgen können wir in Ruhe über alles reden. Sei vernünftig.«

»Ach, Vernunft!«

»Bitte!«

»Also, küßt du mich?«

Hazard küßte Jeanine. Ihre Lippen waren gleichzeitig weich und noch ein wenig gespannt, wie es Knospen sind. Sie zitterte am ganzen Leib, und er wußte, daß er verloren war, wenn er jetzt nicht aufhörte. Aber wie sollte er aufhören, da er ihren Nacken in seiner Handfläche spürte? Es war zu spät, er wollte es doch ... Ach, wie sehr er es wollte!

Da war sie es, die sich zurückzog.

»Jetzt warst du brav«, flüsterte sie. »Und da will auch ich brav sein. Zum Dank schenke ich dir etwas, einen Talisman.« Sie nestelte an ihrem Hals und zog ein kleines Kreuz am dünnen Kettchen unter dem Hemd hervor. »Nimm es, es soll dich beschützen! Und nun muß du mich ins Haus zurückbringen.«

Er nahm das Kreuz und hauchte einen Kuß darauf.

»Wie lieb von dir! Ich danke dir, ich will es gut bewahren. Aber du gehst besser allein!«

»Nein, du trägst mich. Du willst mich doch nicht in dieser Finsternis über den Hof schicken? Da gibt es Ratten!«

Es war wohl besser, wenn er ihren Wunsch erfüllte und es rasch hinter sich brachte. Er stand auf, warf seinen Umhang über und hob sie auf. Sie war federleicht und schmiegte sich an ihn, ihre Schulter ruhte an seiner Brust. Wieder roch er den Duft ihrer Haare, spürte ihre Weichheit.

Er stieß die Tür mit dem Fuß auf, trug sie über den Hof. Der Kies knirschte, und der Esel stampfte im Stall. Über dem Dach schimmerte die erste Tageshelligkeit.

Höchste Zeit, dachte Hazard. Auf der Türschwelle setzte er sie behutsam ab. Noch einmal schmiegte sie sich an ihn, und er küßte sie, jetzt schon befreiter, denn es war ja vorbei. Sie schlüpfte in den Flur, und er atmete auf. Er drehte sich um und schlich zurück. Da begegnete er der Magd. Sie kam aus dem Nebengebäude und schlurfte mit einem Krug zum Brunnen.

»Wo kommst du denn her?« wollte sie wissen, und ihr Blick wanderte zur hinteren Haustür.

»Ich? Vom Château, vom Fest«, murmelte Hazard und zog seinen Umhang enger.

»In dieser Aufmachung?« fragte sie murrend und verschlang ihn mit ihren Blicken. »Das sage ich dir, wenn du dich jemals an dem Kind vergreifst, dann bringe ich dich um, und zwar eigenhändig, da schreckt mich kein Galgen!«

Er machte, daß er in seine Kammer kam, sank auf sein Lager, umschloß Jeanines Kreuz und preßte es, bis ihm die Hände weh taten. Er dachte, daß es besser sei, man fände es nie bei ihm und steckte es in seinen Beutel.

Als er erwachte, war es heller Tag, die Sonne stand hoch.

Müde betrat er die Werkstatt. Der Meister saß schon über seiner Arbeit, unter seinen Händen entstand eine Statue: Johannes der Täufer. Maitre Cadet warf Hazard einen schrägen Blick zu.

»Frag nicht erst: Jeanine ist fort!« knurrte er.

»Wie? Wohin?« stammelte Hazard.

»In ein Kloster.«

»So plötzlich? Soll sie denn Nonne werden?«

»Jedenfalls nicht das Gegenteil«, fauchte Maitre Cadet.

***

In den ersten Tagen nach dem Fest mied Hazard das Schloß, auch Bouffon ging er zunächst aus dem Weg, was sollte er dem Narren sagen? Erst Demetria, dann Bellefleur und nun Jeanine, dieses Kind. Am besten schwieg er, doch eines Tages begegneten sie sich, und als Hazard ihn kommen sah, die gebeugte Gestalt mit den von Stoppeln übersäten Wangen, überkam ihn ein Gefühl der Rührung, der Narr hatte ihm schließlich einmal das Leben gerettet.

»Ach, Bouffon«, rief er, »du bist doch mein einziger Freund!«

»Dich treibt es wohl wieder mal um«, antwortete Bouffon hellsichtig. »Eine Schlägerei aber gibt es hoffentlich nicht!«

»Sei unbesorgt«, wehrte Hazard ab.

»Geht es um das Fräulein – oder um das Mädchen?«

»Was weißt du davon?« Hazard schreckte zurück, denn er hatte Bouffon gegenüber Jeanine nie erwähnt …

»Ich meine das Mädchen aus der Taverne«, erklärte Bouffon. »Welches sonst?«

»Ach die! Sie war recht hübsch, das ist wahr. Ich sah sie noch kurz auf dem Fest, das ist aber auch alles!«

»Gott sei Dank«, sagte Bouffon. »Du hättest sehr leicht mit ihrem Freund Schwierigkeiten bekommen können, dem sitzt das Messer locker. – Doch genug davon. Was macht deine neue Kunst?«

»Es geht ihr gut«, erwiderte Hazard. »Und ich denke sogar, es ist nun Zeit, daß du sie kennenlernst und mir vielleicht sogar hilfst.«

»Du brauchst es nur zu sagen!«

Hazard war nach der Festnacht zwar verwirrt gewesen und aufgewühlt, aber das hatte seinem Schnitzeifer keinen Abbruch mehr getan. Im Gegenteil, er flüchtete jetzt geradezu in die Arbeit und hatte an Können und Reife gewonnen. Endlich war ihm ein Kopf gelungen, mit dem er recht zufrieden war. Die Nase war groß, aber das sollte sie sein, und sie saß an der richtigen Stelle. Die Augen schauten starr, aber ausdrucksvoll, die Lippen wölbten sich üppig, die Ohren waren wie Muscheln.

Auch Maitre Cadet nickte und meinte:

»Ich weiß nicht, ob das ein Bauer ist oder ein Ritter. Aber das ist nun mal so: Oft kann man Bauer und Ritter nur am Gewand unterscheiden. Unser Herrgott macht da keinen Unterschied, den fügen wir erst hinzu, ein Mensch ist es immer.«

»Das genügt«, erwiderte Hazard. »Außerdem soll es ein Mädchen werden!«

»So etwas! Na ja, warum nicht …« knurrte Maitre Cadet.

Ein Paar Hände lagen schon bereit, die der Meister hatte durchgehen lassen und Füße, die eigentlich klobige Schuhe waren. Hazard bemalte die Lippen rot, die Augen braun, er tönte die Wangen, und eilte dann zum Schneider, wo er bunte Fetzen erwarb und mit Nadel und Faden ein Kleid nähte. Es saß zwar schief, aber es erschien ihm wunderbar, ein leuchtendes Hemd, ein weiter, langer Rock.

Die Bewegungsversuche mit Mario hatten Hazard gelehrt, daß seine Figuren ein Gestell brauchten, sonst fielen sie in sich zusammen. Die hölzernen Glieder, die Arme, den Leib, die Beine – alles verband er durch Lederstreifen. So entstand ein hampelnder Körper, über den er das Gewand zog. Für das üppige gelockte Haar wählte er Wolle aus dem braunen Vlies eines jungen Schafes.

»Schön bist du, Mariette«, flüsterte er. »Hübsch zum Verlieben!«

Er wußte von den Spielern im Hafen von Seimarle, daß sie die Schnüre der Figur an Stäbchen befestigt hatten, an kleinen Kreuzen oder Galgen. Er probierte immer wieder, schließlich gab er sich zufrieden.

Nun lud er Bouffon in die Scheune von Maitre Cadet ein. Dieser ließ sich nicht zweimal bitten, eilte mit seiner Laute herbei und setzte sich auf einen Melkschemel. Hazard kletterte auf das Heu, das betäubend duftete. Oben lagen die beiden Figürchen, Bouffon hatte sie noch nicht gesehen.

Hazard ließ Mario an den Schnüren hinabgleiten. Bouffon schrie vor Entzücken. Die Puppe verneigte sich vor ihm und legte die Holzhand an ihre Nasenspitze.

»Aber mir fehlt doch etwas … Ach, mir fehlt doch etwas …

Ja, was fehlt mir denn nur? Ach, wie gräßlich, daß ich so vergeßlich bin! Bouffon, du Narr, was kann mir nur fehlen?«

»Was soll dir fehlen, Alter? Ich weiß nicht!« Bouffon sprang auf, wobei sein Schemel umstürzte. Er kniete nieder, dicht vor die Figur und streckte ihr den Zeigefinger entgegen. »Dir fehlt nichts, du bist vollkommen, ja du bist einfach wundervoll!«

»Aber Bouffon«, tadelte ihn Mario. »Kann denn ein Mensch vollkommen sein, wenn er allein ist?«

»Vielleicht schon, man kann ja nicht sagen, daß ihm etwas fehlt, denn er kann leben und ahnen.«

»Aber es stimmt doch auch, daß kein Mensch aus dem Alleinsein entstehen kann«, konterte Mario. »Meine Lebenserfahrung sagt mir, daß der Mensch erst vollkommen ist, wenn seine beiden Hälften zusammengefügt werden.«

»Mann und Weib!« Bouffons Augen leuchteten. »Spann mich nicht länger auf die Folter: Wo ist deine zweite Hälfte?«

»Hier bin ich«, zirpte Hazard, ließ die Mädchenfigur hinab und knicksen. Hazard fiel es noch schwer, mit zwei Puppen zu spielen.

»Ganz wunderbar!« rief Bouffon. »Das wird Aufsehen erregen!«

»Ich heiße Mariette«, flötete das Mädchen.

»Mariette, ich liebe dich!« rief Bouffon und warf ihr Kußhändchen zu. »Laß mich mitmachen, Hazard.«

»Nein, ich spiele zunächst lieber nur mit einer Puppe«, entschied Hazard. »Du bist mir zu stürmisch!« Er zog Mariette zu sich herauf und legte sie sorgfältig auf das Stroh, so daß die Schnüre nicht durcheinandergerieten. Mario blieb unten, ans Heu gelehnt. Dann ließ Hazard den Greis auftreten. »Sing, Bouffon«, forderte er den Narren auf. »Wir wollen etwas probieren!«

Bouffon ergriff seine Laute.

»Ich singe ein Lied von einem Sänger, der von Burg zu Burg und von Hof zu Hof zieht und an den alle möglichen Wünsche gerichtet werden, so daß ihm schließlich der Kopf schwirrt. Versuchen wir es!« Er zupfte die Saiten und präludierte. »Jetzt mußt du dich verneigen, Mario!« Mario knickte zusammen, und Bouffon begann sein Lied:

Ich Sänger leide große Not.
Einen Sack mit Hunderten von Liedern
müßte ich wohl mit mir führen,
wollte ich alle Wünsche erfüllen.
Erbarmen, liebes Publikum, Erbarmen!

Mario bewegte sich tänzelnd.

Der erste will hören von Herrn Dietrichs Glanz.
Der zweite will hören, wo König Artus haust.
Der dritte will von einem Kampf aufgerüttelt werden.
Der vierte will mit Isolde den Liebestrank schlürfen.

Mario streckte sehnsüchtig die Hände aus. Und Bouffon sang weiter von Zwergen, von Siegfrieds Heldentaten und schmelzendem Minnesang.

Hazard ließ die Figur Mario sich recken, wie wenn sie sänge, dann ging sie in die Knie und führte die Hände betend zusammen.

»Das wird dem Herrn Erzbischof gefallen«, meinte Hazard. »Wir wollen aufhören, das war schon ganz gut, so können wir weiterüben und werden Erfolg haben. Spürst du etwas, Bouffon?«

»Was meinst du, Hazard?«

»Dieses Spiel verzaubert. Ich weiß nicht, wie es der Zuschauer empfinden wird, mir als Spieler geht es so.«

»Du hast recht, das Publikum wird Herzklopfen bekommen!«

»Ja, es soll gläubig zuschauen und zum Schluß weinen! Mein Spiel soll ein Spiegel des Lebens werden«. Hazard rutschte vom Heuhaufen, wobei er die beiden Figuren sorgsam in Händen hielt. »Ach Bouffon! Ich werde viele Schauspieler haben, aber ich brauche keinen Wagen für sie. Sie sind viel einfacher mitzuführen, als lebende Personen, eine Truhe genügt, und wir brauchen keine Herberge. Sie haben keine Launen, sie brauchen nicht zu fressen, nicht zu saufen …«

»So wie ich«, warf Bouffon ein.

»Sie fühlen kein Liebesleid und haben keine Affären, so wie ich«, rief Hazard. »Sie sind zufrieden mit dem, was ich ihnen gebe und brauchen sonst nichts. Und ich bin es, der sie zum Leben erweckt, ich will die Natur nachahmen. Man soll vergessen, daß es Figuren sind, so wie wir Menschen vergessen, daß wir Puppen sind, Gottes Puppen. Bouffon, wir können unsere Figuren alles sein lassen, Ritter und Spielmann, Fürst und Bettler, Mönch und Kardinal, sogar den Heiligen Vater!«

Bouffon schlug sich auf die Schenkel. Er war glücklich darüber, daß Hazard von unseren, und nicht von seinen Figuren sprach und rief begeistert:

»Und wir können alles sagen, sogar das Unverschämteste, denn es wird immer sein, als sagten es nur die Puppen.«

»Wer weiß, ob es nicht wirklich immer so ist …« überlegte Hazard und setzte leise hinzu: »Nur etwas fehlt mir …«

»Was?«

»Ach, laß, es ist gut so, wie es ist.«

Bouffon sah ihn nachdenklich an und schwieg.

***

Hazard fühlte sich beschwingt, er war glücklich über seinen ersten Erfolg beim Figurenspiel, und seine Fortschritte beflügelten ihn. Schritt für Schritt ging er weiter und ersetzte zunächst die derben Hanfschnüre durch Fäden aus Schusterzwirn, dann verbesserte er die kleinen Gestelle, an denen die Fäden befestigt waren, bis aus ihnen ausgeklügelte Spielkreuze wurden. Er schnitzte jetzt mit Lust in Maitre Cadets Werkstatt und wurde eifrig wie ein schöpferisch-spielendes Kind. Er nahm sich den Hof von Corastanne zum Vorbild: den Herzog Erné, la Duchesse Albane, den stutzerhaften Cousin, den geistvoll-unglücklichen Baron de Bercy. Er bat einen Zimmermann um Hilfe, denn er brauchte ein Gerüst, auf das er sich stützen und die Figuren führen konnte. Nach und nach entstand sein Theater, es wurde zwar derb, aber solide. Bouffon und er konnten sich bequem über das Gestell auf der Bühne lehnen, und er vergaß auch den Vorhang aus blauer Seide nicht.

Dann weihte er Bouffon in die Geheimnisse der Figurenführung ein, und der knubbelnasige Narr war nicht nur ein gelehriger Schüler, er dachte auch mit und half. So konnte Hazard daran denken, bald vor den Herzog und die Hofgesellschaft zu treten. Es gab nur ein Problem: Er hatte noch kein Stück. Verschiedene kleine Szenen sollten diesen Mangel zunächst ausgleichen: ein Troubadour, den Bouffon sang; ein Zank zwischen einem Meister und seiner Magd, bei dem Hazard seine junge Stimme verstellte und es bedauerte, daß Jeanine nicht mitspielen konnte; ein Disput zwischen zwei Magistern über Vernunft und Unvernunft, bei dem Bouffon sich als wahrer Philosoph entpuppte, indem er die Überlegenheit der Unvernunft über die Vernunft bewies; und schließlich ein Schwertkampf. Hazard träumte sogar davon, Pferde auf die Bühne zu bringen.

Die Begeisterung, mit der er zu Werk ging, lenkte ihn von vielem ab, aber nachts oder in den Stunden des Alleinseins, wenn er nicht mit seinen Plänen beschäftigt war, überfiel ihn die Sehnsucht nach einer Frau, und er dürstete nach Liebe. Auf seinem Strohsack wurde er gepeinigt von verführerischen Bildern, da vermischten sich das Mädchen Jeanine und die Jungfrau Bellefleur, aber Bellefleur trat immer mehr in den Vordergrund.

Manchmal traf er die Schöne ja im Schloß, dann pochte sein Herz bis zum Hals. Einmal begegnete er ihr sogar allein, und das grenzte schon fast an ein Wunder. Der lange Gang des Châteaus war menschenleer, Hazard stand gerade zwischen kahlen, weißgekalkten Mauern, als das Edelfräulein aus einer Kammer trat. Leise rief er ihren Namen, sie blieb stehen und sah ihn mit dunklen Augen an.

»Erinnerst du dich an unseren Tanz?« fragte er und bemühte sich gar nicht erst um eine höfische Anrede, denn sein Herz quoll über.

»Ich tanzte mit vielen«, antwortete sie schnippisch. »Aber ich erinnere mich trotzdem an dich, denn du redetest Unsinn …«

»Ich redete Sinn«, widersprach er, vor Heiserkeit flüsternd. »Und ich muß jetzt noch einmal mit dir sprechen.«

»Doch nicht etwa dasselbe? Das wäre nutzlos, und was gäbe es sonst Neues zu sagen?«

»Mehr als du denkst«, antwortete er. »Aber ich will mit dir allein sein!«

»Wir sind allein!«

»Jetzt ja, aber jeden Augenblick kann jemand kommen.«

»Du stellst Bedingungen?«

»Nein, ich bitte, denn es ist wichtig!«

»Das sagt ihr Burschen alle! Wichtig für wen?«

»Das kannst du später entscheiden.«

»Nun gut, was also willst du von mir?«

»Können wir denn nicht da hineingehen, in deine Kemenate?«

»Das ist nicht meine Kemenate, sondern die Wäschekammer!«

Sie betrachtete Hazard, er atmete heftig, und seine Erregung gefiel ihr, sein Oberkörper war wohlgeformt, die Schultern ausstaffiert und daher breit, die Hüfte dagegen knabenhaft schmal in der nur leicht gebauschten Hose, die in eng anliegende Strümpfe überging. Dunkel wölbten sich die Brauen über den schwarze Augen, darüber stieg die Stirn bis zum lockigen Haar empor, das kupferrot war. Dazu kamen die weichen, aufgeworfenen Lippen, die ihn ein wenig trotzig erscheinen ließen, und das alles war reizvoll.

Hazard beugte sich vor, er faßte ihre Hand und führte sie an die Lippen.

»Bellefleur«, hauchte er.

»So nicht«, antwortete sie. »Komm mir nicht näher! Ich gehe nur mit dir, wenn du versprichst, brav zu sein.«

»Ich verspreche alles«, flüsterte er leidenschaftlich und log, wie jeder Liebende lügt, wenn er etwas erreichen will.

Mit dem Fuß stieß sie die Tür auf und trat in die Kammer. Hazard folgte ihr rasch und geschmeidig und schloß die Tür genau so schnell hinter sich. Das erste, was ihn überfiel, war ein durchdringender Geruch nach Kräutern. Lavendel herrschte vor, aber es mischten sich auch Myrthe, Thymian und Rosmarin hinein, all die aromatischen Würzkräuter des Landes, getrocknet, zu Ruten gebündelt, an die Wände gehängt und auf die gewaschene, in der Sonne gebleichte Wäsche gelegt oder, zu Pulver zerrieben, dazwischen gestreut. Man mußte ganze Felder dafür geerntet haben, der Duft waberte darin, Weihrauchgeruch im Dom konnte nicht betäubender sein.

Das Sommerlicht leuchtete gedämpft in der Kammer, die Fenster waren nur Schlitze. Die Luft war parfümiert, die Wäsche war von den Mägden in Stapeln auf dem Fußboden aufgeschichtet worden: Linnen, Kissenbezüge, Laken, Tisch- und Handtücher, wie sie nur in vornehmen Haushalten benutzt wurden. Der kleine Raum war eigentlich mehr ein begehbarer Wäscheschrank, und die Stapel glichen Würfeln, mit engen Gängen dazwischen. Bellefleur fand keinen Platz, wo sie bequem stehen konnte. Indem sie rückwärts eintrat, stolperte sie, kam auf dem Stapel mit des Herzogs Bettlaken zu sitzen. Das Mädchen stieß einen leisen Schrei aus und griff nach Hazard, um sich hochzuziehen, aber er faßte ihre Arme und drückte sie hinab. So blieb sie und schaute zu ihm auf. Der zauberische Dunst tat seine Wirkung.

»Bleib«, hauchte er, setzte ein Knie neben sie auf das Linnen und flüsterte weiter: »Bellefleur, ich würde alles für dich tun!« Wohlgeruch stieg aus den Stoffen, sie atmeten beide den herb würzigen, zartbitteren Geschmack, aber es war nicht zu erkennen, was sie empfand.

»Das hast du doch schon einmal gesagt, oder irre ich mich?« antwortete sie. »Laß mich hier raus, das ist nichts Neues, du hast mich betrogen!«

»Es ist aber doch neu, denn ich würde sogar für dich sterben!«

»Du Narr, du weißt ja nicht, was du sagst! Daran erkenne ich wieder den Spielmann. Er redet, und es wird Unsinn, also darf man ihn nicht ernst nehmen.«

»Dann sage ich: ich will für dich leben!«

Bellefleur schaute ihn an, von unten, was eine schwache Position war, aber er ließ sie nicht aufstehen, und irgendwie gefiel es ihr auch, daß er sie festhielt. Der stark aromatische Duft des Thymians erfüllte sie. Sie sagte:

»Du meinst es wohl ernst! In dir steckt vielleicht doch mehr, als ich dachte. Ja, aber es hilft nichts, du bist kein Edelmann.«

»Ich könnte einer werden«, erwiderte er. »Du wirst sehen, ich bin auf gutem Wege.«

»Weil Baron de Bercy dir Avancen gemacht hat? Aber das ist ein Weg, der dich von den Frauen entfernt, also auch von mir.«

»Nein, nicht wegen des Barons de Bercy«, rief er. »Ich bin weit gekommen mit meiner Kunst, das ist es! Bald werde ich sie dem Herzog vorführen, und sie wird ihn begeistern.«

»Und du meinst, wegen deiner Spielerei schlägt er dich zum Ritter? Du bist ein Träumer!«

»Den Herzog zu unterhalten, ist wohl aller Ehren wert, vor allem, wenn es auf eine Weise geschieht, die hier noch keiner gesehen hat. Manch einer wurde wegen geringerer Verdienste geadelt.«

»Ich würde nichts vom Herzog erwarten. Man weiß nie …«

»Was weiß man nie?«

»Auch Herzöge können sterben«, flüsterte Bellefleur.

Hazard war erstaunt:

»Das ist wohl wahr, aber dafür gibt es keinen Grund, der Herzog ist jung …«

»Jeder Herzog hat Neider«, warf sie ein. »Und nicht jeder Herzog stirbt an Altersschwäche.«

»Du denkst an Gift oder Dolch?«

»Ich denke an gar nichts!«

»Bellefleur, sprich, hab Vertrauen zu mir.«

Mit jedem Atemzug saugten sie beide den balsamischen Duft ein, der den Kräutern entströmte.

»Es gibt nichts zu sagen«, erwiderte Bellefleur leise, »wirklich nicht, vergiß es. Es war nur eine Spielerei mit Worten.«

»Du spielst mit allem, aber wenn es um deinen Aufstieg geht, dann wird es dir ernst, und du könntest vielleicht aufsteigen, wenn ein anderer Herzog wird ... Soll Herzog Erné beseitigt werden?«

»Das hast du gesagt!«

»Und wer soll an seine Stelle treten? Baron de Bercy vielleicht?«

»Du Narr! Der Baron ist ein Greis, wie lange kann der wohl regieren? Würde einer dafür sein Leben wagen? Und außerdem fließt kein herzogliches Blut in seinen Adern.«

»Dann also die Herzogin? Du bist ihre Vertraute!«

»Hör auf«, sagte sie. »Das ist kein gutes Spiel mehr, es beginnt mich zu langweilen.«

»Das ist das letzte, was ich möchte«, flüsterte er. »Ach, es könnte mir ja auch gleichgültig sein. Wer immer hier Herzog ist, ich will ihn unterhalten, und ich werde damit mein Glück machen. Und dann sollst du es auch. Ich bin nämlich keiner der üblichen Jongleure, Spaßmacher, Narren oder Sänger. Ich bin etwas Besonderes.«

Bellefleur starrte ihn geistesabwesend an. Hazard spürte, daß sie ihm nicht zuhörte, daß ihre Gedanken von einer bösen Vorahnung beherrscht wurden.

»Bellefleur ...« Er schüttelte sie sanft.

Plötzlich schien sie wie aus einem Alptraum zu erwachen.

»Du mußt schwören!« rief sie. »Schwöre, daß du schweigen wirst, schwöre es, bei allem, was dir heilig ist!«

»Wenn du es verlangst, dann schwöre ich auch.« Hazard hob irritiert die Hand.

»Es ist gut«, meinte sie, etwas ermattet. »Du bist wohl treu, und du liebst mich. Du willst mir nicht schaden. Bedenke, aus solchem Geschwätz können die schlimmsten Folgen entstehen, ganz ohne Grund: peinliche Befragung, Folter, ein erpreßtes Geständnis, sogar der Tod auf dem Block ...«

»Still! Es wird ja nicht sein!« Er schloß kurz die Augen, dann sah er an ihr vorbei und bewegte die Lippen.

»Wo schaust du hin, was redest du? Was denkst du?« fragte sie, immer noch atemlos und besorgt.

»Ich hatte eine Idee! Ich denke an ein Stück, das ich spielen werde«, sagte Hazard. »Ich habe es soeben erfunden!«

»Ach, nun langweilst du mich wirklich. Laß mich gehen.«

»Nein, geh nicht! Ich weiß ein anderes Spiel, das keinen langweilt.« Seine Hand wanderte auf ihren Leib und schob die Bluse ein wenig empor.

»Nein«, hauchte sie.

»Doch«, antwortete er, und seine Erregung wuchs. »Aber nur, weil du es selbst auch willst ...«

Er beugte sich nieder und küßte ihren Bauchnabel, entblößte ihre Brüste.

»Laß deine Hände weg!« Sie beschwor ihn, leistete Widerstand, ergriff seinen Arm:

»Natürlich laß ich die Hände weg«, war die Antwort. »Ich will ja die Lippen nehmen, den Mund, die Zunge, was brauche ich da noch die Hände.«

Seine Lippen vergruben sich in der Weichheit, in den nachgebenden Kissen, er versank und berauschte sich an der Pfirsichhaut, und es duftete, aber es war der Geruch ihrer Haut, ihrer Poren, das war der Sommer, die Hitze, die Glut, die Fruchtbarkeit und die Hingabe. All das steigerte seine Begehrlichkeit. Im alles durchdringenden Aroma wurde das Gesetz der Schwere aufgehoben. Hazard empfand das Knospenhafte der Warze. Aus der Tiefe seiner Empfindung stieg eine Ahnung an die Mutter empor, als er ein Säugling war. Er empfand die Seligkeit dessen, der genährt wird, wenn auch nicht mit Milch, so doch mit Entzücken, und das war ihm viel lieber. Wollust durchflutete ihn, seine Erregung wurde zur Ekstase, er preßte sich an ihre Schenkel. Sie hielt ihn ab, stemmte ihr Knie gegen ihn, noch hatte sie Kraft, sich zu wehren, aber sie wurde schwächer. Seine Körperschwere verflüchtigte sich, er war nun von schwebender Leichtigkeit, er bettelte, überschüttete ihren Oberkörper mit wilden, schnellen Küssen, überall, sie wendete das Haupt hin und her, sie hauchte:

»Nein, nein … Ja, ja …«

Da ertönte draußen ein Lärm, und die Türklinke senkte sich langsam.

***

Bellefleur schreckte auf, zog ihre Bluse herab, duckte sich und zog Hazard mit sich zwischen die Wäschestapel. Er wäre fast über sie gefallen. Die Tür wurde aufgeschoben, knarrte, aber niemand kam herein, statt dessen ertönte die Stimme des Majordomus, der die Magd rief, sie antwortete noch auf der Schwelle:

»Ich komme!«

Die Klinke schnappte wieder hoch, die Schritte entfernten sich, und sie waren für diesmal gerettet.

»Fort, fort, wir können nicht bleiben«, flüsterte Bellefleur voller Angst, wollte sich nicht aufhalten lassen, war schon an der Tür, schob sie vorsichtig auf, nur einen Spalt, lauschte hinaus.

»Wann, aber wann?« flehte er.

»Ein andermal … vielleicht!«

Nun war es ruhig im Gang und Bellefleur huschte davon. Hazard trat ebenfalls hinaus, drückte sich eng an die Wand, war benommen, betäubt, aber doch voller Hoffnung. Als er sicher war, daß ihn niemand beobachtete, richtete er sich auf, zupfte seine Kleidung zurecht und lief durch den Gang die breite Treppe hinab, wo er Bouffon suchte. Er fand den Narren im Hof, der beobachtete dort die Schwalben:

»Die haben es gut«, erklärte Bouffon und deutete auf die pfeilschnellen Vögel.

»Das mag sein, aber weshalb glaubst du das?«

»Weil sie immer da leben können, wo es warm und behaglich ist«, erwiderte Bouffon. »Gibt es etwas Besseres?« Er schnurrte wohlig: »Diese Sonne – herrlich! Und wenn es hier kalt wird, schwirren die Vögel davon, einfach so! Sie finden überall etwas zu fressen, im Winter sind sie bei den Sarazenen oder in noch fabelhafteren Ländern. Wir dagegen …«

»Höre, jetzt ist keine Zeit zum Träumen«, erklärte Hazard und zog Bouffon mit sich fort. »Komm in unsere Scheune.«

»Mit Mario spielen?«

»Nein, nicht jetzt. Aber dort sind wir sicher vor Ohren, die nicht erfahren sollen, was ich dir sagen muß.«

»Ach«, murmelte Bouffon. »Ich wünschte, du müßtest mir nichts sagen. Wenn einer etwas sagen muß, dann bedeutet das meist Schlimmes, weil sich etwas Gutes ändern soll. Und ich wünschte, alles würde bleiben, wie es ist, denn hier gefällt es mir.«

»Du hast, was du brauchst?«

»Sogar etwas mehr, denn ich habe auch Hoffnung. Das kommt durch dich und das Puppenspiel. Ich sehe eine gute Zukunft vor uns. Zerstöre mir diese Aussicht nicht!«

»Das will ich nicht, aber es bleibt gewiß nicht so, wie es heute ist«, murmelte Hazard. »Das liegt nicht an mir, aber wir alle werden geführt, auch wenn wir verharren möchten. Komm jetzt!«

Hazard und Bouffon liefen über den Schloßhof, durch das Tor und über die Zugbrücke. In den Straßen wurde das Sonnenlicht von den Hauswänden zurückgestrahlt. Sie überquerten den Domplatz, wo sich die schlanken, erst teilweise emporgezogenen Wände der Seitenschiffe schartig erhoben und der Brunnen sein

Dauerlied in das Becken klingen ließ. Das Schild des Bierhumpens über der Taverne lockte Bouffon.

»Laß uns lieber hier hineingehen«, bat er und drängte zur Seite.

»Nein, auch da kann man mich hören«, antwortete Hazard und faßte ihn unter, aber Bouffon machte sich frei.

»Hör mal, wir könnten doch zwei Kannen mitnehmen«, schlug er vor. »Wenn sie leer sind, bringen wir sie wieder zurück.«

Hazard überlegte nur kurz:

»Vielleicht kein schlechter Gedanke«, erwiderte er. »Ja, Bouffon, auch ich spüre lebhaft, daß ich ein Bier brauche! Also los …«

Beim Wirt bekamen sie, was sie wollten. Sie mußten vorsichtig gehen, denn das Gebräu schwappte leicht über. So erreichten sie Maitre Cadets Haus, dort schlichen sie auf Zehenspitzen durch den Flur, dann über den Hof, denn sie wollten nicht gesehen werden.

In der Scheune herrschte gedämpftes Licht, der Geruch nach Heu dampfte ihnen entgegen, und Hazard sog die Luft ein.

»Wie herrlich es hier riecht«, rief er und erinnerte sich an die Wäschekammer, an die berauschende Mischung aus Lavendel, Rosmarin, Myrthe und Thymian, die ihn so betört hatte. Sehnsucht nach Bellefleur überkam ihn, nach ihrem Körper, nach ihren Brüsten, nach ihrer Umarmung …

Sie stellten die Kannen auf dem gestampften Boden ab. Hazard bedeutete Bouffon, er möge still sein. Sie lauschten, doch nur das Knistern der trockenen Halme war zu hören. Hazard vergewisserte sich trotzdem sorgfältig, daß sie allein waren. Er durchsuchte die Ecken und blickte sogar noch einmal zurück, aber auf dem Hof pickten nur die Hühner.

»Du machst es spannend«, murmelte Bouffon. »Ich befürchte das Allerschlimmste.«

Nun schloß Hazard die Tür, es wurde dunkel, Licht drang nur

noch durch Spalten und Ritzen. Hazard zog Bouffon neben sich vor das aufgestapelte Heu, wo dieser sich fallen ließ. Dann hob er die Kanne an den Mund, trank, und Bouffon tat wie er.

»Ah, das tut gut«, rief Hazard und wischte den Schaum von den Lippen. Dann beugte er sich zu Bouffon hinüber und raunte: »Bin wirklich ich es, der es spannend macht? Oder ist es von ganz allein dramatisch, wenn ein Herzog umgebracht werden soll?«

Bouffon zuckte zusammen:

»Welcher Herzog?«

»Wir haben nur einen: Erné!«

»Das phantasierst du!« flüsterte Bouffon zurück.

»Ich glaube, man will ihn ermorden!«

»Ist das die Wahrheit, oder vermutest du es nur?«

»Ja, genau weiß ich es nicht, aber ich habe Gründe«, murmelte Hazard.

»Und der Grund trägt einen Rock und ist eine schöne Blume«, mutmaßte Bouffon.

»Still! Du bist doch närrisch! Mehr will ich darüber nicht sagen.« Hazard legte Bouffon die Hand auf den Mund. »Wie auch immer, es scheint ernst zu sein.«

»Das hieße, wir müßten hier wieder fort«, brummte Bouffon. »Ach, ich ahnte es ja!«

»Fällt dir nichts anderes ein? An uns habe ich doch nicht gedacht, ich denke an den Herzog.«

»Der Herzog! Was geht er uns an? Was willst du denn machen?«

»Vielleicht – ihn warnen!«

»Du mußt verrückt sein! Hast du Beweise?«

»Nicht einen einzigen!«

»Was willst du ihm also sagen?«

»Es kommt noch schlimmer: Ich kann nicht einmal zu ihm gehen und ihn warnen, denn ich habe geschworen, es nicht zu tun!«

»Du bist also doch verrückt. Aber da du schon mit mir redest, so sag schon: Wer will dem Herzog ans Leben?«

»Das weiß ich auch nicht!«

»Das wird ja immer besser! Du weißt weniger als wenig. Genau genommen weißt du gar nichts! Vielleicht ist alles nur eine Schimäre! Sei klug und halte du dich da raus. Unsereiner läßt besser die Finger von den Intrigen der hohen Herren, die sich ständig gegenseitig ans Leder wollen. Was ist daran neu? Wir aber verbrennen dabei. Du bist mir nun einmal nicht gleichgültig. Hör also auf meinen Rat, saufe und laß es gut sein, uns geht es nichts an.«

Hazard trank.

»Es geht mich sehr wohl etwas an«, sagte er. »Ich erfuhr es doch sicher nicht zufällig, das hat seine Bedeutung. Ich soll dem Herzog einen Wink geben ...«

»Ich denke, du hast geschworen, es nicht zu tun, und ich war schon glücklich darüber.«

»Ich gelobte, es ihm nicht zu sagen, ich meine, direkt, aber es gibt doch noch andere Möglichkeiten ...«

»Jetzt wirst du spitzfindig. Willst du ihm schreiben?«

»Nein, mir muß etwas Besseres einfallen.«

»Soll ich dir etwas sagen?« Bouffon nahm einen kräftigen Schluck. »Deine Bellefleur hat damit zu tun.« Bouffons Nase rötete sich noch mehr als gewöhnlich. »Ich vermute Zusammenhänge, die mir sehr wenig gefallen.« Er sprach wieder dem Bier zu.

Hazard trank ebenfalls, sie lehnten sich beide gegen das Heu, streckten die Beine aus, und Hazard schloß die Augen. Er murmelte:

»Ich habe bereits einen Plan.« Seine Zunge war schwer geworden: »Höre zu und staune: Ich denke an ein Theaterspiel.«

»Theater wird vor allen Kathedralen gespielt.«

»Ja, aber ich denke an ein Stück, daß den Titel tragen könnte: *Die Warnung*.«

»Wie das?«

»Etwa so: Ich sage dem Herzog nichts, das ist geschworen, aber meine Figur, Mario, sagt es ihm – wenn auch verschlüsselt.«

»Das soll einer verstehen!«

»Wir führen dem Herzog ein Stück vor, in dem ein Herzog umgebracht werden soll, mit Messer oder Gift. Dann kann er sich selbst seinen Reim darauf machen, wenn er schlau ist.«

»Und wenn nicht?«

»Dann ist es nicht meine Schuld! Dann hat Gott es so bestimmt!«

Bouffon dachte nach:

»Ungewöhnlich wäre es schon, einen Herzog durch ein Theaterstück vor Mördern zu warnen, die vielleicht ebenfalls zusehen. Wer weiß, ob die Majestät das nicht nur für ein Spiel hält ... Und nehmen wir einmal an, er versteht deinen Wink: Wie kann er denn gerettet werden?«

»Das geht mich nichts mehr an, ich habe dann meine Pflicht getan!«

»Aber es ist sehr fraglich, ob du selbst davonkommen wirst, Hazard!«

»Warum sollte ich nicht?«

»Die mutmaßlichen Mörder des Herzogs könnten dich aus der Welt schaffen! Ich rate dir, laß es! Bedenke, daß es dir auf jeden Fall an den Kragen geht: Kannst du den Herzog retten, wird man sich an dir rächen, gelingt der Anschlag aber, dann stirbst du erst recht – mit ihm.«

»Aber ich spiele doch nur Theater! Nein, nein, Bouffon, du kannst mich nicht umstimmen, ich muß es tun.«

»Du wirst es bleiben lassen!« Bouffons Augen blitzten. Er hatte noch einen Pfeil im Köcher, und der war vergiftet. »Damit kannst du Bellefleur vernichten!«

Hazard schreckte auf, er packte Bouffon an der Brust: »Was redest du da, male den Teufel bloß nicht an die Wand!«

»Das kannst du dir doch selbst ausrechnen, denn die Verschwörer werden ahnen, daß du dein Wissen von ihr hast.«

Hazard sank in sich zusammen. Er trank seine Kanne fast leer. »Aber es darf nicht sein ... Es darf nicht sein ... Höre, Bouffon, es hängt alles von uns beiden ab. Du willst doch auch den Winter über hierbleiben, am warmen, lodernden Kamin ... Und das können wir nur, wenn Herzog Erné weiter sein mildtätiges Zepter führt, denn wer weiß, wie sein Nachfolger uns behandeln würde. Kann sein, er macht erst einmal reinen Tisch und kehrt mit frischem Besen das ganze Schloß aus. Alle Narren, Jongleure, Spielleute, Sänger – weg mit ihnen! Auch wir gelten schließlich als Günstlinge von Herzog Erné, und an ihn will der neue Herr bestimmt nicht erinnert werden. Der Herzogin Albane sind wir schon lange ein Dorn im Auge. Bedenke: Wenn sie hinter dem Anschlag steckte!«

»Was sollen wir also tun, wenn wir weiter an Corastannes Tischen schmausen wollen?«

»Wir müssen Herzog Ernés Leben schützen, und Bellefleur soll Kammerfrau der Herzogin bleiben, oder sie soll noch höher steigen! Das will ich, verstehst du?«

Bouffon nickte schwer und murmelte:

»Ich verstehe ... verstehe ... Mein Freund ... aber ...«

»Ich will nichts hören!«

»Wenn es so ist, dann helfe ich dir«, sagte Bouffon mit einem Rest von Entschlossenheit und suchte in seiner Kanne nach einem letzten Schluck, doch sie war leer. Enttäuscht drehte er das Gefäß um und schüttelte es.

»Ich habe nichts anderes von dir erwartet«, meinte Hazard, der seinen Verstand noch leidlich beisammen hatte. »Bouffon!« Er rüttelte den Freund: »Wir müssen spielen wie die Götter ...«

»Wie die Götter?«

»Oder wie die Teufel ... Wir müssen so überzeugend spielen, daß alle Leute in Bann geschlagen werden, es muß wie eine Offenbarung sein ...«

»Eine Offenbarung! Ja, das soll es sein, verdammt nochmal!« Bouffon schlug Hazard auf die Schulter: »Du bist ein toller Kerl, Hazard … wirklich, ein toller Kerl … Das habe ich immer schon gewußt …«

Hazard geriet ins Grübeln und umarmte Bouffon.

»Du bist mein Freund«, murmelte er, »ein richtiger Freund … Aber sie werde ich wohl … dabei verlieren, Bouffon … ganz sicher verlieren …«

»Dann ist sie es nicht wert! Vergiß sie …«

»Sie wird mich hassen … Aber ich muß es tun, Bouffon … Ich muß es tun … Ich kann nicht anders!«

»Wir müssen es tun …« Bouffon lallte mit bleiernem Kopf und nickte tiefsinnig.

Hazard hörte schon gar nicht mehr zu, er hatte das Kinn auf die Brust gelegt und hielt die Augen geschlossen.

Nun schliefen beide.

***

Als Hazard und Bouffon mit schweren Köpfen erwachten, war ein neuer Morgen angebrochen, ein trüber Tag. Ihr Vorhaben aber war unvergessen, Hazard war nicht wankend geworden. Der Plan, die Rettung des Herzogs mit einem Theaterstück zu versuchen, erschien ihm raffiniert, sogar höfisch-elegant. Ein Spiel, das alles verriet und gleichzeitig nichts: War das nicht höchste Kunst?

Er und Bouffon begannen gleich zu probieren. Hazard wollte all das vorführen, was er mit Bouffon vorbereitet hatte. Und dieser übertraf ihn bald an Eifer und machte viele Vorschläge, wie sie das Spiel ihrer Figuren verbessern konnten. Als krönenden Schluß hatte Hazard das Stück eingeplant, das er *Warnung an Cäsar* nannte. Die Handlung war einfach: Ein römischer Kaiser sollte ermordet werden, und zwei Verschwörer besprachen sich miteinander. Sie führten die angeblichen Vergehen des Kaisers auf, wobei sich Hazard bemühte, Details einfließen zu lassen, die an den Hof von Corastanne erinnerten, und das war heikel: Zu viel durfte er nicht sagen, um sich nicht selbst zu gefährden, zu wenig aber auch nicht, damit der Herzog nicht darüber hinweghörte.

Auch Bouffon warnte ihn:

»Werde nicht zu deutlich.«

»Wir müssen etwas riskieren.«

Hazard ließ die Verschwörer im Stück zuerst den Plan fassen, den Kaiser zu erdolchen, wenn er zum Capitol ging.

»So eine Ermordung mit dem blanken Messer ist auf der Bühne sehr wirkungsvoll!«

»Ich denke, du willst ihn durch Gift umkommen lassen ...«

»Schade um die schöne Szene. Aber ich weiß, wie wir es machen: Wir lassen die Verschwörer den Mord mit dem Dolch zunächst proben, und dann verwerfen sie diesen Gedanken wieder, weil der Erfolg zu ungewiß ist. Der Kaiser ist ja auf dem Weg zum Capitol umgeben von seinen Prätorianern. Danach hat er zu einem Gastmahl geladen. Die Verschwörer wollen ihm also dort einen Becher mit vergiftetem Wein reichen. Der Kaiser wird ihn trinken, er wird sich an die Leibesmitte fassen, zusammenknicken, stöhnen, zu Boden sinken, sich krümmen, jammern, sich winden, sich aufbäumen und schließlich sterben.«

Sie probten alles mehrmals, und Bouffon, der die Puppe des Kaisers führte, tat es mit wahrer Leidenschaft. Wenn der Kaiser verendet war, sollten Schlußverse folgen:

Er starb, weil er nicht an das Böse glaubte,
weshalb der Böse ihm das Leben raubte,
so mag es manchem andern auch ergehn,
wenn er zu blind ist, die Gefahr zu sehn.

Danach sollte der Vorhang fallen.

»Und ich mache mein Testament«, meinte Bouffon nun wieder. »Denn noch deutlicher können wir es ja kaum sagen! Die Verschwörer werden uns erdolchen, vergiften oder von der

Schloßmauer stürzen! Unsere einzige Chance ist, daß der Herzog zuvor ihrer Herr wird.«

Doch nun war es für irgendwelche Erwägungen der Vorsicht bereits zu spät. Das Spiel zog sie mit sich, und Hazard hatte sich schon zu sehr in seine Rolle als Retter des Herzogs hineingelebt. Schließlich wollte er nicht mehr warten. Mochte auch manches noch ungelenk sein, der Zweck konnte wohl erfüllt werden. Hazard erbat vom Herzog die Erlaubnis, ihm jetzt seine neue Kunst vorführen zu dürfen, und der Herzog stimmte erfreut zu.

»Lange genug hast du mich warten lassen. Sieh zu, daß du mich nicht enttäuschst.«

»Hoheit, wir haben uns bemüht«, erwiderte Hazard und fügte ganz gegen seine Absicht hinzu: »Es wird ein Spiel mit tieferer Bedeutung sein!«

Der Herzog gestattete die Benutzung des Empfangssaals. Die Mitglieder der hohen Familie, die Herzogin, die wichtigsten Hofleute und Beamten wurden geladen.

Hazard und Bouffon richteten den Raum am Vormittag her. Sie schlugen die Bühne in der Mitte vor den beiden Thronsesseln auf. Nur der Herzog und die Herzogin würden sitzen, die anderen Zuschauer mußten stehen. Das Licht aus dem Spitzbogenfenster hinter den Stühlen fiel in das kleine Theater und später auf den blauen Vorhang, nachdem sie diesen angebracht und zugezogen hatten. Hinter der Bühne fügten sie ihr Gestell zusammen, das Gerüst, über das sie sich lehnen würden, um die Figuren zu führen. Sie nagelten und hämmerten, sie schleppten ihre Hauptdarsteller, nun waren es schon zehn, in einer Truhe herbei, die ihnen Maitre Cadet geliehen hatte. Vorsichtig, damit sich die Schnüre nicht verwirrten, hängten sie den Sänger Mario, die Magd Mariette, den Kaiser, den Kardinal, den Ritter, den Bauern und alle anderen auf ein Gerüst, das sie sogleich verhüllten. Sie verbargen zunächst alles mit Stoffen. Der Majordomus hatte ihnen Tücher aus der Wäschekammer gegeben.

»Dieser Lavendel … dieser Geruch …« murmelte Hazard.

»Was ist damit?« fragte Bouffon. »So duftet der Sommer! Ist dir nicht wohl?«

»Mir ist sogar sehr wohl«, antwortete Hazard. »Ich werde in meinem Leben nie mehr Lavendel riechen können, ohne mich an Dinge zu erinnern, die mich um meinen Verstand brachten.«

Zur vierten Nachmittagsstunde waren sie fertig, und es war höchste Zeit, denn nun reihten sich Wachen mit Hellebarden an der Wand hinter den beiden Sesseln auf. Die Dienerschaft füllte den Saal: Pagen, Lakaien, Knechte und Mägde, aber auch andere Leute, sogar Jongleure und Narren, was Hazard nicht gern sah, denn sie sollten ihm nicht die Schau stehlen. An der Seitenwand baute der Mundschenk seine Utensilien auf, er stellte Gläser, Becher, Bottiche und Krüge auf eine schmale Tafel. Musikanten nahmen im Vordergrund auf Schemeln Platz, begannen ihre Instrumente zu stimmen und probten mit melodiösem Getön.

Als dann die Hoheiten eintraten, Herzog Erné und Herzogin Albane, umgeben von ihrem Hofstaat, spielten sie eine festliche Weise. Der Herzog trug sein Schoßhündchen auf dem Arm, auch heute war er in sandblasse Seide gekleidet, nur der rote Kragen und die Ärmelaufschläge verliehen ihm Farbe. Strähnig hing ihm das dunkelbraune Haar über die blasse Stirn, das Backenbärtchen war bis zum spitzen Kinn frisch gestutzt. Er schob die Lippen vor und sog sie wieder ein, ein Zeichen, daß er ungeduldig war.

Die Herzogin ließ sich steif neben ihm nieder, sie lehnte sich nicht zurück. Ihre Miene drückte Hochmut aus, langgezogen war das Gesicht, das Kinn sprang eckig hervor. Ihr Gewand mit dem Spitzenkragen – ebenfalls sandfarben – war hochgeschlossen, und ihr aschblondes Haar lag eng am hageren Kopf an. Ihre hellblauen Augen würdigten die Bühne keines Blickes, sie blickte auf ihre Hände, die sie im Schoß gefaltet hielt.

Hinter ihr stand Bellefleur, der es erlaubt war, sich auf die Rückenlehne des Stuhles zu stützen. Ihr Haar leuchtete kastanienrot, die braunen Augen blickten unstet, sie schien etwas zu erwarten und wußte wohl selbst nicht, ob sie sich davor zu fürchten hatte. Seit dem Zusammensein mit Hazard in der Wäschekammer hatte sie ihn nicht mehr gesehen. Sie hatte daher auch nicht wieder mit ihm sprechen können, um ihn seinen Schwur erneuern zu lassen, und sei es auch unter gewissen Opfern an Keuschheit. Wie weit wäre sie wohl gegangen?

Das schöne Geschöpf war in ein zartrotes Gewand gehüllt. Sie trug nur wenig Schmuck, sie war ja selbst Schmuck genug, und als Hazard sie kommen sah – er war hinter der Bühne und lehnte schon über dem Gestell – war ihm, als setze sein Herz aus. Er empfand einen leichten Schwindel und wurde in seinem Vorsatz wankend. Mochte das Schicksal doch seinen Lauf nehmen! Wieso sollte er sein Leben – und ihres – riskieren … Er blickte rasch zur Seite, als der Erzbischof durch die Tür trat, im Gespräch mit dem Baron de Bercy, der einen schwarzen Umhang über der Schulter trug. Fast gleichzeitig kamen auch der Bibliothekar, der Illuminator und der niedere Adel, die Ministerialen und sonstige Würdenträger. Der Saal füllte sich und summte von Gesprächen, dazwischen trieben Possenreißer ihre Narreteien, schlugen Rad, gingen auf den Händen und kletterten einander auf die Schultern.

Da kam es zu einem Zwischenfall. Das Mädchen aus der Schenke, die Landfahrerin im zusammengestückelten Lederkleid, huschte vor und griff nach der Hand der Herzogin.

»Was siehst du, Weib?« fragte diese, und ihre Stimme klang hart.

Das Mädchen vertiefte sich in die Linien, bis es endlich sagte: »Ihr werdet den neuen Herzog tragen!«

La Duchesse richtete sich jäh auf.

»Wird er leben?«

Das Mädchen nickte.

»Er wird leben und herrschen.«

»Das Weib redet Euch nach dem Mund«, spottete der Herzog. »Sie sagt, was Ihr hören wollt. Nun, das ist ihr Beruf.« Er winkte und ließ der Wahrsagerin ein Geldstück reichen. Dann wurde sie hinausgeführt. Der Herzog klatschte in die Hände.

Hazard durfte nicht zögern, er trat vor die Bühne, verneigte sich und sagte sein Sprüchlein von hoher Ehre und einer besonderen Kunst, die er und sein Kamerad dem Ruhm Seiner Hoheit widmen wollten. Dabei klopfte sein Herz so heftig, daß es ihn beinahe am Reden gehindert hätte und er mehrmals schlucken und Luft holen mußte, denn nun empfand er das Gewagte seines Unternehmens erst richtig. Die aufgerichteten Lanzen der Leibwache konnten sich auch gegen ihn kehren, unter diesen Leuten befanden sich mit Sicherheit die Attentäter, die bald seine Todfeinde werden würden. Er konnte nicht erkennen, ob sie gelangweilt dreinschauten oder gar feindselig, er kannte sie ja nicht einmal. Er blickte zu Bellefleur, die anmutigste aller Blüten … Wo würde sie nach dieser Stunde sein? Sollte er nicht auf den letzten Akt verzichten? Er würde doch auch ohne die *Warnung an Cäsar* Erfolg haben. Nichts wäre verloren, niemand würde etwas ahnen, noch weniger merken, er und Bouffon würden den Raum mit Lob und Gewinn verlassen.

Der Herzog bewegte die Fingerspitzen nachlässig gegen die Handfläche, und Hazard verneigte sich wieder. Was gingen ihn diese Leute an? Als er hinter die Bühne zurückgekehrt war, flüsterte er Bouffon zu:

»Wir spielen die *Warnung an Cäsar* nicht!«

»Was sagst du?«

Hazard widerrief sofort:

»Nichts, nichts! Vergiß! Es bleibt wie geplant.«

Sie zogen den Vorhang auf. Die Bühne blieb leer, im Hintergrund mit buntem Tuch abgedeckt. Nun schwiegen die Zuschauer und blickten neugierig hin. Die Spieler warteten noch einen Augenblick, dann ließen sie Mario auftreten, schleppend und ein wenig schaukelnd. Um seinen Hals hing eine kleine Laute, der großen nachgebildet, auf der Bouffon hinter der Bühne zupfte. Die Töne erklangen, sie schwirrten durch den Raum.

Herzog Erné wunderte sich über den kleinen Menschen.

»Bist du ein Zwerg?«

Mario verneigte sich ungelenk und erklärte:

»Nein, Hoheit, ich habe die Ehre, Eure untertänigste Puppe aus Holz zu sein. Aber ich trage ein Gewand aus Stoff wie Ihr. Und ich hänge an Fäden, meine Schnüre hält Hazard le Bain.« Danach schilderte Mario seine Nöte als Sänger mit dem Publikum. Bouffon krächzte den Text mehr schlecht als recht herunter. Mario drehte sich beim Gesang, er bewegte die Hand vor dem Instrument ruckend auf und ab. Sie erhielten Applaus. Danach zeigten sie einen Gaukler, der einen Seiltanz vorführen wollte, sich aber ungeschickt anstellte, auf der Stange hin- und herwackelte und schließlich herunterfiel. Es war ein hübsches Bild, wie er in seinem bunten Gewand auf dem Boden lag und seine schmerzenden Glieder rieb. Es folgten zwei Ritter, die mit Schwertern fochten; dann trat ein verkrüppelter Bettler auf, der einen Fürsten um ein Almosen anflehte und geheilt davonlief, sobald er es erhalten hatte.

Während Hazard die Fäden führte, überfiel ihn immer wieder das Gefühl der Sorge, und er empfand die Bedrohung, die von seinem Vorhaben ausging. Der Augenblick kam näher und näher. Sollte er es nicht doch lassen? Noch war es möglich.

Sie ließen einen pflügenden Bauern hinter seinem Ochsen herstolpern und dabei furzen, wobei man nicht wissen konnte, ob sich der Bauer oder der Ochse so ungehemmt benahm.

»Dieses Spiel ist aber recht derb«, äußerte Crespin de Bisson vernehmbar.

»Es ist undelikat und sogar beleidigend«, stimmte ihm la Duchesse Albane zu.

»Was wollt Ihr?« fragte der Herzog. »So ist es nun einmal, man hält uns nur den Spiegel vor, meine Bauern benehmen sich so und nicht nur sie, wie ich täglich bemerken muß. Allenthalben wird ungeniert gefurzt, und an allen Ecken schlägt man das Wasser ab. Apropos Wasser, ich bekomme Durst!«. Er winkte. »Laßt mir das Vergnügen«, rief der Cousin schnell. »Ich werde Euch ein wenig Wein besorgen, Hoheit, dann könnt Ihr dies alles hinunterspülen!« Er zog sich zurück und machte sich seitlich beim Mundschenk zu schaffen.

Nun stampfte auf der Bühne eine Schweinemagd um den Misthaufen, sang und tanzte, wobei ihre Röcke flogen.

Der Herzog lachte.

»Ich finde es amüsant, meine Liebe«, sagte er zur Herzogin gewendet, die er damit ärgern wollte. »Daß dieses Spiel nicht höfisch, sondern eher derb ist, scheint mir ein Vorzug dieser neuen Kunst zu sein. Und sie kann sich so darstellen, weil sie eben nicht von lebendigen Menschen ausgeübt wird. Diese dürften sich das in unserer Gegenwart nicht erlauben, das wäre Schweinerei, so aber kann man es für einen Scherz nehmen.«

Der Vorhang schloß sich wieder.

»Nun muß es sein«, flüsterte Hazard. »Oder wir müssen erklären, daß unsere Vorführung beendet ist. Ein richtiger Schluß ist das zwar nicht, aber wir sind alle Sorgen los!«

»Und haben eine neue, sobald der Herzog in seinem Blute liegt«, antwortete Bouffon.

»Du hast recht, ich meinte es auch nicht ernst«, knurrte Hazard. »Befehlen wir also unsere Seelen Gott, denn hinterher ist vielleicht der Teufel los.«

»Was ist?« fragte der Herzog laut. »Ist es zu Ende?«

»Nein, Hoheit, jetzt kommt die Krone unseres Spiels, die freilich eher das Gegenteil einer Krönung ist. Es ist ein lehrreiches Stück aus dem Altertum, das wir *Warnung an Cäsar* genannt haben.«

»Laßt es sehen.«

Der Vorhang öffnete sich wieder, jetzt vor einem beigefarbenen Hintergrund, und die Handlung schritt rasch voran, in einer kurzen Szene zeigte sie den römischen Kaiser umgeben von einzeln auftretenden Spielleuten, Sängern und Possenreißern. Er ruhte auf einem Lager und flehte:

»Oh, Jupiter! Schenke mir einen Sohn!«

»Das ist empörend«, rief die Herzogin mit spitzer Stimme.

»Man treibt mit unserem Kummer Scherz! Dieser Hampelmann von Kaiser sollt wohl Ihr sein, mein Gemahl. Laßt dieses Spiel beenden!«

»Ich fürchte, wir sind zu weit gegangen«, flüsterte Bouffon.

Da der Herzog jedoch schwieg, spielten sie weiter. Vor den Puppenkaiser trat ein Priester und klagte, daß am Jupitertempel nicht weitergebaut werde. Der Kaiser erklärte: »Meine Kasse ist leer!«

»Die Ähnlichkeit ist freilich auffällig«, äußerte der Erzbischof. »Ich will doch nicht hoffen, daß dies zu einer Persiflage unserer Sorgen wird und daß man sich über sie lustig machen will.«

»Ich mag mir das nicht länger ansehen«, erklärte die Herzogin. »Komm, Bellefleur, wir suchen unsere Gemächer auf, und du liest mir eine erbauliche Geschichte vor.« Die Herzogin Albane erhob sich. Bellefleur reichte der Dame den Arm, der Herzog nahm sein Hündchen auf den Schoß, um es zu kraulen.

»Wo bleibt der Wein, Mundschenk«, fragte er, ohne seine Blicke von der Bühne zu wenden.

»Er kommt sofort, Hoheit«, antwortete Crespin de Bisson anstelle des Mundschenks. »Der Wein war sauer, ich ließ ihn fortgießen, Ihr bekommt anderen, besseren!«

Auf der Bühne trat der Kaiser ab, gleich kamen die Verschwörer an den Seitenvorhang und besprachen ihre Absicht, ihn zu ermorden. Sie begründeten dies mit seinen Mängeln, mit seinen Vergehen, mit seiner Verschwendungssucht, mit seiner unreifen Verspieltheit und zückten die Messer zur Probe. Aber dann verwarfen sie diesen Plan. Nun wurde es totenstill im Saal, das Spiel schien so echt, so natürlich zu sein. Plötzlich kam Unruhe auf, der Cousin trat hinter den Herzog und hielt ein Glas in der Hand.

»Ersetzt Ihr heute den Mundschenk, Cousin?« fragte die Durchlaucht.

»Es soll Euch um so besser bekommen, Hoheit!«

Der Herzog nahm das Glas.

***

Die Hoheit hielt das Glas und schaute gebannt zur Bühne. Das Stück schritt weiter fort. Auch der römische Cäsar bekam einen Becher, dieser hing an einem dünnen Faden und schwebte von der Hand des Attentäters in die Hand des Kaisers. Ein weiteres Fädchen, das durch ein winziges, unsichtbares Loch an des Kaisers Lippe geführt worden war, zog ihn an seinen Mund. Der Kaiser neigte seinen Kopf nach hinten und trank. Doch gleich ächzte er, tastete an seinen Leib, an sein Herz, rang stöhnend nach Luft, wurde zu einer Schlottergestalt, gurgelte, stürzte zu Boden, wand sich, röchelte – und hauchte sein Leben aus. Eine Sklavin in seiner Nähe rief. »Bei Jupiter! Die Hoheit! Gift! Gift!« Dann, noch gewagter, noch deutlicher: »Der Wein ist vergiftet!«

Crespin de Bisson machte eine heftige Bewegung, als wolle er dem Herzog das Glas wegnehmen. Überrumpelt und kopflos rief er drängend:

»Trinkt, Hoheit!«

Der Herzog schwang das Glas erregt zur Seite, so daß ein wenig Wein überschwappte.

»Was ist Euch, mon Cousin?« fragte er, blaß bis an die Schläfen.

»Aber was soll sein?« fragte Crespin de Bisson, der ein Zittern der Stimme nicht verbergen konnte. »Ihr werdet diese Narrenpossen doch nicht auf Euch beziehen!«

»Wer weiß …« zischte der Herzog und schob sein Glas dem Hündchen zu, öffnete diesem das Maul und goß ihm etwas Wein hinein.

Der Hund würgte und schluckte.

Crespin de Bisson trat zögernd zurück und drückte sich langsam zwischen den Menschen hindurch, wobei ihn niemand beachtete, denn alle schauten gebannt zu dem Tier. Der Hund hob das Maul, öffnete es, japste und rang nach Luft. Ein Zittern überlief ihn, noch einmal röchelte er kurz, dann sank er zurück.

»Der Hund ist tot«, erklärte der Erzbischof mit tonloser Stimme.

»Gift!« gellte der Ruf des Herzogs. »Haltet meinen Cousin!«

Wachen liefen zusammen.

»Er ist schon aus der Tür!«

Einer rannte zum Fenster, riß den Flügel auf, beugte sich hinaus und verkündete:

»Eben schwingt er sich auf sein Pferd ... Er galoppiert aus dem Hof!«

»Zu spät, er hatte alles vorbereitet, auch seine Flucht«, meinte der Herzog. Er war blaß, winkte aber gelassen, denn er war sogar froh, daß er seinem Cousin keinen Prozeß machen konnte, was ihm viele Aufregungen mit der Verwandtschaft, sogar mit dem König, eingetragen hätte. Er befahl, Hazard zu ihm zu führen. Bewaffnete holten den Spielmann hinter dem Theater vor, packten ihn und stießen ihn vor den Herzog. Dieser betrachtete ihn schweigend.

»Was wußtest du?«

»Nichts, Hoheit«, murmelte Hazard. »Es war ein Zufall. Ich spielte nur ein Stück aus dem alten Rom!«

»Wirklich nur ein römisches Stück?«

»Ich lernte es in der Schule kennen. Wir sprachen dort über griechische Tragödien und römische Komödiendichter. Unser Lehrer hieß Père Mertin, er verehrte diese Autoren. Da erfuhr ich auch von diesem und merkte es mir, nicht Wort für Wort, aber doch sinngemäß.«

»Und es erschien dir geeignet? Das ist seltsam!«

»Es war ein reiner Zufall.« Hazard sprach schnell, noch war die Gefahr ja nicht vorbei. Man konnte ihm als Mitwisser den Prozeß machen, stellvertretend für den Cousin und dessen Komplizen, die man nicht kannte. Dann würde man versuchen, die Namen der anderen aus ihm herauszupressen, vielleicht unter der Folter.

»Ein Zufall?« murmelte der Herzog.

»Vielleicht war es eher eine Fügung«, erklärte der Erzbischof. »Ja, es ist wohl Gottes Wille gewesen! Gott, der Allmächtige selbst hat gewollt, daß ihr gewarnt wurdet, und er hat diesen Spielmann zu seinem Werkzeug gemacht. So, wie dessen Figuren an seinen Fäden agierten, so wurde er wiederum von Gott gelenkt.«

Jetzt meldete sich der Baron de Bercy zu Wort:

»So sehe ich es auch«, meinte er, »Hazard le Bain war ein Werkzeug Gottes.« Er bedachte Hazard mit einem schimmernden Blick und lächelte mit dünnen Lippen.

»Lieber Baron, es ist mir nicht entgangen, daß Ihr ein Auge auf diesen schönen Jüngling geworfen habt«, sagte der Herzog. »Aber gleichviel ... Seine Verdienste sind unbestreitbar. Er rettete mir das Leben, entweder gewollt, dann verdient er um so mehr Belohnung, oder als Werkzeug des Allmächtigen, dann ist es gewiß auch in des Höchsten Sinn, daß wir sie ihm nicht vorenthalten. Dazu kommt seine neuartige Kunst, die wir in diesem Augenblick nicht gebührend würdigen können, die uns jedoch liebenswert erscheint. Ich meine, das sind schon zwei Gründe, ihm unsere Gunst zuzuwenden, was sagt ihr dazu, Freund de Bercy? Ach, was frage ich Euch, Ihr habt ja schon entschieden!«

Der Baron verneigte sich leicht.

»Wenn es zwei Gründe sind, so mag er zweierlei Lohn erhalten«, erwiderte er. »Der Spielmann bekommt Gold, wie es üblich ist, verbunden mit der Aufforderung, Eurer Hoheit weiterhin zu dienen und Euch angenehm zu unterhalten. Der treue Untertan jedoch, der vielleicht sogar sein eigenes Leben aufs Spiel setzte – im wahrsten Sinne des Wortes –, denn wenn sein Vorhaben, Euch zu warnen, fehlgeschlagen wäre, dann hätte ich auf seinen Kopf nicht mehr viel gesetzt, er hätte dann mit der Rache der Verschwörer rechnen müssen, und er muß es jetzt noch tun –, dieser treue Untertan sollte in einer Weise belohnt werden, die seinem Verdienst entspricht. Und welche Leistung könnte sich mit der vergleichen, dem Herzog das Leben und dem Land den Herrscher gerettet zu haben?«

»Ich kenne keine«, murmelte der Herzog. »Worauf wollt Ihr hinaus, Baron? Mich zu retten: Eine solche Tat erwartet man von einem Ritter!«

»So schlage ich vor, daß ihr den Spielmann zum Ritter schlagt. Er nannte sich bisher schon Hazard le Bain, vielleicht hatte er sich da etwas angemaßt, aber er hat sich dieses Privilegs nachträglich würdig erwiesen. So möge er den Adelsnamen in Zukunft mit Recht tragen!«

»Chevalier le Bain also?« überlegte der Herzog.

»So meine ich es«, erklärte der Baron de Bercy, und der Blick, den er Hazard zuwarf, sprach aus, was er dachte: Du siehst, daß ich Adlige machen kann.

Der Herzog nickte.

»Der Kämmerer soll ihm fünfzig Golddukaten auszahlen.«

»Ich danke für alle Güte und Gnade«, rief Hazard. »Aber ich bitte untertänigst, vergeßt meinen Helfer nicht, Bouffon gebührt ein gerechter Anteil.«

»Auch er erhält fünfzig Dukaten, freilich Silberdukaten«, erwiderte der Herzog und erhob sich. »In den Hof also, hinaus ins Freie, unter Gottes blauen Himmel! Wir tragen unsere Dankesschuld gleich ab, auch wenn wir auf eine feierliche Zeremonie verzichten müssen. Kein Reinigungsbad, kein weißes Gewand, keine Nachtwache in der Kapelle und kein Gang zur Kirche – das heißt, diesen können wir ja nachholen. Glaubt mir, es sind nicht die schlechtesten Männer gewesen, die ihre Erhöhung zum Ritter einer entschlossenen Tat verdankten, und manche wurden auf dem Schlachtfeld zum Ritter geschlagen. Hinaus!«

Niemand widersprach, denn die wunderbare Errettung des Herzogs hatte diesen auf eine fast magische Weise noch einmal erhöht und mit neuer Würde ausgestattet. Gott selbst hatte seine Hand sichtbar über ihn gehalten, und Hazard war sein Werkzeug gewesen! Es war, als sei neuer Glanz über die Hoheit ausgegossen worden, nun, da man ihn fast verloren hätte. Man empfand umso deutlicher, was man an ihm besaß, und ein Abglanz dieses erneuerten Strahlens fiel auch auf Hazard.

Die ganze Gesellschaft bewegte sich aus dem Saal, zog durch die Tür, schob sich die Treppe hinab. Im Hof nahm man im Halbkreis Aufstellung, der Herzog stand in der Mitte, hinter ihm Trompeter und Trommler. Schnell herbeigetragene Standarten wehten bunt, darunter – in der Mitte und am größten – der weiße Sperber auf rotem Grund.

»Ein Schwert!« befahl der Herzog und streckte den Arm aus.

Man beeilte sich, seinem Befehl zu gehorchen. Die Waffe steckte in einer Hülle, die mit grünschimmernden Edelsteinen besetzt war.

Hazard ließ sich auf ein Knie nieder und neigte das Haupt. Die Haare fielen ihm lockig in die Stirn, er sah jugendlich aus und strahlte. Herzog Erné zog das Schwert aus der Scheide, es blitzte in der Sonne, er legte die Spitze behutsam auf Hazards linke Schulter.

»Dir verdanke ich mein Leben«, rief er. »Wirst du alle Gesetze der Ritterschaft willig befolgen, die Jungfrauen und Waisen schützen, den unterlegenen Gegner schonen, immer und unwandelbar für das Recht und den wahren Glauben eintreten und deinem Herzog ein getreuer Gefolgsmann sein, so sprich mir nach: Ich will es!«

»Ich will es, so wahr mir Gott helfe«, antwortete Hazard, und seine Stimme vibrierte.

Der Herzog beugte sich nieder, ohne die Schwertspitze von Hazards Schulter zu nehmen, er hob ein wenig Erde vom Boden auf.

»Diese Erde sei dir heilig«, sagte er und streute sie Hazard auf die rechte Schulter. Er ließ die Schwertspitze von Hazards Schulter gleiten, reichte ihm die Hand und zog ihn empor. »Jetzt bist du mein Gefolgsmann, Chevalier Hazard le Bain«, erklärte er. »Musik!«

Die Trompeten schmetterten, die Trommeln rasselten. Hazard wurde umringt von Höflingen, die ihm Glück wünschten. Er wußte nicht, wessen Hände er drückte, es waren zu viele. Die schlanke Greisenhand des Barons de Bercy war nicht dabei, der alte Herr hielt sich vornehm zurück, stand aber nicht weit entfernt und blickte den neuen, jungen Ritter an.

Flüchtig kam es Hazard in den Sinn, was wohl Bellefleur zu alledem sagen würde, er war bekümmert, daß sie nicht hier war, daß er sie nicht ansehen und auf ihrem Gesicht die Antwort auf seine Frage lesen konnte. Zürnte sie ihm jetzt? Haßte sie ihn vielleicht sogar, denn war sie nicht mit dem Verschwörer im Bunde gewesen, Mitwisserin, vielleicht sogar Beteiligte, deren Ziele, Hoffnungen, Wünsche Hazard auf seine Weise zerstört hatte? Er verdrängte diese Gedanken, denn alles hatte sich geändert, nun war er Bellefleurs ebenbürtig.

Der ihn umgebende Trubel machte ihn trunken, Gaukler und Jongleure nutzten die festliche Stunde und führten ihre Kunststücke zwischen den Leuten vor. Bouffon legte Hazard seine Hand auf die Schulter und murmelte:

»Glückwunsch, Chevalier.« Er lachte dabei, aber wenn man ihn genauer ansah, erkannte man einen grüblerischen, wehmütigen Zug um den Mund.

Hazard nickte ihm nur flüchtig zu. Zu sehr war er von allem Neuen betäubt und mitgerissen.

So blieb es in den folgenden Tagen, Hazard ging wie schwebend und verlor sich in Phantasien. Er ließ sich durch den Illuminator der Bücher ein Wappen entwerfen, einen stilisierten See als Symbol des Bades, darüber einen Helmbusch, quer davor ein Schwert. Er ließ sich einen zarten Backenbart wachsen, den er sorgfältig pflegte, wodurch sein schmales Gesicht noch edler wirkte, wie geschnitzt. Der Schneider maß ihm ein neues, enganliegendes Leibchen an, er trug enge Strümpfe unter einer weit gebauschten Hose und schmale, spitz zulaufende Schuhe. Bouffon zog den Kopf zwischen die Schultern, rieb sich die Nase, hielt sich zurück, blieb abseits, wartete ab und litt. Manchmal schlich er hinter Hazard her, immer aber so, daß er unentdeckt blieb.

Die Herzogin und Bellefleur sah Hazard in dieser Zeit nicht, die Hoheit sei von einer leichten Unpäßlichkeit befallen, hieß es, und Bellefleur umsorge sie. Hazard hätte zu gerne gewußt, welche Pläne er ihnen zerstört hatte.

***

Eines Abends wanderte ein gedrungener Bursche mit gebrochener, zur Seite stehender Nase durch das Stadttor von Corastanne, der ein einfaches, derbes Gewand, eine Hose und eine Weste aus abgeschabtem Ziegenleder trug. So gedrungen er wirkte, so kräftig war er auch, kurz und breit der Nacken, kräftig die Schultern und die Muskeln der Oberarme. Der Kerl nahm in einer Herberge Quartier und lungerte in den folgenden Tagen müßig auf den Straßen und Plätzen der Stadt herum, hielt aber seine Augen offen. Er gab vor, auf einer Pilgerfahrt nach dem Heiligtum der Jakobsmuschel zu sein und hier eine Weile rasten zu wollen. Er befragte den Wirt der Taverne Zum Bierkrug und die Zecher beiläufig nach einem jungen Mann, der in der letzten Zeit von auswärts nach Corastanne gekommen sei, und wurde aufmerksam, als man ihm neben anderen Zugewanderten auch einen Jüngling schilderte, der einen märchenhaften Aufstieg zum Chevalier genommen hatte. Auf diesen konnte zutreffen, wen er suchte, und seine Vermutung wurde zur Gewißheit, als er den Vornamen des Jungen hörte. Ohne Eile, aber auch ohne Verzug hielt er nach ihm Ausschau, und es war nicht schwer, den neugekürten Chevalier gezeigt zu bekommen und dessen Gewohnheiten auszukundschaften. Der Bursche erkannte bald, daß der Chevalier oft auf der Stadtmauer über dem Flüßchen spazierenging und dort seinen Gedanken nachhing. Es schienen sehnsüchtige Gedanken zu sein, denn er blieb immer wieder bei einer der

Zinnen stehen und starrte in das fließende Wasser hinab, in die Wirbel und auf die unten vorbeitreibenden Äste, oder auch in die weite Landschaft hinaus, über deren reife Felder die Hitze flirrte.

Hazard ahnte nicht, daß man ihm mit so großer Aufmerksamkeit und Nachdrücklichkeit folgte, ihm sogar auflauerte, er stellte nicht einmal fest, daß Bouffon wie ein Hund hinter ihm hertrottete und ihn nicht aus den Augen ließ. Freilich richtete dieser es auch so ein, daß Hazard ihn nicht wahrnahm, denn Bouffon ärgerte sich selbst über seine Anhänglichkeit an einen Freund, der sich so weit von ihm entfernt hatte.

Eines Abends wollte Hazard wieder einmal mit seinen sehnsüchtigen Gedanken allein sein, ging zum nördlichen Wehrturm und stieg die enge Wendeltreppe empor. Er kam auf den Umgang und wanderte oben auf der Mauer entlang. Er merkte nicht, daß ihm ein vierschrötiger Kerl folgte, der ihn nicht aus den Augen ließ und immer hinter ihm herschlich, aber so, daß er stets im Schutz der Zinnen blieb, von Vorsprung zu Vorsprung, von Ecke zu Ecke huschend. Nur Bouffon war er aufgefallen, der ebenfalls auf den Wehrgang geklettert war. Was will dieser Lump? dachte er.

Hazard stand an der Brüstung und schaute auf das Land, das in der Abendsonne lag. Über den gelben Feldern kreisten Falken, und am Mauerfuß unten strömte der Fluß, rauschte, gurgelte, trug Wirbel und schwemmte Geäst vorbei. Doch Hazard nahm alles nur wie durch einen Schleier wahr. Seine Gedanken waren bei Bellefleur. Was mochte sie von ihm denken? So lange hatte er sie nicht mehr gesehen. Sollte er es wagen und nach ihr fragen, oder war das zu auffällig? Sprach sie mit der Herzogin über ihn? Wie stand sie nun zu ihm, nachdem er den Herzog gerettet hatte, immerhin hatte er den Hinweis auf das Attentat doch durch sie erhalten! Und dachte sie, daß er eben doch kein richtiger Ritter war, einer von Geburt? Ach, er wußte, ihm fehlte noch viel dazu. All die anderen Chevaliers waren anerkannte Herren und besaßen Burgen und Ländereien. Und was war er? Er blieb im Grunde ein Landstreicher und heimatlos.

Da spürte er einen Stoß von hinten, wurde zu Boden gerissen und dachte, das Gewicht eines Ochsen stürze über ihn. Eine rauhe Stimme zischte:

»Heia! Jetzt habe ich dich!«

Hazard drehte sich auf den Rücken, hob seine Hand und stemmte sie gegen die Brust des Angreifers. Es half nichts, ein Dolch stieß auf ihn nieder, er sah die blitzende Klinge. Instinktiv drehte er den Kopf zur Seite, das Messer fuhr dicht an seinem Hals vorbei, ritzte ihn nur, aber Blut quoll hervor. Wieder hob sich der Arm des Fremden und verharrte kurz über seinen Augen. Die Strahlen der sinkenden Sonne brachte die Schneide zum Funkeln.

Hazard blickte in das Gesicht über sich, es war von einem braunen Bart überwuchert. Aber über der rechten Augenbraue trug der Mann eine markante Narbe in Form eines gezackten Sterns. Wenn ich weiterlebe, dachte Hazard, dann werde ich diesen Narbenstern nie vergessen.

Das alles vollzog sich in Sekunden. Denn im nächsten Augenblick wurde der Arm des Angreifers von hinten gepackt. Der Mann fiel zur Seite, und Hazard kam frei.

»Hilf mir!« rief Bouffon mit gepreßter Stimme, und Hazard sprang auf Bouffon, hatte dem Kerl das Messer aus der Hand geschlagen, nun ließ er seine Faust mit solcher Wucht gegen den Kopf des Mannes prallen, daß dieser aufbrüllte. Dennoch gelang es ihm, sich zu erheben, Bouffon hieb nochmals zu, er traf den Mann an der Schläfe, der taumelte rücklings, kam über die Brüstung, verlor den Boden unter den Füßen, riß die Arme hoch und stürzte hinab, schrie, überschlug sich und klatschte auf das Wasser.

Er war jedoch nicht tot, er tauchte wieder auf, schwamm mit der Strömung und rettete sich schwimmend ans jenseitige Ufer. Dort kletterte er an Land, drehte sich um und reckte drohend die Faust.

»Du entkommst mir nicht!« brüllte er und rannte davon.

Hazard starrte ihm nach.

»Ein neuer Anschlag! Ich glaube es kaum«, murmelte er. Dann sah er Bouffon an. »Zum zweiten Mal hast du mir das Leben gerettet, nun bin ich noch tiefer in deiner Schuld.«

»Das laß nur gut sein«, erwiderte Bouffon verlegen und rieb sich die Faust.

Hazard blickte grübelnd auf das Land hinaus, wo der Mann noch zu sehen war, klein wie ein Hase, der über das Feld rennt. »Nun ist es wieder da, das Geheimnis«, murmelte er. »Ich hatte es aus meinen Gedanken verdrängt, aber es folgt mir.«

»Das war kein Zufall!« Bouffon nickte.

»Sicher nicht, denn die Anschläge gleichen sich: immer wieder erfolgt der Überfall aus dem Hinterhalt.«

»Wirklich seltsam, man verfolgt dich bis nach Corastanne, man sucht und man findet dich. Du bist auch hier nicht mehr sicher.«

»Warum ... aber warum, Bouffon? Ich kenne keinen Grund! Vielleicht ist alles nur ein schlimmes Mißverständnis!«

»Wenn es so wäre, müßtest du es aufklären, denn du kannst nicht damit rechnen, immer davonzukommen.«

»Es sei denn, ich habe dich in meiner Nähe, mein Freund!« Hazard reichte Bouffon die Hand.

»Auch dann nicht«, antwortete dieser. Sie gingen zurück, und als sie die Wendeltreppe hinabgeklettert waren, trennten sie sich. Bouffon entfernte sich über den Hof zum Gesindeturm. Hazard betrat das Château. Es begann zu dämmern, in den Ecken des Treppenhauses sammelte sich erste fahle Dunkelheit, und die Aussparungen der Türen im Gang wirkten grau.

Hazard erschrak, als ihn plötzlich eine Hand aus diesem Nichts ergriff. Er konnte die Gestalt nicht sehen, als er aber die Stimme erkannte, war er froh. Sie flüsterte atemlos und rasch, er hatte Mühe, sie zu verstehen, noch mehr Mühe, sie zu begreifen:

»Komm heute nacht, wenn es ganz dunkel ist, zur hintersten

Kemenate. Du kennst sie, es ist die mit der gemalten Rose über dem Bogen. Ich warte auf dich ...«

Die Tür ging wie von selber auf, und die Erscheinung verschwand so schnell, wie sie aufgetaucht war.

Ist es möglich, dachte Hazard, Bellefleur ruft mich zu sich – in ihr Zimmer? Sein Herz klopfte auf eine Weise, die ihn um den Verstand brachte.

***

Die Nacht kam, die so glühend ersehnte. Der Flur lag in tiefer Finsternis, und Hazard ging auf Zehenspitzen. Er tastete sich an der Wand entlang und ahnte nur, wo er sich befand. Endlich traf er auf einen Türstock. Das konnte der richtige sein, er blieb stehen, versuchte, seinen erregten Atem zu mäßigen und sein wildes Herz zu beruhigen. Ihn schwindelte. Er wurde erwartet, eine Hand kam aus der Dunkelheit und zog ihn in den Raum. An der Rückwand brannte eine Kerze, die nur mäßiges Licht spendete.

Hazard zog das Mädchen an sich, und Bellefleur wehrte sich wenig, ließ sich küssen, drückte ihn dann aber doch sanft von sich und flüsterte:

»Warte noch, nicht hier ... Wir müssen leise sein.«

»Es braucht keine Worte«, erwiderte Hazard. Er wollte sie nur küssen, streicheln, ihren Körper spüren.

Der Raum erschien ihm groß, Hazard hatte sich Bellefleurs Kemenate bescheidener vorgestellt. In der Mitte stand ein Bett mit einem Baldachin, das ganz von einem Vorhang verhüllt war, davor ein Schemel. An den Wänden waren Truhen aufgereiht, die wie dunkle Kisten wirkten.

Die Kerze flackerte, so daß sich der matte Schatten des Bettwürfels mit dem Stoffhimmel darüber leicht bewegte.

Bellefleur führte Hazard zu dem Lager, hielt ihn an der Hand, und er blieb dicht bei ihr. Sie schob ihn freundlich von sich und flüsterte:

»Warte!« Vor dem Bett blieb sie stehen und deutete auf den Schemel. »Zieh dich aus«, wisperte sie.

Ihm wurde noch heißer. Zwar raubte es ihm fast die Sinne, und doch hätte er es gern zärtlicher, anschmiegsamer gehabt, nicht so direkt. Gern hätte er das schöne Spiel genossen, sie selbst ausgekleidet, mit seinen tastenden Händen.

»Aber …« murmelte er.

Sie preßte ihm die Hand auf den Mund.

»Zieh dich aus«, hauchte sie noch einmal, ließ ihn stehen, huschte um das Bett herum und blieb verschwunden.

Jetzt erst nahm er die Musterung des Stoffes, der Vorhänge und des Baldachins flüchtig wahr. Es waren gelbe und grüne Ranken auf silbrigem Grund, Blumenranken, Äste, Zweige und Lianen, eine kunstvolle Stickerei.

Langsam kleidete er sich aus, zog Wams und Hemd über den Kopf, schlüpfte aus dem Beinkleid, war endlich nackt und schämte sich, so entblößt, aber da tauchten aus dem Vorhang ein Unterarm auf und die lockende Hand.

Schnell griff er zu.

Unter dem Baldachin war es dunkel wie in einer Nacht ohne Sterne. Aber er spürte einen entblößten Leib und glaubte, ihn durch die Berührung zu erkennen. Seine Geliebte hatte es offenbar eilig, sie hatte jeden Widerstand aufgegeben und versuchte erst gar nicht, sich zu wehren. Ihm tat dies ein wenig leid, denn die Eroberung war für ihn ja auch ein Spiel voller Wunder, sich steigernd, bis das Höchste erreicht war.

Von ihr kam kein Laut, nur ein leises Atmen. Ihr Leib war schlank, weich, anschmiegsam und wurde noch entzückender durch Hazards Begehren. Er tauchte in ihre Lippen, er trank von ihren Schulterkugeln, er versank in ihren Brüsten.

»Du Süße …« murmelte er.

Wieder legte sich ihm die Hand auf den Mund, Hazard stieß sich mit der Zunge frei und verschloß den ihren erneut mit einem langen Kuß. Wenn er auch so große Willfährigkeit nicht erwartet hatte, so war sie ihm nun recht, er spürte, daß seine Erregung bald auf den Gipfel gelangte. Das war auch kein Wunder, denn er war lange enthaltsam gewesen, und seine Sehnsucht nach Bellefleur war zu vergleichen mit der Not eines Verdurstenden.

»Bellefleur … Bellefleur … Du Geliebte, du mein Herz!«

»Nicht Bellefleur, du Geliebter! Oh, du mein Geliebter!«

Er stutzte, die Stimme erschien ihm plötzlich fremd, verändert, doch er machte es sich nicht richtig bewußt, er lächelte und küßte sie.

»Sag das noch einmal!«

»Du Geliebter! Meine Wonne, mein Herz«, klang es. »Sag, daß du *mich* liebst – nicht Bellefleur!«

Er erstarrte:

»Nicht Bellefleur … Du bist nicht Bellefleur?« keuchte er.

»Und wäre das so schlimm?« fragte die Stimme. »Du sollst es wissen, dir verdanke ich, daß ich es nun erfahren habe … Ja, es ist der Himmel, und du hast ihn mir geschenkt, du hast mir das Tor zum Paradies geöffnet!«

»Du bist nicht Bellefleur«, murmelte er, und es durchfuhr ihn wie ein Blitz der Erkenntnis. Mit einem Mal begriff er und stammelte: »Hoheit …«

»Jetzt nicht«, antwortete sie. »Sag jetzt nicht Hoheit. Morgen wieder, aber nicht jetzt, diese eine, einzige Stunde nicht! Jetzt liebst du mich, und ich liebe dich!«

Hazard erkannte, daß er betrogen worden war. Zwar hatte er Lust empfunden, aber diese Lust hatte einer anderen gegolten, war in Gedanken an eine andere erweckt worden. Man hatte seine Liebe zu Bellefleur ausgenutzt – aber wozu? Oder liebte ihn die Herzogin etwa wirklich, und hatte sie keine andere Möglichkeit gesehen, mit ihm vereint zu werden, als durch diesen Betrug? Nein, das glaubte er nicht, sein Instinkt sagte ihm, daß hier andere Zusammenhänge gewirkt hatten.

»Denk nicht nach«, bat sie.

»Hoheit …«, murmelte er noch einmal und zog sich weiter zurück. Alles in ihm war erloschen.

»Denk nicht nach«, wiederholte sie.

»Ich … Hoheit …«

»Nicht Hoheit«, hauchte sie. »Nenn mich wie du willst, aber nicht Hoheit.« Es war ein Flehen in ihrer Stimme, vielleicht sogar Angst.

»Aber Ihr seid die Hoheit!«

»Jetzt will ich es nicht sein«, flüsterte sie. »Denn als Hoheit müßte ich dich töten.«

»Mich töten? Warum?«

»Das frage dich selbst! Kann sie dir denn vertrauen?«

Er war auf der Hut.

»Vertrauen …« flüsterte er. »Gewiß könnte sie mir vertrauen.«

»Du würdest schweigen, zu jedermann, auch zu dem innigsten Freund? Du würdest niemals prahlen, dich niemals brüsten, das Geheimnis nie ausplaudern, es immer unter dem Siegel der Verschwiegenheit bewahren?«

»Nie würde ich reden«, erklärte er und meinte es so.

»Du liebst mich nicht«, flüsterte sie. »Es war mein Fehler, das anzunehmen, für einen Augenblick war ich außer mir und ließ mich hinreißen.«

»Aber was könnte ich schaden? Man würde mich für einen Angeber halten und alles für Prahlerei. Jeder könnte mich Lügen strafen.«

»Es gäbe genug Ritter, die meine Ehre auf ihr Schwert nehmen würden, und du wärest verloren, auch ohne daß ich es wollte. Und dennoch …«, die Herzogin sprach sehr leise, er verstand sie fast nicht, sie redete wie zu sich selbst, hastig, die Gedanken sprudelten aus ihr heraus. »Es darf keinen Mitwisser geben«, hauchte sie. »Von Anfang an darf es keinen geben … Auch die Natur könnte gegen mich zeugen … Es darf nicht sein!«

Ganz allmählich hatte sich ihre Stimme verwandelt, und das

Zärtliche, Schmelzende war aus ihr gewichen. Sie war wieder spröde geworden, fast hart – die Stimme der Herzogin, so wie Hazard sie kannte.

»Geh jetzt«, forderte sie ihn auf »Geh jetzt, kleide dich an, verlaß das Schloß und schweige. Achte darauf, daß dich niemand sieht.«

Er sprang aus dem Bett, und es war ein Flüchten. Rasch streifte er sich seine Sachen über, verfluchte die Dunkelheit, in der er nichts fand, nichts sah und verwirrt war. Er hatte geglaubt, im Paradies gewesen zu sein, doch nun hatte er den Apfel der Erkenntnis gegessen, und diese Frucht war bitter. Endlich hing seine Kleidung unordentlich an ihm, die Hemdschleifen nur flüchtig gebunden, der Stoff quoll aus der Hose und schlug Falten. Was sollte er tun? Sollte er sie noch einmal küssen? Nein, Fremdheit hatte sich zwischen sie geschoben, von Mißtrauen war die Rede gewesen, von Rache und Tod. Er stand vor dem Bett und zitterte, er konnte nicht vor, nicht zurück.

»Geh …« befahl sie. »Und denke an meine Worte!«

Er nestelte noch einmal an seinem Hemd, an seinem Wams, schritt leise zur Tür, drückte die Klinke nieder und schlüpfte hinaus.

Wie er aus dem Château gelangte, wußte er selber kaum. Draußen war noch ein wenig Leben, einzelne Diener gingen über den Hof, es war zwar dunkel, aber die Augustnacht war warm. Hazard lief durch die Stadt zu Maitre Cadets Haus, er kam ungesehen hinein, ging leise durch den Gang und zur Hintertür wieder hinaus, über den Hof, in seine Kammer. Aber er mochte sich nicht auf seinen Sack legen, jetzt nicht, hier wollte er nicht bleiben. Er ging in der Dunkelheit zur Truhe, betastete die Figuren, erkannte Mario am Fellhaar, hob ihn heraus, preßte ihn an sich, schlüpfte wieder ins Freie und lief hinüber zur Scheune, da warf er sich ins Heu, lag mit der Puppe auf der Brust und starrte in die Finsternis.

Das Heu duftete. Seine Hand streichelte den Puppenkopf,

strich über das Fell. Er flüsterte einen Namen, flüsterte immer wieder einen Namen: »Jeanine!«

Sein Herz war wund, er fühlte sich erschöpft und ausgelaugt. Lust hatte er empfunden und war doch betrogen worden. Nun war er im tiefsten Herzen betroffen, voller Scham, Scham auch über sich selbst – und voller Sehnsucht nach einem Wesen, an das er sich anlehnen, bei dem er sich aussprechen konnte. Vor seinem inneren Auge sah er die kindliche Gestalt, und wie das liebe Geschöpf sich an ihn geschmiegt hatte. Warum hatte er ihre Botschaft nicht verstanden? Warum hatte er sie übersehen? Da war das Glück gewesen, ihm so nahe ... Vogelleicht hatte Jeanine gelacht, hatte ihn mit hellblauen Augen angeschaut, ihn »mein Landstreicher« genannt und sich von ihm das blonde Haar aus der Stirn streichen lassen. Sie war in seine Kammer gekommen, war bereit gewesen, ihm alles zu geben, weil sie ihn gern hatte, ihn liebte, ihn, Hazard, der so töricht war, sich Chevalier zu nennen, Narr, der er war. Da hatte er nun die Quittung! Er hatte sie gehen lassen, in ein Kloster und hatte sich nicht vor den Vater hingestellt und gesagt:

»Gebt sie mir, ich will sie behüten!«

Das mußte er ändern, das konnte er noch ändern, denn er war aus einem Traum geweckt worden – der so schwül gewesen war wie Lavendelduft. Ganz klar wurde ihm nun bewußt: Jeanine war die Gefährtin, die er brauchte, die mit seinen Figuren spielen, die mit ihm übers Land ziehen würde, mit ihm und Bouffon. Er nahm das kleine goldene Kreuz, das sie ihm zu seinem Schutz geschenkt hatte, aus seinem Beutel. So schlief er ein, die Arme um Mario geschlungen, in der rechten Hand ihr Amulett.

Am nächsten Morgen erwachte er mit guten Gedanken, wusch sich am Brunnen, ging in seine Kammer zurück und überlegte, wie er am besten mit Maitre Cadet sprechen könnte. Was sollte er ihm sagen, welche Zukunft konnte er seiner Tochter bieten? Hazard steckte das Kreuz in seinen Beutel und legte Mario in die Truhe zurück, zu den anderen Figuren, die ihn aus runden Augen anblickten. Er strich dem alten Schelm noch einmal über das Kopffell und schloß die Truhe.

Er wollte sich noch kurz auf seinen Strohsack legen, um nachzudenken – da sah er: der Sack war zerstört. Überall hingen Fetzen, überall quoll Stroh heraus, überall waren Löcher, Schlitze und tiefe Einschnitte. Es mußte mit einem Kurzschwert auf den Sack eingestochen worden sein – auf den Sack? Ach, wohl kaum! Ihn hatte man treffen, ihn, den man hier schlafend vermutete, hatte man töten wollen.

Hazard bewegte sich langsam aus dem Raum, ging rückwärts, als sei noch jemand in der Kammer, vor dem er sich schützen müßte, und Schauder liefen ihm über den Rücken. Da schrie er unterdrückt auf und schreckte zusammen, denn eine Hand legte sich ihm von hinten um die Brust und eine zweite auf seine Lippen.

***

Hazard machte eine abwehrende Bewegung, und der Druck lockerte sich sofort.

»Sei still«, sagte eine vertraute Stimme, »ich bin es, Bouffon, ich muß mit dir reden, und es ist wohl besser, wenn man uns nicht beisammen sieht.«

»Gottlob«, seufzte Hazard und atmete erleichtert. »Ich dachte schon Schlimmes … Schau dir mein Lager an …«

»Das sieht böse aus. Was ist damit?«

»Ich glaube, der Gauner im Lederwams ist immer noch hinter mir her.«

»Wir hatten ihn doch von der Mauer gestürzt!«

»Er muß zurückgekehrt sein und wissen, wo ich schlafe. Heute nacht richtete er dieses Schlachtfest an. Nur durch ein Wunder entkam ich, denn ich schlief nicht hier, sondern in der Scheune.«

Bouffon sah Hazard grübelnd an.

»Das ist merkwürdig ...« murmelte er. »Und es ist doppelt bedenklich. Aber ob es wirklich der Kerl war?«

»Wer sonst?«

Bouffon legte Hazard die Hand auf die Schulter.

»Mein armer Freund, du scheinst noch nichts erfahren zu haben. Deswegen kam ich her, aber laß uns in die Scheune gehen, da fühle ich mich sicherer als hier.«

Sie schlüpften über den Hof und zogen das Scheunentor hinter sich zu. Bouffon deutete auf einen Heuhaufen.

»Setz dich«, forderte er Hazard auf, indem er sich selbst niederfallen ließ. »Du wirst einen Halt brauchen!«

»Was ist geschehen?«

»Es wird dich sehr treffen!«

»Rede!«

»Du weißt wirklich noch nichts?«

»Nichts ...«

»Dann sage ich es ohne Umschweife, denn es muß doch heraus: Man fand deine Liebe heute tot vor der Burg – unter einem Söller der Frauengemächer.«

»Was sagst du?«

»Man fand sie mit gebrochenem Genick und zerschunden.«

»Bellefleur? Bouffon, doch nicht Bellefleur?«

»Keine andere!«

»Die Schöne ... die Liebliche ...« stammelte Hazard und vergrub sein Gesicht in den Händen.

Bouffon streichelte ihn mit einer Sanftheit, die man ihm kaum zugetraut hätte.

»Ich wußtc, daß es dich erschüttern würde ...«

»Ja, ich liebte sie«, brachte Hazard endlich hervor. »Freilich ... gestern abend geschah etwas, das mich an ihr irre machte!«

»Gestern abend? Du hast sie gestern abend noch gesehen?«

»Ja, Bouffon.«

»Weiß das jemand? Dann stehst du ja unter Verdacht!«

»Unter was für einem Verdacht?«

»Das verstehst du gleich! Es ist wahrscheinlich, nein, es ist wohl sicher, daß Bellefleur nicht einem Unglück zum Opfer fiel, daß sie nicht aus Versehen vom Söller stürzte, sondern daß man sie hinabgestoßen hat!«

»Wie? Und das soll ich gewesen sein?«

»Man könnte es dir in die Schuhe schieben, wenn es eine Untersuchung gibt und wenn herauskommt, daß du und sie ... gestern abend ... oder Nacht ... Liebe ... Eifersucht ...«

»Das ist lächerlich«, rief Hazard und blickte Bouffon durchdringend an, wobei sich seine schwarzen Augen übernatürlich vergrößerten. Er schwieg lange, doch nach einer Weile murmelte er:

»Bellefleur ist tot ... und mir wollte man noch einmal ans Leben ... Vielleicht in derselben Stunde ...«

»Ja, das ist sonderbar, glaubst du an einen Zusammenhang?«

»Ich weiß nicht, Bouffon, aber es ist wohl besser, ich rede offen mit dir und sage dir alles. Freilich bin ich auf deine Verschwiegenheit angewiesen, jetzt sogar mehr als jemals zuvor.«

»Sprich!«

Hazard flüsterte:

»Die Herzogin weiß ...«

»Die Herzogin weiß, daß du mit Bellefleur ein Stelldichein hattest?« Bouffon war mehr als erstaunt.

»Es ist schwer zu erklären, auch ich habe es noch nicht ganz begriffen, aber vielleicht kannst du mir dabei helfen.« Hazard berichtete alles, ohne Schnörkel, in knappen Worten. Bouffon wurde totenblaß und sagte lange nichts, endlich meinte er:

»Mein lieber Freund ... Ich ahne manches. Wenn es stimmt, was ich denke, bist du hier nicht mehr sicher. Du mußt fort, und zwar gleich! Hier erlebst du den heutigen Abend nicht mehr!«

»Erkläre!«

»Du weißt doch, daß sich der Herzog von seiner Gemahlin scheiden lassen weil, weil sie ihm noch keinen Erben geboren hat.«

Hazard nickte.

»Liegt das an ihr – oder etwa an ihm?«

»Du meinst ...«

»Die Antwort ist einfach, die Herzogin brauchte einen anderen Hengst, auf die Fruchtbarkeit kam es ihr an. Vielleicht hätte es der Cousin des Herzogs sein sollen, ja, so war es wohl geplant, ein Kind vom neuen Herzog Crespin. Aber dieses Spiel war nun verloren. Warte Hazard ...«

»Was ist ...«

»Das war ein wahrhaft teuflischer Plan«, erklärte Bouffon. »Die Herzogin nahm an dir Rache. In Gedanken verurteilte sie dich bereits zum Tode, nachdem du ihren Anschlag auf den Herzog vereitelt hattest. Denn natürlich stand sie hinter Crespin, als Witwe wollte sie ihn später heiraten und den Erben gebären. Nun kann sie Crespin nicht mehr zum Manne nehmen, denn der Herzog lebt ja noch. Sterben mußt du dennoch, aber vorher wollte sie dich benutzen, um den Herzog zu hintergehen und gleich doppelt zu betrügen: einmal als Weib mit dem anderen Mann, ein zweites Mal als Mutter mit einem untergeschobenen Kind. Sie wollte dich als Werkzeug ihrer Rache benutzen, denn sie haßt den Herzog, weil er sie verstoßen will, sie für unfruchtbar hält und verachtet.«

»Das klingt kühn!«

»Es ist die am feinsten ausgeklügelte Rache, die ich mir denken kann!«

»Und Bellefleur gab sich dazu her?«

»Sicher, sie dachte ja nicht, daß sie etwas zu verlieren hatte. Sie liebte dich nicht, Hazard, sie spielte lediglich mit dir, und vor allem spielte sie um die Macht. Jetzt konnte sie der Herzogin gefällig sein, ihre Dankbarkeit erringen und mit ihr aufsteigen. So dachte sie jedenfalls und machte dabei nur einen entscheidenden Fehler: Sie bedachte nicht, daß die Herzogin keinen Mitwisser dulden konnte, keinen einzigen. Solange nur ein einziger Zeuge lebt, ist sie in Gefahr. Bedenke: Wenn sie ein Kind bekommt und man sagen oder sogar beweisen kann, daß es nicht vom Herzog ist, war alles umsonst, und es könnte sie den Kopf kosten. Bellefleur mußte sterben, weil sie dich der Herzogin zuführte. Und auch der Anschlag auf dich heute nacht wurde nicht von dem Mann im Lederwams ausgeführt, sondern von Schergen der Herzogin! Du mußt fort, Hazard, und zwar gleich. Meide das Schloß …«

Hazard überlegte.

»Ich werde schweigen und gehen, meinem Kind zuliebe. Vielleicht wird es ein Sohn, dann wird er Prinz und Herzog! Mein Kind soll leben, auch wenn es nie etwas von mir erfährt, auch von dir nicht, das versprich mir, Bouffon!«

Bouffon reichte Hazard die Hand.

»Versprochen! Doch sage jetzt niemandem, wohin du willst.«

»Nein, aber du wirst mich begleiten!«

»Denkst du das wirklich? Du bist ein Tor! Sollen wir gar mit dem Figurentheater über Land ziehen, damit wir so auffällig sind wie zwei weiße Raben unter lauter schwarzen? Nein, du mußt allein gehen. Für's erste jedenfalls, bis sich die Wogen geglättet haben. Wir trennen uns für mindestens ein Jahr, dann wissen wir, ob die Herzogin niederkommt. Blieb euer Zusammensein ohne Folgen, dann mag es sein, daß Gras über alles wächst.«

»Ich will die Gelegenheit nutzen und mein Leben ändern«, sagte Hazard nach kurzem Nachdenken. »Ich beginne etwas ganz Neues, ich bin ja nicht ohne Mittel. Ich gebe dir aber das Liederbuch, lerne daraus und nimm auch die Figuren. Sei nett zu Mario, ich hänge an ihm, sei lieb zu Mariette und zu all den anderen. Ich gebe dir meinen bunten Umhang, an dem man mich erkennen könnte. Ich gebe dir so viel Geld, daß du lange sorgenfrei leben kannst.«

»Ich danke dir und rechne fest damit, daß wir deine Figuren eines Tages wieder gemeinsam zum Leben erwecken können.«

»Vielleicht nicht nur wir zwei …«

»Das wäre schön, ich ahne, wen du meinst. Aber wie sollen wir uns wiederfinden?«

»Am besten hier, in der Schenke Zum Bierkrug. Zwar verlasse ich Corastanne gleich, aber wenn etwas Zeit vergangen ist und ich erfahre, wie sich die Dinge entwickelt haben, will ich zurückkehren und nach dir fragen. Wir wollen uns hier Nachrichten füreinander hinterlassen.«

»Gut, aber all das liegt noch in der Zukunft, zunächst achte auf dich, Hazard, denn ich mache mir Sorgen. Die Herzogin wird dich verfolgen lassen, und vergiß auch den anderen Mordbuben nicht. Seit heute sind *zwei* Feinde hinter dir her.«

Hazard verließ Corastanne, Meister Cadet wunderte sich zwar über diesen unerwarteten Aufbruch, vermutete aber Zusammenhänge bei Hof, über die Hazard nicht sprechen wollte. Er überlegte, ob er seine Tochter nun wieder zu sich nehmen könne oder ob er Jeanine lieber bei den Nonnen ließ, wo für ihre Erziehung vielleicht doch besser gesorgt wurde, als er es vermochte.

Die Magd sah Hazard gerne ziehen.

Das Spiel als Günstling der Fürstin

Die Stadt Vignona gehörte zum Fürstentum Seimarle, und auch sie war umgeben von einer Mauer, wie Corastanne und alle anderen Städte des Landes, lag aber eingebettet in Weinfelder, deren Grün sich weit und freundlich ausdehnte. Es schien, als strahle diese Heiterkeit bis in die Gassen hinein, denn alles war in Licht und Sonne gebadet. Daher hatte die Fürstin von Seimarle die Stadt Vignona zu ihrer Sommerresidenz erkoren.

Der lebendige Mittelpunkt des Gemeinwesens war die Place du Palais, ein leicht ansteigendes, gepflastertes Rechteck, an dessen höchstem Punkt sich der Palast erhob, noch wehrhaft in altertümlicher Bauweise, aber von der Fürstin mit Eleganz ausgestaltet. Hier empfing sie ihre Besucher: Reisende, Beamte und Botschafter, mochten sie nun aus Grafschaften oder Herzogtümern kommen. Auch zum König pflegte sie gute Beziehungen, die man fast herzlich nennen durfte.

In Vignona suchte Hazard Zuflucht – aus keinem besonderen Grund, einfach deshalb, weil dieser Ort der nächste auf seinem Weg war. Auf seinem Weg? Er hatte ja kein Ziel, er wußte nicht, wohin er gehen sollte und ließ sich treiben. Sein Gemüt war verdüstert, sein Herz zerrissen, er sah keinen Sinn mehr in seinem Leben. Er wußte, daß er besser weiter gewandert wäre, aber es war ihm alles gleichgültig geworden, auch sein eigenes Schicksal: Gott hielt doch alles in seiner Hand, es lohnte nicht, selbst zu entscheiden.

Als er die Stadt betrat, schaute er sich gar nicht erst um, sondern fragte im nächsten Bistro, wo er eine Kammer mieten könne. Er wurde zu der hageren Witwe eines Handschuhmachers gewiesen, die ihren schiefen Körper auf einen Stecken stützte. Sie sah ihn mit stechenden Augen an, er gefiel ihr aber und flößte ihr Vertrauen ein, und da er im voraus bezahlte und keine besonderen Ansprüche stellte, gab sie ihm den Verschlag des früheren Gesellen, den sie nach dem Tode ihres Mannes entlassen hatte, weil sie die Werkstatt nicht weiterführen konnte.

Diese Kammer war ein so kleiner Raum, daß er nur Platz für die Bettstatt, eine Truhe und einen Schemel bot. Hazard konnte sich kaum darin bewegen, aber zunächst einmal genügte es ihm, ein Dach über dem Kopf zu haben. Er wußte ja nicht einmal, wie lange er bleiben wollte. Er deponierte seine Kreditbriefe bei einem jüdischen Bankier und ließ sich nur das Notwendigste auszahlen.

Er nannte seinen richtigen Namen nicht, sagte, undeutlich murmelnd, er heiße Jean, kaufte sich braune, unauffällige Kleider, ließ seine Haare wachsen, rasierte sich nicht, so daß sein Gesicht erst mit Stoppeln bedeckt war und bald unter einem Bart verschwand. Niemand hätte in ihm den jungen Ritter aus Corastanne vermutet.

Er verfiel in Melancholie. Mit seinen Spielfiguren hatte er seine Aufgabe verloren, aber er bereute nicht, daß er sie fortgegeben hatte. Der Gedanke an jede Art von Spiel lag ihm fern, er hätte keine Freude daran gehabt. Die geliebte Bellefleur konnte er nie mehr sehen, sie nie mehr berühren, nie mehr mit ihr reden. Dieses wahrhaft tödliche Schweigen – es erzeugte die eigentliche Erschütterung in Hazards Seele. Dazu hatte die Schönste ihn vor ihrem Tod hintergangen, sie hatte ihm Liebe vorgegaukelt und Hoffnungen erweckt, die schmählich betrogen worden waren. Sein Wesen veränderte sich, er wurde aufsässig und trotzig, er suchte die Schenken auf, schließlich entschied er sich für eine, *Zur goldenen Weintraube*, aber auch dort hing er nur herum und verwahrloste. Aber er erwarb sich einen zwiespältigen Ruf als Sänger, er sang vom Hunger, von der Einsamkeit, von der Verlorenheit, er sang von allen Lastern, was den derben Männern, die kaum Freude und noch weniger Genuß kannten, nur recht war. Mit ihnen zechte er die Nächte durch, und die wohlhabenden Bürger erblickten in ihm einen Aufrührer.

An das wunderbare Buch, das er suchen wollte, erinnerte er sich kaum noch.

Seine Aufsässigkeit fiel auch der Stadtwache auf, man meldete ihn und bekam Anweisung, ihn im Auge zu behalten, damit er aus der Stadt gewiesen werden konnte, sobald man eine Handhabe hatte. Die Fürstin selbst verfügte das so nach einem Bericht ihres Hauptmanns. So kam es, daß sich oft Spitzel in Hazards Nähe aufhielten.

Die Taverne *Zur goldenen Weintraube* befand sich in einer schmalen Seitengasse, die in die Place du Palais mündete. Zum Eingang mußte man fünf Stufen von der Straße hinab, in einen gemauerten Schacht. Hinter einer schmalen Holztür lag der von Leuchtern nur mäßig erhellte Raum, dessen dunkle Decke von derben Säulen gestützt wurde. Die Leute bewegten sich darin wie Schatten.

Sang Hazard, hielt er meist eines der Geschöpfe auf dem Schoß, die aus Armut käuflich waren, und griff ihm an die Brust, was kaum jemand anstößig fand, denn so machte es jeder, der zahlen wollte. Das freilich waren nicht viele, zumindest konnten sie es nicht jede Nacht.

Einen Mann gab es in Vignona, der die Schenken ebenfalls oft besuchte. Niemand wußte so recht, womit Hugonet sein Geld verdiente, er schien aber genug zu haben. Man munkelte, er sei ein Halsabschneider und Betrüger und vor Monaten in einen Streit verwickelt gewesen, der in eine Schlägerei ausartete. Dabei sei sein Gegner ums Leben gekommen. Doch da es niemand gesehen hatte, und Hugonet einflußreiche Fürsprecher besaß, denen er zuvor gefällig gewesen war, hatte man sich mit einer Verwarnung begnügt. Danach war er für einige Zeit verschwunden gewesen, nun war er wieder aufgetaucht.

Dieser Hugonet hatte eine Dirne, die er bevorzugte. Eines Nachts, als er die Treppe hinabgestiegen kam, erblickte er sie auf den Knien eines feisten Bürgers, dessen Hand sich unter ihrem Rock zu schaffen machte. Hugonet hatte schon getrunken und pöbelte den Bürger gleich an, verlangte, daß er seine Dirne loslasse, griff nach ihrem Arm und versuchte, sie wegzuziehen. Das Mädchen wußte nicht, was es machen sollte, halb klammerte es sich an den Bürger, auf dem es saß, halb neigte es sich Hugonet zu. Der Bürger war gleichfalls nicht mehr nüchtern, wollte sich sein Vergnügen nicht nehmen lassen.

»Ich habe bezahlt!« zeterte er.

»Friß dein Geld!« rief Hugonet und schlug mit der Faust nach dem Mann. Der wollte zurückstoßen, konnte sich aber, mit dem Mädchen auf dem Schoß, nicht recht bewegen, Hazard trat zwischen die Raufenden und meinte, daß der fette Bürger ein Recht auf das Mädchen habe. Der Wortwechsel wurde lebhaft, Hazard riß seinen Arm nach oben, um Hugonet zu drohen, da sank der Wanst plötzlich gurgelnd vom Stuhl, und das Mädchen sprang kreischend auf. Ein Dolch stak im gepolsterten Rücken des Mannes, und Blut floß in Strömen.

Das Getümmel war groß, alle liefen zusammen, jeder gestikulierte und palaverte. Man bildete einen Kreis um den Sterbenden, während Hugonet es geschickt verstand, sich beiseite zu drängen.

Ein Spitzel rief nach der Wache, und bald klirrten fünf Soldaten die Stufen hinab. Inzwischen war Hazard eingekeilt worden. Fliehen konnte er nicht mehr, es hätte ihm auch nichts geholfen, ihn nur noch verdächtiger gemacht. Er deutete auf Hugonet, aber umsonst – er fand bei den anderen Leuten keine Unterstützung, sie zogen sich von ihm zurück.

Neben dem Opfer stand ein anständig gekleideter Mann, der Hazard anklagte, das Verbrechen begangen zu haben, und da er in der Stadt angesehen war, glaubte man ihm. Er sprach sogar zugunsten von Hugonet. Einige andere Gesellen stimmten ihm zu, der eine oder andere mochte dem Schelm etwas zu verdanken haben, worüber er lieber nicht sprach. So wurde Hugonet bloß auferlegt, die Stadt vorerst nicht zu verlassen.

Hazard war so verwirrt, daß er nichts zu seiner Entlastung vorbringen konnte und wohl auch gar nicht wollte, so sehr war ihm die Welt zum Ekel geworden, und so wurde er abgeführt. Man warf ihn ins Gefängnis, in einen engen, feuchten Raum voller Ratten, wo er eine üble Nacht verbrachte und fast dankbar war, daß man ihn in aller Frühe zum Verhör holte. Nun beteuerte er seine Unschuld, umsonst. Mittags kam er auf die Folter, nackt band man ihn auf die Reckbank, die Hände über dem Kopf, die Beine weit gespreizt. Stiernackige Knechte standen an den Kurbeln und drehten die Walzen, sein Leib wurde qualvoll gestreckt, die Schmerzen waren unerträglich, danach wurde er wieder verhört. Als man ihn das fünfte Mal streckte, vermochte er es nicht mehr zu ertragen, halb wahnsinnig vor Pein gestand er, was er nicht begangen hatte. Der Richter verurteilte ihn zum Tod durch Erhängen. Das brachte Hazard wieder zur Besinnung, und er widerrief. Er erinnerte sich daran, wie er das erste Mal in Seimarle angeklagt gewesen war, und er verlangte, von der Fürstin gehört zu werden.

So geschah es. Bevor er ihr vorgeführt wurde, ließ man ihm den Bart abrasieren, auch sein zerzaustes Haar kämmte man, zum Vorschein kam ein junges, glattes und hellhäutiges Gesicht.

Alles war wie damals: ein kahler Raum, ein Richter, Bewaffnete. Die Fürstin stand am Tisch, sie wirkte hoheitlich, streng, und ihr Blick war klug und überlegen. Auf ihrem braunen Gewand zeichneten sich rote Ranken ab, ihr dichtes Haar, in dem graue Strähnen zu sehen waren, wurde von einem Spitzenschleier bedeckt. Neben ihr stand ein Mönch in schwarzer Kutte, ihr Beichtvater.

Hazard war gefesselt, sein Gewand zerrissen, aber seine Miene war klar, seine gelockten Haare fielen ihm in die Stirn und hinten bis zu den Schultern herab. Er widerrief sein Geständnis noch einmal:

»Ich bin unschuldig!«

Die Fürstin sah ihn prüfend an und fragte mit fast tonloser Stimme:

»Könnte es sein, daß ich dich schon einmal gesehen habe?«

»In diesem Frühjahr«, entgegnete er. »Ja, es ist wahr, damals stand ich ebenfalls als Gefangener vor Eurer Hoheit, und zwar in

Seimarle, aber auch damals war ich schuldlos und verdankte meine Freiheit Eurer Gnade und Einsicht.«

»Hatte man dich nicht auch eines Mordes bezichtigt?«

»Ja, Ihr aber erkanntet, daß ich zu Unrecht beschuldigt worden war. Ich vertraue auch jetzt auf Euch!«

»Du hattest dieses Verbrechen aber zugegeben!«

»Auf der Folter, ja. Ich hielt die Schmerzen nicht aus, nur sie preßten aus mir heraus, gegen meinen Willen und gegen meine Vernunft, was nicht die Wahrheit ist. Ich wollte lieber sterben, als noch mehr leiden.«

Auf Hazard fiel ein wenig Licht aus schmalen Fenstern.

»Streicht ihm die Haare aus dem Gesicht«, befahl die Fürstin, und sie betrachtete ihn. Der Junge war wohlgewachsen, er war sogar schön – trotz seiner Verwahrlosung. Dunkle Brauen wölbten sich über den schwarzen Augen, leicht gewölbt stieg die hohe Stirn empor. Seine Hautfarbe war hell, und seine Lippen waren weich. Er sah abgerissen aus, ja, aber er rührte sie auch. Sie fragte:

»Was hast du gemacht, nachdem ich dich damals freisprach? Berichte! Ich möchte wissen, ob ich richtig handelte, ob du es mir lohntest.«

Hazard erzählte, wie er Seimarle verlassen hatte, erzählte vom Comte de la Brosse, berichtete von Corastanne, vom Puppenspiel, von der Errettung Herzog Ernés und vom Ritterschlag.

»Bist du das?« fragte die Fürstin. »Ich habe davon gehört, war froh, daß Herzog Erné errettet wurde, und ich finde, daß man dir dafür dankbar sein muß. Du bist also Hazard Molinet aus Seimarle, der sich danach Hazard le Bain nannte. Ich kenne dich wahrhaftig, denn das Badehaus deiner Mutter wurde ja auch von meinen Hofleuten besucht. Ich erkundigte mich damals, im Frühjahr, nach dir und hörte nur Gutes. Nun nennst du dich Chevalier, und wenn du auch kein Ritter von Geblüt bist, so sichert es dir doch eine bessere Behandlung. Warum sagtest du es nicht gleich?«

»Ich vergaß es!«

»Du vergaßest, daß du zum Ritter geschlagen wurdest?« Sie sah ihn mit noch größerer Aufmerksamkeit an. »Nun, es spricht auch für dich, daß Hugonet nicht den besten Ruf hat. Er war schon öfter in Händel verstrickt, einer ging sogar tödlich aus. Trotzdem muß diese Anklage ernst genommen werden. Andere Leute, die auch in der Schenke *Zur goldenen Weintraube* gewesen sind, wollen gesehen haben, wie du zugestochen hast.«

»Das kann nicht sein«, erklärte Hazard. »Warum sollte ich einen Mann töten, den ich gar nicht kannte, ich hatte keinen Grund und auch keinen Vorteil davon.«

»Eifersucht«, meinte die Fürstin. »Weiber sind immer ein Grund – und Geld!«

»Nahm ich ihm etwas?«

»Du kamst nicht dazu, denn man hielt dich gleich fest.«

»Sollte ich so unklug sein, vor so vielen Zeugen zu morden und zu rauben?«

»Du hattest getrunken.«

»Getrunken hatte ich, das ist wahr«, Hazard nickte, »und ich hatte allen Grund.«

»Ihr Burschen trinkt wegen der Mädchen«, meinte sie, und es trat ein angewiderter Ausdruck auf ihr Gesicht. »Es ist immer dasselbe. Nun, aber warum hast du den Hof von Corastanne verlassen, wo du so viel Erfolg hattest und sicher auch Gönner? Der Herzog war dir gewogen, und sein Ratgeber, Baron de Bercy, dessen Verstand wir schätzen, kann dich doch auch nicht ungern gesehen haben. Du bist fluchtartig aufgebrochen. Wie ich hörte, kam zur selben Zeit ein Edelfräulein ums Leben. Hatte dieses Unglück etwa mit dir zu tun?«

»Ich verließ Corastanne nicht, weil ich Strafe für ein Verbrechen fürchten mußte, wie ich auch Seimarle nicht verließ, weil ich einen Mord beging, sondern weil man *meinen* Tod wollte.«

»Das kannst du behaupten, aber sicher nicht beweisen. Ich

werde dich verurteilen müssen, dein Kopf sitzt locker.« Sie wandte sich an den Mönch. »Was meint Ihr, Vater?«

»Wenn du noch Zweifel an seiner Schuld hast, meine Tochter, so könntest du die Entscheidung dem Höchsten, dem Unbestechlichsten überlassen. Er weiß alles, und ich rate dir, vertraue diesen Jüngling Gott an!«

Hazard schauderte. Er hatte sich schon Hoffnungen auf einen Freispruch gemacht, ein Gottesurteil aber bedeutete neuen Schmerz, vielleicht sogar den Tod.

»Was schlagt Ihr vor, mein Vater?« fragte die Fürstin.

»Eine Feuerprobe«, antwortete der Beichtvater. »Sie wird am ehesten klären, ob dieser Bursche die Wahrheit sagt.«

Hazards Herz krampfte sich zusammen – ein glühendes Eisen in der Hand …

Die Fürstin rang mit sich. Ihr Herz war berührt, sie mochte es sich aber auch nicht eingestehen, daß seine Jugend sie betörte. Zeugnisse standen gegen ihn, sein eigenes Geständnis, verschiedene Aussagen, und schließlich hatte er schon einmal vor ihrem Gericht gestanden … Vielleicht konnte wirklich nur Gott den Knoten lösen und damit eine Entscheidung darüber herbeiführen, ob er es wert war, daß sic ihm Gunst schenkte. Ja, wenn er die Feuerprobe bestand, dann durfte sie den jungen Ritter des Herzogs vielleicht sogar an ihren Hof ziehen und ihn mit einer Aufgabe betrauen. Sie nickte.

»Ein Gottesurteil also, und zwar bald. Wo soll unser Herrgott entscheiden, mein Vater?«

»In der Kirche Zu Unserer Heiligen Mutter.«

***

Hazard wurde, umringt von Soldaten, in die Kirche Zu Unserer Heiligen Mutter geführt. Andere Bewaffnete folgten so dicht, daß ein Ausbrechen unmöglich war. Freilich hatte er auch nicht die Absicht, denn er befand sich, geschwächt von der schlaflosen

Nacht, in einem Zustand der Benommenheit und spürte kaum, daß seine Füße den Boden berührten, nahm kaum wahr, was um ihn herum vorging. Manchmal bewegte er die Lippen, stammelte Worte, von denen er hoffte, daß sie Gott erreichten. Er hatte Angst vor dem Kommenden, aber er war nicht nur fatalistisch, er hatte sich auch einen Plan gemacht, den er mit letzter Kraft ausführen wollte. Darauf setzte er seine Hoffnung: in der Zelle, bevor er abgeholt worden war, hatte er Jeanines kleines Goldkreuz, ihr Amulett, an sich genommen.

Der hohe Kirchenraum war bis auf den letzten Platz gefüllt. Schulter an Schulter standen die Menschen, ihr Raunen stieg wie eine Wolke in das Gewölbe empor, wo es sich mit dem Gesang der Mönche verband.

Im Mittelgang war eine schmale Gasse freigehalten worden. Vor dem Altar saß die Fürstin auf einem mit kostbaren Tüchern verkleideten Stuhl, sie wartete, die Hände im Schoß gefaltet, in dunklem, schwerem Gewand. Hinter ihr hatten Ritter mit Hellebarden Aufstellung genommen, auf deren Helmen Federbüsche schwankten. Die Fürstin sah, wie sie den jungen Mann hereinführten, und empfand wieder ein warmes Gefühl für ihn, dessen sie sich schämte. Sie ertappte sich bei dem Wunsch, die Feuerprobe möge gut ausgehen.

Auf dem Altar glühten Holzkohlen in einem silbernen Becken, grauer Qualm stieg schwelend auf und mischte sich mit dem Geruch des Weihrauches, der aus den schwingenden Gefäßen kräuselte. Die psalmodierenden Mönche glichen den aus dunklem Holz geschnitzten Figuren im Chorgestühl, sie beendeten ihren Gesang, als Hazard vor den Altar trat. Der Priester kam im reichverzierten Ornat aus der Sakristei und segnete die Gemeinde.

Hazard wurde aufgefordert niederzuknien, einer der Soldaten drückte ihn dabei im Nacken nieder. Nun reichte ein Kirchendiener dem Priester einen fingerlangen Eisenbolzen, der Geistliche hob ihn gegen das große Altarkruzifix, besprengte ihn mit Weihwasser, betete und legte ihn auf die glühenden Kohlen.

Wieder sangen die Mönche, sie priesen Gottes Güte und Weisheit, aber es klang dumpf, drohend und klagend. Und quälend lange Minuten vergingen noch mit verschiedenen Zeremonien und der Wandlung, die Hazard dennoch so andächtig verfolgte, wie es ihm möglich war. Dann näherte sich ihm der Priester.

»Öffne deinen Mund, mein Sohn!« Hazard gehorchte sofort, der Geistliche legte ihm die Hostie auf die Zunge und beschwor Gott: »Wenn dein unwürdigster Sohn nicht schuldig ist des Verbrechens, dessen er angeklagt wurde, dann segne seine Hand, so daß ihn das Feuer nicht verbrenne, sondern ihm sei wie Balsam. Offenbare seine Unschuld, indem du ihn vor Verletzung bewahrst. Hat er aber getötet, so laß es uns erkennen, auf daß er seiner gerechten Strafe zugeführt werde. Denn Dein ist das Reich und die Kraft und die Herrlichkeit. Amen!«

»Amen!« murmelte Hazard.

»Nun steh auf! Ich lege dir jetzt das glühende Eisen in die Hand. Gehe sieben Schritte am Altar vorbei, keinen mehr, keinen weniger, gehe bis zu jenem Mönch, der dort drüben auf dich wartet.«

Der Geistliche faßte den glühenden Bolzen mit einer Zange, nahm ihn von den Kohlen und legte ihn in Hazards rechte Hand. Hazard griff zwar zu, ließ aber vorher, unbeachtet und mit der Geschicklichkeit eines Taschenspielers, das goldene Kreuz aus seinem Ärmel in den Handteller gleiten. So bot es ihm ein wenig Schutz. Der Priester schaute derweil zum Himmel empor, der hier durch das bunt bemalte Gewölbe der Kirche verkörpert wurde.

Hazard schloß die Hand sofort, aber nur leicht. Trotzdem schmerzte das Eisen höllisch, er schrie leise, doch er ging auch unverzüglich los, wobei es ihm schien, als sei der Altar so breit und mächtig wie der Palast der Fürstin.

Diese verfolgte seinen Weg mit angehaltenem Atem, unmerklich bewegte sie die Lippen, ihre Hände lagen gefaltet in ihrem Schoß, und die Knöchel traten weiß hervor.

Hazard ging, sein Wille durchzuhalten, war mächtig und half ihm. Am Ende des Weges erwartete ihn ein Mönch, der ihm eine Eisenschale entgegenhielt. Hazard warf den Bolzen rasch hinein, wobei ihm fast das Goldkreuz entglitten wäre, aber er fixierte es mit dem Mittelfinger und ließ es danach in die linke Hand fallen, die er sofort zusammenballte. Er atmete auf.

Der Priester war ihm langsam gefolgt und ließ sich die Hand zeigen, auf deren geschundener Haut sich Blasen bildeten. Er nickte, band ein Leinentuch darum und versiegelte den Verband mit Lack.

Die Fürstin löste ihre verkrampften Finger und bemerkte, daß sich rote Flecken in den Handflächen gebildet hatten. Sie schlug die Augen zu Boden, während man Hazard durch die Gasse der Zuschauer in seine Zelle zurückbrachte. Drei Tage blieb er dort, während die Wunde brannte. Aber schlimmer als der Schmerz war noch die Ungewißheit über den Ausgang. Hatte Gott geholfen? Hatte er seinen kleinen Betrug gnädig übersehen und geduldet? Hatte er ihn gar belohnt oder fallenlassen? Wie würde die Hand aussehen, wenn der Verband gelöst wurde? Konnte er weiterleben, oder wartete der Galgen auf ihn?

In diesen schlimmen Tagen und Nächten wandelte sich Hazards Wesen. Die Nähe des Todes, die er so lähmend spürte, gab ihn dem Leben zurück und tilgte die Vergangenheit. Er wollte wieder alles: atmen, denken, schauen, spielen und lieben, lieben vor allem, und zwar mit ganzer Kraft. Brennende Sehnsucht nach einem weiblichen Körper, nach Zärtlichkeit und Umarmungen erfüllte ihn.

Es war ein heller Septembertag, als endlich vier Männer kamen: der Richter, der Priester, der Beichtvater der Fürstin und ein Arzt. Der Priester prüfte das Siegel und erklärte, daß es unbeschädigt sei. Der Beichtvater brach es auf, der Arzt wickelte den Verband ab und Hazard wurde vor das winzige Fenster geführt. Er hielt den Atem an und preßte die Lippen zusammen.

Vier Köpfe beugten sich über die Hand, auf der sich blutige

Blasen gebildet hatten, aber dazwischen leuchtete die Haut in der Form eines Kreuzes weiß und unbeschädigt. Der Arzt stieß einen überraschten Laut aus und zog die Hand näher ins Licht, wendete sie hin und her und fuhr mit der Fingerspitze über die Linien.

»Seht her, seht her«, stammelte er schließlich.

»Ein Kreuzeszeichen!« rief der Geistliche überwältigt. »Ein Wunder, bei Gott, ein Wunder!« Er kniete nieder, um zu beten. Der Beichtvater erklärte:

»Wir danken dir, Herr. Dies ist ein deutliches Zeichen«, und auch er faltete die Hände.

»So etwas sah ich noch nie. In vierzehn Tagen wird alles verheilt sein«, erklärte der Arzt, und der Beichtvater meinte: »Gott der Herr hat ihn sichtbar geschützt!«

»So ist er unschuldig, und wir müssen ihm die Freiheit wiedergeben«, bestimmte der Richter. »Ihre Hoheit soll es gleich erfahren.«

Hazard schloß die Augen und atmete tief durch, seine Spannung löste sich, er lächelte.

Der Richter befahl den Wachen, Hazard in den Palast zu führen. Man wusch ihm das Gesicht und kämmte ihn. Man legte ihm keine Ketten mehr an, umringte ihn nur, aber er ging als freier Mann, als er das Gefängnis verließ. Noch nie, das spürte er, war der Himmel so hell, so durchscheinend blau gewesen, so von Licht erfüllt, der Vogelflug so kunstvoll, so sprühend-fröhlich. Alles in ihm sang, und er schritt im Überschwang der Freude.

»Kleine, liebe Jeanine«, flüsterte er, »du hast mich gerettet!«

***

Die Fürstin hatte Anweisung gegeben, Hazard in ihr Arbeitszimmer zu führen, in einen hohen, quadratischen Raum, der erfüllt war von Stille. Blaugraue Gobelins mit Jagdszenen verliehen ihm Würde, und auf dem schweren Eichentisch in der Mitte brannten Kerzen. Ihre Hoheit ruhte in einem Sessel davor, ihr

Gewand war dunkelblau und hob sich harmonisch von den Wandteppichen ab, eine Kette aus goldenen Medaillons umrahmte ihren Hals und lag schwer auf ihrer Brust. Hinter ihr standen zwei Hauptleute mit Lanzen, dicht neben ihr ein schwarz gekleideter Mann mit blassem Gesicht, ihr Kanzler.

Die Dame lächelte Hazard entgegen. Wieder spürte sie dieses warme Gefühl für ihn, das sie beunruhigte und über das sie sich keine Rechenschaft ablegen mochte. Sie sagte mit verhaltener Herzlichkeit:

»Du bist also frei, Chevalier, Gott selbst hat auf besondere Weise für dich gesprochen und meinen Eindruck von dir bestätigt.« Sie winkte dem Kanzler, dieser beugte sich zu ihr herab. »Laßt Hugonet sagen, daß er nicht mehr geschont werden soll, falls er Vignona nicht noch heute verläßt. Wenn die Dunkelheit anbricht, ist er aus den Mauern, oder ich lasse ihn einkerkern und ihm den Prozeß machen.«

Der Kanzler verneigte sich und musterte Hazard kühl. Sein Empfinden warnte ihn vor diesem jungen Mann, der ihm mißfiel, und so zog er sich zurück. Die Fürstin aber wandte sich Hazard zu, ihre Augen ruhten still auf ihm. Schwer lag das Haar um ihr Haupt, es war dunkelbraun, und die grauen Strähnen schimmerten im Kerzenschein wie hineingeflochtene silberne Fäden. Eine knisternde Spannung entstand. Leise sagte sie:

»Du bist offenbar ein Kind Gottes, Hazard le Bain, der Allmächtige selbst war dir ein gütiger Vater. Aber ich glaube, dir fehlt ein Halt, seitdem dir die Mutter getötet wurde. Ich denke, es wäre manches anders mit dir gekommen, wenn ich dich schon damals an meinen Hof genommen hätte, denn ich spürte gleich, daß auf dir ein Segen ruht. Deine untätigen und aufrührerischen Lieder, die du in den Schenken vorgetragen hast, waren wohl nur ein Ausdruck kindlichen Trotzes.«

Hazard versenkte seine Augen in die ihren und spürte, daß er es durfte. Er lauschte ihren Worten und wunderte sich über das, was sie sagte. Nach einer Weile raffte er sich auf und erwiderte leise:

»Ich danke Eurer Hoheit für diese gute Meinung.«

Sie riß sich von seinen Blicken los und sagte, um von etwas anderem zu sprechen:

»Du hast eine gute Schule besucht.«

»Ja, Père Mertin verdanke ich viel, nicht nur Wissen, sondern auch tiefe Einblicke in die menschliche Seele und ihre Abgründe. Seit dieser Zeit suche ich nach Weisheit – nun ja, ich gebe zu, nicht immer – und nach einem Buch, das er mir nannte.« Ein Wunsch stieg in ihm auf, so mächtig, daß er ihn selbst fast überwältigte: »Hoheit, ich bitte um Euren Schutz, um Eure Hilfe.«

»Ich weiß, was du denkst«, sagte sie. »Du möchtest an meinem Hof leben«, und ergänzte in Gedanken: in meiner Nähe. Sie lächelte freier als zuvor, und er wußte, daß er gewonnen hatte. Daß sie noch zu überlegen schien, war nur eine Formsache, war Selbstschutz, denn sie durfte es ihm ja nicht zu leicht machen. »Du fühlst dich bedroht«, fuhr sie fort. »Vielleicht kann ich dir helfen. Du hast Herzog Erné einen unschätzbaren Dienst erwiesen, und du bist Schüler von Père Mertin gewesen. Das empfiehlt dich mir zusätzlich. Du kannst schreiben und lesen, so wird sich hier eine Aufgabe für dich finden, die deinem Wesen und deinem Können angemessen ist und auch mir nützt. Könntest du mir als Sekretär dienen?«

Was tat sie nur? Wo sollte das hinführen?

Hazard neigte sein Haupt, er wagte es und trat näher zu ihr, beugte sein Knie, faßte nach ihrer Hand, die sie ihm überließ und drückte einen Kuß darauf, der mehr als nur höfische Ergebenheit zeigte. Die Zweifel waren überwunden, und er wollte das offenbaren.

Die Fürstin spürte es, erschrak und entzog ihm sanft ihre Hand. Sie winkte einem der Wachoffiziere. Der Mann trat vor.

»Laßt uns einen Augenblick allein und kehrt zurück, wenn ich rufe.«

Die Hauptleute gingen, die Tür schloß sich hinter ihnen. Die Kerzen flackerten, und die Vorhänge bewegten sich im Luftzug. Die Fürstin schloß kurz die Augen und atmete tief ein, wobei sich ihre Brust hob.

»Höre«, sagte sie nun zu Hazard: »Vergiß alle, die dir bisher lieb waren, leg deine Vergangenheit ab und auch dein altes Gewand. Ich rate dir: Verlasse Vignona, jedoch nur zum Schein, inszeniere es aber laut und auffällig, erzähle es überall, vor allem in den Schenken, verbirg dich irgendwo, bis es dunkel geworden ist und kehre erst dann wieder zurück. Verhülle dein Gesicht. Nimm diesen Ring …« Sie versuchte, einen Siegelring vom Mittelfinger zu ziehen, doch dann hielt sie inne und streckte Hazard die Hand hin. »Versuch du es«, wies sie ihn an, und nun lag ein neuer, ein fordernder Ton in ihrer Stimme, die einen tieferen Klang bekam.

Sein Herz klopfte rascher, er spürte, das war mehr als die Aufforderung, ihr zu helfen, das gehörte schon zu einem neuen und tiefempfundenen Spiel. Wie weit durfte er gehen? Er mußte ihr zeigen, daß er mit den Regeln vertraut war. Er führte den Finger an seine Lippen und feuchtete die Haut zu beiden Seiten des Ringes mit der Zunge an. Dann hob er die Hand vor sein Gesicht, drehte am Ring – und nun ließ er sich leicht abstreifen.

Die Wangen der Fürstin waren von Röte übergossen.

»Wie du das machst«, murmelte sie. »Also wirklich, auf eine Weise …« Sie riß sich zusammen und fuhr fort: »Nimm also den Ring, sein Siegel ist ein Zeichen. Wenn du in der Nacht an das Palasttor kommst, verlange den Hauptmann Humbert zu sprechen, zeige ihm den Ring. Er wird dich einlassen und zu mir führen.«

Hazard dankte und spürte einen Anflug von Eifersucht auf diesen Mann, der so sehr das Vertrauen der Fürstin genoß, und auf dessen Verschwiegenheit nun auch er angewiesen war.

»Und ich taufe dich um«, sagte die Fürstin. »Hazard le Bain bist du gewesen, Amadé le Trouvé sollst du sein, Amadé der

Gefundene. Der neue Name soll dich verbergen, und wir werden auch dein Äußeres verwandeln. Laß dir rasch einen Backenbart wachsen, der dein Gesicht umrahmen und dich gut kleiden wird. Du bekommst die Gewänder eines Schreibers, in mattem Rot. Sei bescheiden, halte dich zurück, was auch immer geschieht. Du hast eine Neigung zur Hoffart, die wir nicht unterstützen wollen. Und nun geh und sei klug, komm zu mir, wenn du zurück bist, es darf spät sein, denn ich arbeite lange.«

So war er entlassen, er verließ den Palast, sprang in die Luft, als er das Tor passierte, fast flog er. Er lief zu seiner Wirtin, gab sein Quartier auf und phantasierte von fremden Ländern, die er aufsuchen wolle. Er kehrte in mehreren Schenken ein und blieb am längsten, obwohl er ungeduldigen Herzens war, in der Taverne *Zur Goldenen Weintraube*, wo ihn sein Mißgeschick ereilt hatte. Überall prahlte er von einer langen Wanderschaft, die er vorhabe, von künftigen Abenteuern, fremden Städten und fernen, märchenhaften Reichen. Er bestellte reichlich Wein und hielt andere Gäste frei, trank selbst aber nur mäßig. Trotzdem war er nicht mehr ganz nüchtern, als er die Wirtschaft verließ.

Es dämmerte bereits. Geduckt schlich er zu einem Trödlerjuden und erwarb einen dunkelgrünen Überwurf mit Kapuze, den er unter dem Arm zusammenrollte. Dann verließ er die Stadt und machte viel Lärm dabei. Er marschierte ungefähr zwei Meilen, suchte eine Scheune auf und wartete die völlige Dunkelheit ab. Als die Sterne aufgezogen waren, aber der Mond noch nicht schien, hüllte er sich in den Überwurf, zog die Kapuze bis auf die Augen und kehrte nach Vignona zurück.

An manchen Hausecken flammten Fackeln in Drahtkörben. Seine Schritte auf dem Pflaster versuchte er zu dämpfen und fragte am Palasttor nach dem Hauptmann Humbert. Der Offizier kam bald, er war eingeweiht, betrachtete den Ring und führte Hazard in ein kleines Privatzimmer der Fürstin. Der Mann hielt sich nicht auf, an der Schwelle schon kehrte er um.

Ein anderes Gemach? Die Gobelins waren rostrot, die Bezüge der Sessel ähnlich, eine schmale Wandtür war nur angelehnt, auch sie mit Stoff bezogen. Hazard ahnte, daß sich dahinter das Schlafgemach verbarg. Hier arbeitete die Fürstin nachts am schmalen Tisch, bei Kerzenlicht, ehe sie zu Bett ging. Die schweren Vorhänge waren geschlossen.

Hazard wartete an der Tür, er war nicht allein, die hohe Frau saß über Papieren, Büchern und Rollen. Sie trug einen weiten Mantel aus weichem Stoff in der Farbe des roten Weines, von dem ein Kelch und ein Krug auf dem Tisch standen. Sie blickte nicht auf, schien gleichgültig oder in ihre Arbeit vertieft. Er räusperte sich.

»Hoheit, Euer Ring«, flüsterte er und hielt ihr das Schmuckstück entgegen.

»Da bist du, Amadé«, sagte sie nur, nahm den Ring und hielt ihm den Kelch hin.

Er trat geschmeidig näher und trank, sie blickte ihn dabei unverwandt an. Der Wein tat rasch seine Wirkung.

»Zeige mir deine verwundete Hand«, forderte sie ihn auf und betrachtete dann das Kreuzesmal lange. Ihre Fingerspitzen wanderten darüber hin. »Es ist wirklich ein Wunder«, murmelte sie.

Er wollte ihr sagen, woher das Wunder kam, aber er schwieg. Es gefiel ihm, daß sie an Gottes Hilfe glaubte – war das falsch? »Der Herr hat dir Gnade geschenkt«, meinte sie, zögerte kurz, fuhr aber gleich leise fort: »Ich bin es gewohnt, den Ring des Bischofs zu küssen. Wieviel mehr muß ich diesem sichtbaren Zeichen der Allgegenwart Gottes meine inbrünstige Verehrung erweisen ...«

Ihre Hand nestelte am Gürtel. Langsam beugte sie sich herab und drückte ihre Lippen in die weiche Haut, auf das Kreuzeszeichen, wobei ihr Mantel über den Knien auseinanderglitt.

In dieser Nacht lernte Hazard die Wunder der reifen Liebe kennen.

***

Für Hazard folgte eine Zeit der Fülle, die auch eine der Erfüllung war. Er wurde umsorgt wie nie zuvor, eingehüllt in eine Wärme, wie er sie bisher nicht gekannt hatte. Liebe – hatte er überhaupt gewußt, was das sein kann? Sicher, er war hingerissen gewesen von Mädchenkörpern, berauscht, er hatte begehrt, genossen und Glück empfunden. Jetzt aber war er geborgen. Tagsüber erledigte er leichte Pflichten in der Schreibstube, aber das war eine Tätigkeit, die er nur zum Schein ausführte. Er kopierte Briefe, Dokumente und Bücher, wobei ihm seine makellose Handschrift die Anerkennung des fürstlichen Secretarius, eines kleinen, schmalbrüstigen Mannes mit stechendem Blick verschaffte, der vornübergebeugt ging, so daß es immer aussah, als neige er sich über einen Folianten.

Hazard trat am Hof der Fürstin bewußt bescheiden und unauffällig auf. Sein kühner Kopf wurde nun von einem rotblonden Backenbart umrahmt, der das Kinn freiließ, aber über der Oberlippe in schmaler Linie die Verbindung von Wange zu Wange herstellte. Seine dunklen Augen leuchteten darüber, seine Nase stand schmal und sensibel im markanten Gesicht, auf den gelockten Haaren trug er eine Kappe, die seitlich überhing. Sein Gewand darunter war unscheinbar, einfarbig weinrot, dicht anliegend, die Hosen leicht gebauscht, die Strümpfe lang und eng.

Die Fürstin war entzückt von ihm, denn in dieser Kleidung wirkte er noch knabenhafter und zierlicher, als er ihr bisher schon erschienen war, und das stimulierte ihre mütterlichen Gefühle. Er war für sie sowohl Mann als auch Knabe – also Geliebter und Sohn zugleich. Sein Körper war zwar durchmodelliert, aber eben doch auch zart. Etwas Reizenderes vermochte sie sich nicht vorzustellen.

Die erste Nacht schon nahm ihr jede Scheu. Bei der Vereinigung, in der sie das vollkommene Glück fand, verflog jede Fremdheit. Hazard war überaus zärtlich – und auch stürmisch, er konnte beides gleichzeitig sein oder im Wechsel, er konnte die Leidenschaft unvermittelt in Zartheit übergehen lassen und sich gleich wieder zur Leidenschaft steigern. In seinen Armen vergaß sie, daß sie die Fürstin war und wollte es vergessen, sie verdrängte, daß sie mehr war, als nur eine Frau. Sie liebte ihn deshalb, denn das gab ihr Erfüllung.

Hazard lebte wie in einem Traum. Er bekam eine kleine, etwas abgelegene Kammer zugewiesen, die durch einen schmalen, geheimen Korridor mit ihrem Schlafgemach verbunden war. Niemand konnte ihn sehen, wenn er sich zu ihr begab. Der Gang führte zu einer unauffälligen Tapetentür, und wenn Hazard sie öffnete, war er bei ihr und wurde stürmisch empfangen. Oder, wenn sie noch nicht anwesend war, zog er sich aus und erwartete sie in ihrem Bett. Was war weicher, die Kissen oder ihr Körper?

Niemand durfte von ihrem Zusammensein wissen, aber Hazard war sich nicht klar darüber, ob die Heimlichkeit wirklich notwendig war oder ob die Fürstin sie wollte und sogar brauchte, wie eine Würze, zur Steigerung ihrer Freude, denn sie schätzte den Reiz des Verborgenen. Das kränkte ihn fast ein wenig. War sie denn nicht allmächtig? Gelegentlich tat sie so, als müsse sie Entdeckung fürchten, und bat ihn um seine Diskretion. Da ahnte er, daß die Idylle gefährdet war. Immer wieder bedrückte ihn das, dann wünschte er sich Bekundungen ihrer Gunst in der Öffentlichkeit. Aber da sah sie ihn kaum an, tat, als sei er nicht vorhanden. Manchmal fragte er sich, ob nicht der eine oder andere im Schloß in Wahrheit mehr wußte, als er zeigte. Vielleicht wurde hinter ihrem Rücken gemunkelt? Und manchmal schnappte er Andeutungen auf, daß es Vorgänger gegeben habe, aber es bekümmerte ihn nicht. Er hatte das ja als selbstverständlich angenommen. Einmal gab er sich trotzig und sprach es aus, als er bei ihr lag:

»Dir fällt es leicht, unsere Liebe zu verbergen, denn du hast alles, du hast Macht, Ansehen und Einfluß. Ich aber bin ein Nichts, nur ein Spielzeug für dich.«

Sie fühlte eine Welle des Gefühls in sich aufbranden, das sie überschwemmte:

»Du Kind, was willst du, was verlangst du? Schöner kann es nie sein!« Sie verschloß ihm den Mund mit einem Kuß.

Als er freikam bat er:

»Gib mir ein Amt!«

»Aber ich will dich gerade so, wie du jetzt bist!«

»Ich bin eifersüchtig ...« murmelte er.

»Du, eifersüchtig? Auf was? Das ist reizend!« Wieder küßte sie ihn.

»Du machst dich über mich lustig! Ach ja, das tust du. Ich bin eifersüchtig auf deine Macht, denn sie zieht deine Gedanken von mir ab. Ich bin aber auch eifersüchtig auf all deine Würdenträger.«

Sie lächelte in seine Schultergrube, denn es gefiel ihr. Sie genoß alles und wollte, daß es so blieb. Sie streichelte seinen Oberarm.

»Ich weiß ja nicht einmal, ob ich einen Rivalen habe«, murmelte er und wickelte sich eine ihrer Haarsträhnen um den Finger.

Nun blickte sie ihm ins Gesicht:

»Du bist doch ein Dummkopf, du siehst ja und mußt es spüren, daß ich nur dich liebe. Ach, zerbrich nichts! Kannst du mich denn nicht so lieben, wie ich bin und wie es zwischen uns ist?«

Er lenkte ein:

»Ich kann dich wohl lieben, wie es ist, aber es ist doch eine andere Art von Liebe, als ich sie bisher kannte, und daran muß ich mich gewöhnen. Wenn ich darüber nachdenke, dann weiß ich wohl, daß sie nicht weniger innig ist ...«

»Nicht weniger innig?« rief sie und tat enttäuscht. Er verbesserte sich sofort:

»Nein, im Gegenteil, sie ist sogar inniger. Gerade deswegen tut es mir weh, daß sie nicht dauern kann. Nie wirst du meine Frau werden, ich meine: vor Gott und den Menschen.« Er ließ seine Hand von ihrem Beckenknochen über die Hüfte zur Brust gleiten, und sie schnurrte leise:

»Wer weiß! Vielleicht bin ich vor Gott schon deine Frau! Nur in den Augen der Kirche und vor meinen Untertanen kann ich es nicht werden, das ist wahr.«

»Aber – das ist Sünde!«

»Gott wird sie mir verzeihen!«

Er ließ seine Hand auf ihrer Brust und umkreiste sie sacht:

»Für mich bist du zu hoch geboren.«

»Es ist gut so, wie es ist«, meinte sie. »Jeder hat nun einmal sein eigenes Leben. Wir können keines mit dem anderen vergleichen und schon gar nicht gegeneinander aufrechnen. Gott hat jedem seinen ihm bestimmten Platz gegeben, und jeder muß ihn nach seinen Kräften ausfüllen: der Fürst, der Spielmann, der Bauer, sogar der Bettler. Jetzt berühren sich unsere Lebenslinien, wir dürfen uns darüber freuen und genießen, was uns die Gegenwart beschert und was sein kann. Wir dürfen uns nicht über das beklagen, was unmöglich ist, denn das würde uns unglücklich machen. Unsere Liebe kann doch nicht schöner sein. Geht es dir denn nicht um sie, sondern um Macht und Ansehen?« Sie zeichnete seine Rippen nach, wobei sich ein Schatten der Schwermut auf ihre Miene legte: »Etwas anderes macht mir trübe Gedanken. Die Natur ist unbarmherzig, die erste Jugend hat meinen Körper verlassen, und die Liebe will Jugend!«

»Die Liebe will vor allem Liebe«, antwortete er.

»Gib zu, daß du weniger entzückt von mir bist, als wenn ich ein junges Mädchen wäre!«

Er richtete sich abrupt auf.

»Was kann mir so ein unreifes Ding geben? Erst durch dich erfuhr ich, was Liebe sein kann, ein unerschöpflicher Brunnen der Wärme. Du hast mir mehr geschenkt als jede andere vor dir, und dafür empfinde ich große Herzlichkeit für dich, mehr noch, innige Dankbarkeit!«

»Dankbarkeit ist der Tod der Liebe«, sagte sie.

»Das finde ich nicht. Dankbarkeit ist immer ein Teil der Liebe. Gibt es überhaupt Liebe ohne Dankbarkeit? Wenn du ehrlich bist, wirst du zugeben, daß das nicht möglich ist. Man ist dankbar dafür, daß es die Geliebte überhaupt gibt und daß man sie anschauen, berühren, lieben darf. Aber du wirst für mich trotzdem immer die Fürstin bleiben. So nenne ich dich auch: Fürstin, meine geliebte Fürstin. Meine Liebe zu dir wird durch meine Achtung für dich nur noch gesteigert, sie erhält durch die Verehrung erst ihre Tiefe.«

»Das sagst du hübsch, und deshalb will ich es glauben.« Sie wechselte das Thema: »Erzähle mir, von wem du das Kreuz bekamst, das dich in der Feuerprobe schützte.« Sie kannte inzwischen das Geheimnis, ihre Fingerspitze strich über seine Schulter.

»Ein Mädchen schenkte es mir«, antwortete er ehrlich.

»Zeig es mir noch einmal!«

Er richtete sich auf, das Bettuch rutschte bis zu seiner Hüfte herab. Er griff seitlich nach seinem Wams, suchte darin und zog das kleine Kreuz heraus.

»Sie hieß Jeanine«, erklärte er. »Ich glaube, sie hatte mich sehr gern, aber am nächsten Tag mußte sie das Haus ihres Vaters verlassen, er war besorgt um ihre Tugend. Ich sah sie seitdem nicht wieder.«

»Der Vater wird allen Grund gehabt haben.« Die Fürstin nahm das Schmuckstück in die Hand, und ein Anflug von Härte trat in ihren Blick. Hazard übersah es:

»Jeanine wird jetzt in einem Kloster erzogen«, murmelte er.

Sie erhob sich plötzlich und rief:

»Das Kreuz hat seine Schuldigkeit getan!« Sie zog das Leintuch vor ihre Brust und lief barfuß ans Fenster.

»Was machst du?«

Sie schob den Vorhang beiseite, öffnete den Laden und schleuderte das Kreuz in die Nacht.

»Vergiß die Dirne, du brauchst sie nicht mehr.«

Er sollte Jeanine vergessen? Das konnte sie nicht verlangen.

Aber ein Gedanke stieg in ihm auf, der ihn frösteln machte.

Die Fürstin hatte doch alle Macht – auch die, Jeanine für immer aus seinem Leben zu reißen, ein Wort an Herzog Erné würde genügen, um Jeanine entweder für immer ins Kloster zu verbannen oder sie ganz rasch unter die Haube zu bringen, so daß sie Hazard für immer entzogen sein würde. Er schaute die Fürstin mit großen Augen an.

»Nun sei nicht böse, mein Kleiner«, sagte sie tröstend und lächelte. Er empfand, daß es ein schutzloses, ein um Verzeihung bittendes Lächeln war. Aber er trotzte noch.

»Es ist schade um das Kreuz«, rief er. »Es war mir lieb und mein Talisman.«

Sie trat zu ihm und küßte ihn.

»Deshalb mußte es fort, du bekommst etwas anderes!«

Er erwiderte ihre Zärtlichkeit nicht, schloß die Augen, ließ den Kopf nach hinten fallen und fragte:

»Bist du eifersüchtig?« Viele Gedanken wirbelten ihm durch den Kopf. Gewiß war es schade um das Kreuz, aber es war eigentlich nicht besonders kostbar. Der Wert lag darin, daß es ihm von Jeanine geschenkt worden war, daß sie es in der Hand gehalten hatte und natürlich auch darin, daß es geholfen hatte, ihn zu schützen. Aber im Grunde ließ es sich ersetzen. Was sich nicht ersetzen ließ, das war die Liebe der Fürstin. Hazard hatte eigentlich aufbegehren wollen, er setzte dazu an, sich laut zu beklagen, empfand aber, daß sie ihm ihre Unsicherheit enthüllt hatte. Sie fürchtete sich vor der Anziehungskraft, die das junge Mädchen auf ihn ausübte, das hatte er bisher nicht gewußt. Jetzt, da er es verstand, rührte es ihn, und nun antwortete er auf ihr Werben.

***

In der Frühe des nächsten Morgens ging Hazard unter dem Fenster der Fürstin über die taufeuchte Wiese am Graben. Er wußte, daß sie ihn nicht beobachten konnte, da sie ihr Schlafgemach bereits verlassen hatte und ihre ersten Besucher empfing. Er suchte den Platz in weitem Umkreis ab, drückte die Büsche auseinander, schaute darunter auf den Boden, strich das Gras mit seinen Füßen beiseite, hin und her, bis seine Schuhe durchfeuchtet waren – umsonst. Er fand das Kreuz nicht wieder, aber dieses Erlebnis hatte ihn nachdrücklich an Jeanine erinnert. Die gefühlsbetonte, vielleicht von Liebe diktierte, aber doch wenig überlegte Tat der Fürstin hatte einen Effekt erzielt, den sie gewiß nicht gewollt hatte. Hazard dachte an Jeanine mit einer starken Empfindung, die an Sehnsucht grenzte.

Bald darauf hatte er ein sonderbares Erlebnis, das ihn irritierte und nachdenklich machte. Der Kanzler der Fürstin war ein ernster Mann, er trug schwarz und ging hochgeschlossen, seine Haare zeigten graue Strähnen. Hazard wußte nicht, wie alt dieser Herr war, die Vierzig hatte er wohl erreicht oder sogar überschritten. Von ihm hatte Hazard hinter vorgehaltener Hand gehört, daß er selbst eine Weile der Favorit der Fürstin gewesen war. Als Hazard nun eines Tages den Empfangssaal betrat, begegnete er ihm. Sie waren allein, Hazard wollte der Fürstin eine Abschrift bringen, die er angefertigt hatte. Nun hielt ihn der Kanzler am Ärmel fest, seine Züge waren undurchdringlich und hart.

»Ich rate dir, den Hof zu verlassen, Amadé le Trouvé. Du magst wohl aufgenommen worden sein, aber du wirst nicht bleiben! Es ist für den Schwächeren immer unbekömmlich, sich ältere, wohlfundierte Rechte anzumaßen, denn es gibt Mittel, sich eines Störenfriedes zu entledigen. Es wäre wohl schon geschehen, wärest du nicht so jung und naiv. Aber glaube nicht, daß man dich dauernd besitzen läßt, was dir nicht zukommt. Verwechsle die Fähigkeit, warten zu können, nicht mit Schwäche, sie ist im Gegenteil Stärke, die du zu spüren bekommen wirst, wenn die Zeit dazu reif ist.«

Damit ging er, und Hazard erschrak. Das war eine unmißverständliche Warnung gewesen, und Zusammenhänge, die er bisher nicht hatte wahrhaben wollen, wurden ihm klar. Er beschloß, bei nächster Gelegenheit mit der Fürstin darüber zu reden und sie um ihren Rat zu bitten, sie mußte es ja auch wissen! Er war beunruhigt, sein Glück war gewiß groß, aber konnte es dauern? Doch wohl nicht. Und was dann? Und wurde er sich selbst denn nicht immer mehr untreu? Er war doch ein Spielmann. Wurde er nun endgültig ein Höfling, oder konnte er sich seine verspielte, poetische Seele erhalten?

Manchmal mischte er sich unter die Spielleute und Sänger, aber da fühlte er sich jetzt fremd. Er empfand Sehnsucht nach der völligen Ungebundenheit seines früheren Lebens. Wie bunt war es doch gewesen. Jeanine ... Bouffon ... Und wenn er selbst wieder auf Wanderschaft gehen, wenn er nach ihnen suchen würde? Zunächst wollte er sich nach ihnen erkundigen. Er ging in den Stall und hörte sich unter den Knechten um. Er fand einen jungen Kerl, der sich schon mehrmals als geschickt erwiesen hatte und mit Botengängen betraut worden war. Hazard zog ihn hinter die Wand eines Verschlages, wo die Pferde stampften und Staub aus dem Gebälk rieselte.

»Kannst du verschwiegen sein?«

»Es kommt darauf an, womit mir der Mund versiegelt wird«, war die Antwort. »Jede Münze mehr verschließt meine Lippen zuverlässiger.«

»Ich werde sie so versiegeln, daß du sie nur für mich wieder öffnen kannst«, erklärte Hazard. »Nämlich dann, wenn ich sie mit neuen Münzen aufschließe.«

»Das hört sich gut an, junger Herr.«

Sie wurden handelseinig, Hazard zahlte, und der Knecht hielt seine Hand auf.

»Das ist die erste Hälfte. Die zweite bekommst du, wenn du deinen Auftrag ausgeführt hast.«

»Sagt, was Ihr wünscht, und vertraut mir.«

»Reite nach Corastanne, aber erzähle dort nichts von mir, nicht ein Wort! In Corastanne gibt es einen Holzschnitzer, er heißt Maitre Cadet. Er hat eine Tochter Jeanine, und du sollst herausfinden, ob das Mädchen noch in einem Kloster erzogen wird oder ob es schon wieder zu Hause beim Vater lebt, ob es noch ledig ist oder ob man es schon verheiratet hat.«

»Das kommt mir nicht schwer vor. Ist das alles?«

»Das war das erste. Das zweite ist, daß du nach einem Schalk und Spielmann ausschauen sollst, der sich Bouffon nennt, ich will wissen, wo er sich befindet. Mag sein, daß er die Stadt verlassen hat, dann versuche zu erkunden, wohin er ging.«

»Auch das erscheint mir nicht allzu schwer.«

»Das letzte schließlich ist noch einfacher. Höre dich um, was über die Herzogin geredet wird. Ist sie schwanger, erwartet der Herzog einen Erben und wann?«

»Es wird alles erledigt.«

Am selben Tag noch machte sich der Mann auf den Weg. Und Hazard hatte das Gefühl, etwas getan zu haben, was er schon zu lange versäumt hatte, und er entschloß sich, die Fürstin mit der Ankündigung, er wolle sie verlassen, auf die Probe zu stellen.

»Ich muß meinen eigenen Weg suchen«, erklärte er ihr. Doch noch meinte er es nicht ernst.

Sie erschrak und schmeichelte es ihm leicht ab. Eines Morgens jedoch brach er heimlich auf. Die Sonne stieg eben erst über die Rebenfelder, auf denen die Ernte in vollem Gange war. Allenthalben wurde gesungen. Mägde trugen die Bütten, Weinbauern pflückten die Reben. Die Schwalben sammelten sich und stiegen schwarz in den leuchtenden Himmel. Für Hazard war die Flucht nur ein Versuch, er war selbst unschlüssig und schritt immer zögernder aus. Er ging kaum mehr als eine Stunde, da empfand er Sehnsucht nach der Fürstin und schalt sich einen Toren. Er rastete unschlüssig am Wiesenrand, sah einem Bauern zu, der einen Ochsen über ein Stoppelfeld trieb, dachte an dessen hartes Leben und wie gut es ihm selbst jetzt ging. Freiwillig kehrte er zurück, die Fürstin merkte nicht einmal, daß er fort gewesen war, und er verschwieg es.

Er nahm sich aber vor, nun mit aller Kraft auf ein Amt hinzusteuern. Er wollte sie darum bitten, verschob es aber immer wieder, er meinte, eine Aufgabe zu brauchen, sie aber wollte den Knaben, das Kind. Ein Konflikt zeichnete sich ab, brach aber noch nicht aus, weil er die Aussprache vermied. Er fragte sich, wie sein Ende am Hof von Vignona aussehen würde, starb er alt und in Würden? Oder traf ihn ein Dolch, trank er Gift? Aber das war nicht das einzige, was ihn beschäftigte, manchmal sogar bedrückte.

***

Eines Morgens kehrte der Knecht, den Hazard ausgesandt hatte, aus Corastanne zurück. Er berichtete, daß Jeanine noch im Kloster sei, von einer Absicht des Vaters, sie zu verheiraten, sei nichts bekannt. Der Bote hatte die Magd gesprochen, und sie hatte geschwatzt. Bouffon hatte Corastanne verlassen, war mit Pferd und Wagen davongezogen, mit Kisten und Truhen, aber niemand wußte, wohin. Und die Herzogin war guter Hoffnung, ihre Niederkunft wurde für das Frühjahr erwartet, das Land freute sich, und von einer Lösung des herzoglichen Ehebundes war nicht mehr die Rede.

Hazard wußte nicht recht, ob er zufrieden war mit dem, was er erfuhr, und entlohnte den Mann. Im Augenblick war alles weit weg, er lebte wieder wie im Rausch.

Es war Nacht, und er lag mit der Fürstin zusammen. Kerzen brannten in Leuchtern, das warme Licht überspielte die reich verzierten Truhen, flackerte über den Marmortisch, verfing sich in den Vorhangfalten, warf zuckende Schatten in den Baldachin und vergoldete das Haar der Fürstin, das offen auf ihren Schultern lag.

»Da ist etwas, worüber ich schon oft mit dir sprechen wollte«, sagte er, »aber stets entfiel es mir wieder – kein Wunder, denn du machst mich alles vergessen.«

»Rede!«

»Als ich vor einem Jahr Seimarle verließ, geschah es nicht nur aus Furcht vor neuen Anschlägen. Ich wollte auch ein buntes Leben fahren. Ich stellte mir alles wie ein Mirakel vor: ferne Länder, die fremdartigen Bräuche der Sarazenen, ihre Gotteshäuser, ihre märchenhaften Paläste, von denen die Kreuzfahrer erzählen, und auch die schönen Frauen – ja, ich gebe es zu, ich war ja noch jung …«

»Nur Monate jünger als heute.«

»… und es ging um ein Buch«, fuhr er fort, indem er eine ihrer Locken um seinen Finger wickelte. »Père Mertin wies mich darauf hin, indem er es sowohl ein Wunderwerk, als auch ein Zauberbuch nannte.«

»Es wird einer dieser phantastischen Ritterromane sein, in denen Feen und Geister ihr Wesen treiben!«

»Nichts davon! Es ist das Werk eines Philosophen, es soll alle Fragen des Lebens lösen und enthält die Weisheit aller Völker und Bücher der Erde. Ich erinnere mich sogar, wer es geschrieben haben soll. Esavero war sein Name.«

»Ein großer Gelehrter, dessen Ruhm weit reicht. Aber sprich weiter.«

»Man weiß nicht, ob das Buch verlorenging. Père Mertin meinte, daß es irgendwo unentdeckt verstaubt, weil niemand seinen wahren Wert kennt.«

»Was meinst du … wenn man es fände?«

»Dann würde es das ganze Leben verändern, deshalb wollte ich in den Bibliotheken aller Länder und Städte danach suchen. Dabei interessiert es mich kaum, daß es das Geheimnis des Goldmachens löst, denn was ist Gold gegen das Wissen der Welt, was ist Reichtum, gegen die Entschlüsselung aller Geheimnisse! Bedenke: Du kannst das Wesen der verschiedenen Religionen genauso ergründen wie ihre Wahrheiten, ja, du wirst eingeweiht in das Wissen von Gott.«

»Das grenzt ja an Ketzerei, vielleicht hat die Kirche dieses

Buch in Besitz und hält es unter Verschluß. Womöglich kann kein Mensch seinen Inhalt erfassen und noch weniger ertragen.«

»Trotzdem ...« Hazards Stimme hatte einen sehnsuchtsvollen Klang. Er suchte ihre Schulter, zog sie zu sich und küßte sie. »Ich muß einmal in deine Bibliothek gehen. Vielleicht besitzt du den größten Schatz der Welt und weißt es nicht!«

Aber dann dachte Hazard nicht mehr an das Buch.

***

Der Herbst schritt fort, die Bäume entlaubten sich, die Blätter bedeckten den Boden. Der Winter kam und brachte leichten Frost, die Rauchfahnen aus den Kaminen stiegen klar und scharf gezeichnet in den grauen Himmel. Es fiel zwar kein Schnee, wohl aber gab es Reif, der die Bäume silbrig verzierte. Und in dieser Winterzeit erinnerte sich Hazard wieder an sein Vorhaben.

Die Bibliothek befand sich in einem gedrungenen Turm, der stumpf über die Dächer des Palastes hinausragte. Man stieg eine Wendeltreppe empor, kam dann in einen Raum, der zwar matt, aber durch grausilberne, bleigefaßte Fenster ausreichend erhellt wurde. Ihnen gegenüber erhoben sich Regale mit zahlreichen Büchern, vor deren dunklen Rücken der Staub tanzte. Auf Tischen davor lagen Pergamentblätter, türmten sich Folianten.

Der Bibliothekar, ein weißhaariges Männchen, erschrak beinahe, als Besuch kam, denn es lebte weltabgeschieden, nur mit seinen Schätzen, um die sich die Ritter so wenig kümmerten wie die Beamten.

Hazard fragte den Gelehrten ohne Umschweife, indem er ihm den Inhalt und den Charakter des Buches erklärte:

»Es soll von Esavero geschrieben worden sein.«

»Von Esavero?« wiederholte jener. »Gern würde ich Euch diesen Wunsch erfüllen, aber ich habe kein Buch von diesem Meister, obwohl ich viel darum gäbe! Ich darf von mir sagen, daß ich alle Bücher dieser Bibliothek kenne. Wenn ich auch nicht jedes

Wort für Wort gelesen habe, so weiß ich doch, was darin geschrieben steht. Unsere fürstliche Hoheit besitzt eine schöne Bücherei, sie würde manchem Kloster zur Ehre gereichen. Wir haben dort drüben die Ritterromane, rechts davon die Chroniken, mehr in der Mitte die heidnischen Klassiker und römischen Komödien und daneben einige Kräuterbücher von heilkundigen Mönchen.«

Der Bibliothekar trat an den Tisch und hielt nacheinander mehrere Bände hoch:

»Seht diese reich verzierten Bibeln, dies ist das Neue, dies das Alte Testament. Besonders liebe ich die Kalender und Stundenbücher, und voller Rätsel sind die heiligen Texte und Allegorien, voller Geheimnisse die Legenden. Wartet ...« Das Männlein öffnete eine schmale Tür, wenn auch nur halb, und erklärte: »Hier bewahre ich einen Talmud auf, das Heilige Buch der Juden, sehr sorgfältig natürlich, die Tür ist ständig verschlossen. Aber ich denke doch nicht, daß Ihr dieses ketzerische Buch meint ...«

Hazard schüttelte den Kopf.

»Verzeiht ...«, die Stimme des Mannes klang jetzt traurig. »Es tut mir wirklich leid, daß ich Euch nicht helfen kann, aber Euer Buch habe ich nicht.«

»Ich glaube Euch, es wäre auch ein zu großer Zufall gewesen. Nun, wer weiß, vielleicht gibt es dieses Buch nicht einmal.«

Hazard verabschiedete sich und ging. Er war zwar traurig, daß sein Wunsch nicht erfüllt worden war, aber er war auch wieder entzückt von der Vielfalt und Buntheit der Bücherwelt und nahm sich vor, die Bibliothek bald wieder zu besuchen. Er kam aber nicht mehr dazu.

In dieser Nacht umschlang ihn die Fürstin so, als solle er ihr entrissen werden, als wolle sie ihn um keinen Preis der Welt gehen lassen.

»Willst du mich umbringen?« fragte Hazard verwundert und gleichzeitig beglückt.

»Einen Toten braucht man nicht herzugeben!«

»Was redest du? Ich bleibe dir!«

»Du bist sehr jung«, erwiderte sie und schwieg lange. Endlich sagte sie, und zwar sehr unvermittelt: »Die Herzogin Albane ist mit einem Sohn niedergekommen, der Herzog hat den Jungen anerkannt und zu seinem Nachfolger bestimmt.«

Hazard erschrak, aber er war auch voller Freude.

»Daß du mir das sagst!« flüsterte er.

»Du wirst es ja doch erfahren, und es ist mir lieber, du hörst es von mir.«

Hazard konnte keinen klaren Gedanken fassen. Er fühlte, daß sich etwas in seinem Leben verändert hatte, auch wenn er nichts tun mußte und nichts unternehmen konnte, nur schwelgen. Plötzlich klopfte es kräftig an die Tür. Hazard schreckte hoch:

»Wer kann das sein, was soll ich machen?«

»Verbirg dich hinter dem Vorhang«, riet sie, und er sprang aus dem Bett, während ihr Blick seiner knabenhaften Gestalt mit Wehmut folgte. Als er hinter den schweren Fenstervorhang geschlüpft war, erhob sie sich, warf sich einen gestickten Umhang über und ging zur Tür, um sie zu öffnen.

Der Kanzler trat ein.

»Mußtest du jetzt schon kommen?« fragte sie mit vorwurfsvollem Ton. Aber Hazard spürte auch, daß sie auf diesen Besuch vorbereitet gewesen war.

Der Kanzler antwortete noch in der Tür:

»Der Reiter traf soeben ein, und ich meinte, Ihr müßtet es gleich erfahren, denn es verändert alles.«

»Ich ahnte es«, antwortete sie. »Und es bereitet dir Befriedigung, nicht wahr?« Ihre Stimme klang müde. »Es ist also besiegelt?«

»Die Majestät hat sich entschieden, der König unterschrieb den Ehekontrakt, der Bote traf eben ein, Eure Vermählung wird im nächsten Monat in der Kathedrale Notre Dame mit aller Pracht gefeiert werden. Es ist ein Geschäft, das auf Gegenseitigkeit beruht, aber das wißt Ihr ja. Einen größeren Machtzuwachs, den er dringend braucht, kann der Monarch durch keine andere Verbindung erhalten, und Ihr werdet Königin.«

»Will ich das?« fragte sie tonlos.

»Man muß wollen, was man muß«, erwiderte er nüchtern.

»Man muß unterscheiden zwischen Spielzeugen, die man aufgeben kann, und Verpflichtungen, die unabdingbar sind.«

»Die Krone ist eine Last«, antwortete sie, »aber du wirst steigen. Nun, es wird alles geschehen, wie du es geplant hast. Doch bis zum Morgen hättest du noch warten und mir diese Stunden lassen können.«

»Der Braut des Königs ziemt nicht mehr, was sich die alleinregierende Fürstin gestatten konnte.«

»Ich kenne dich«, sagte sie bitter, »es bereitet dir Freude, mir auch das zu zerstören.«

»Meine Aufgabe ist erfüllt«, antwortete er, kniete nieder, führte ihre Hand an seine Lippen und rief. »Es lebe die Königin!«

Dann stand er auf, verneigte sich, ging und schlug die Tür hinter sich zu.

Hazard verstand: Das war die Trennung. Er verharrte hinter dem Vorhang und rührte sich nicht. Stille erfüllte den Raum.

Endlich sagte sie mit großer Weichheit:

»Nun komm heraus!«

Er sprang vor, raffte seine Kleider zusammen und schlüpfte hinein.

»Mein Bub«, rief sie und breitete die Arme aus. »Ja, das ist das Ende, es hat keinen Zweck, sich etwas vorzumachen.«

»Ich weiß«, antwortete er.

Sie schluchzte, riß ihn an sich, bedeckte sein Gesicht mit Küssen, machte sich aber ebenso schnell und abrupt los und drehte sich um.

»Ich bitte dich, geh und mache es mir nicht noch schwerer!«

Da rannte er wortlos aus der Stube, und es war auch eine Flucht vor sich selbst.

Im Palast und in Vignona bleiben konnte er nicht, das verbot sich von selbst. Sein Ziel war wieder die Landstraße.

Aber er war nun Vater eines künftigen Herzogs.

Das Spiel in Dorf und Heide

Hazard wanderte ohne Ziel. Vignona lag hinter ihm, aber er war unschlüssig, wohin er sich wenden sollte, er fühlte sich wie ausgebrannt. Er blickte noch einmal zurück auf die Türme und Mauern der Stadt. In der Höhe zogen Raubvögel, die nach Beute spähten, ihre Kreise, und an den Weinstöcken sprangen die Knospen auf.

Hazard wandte sich nach Süden. Er wanderte drei Tage, dann kam er in einen kleinen Ort, der sich Les Saintes Vierges de la Mer nannte. Die wehrhafte Kirche in der Mitte glich eher einer Burg als einem Gotteshaus, und das hatte seinen Sinn, denn die Bewohner mußten immer wieder Zuflucht vor maurischen Piraten suchen, wenn diese das Dorf überfielen und Männer, Frauen und Halbwüchsige in die Sklaverei verschleppten.

Die Luft auf dem Platz vor der Kirche war klar und heiter. Heute gaben sich hier Gaukler und Spielleute, Landstreicher und Bettler ein Stelldichein. Doch Hazard wich dem bunten und lauten Treiben aus und zog sich ins Innere der Kirche zurück, in das durch die Fensterschlitze nur wenig Licht drang. Vor der Statue der Himmelskönigin kniete er nieder und betete:

»Heilige Mutter Gottes, hilf mir! Gib mir Ruhe! Ich bin ohne Wurzeln und werde immer nur von Abenteuer zu Abenteuer getrieben.« Er verharrte noch eine Weile, stand dann auf, strich sich die Kleider glatt und verließ die Kirche. Draußen überfielen ihn die vielfältigen, derben und lauten Geräusche: das Quietschen, Quarren, Pfeifen und Trommeln der Instrumente, dazu die Stimmen von Menschen und Tieren, die sich ineinander verwoben.

An der Seite der Kirche waren Bretter aufgeschlagen, eine Leiter lehnte an der Mauer, von der ein Hanfseil zu einer Stütze gespannt war, und Äffchen tollten auf der Bühne, vor der Kinder, Frauen und Männer standen und schauten.

Hazard drängte sich zwischen den Menschen hindurch. Er empfand kein Vergnügen beim Zuschauen, aber sein Blick fiel auf ein Pärchen, das ihm bekannt vorkam. Der Mann war grell gekleidet und trug eine schrägsitzende Mütze, sein Gesicht war derb, seine Backenknochen traten markant hervor. Er faßte nach einer langen Stange, die neben der Leiter an der Mauer lehnte, offenbar war er Seiltänzer. Die Frau trug ein Kleid, das aus vielen Lederfetzen zusammengesetzt war. Sie war hochschwanger und ging barfuß, ihre Füße waren voller Staub, ihre Haare hingen lang wie ein Pferdeschweif über ihren Rücken herab. Sie versuchte, den Mann vom Seil zurückzuhalten, und zog energisch an seinem Arm, doch er stieß sie zurück. Hazard stand nahe genug, um ihre Auseinandersetzung verstehen zu können.

»Es ist soweit, ich muß fort, ich muß fort!« sagte sie.

»Nimm dich zusammen«, erwiderte er rauh. »Es ist doch noch nicht Zeit!«

»Es kommt aber früher!«

»Ich kann jetzt nicht, das weißt du, ich muß aufs Seil, wovon sollen wir denn leben!« rief er ungeduldig und setzte einen Fuß auf die Leiter.

Sie stöhnte laut auf und krümmte sich zusammen. Ein Weib, das in der Nähe stand, meinte:

»Du mußt sofort zur Wehfrau.«

»Bring mich zu ihr«, bettelte das Mädchen den Seiltänzer an. »Ich brauche Hilfe, und ich habe Angst!«

»Du mußt warten.«

»Aber das Kind kommt.«

Hazard trat vor und rief dem Mann zu:

»Siehst du denn nicht, daß dein Weib in Not ist?«

»Soll sie doch verrecken«, antwortete er und kletterte auf die erste Sprosse, obwohl die Frau sich an ihn klammerte. Er versuchte, seinen Fuß freizubekommen, indem er nach ihr trat.

»Wo ist hier eine Hebamme?« fragte Hazard die alte Frau.

»Für so eine wie die gibt es keine im Dorf«, war die Antwort.

»Aber ihr muß doch geholfen werden!«

»Sie kann ins Moor zur alten Mégère, die ist gut für die Schlampe.«

»Also bring sie sofort hin!« forderte Hazard den Seiltänzer auf und trat an die Leiter.

»Scher dich zum Teufel! Was geht es dich an?« fauchte der Mann. »Bring du sie doch hin, und behalten kannst du sie auch mit dem Balg!«

Hazard kochte vor Wut.

»Mit dir rechne ich später noch ab!« schrie er.

»Komm nur, ich breche dir alle Knochen, ich freu' mich schon darauf«, brüllte der Seiltänzer zurück.

Hazard wandte sich wieder dem Weib aus dem Dorf zu:

»Wo finde ich diese Mégère?«

»Willst du dich wirklich um das Hurenweib kümmern? In einer halben Stunde könnt ihr da sein. Durch die Gasse dort ...«

Die Frau wies in die Richtung. »Und dann der Sonne entgegen. Es führt nur der eine schmale Pfad durch die Heide, dann seht ihr die Hütte.«

Hazard bedankte sich und wollte die Schwangere führen, aber sie war nicht mehr da. Er suchte sie, fand sie aber nicht, er fragte die Leute, niemand wollte sie gesehen haben, und der Seiltänzer begann mit seinen Kunststücken. Er kletterte auf das Seil, lief vor und zurück, da schauten ihm alle zu und gafften mit offenen Mäulern.

Hazard suchte den Platz ab, gab es dann aber auf und dachte, das Mädchen habe vielleicht andere Hilfe gefunden. Vielleicht war sie schon auf dem Weg zur Wehfrau. Er schlenderte müßig herum und sah, daß vor einer Schenke Männer und Weiber an einer langen Tafel saßen, die Bier tranken und lärmten. Hunde jaulten und krochen zwischen den Beinen der Leute herum, Maultiere schnaubten, und angekettete Papageien suchten in ihrem Gefieder nach Ungeziefer. An anderer Stelle spielten Musikanten zum Vogeltanz auf, wobei die Zuschauer sich die Arme über die Schultern legten, Reihen bildeten und auf einem Bein hüpften.

Hazard ging weiter, kam vom Platz ab und durch eine schmale Gasse mit niedrigen Häusern, deren Dächer mit Ried gedeckt waren. An ihrem Ende erblickte er das Meer, ließ sich weitertreiben und überquerte ein schmales Feld, auf dem Schilf und Gras wuchsen.

Dann stand er am Strand, der sich goldgelb nach beiden Seiten erstreckte.

Es war eine Bucht, Möwen und Seeschwalben kreischten und strichen über die niedrigen Wellen. Hazard ging immer weiter, es war ihm gleich, ob er sich vom Ort entfernte, er wollte nur allein sein. Auf einer niedrigen Düne ließ er sich nieder, die Sonne stand in seinem Rücken. Er faltete die Hände über den Knien und legte den Kopf darauf, saß so umtobt von den Vögeln.

Als er den Kopf hob und auf das Meer schaute, wurde er aufmerksam und reckte sich – war das ein Mensch im Wasser? Hazard kniff die Augen zusammen, es konnte sich um eine Frau handeln, sie bewegte den Oberkörper, und ihre Arme griffen rudernd aus. Die niedrigen Wellen überspülten schon ihre Brust – da ließ sie sich fallen.

Hazard sprang auf, rannte zum Ufersaum, warf sein Oberkleid ab, schleuderte die Schuhe von sich und lief ins Wasser. Er kämpfte gegen den wachsenden Widerstand, noch sah er die Frau vor sich, aber sie schien keinen Boden mehr unter den Füßen zu haben. Hazard warf sich nach vorn, wie er es als Knabe getan hatte, schwamm, bis er sie erreichte und versuchte sie zu fassen. Sie schlug um sich, er mußte Gewalt anwenden, da gab sie nach, er faßte sie unter den Achseln, zu seinem Glück stieß er auf harten Sandboden, und es gelang ihm, sie über Wasser zu halten. Er zog sie hinter sich her und kam dem Strand mühsam näher. Nun hob er sie auf, ihr Körper hing schlaff in seinen Armen, das Ledergewand hatte sich vollgesogen, sie hatte wohl das Bewußtsein verloren.

So erreichte Hazard das Ufer, legte sie ab und schüttelte sie, ihr Kopf hing rückwärts hinab, und ihr Leib wölbte sich. Da erkannte Hazard, daß es das Weib des brutalen Seiltänzers war.

Aber wie konnte er ihr helfen? In seiner Not drehte er ihr Gesicht zur Seite, Wasser floß aus ihrem Mund. Hazard legte sein Ohr auf ihre Brust und lauschte. Lebte sie noch?

***

Ihr Herz klopfte, und Hazard rüttelte das Mädchen, schlug ihm auf die Wangen – endlich öffnete es die Augen, sah ihn an und flüsterte:

»Warum hast du mich nicht sterben lassen, was ging es dich an?«

»Du wolltest sterben?«

»Ja, mit dem Kind.«

Kühle sank vom Himmel herab.

»Hier kannst du nicht bleiben.«

»Ich will nicht zurück ins Dorf«, antwortete sie, wobei wilde Ablehnung in ihrer Stimme lag. »Bring mich zur alten Mégère. Man sagte mir, sie kennt Zaubersprüche und wirksame Kräuter. Die Wehen setzen wieder ein, wir müssen eilen.«

Hazard stützte sie, und sie gingen langsam, wobei sie einen Arm über seine Schulter legte. Manchmal krümmte sich das Mädchen und stöhnte.

Sie verließen den Strand und kamen über die graubunte Heide mit ihrem Unterholz, dem Wachholder, dem Ginster und den verkrüppelten Zwergbirken, wo sich die Sonne langsam als glutroter Ball senkte.

»Ich friere«, sagte das Mädchen, und Hazard erschrak.

»Hast du Schmerzen? Wirst du durchhalten?«

»Ist es noch weit?«

»Ich weiß nicht …«

»Ich kenne dich«, sagte das Mädchen. »Es war in Corastanne, und ich las dir aus der Hand. Später sagte ich auch der Herzogin die Zukunft voraus: daß sie einem Erben das Leben schenken würde. Das ist auch so gekommen.«

»Du bist das gewesen?« rief Hazard. »Wie heißt du?«

»Juana«, antwortete sie, krümmte sich gleich darauf und stürzte. »Ich schaffe es nicht!«

»Was soll ich tun?« Er wußte nicht, wie er ihr helfen konnte und blickte zu ihr hinab.

Schweißtropfen perlten auf ihrer Stirn, ein Wehkrampf kam – und ging vorüber.

»Geh«, bat sie ihn matt. »Suche die Frau und sage ihr, daß ich hier liege!«

Hazard lief, er war sogar froh, fortzukommen. Die Ebene dehnte sich, die Sonne leuchtete mit letzter Kraft, und Wind pfiff um seine Wangen.

Endlich sah er die Hütte, die windschief in der Heide stand, geduckt, aus Stämmen und Ästen gefertigt. Aus dem strohgedeckten Dach kräuselte Rauch.

»Mégère! Mégère!«

Nichts rührte sich, aber die Tür war angelehnt. Hazard stieß sie mit dem Fuß auf und trat in einen dunklen Raum, der von beißendem Rauch erfüllt war. Eine Alte stand in einem Gewand, das mehr ein Sack war, im Flammenschein an der Feuerstelle, warf einen schiefen Blick zur Tür und fragte:

»Was brüllst du?«

»Rasch, rasch«, sprudelte es aus Hazard heraus.

Die Alte schimpfte:

»Ja, dazu ist La Mégère dann gut, wenn keine andere mehr hilft!« Sie schöpfte Wasser aus dem Topf über dem Feuer in einen Holzeimer, den sie Hazard reichte. Sie nahm eine Schlinge aus Schilfhalmen von der Wand, dazu Tücher verschiedener Größe.

»Los jetzt!« herrschte sie Hazard an und schlurfte zur Tür. Hazard fluchte innerlich, daß die Alte so langsam ging. Das heiße Wasser aus dem Eimer schwappte ihm über die Füße, aber endlich sahen sie das Mädchen. Es lag auf dem Boden wie tot. La Mégère kauerte nieder, betastete den Leib, und Juana stöhnte.

»Stell dich nicht an! Es werden viele Kinder im Freien geboren, das ist nichts Besonderes«, knurrte die Alte.

Eine neue Wehe kam, Juana schrie, aber der Schmerz verebbte wieder. Das Mädchen atmete tief aus.

»Pressen, du mußt pressen!« herrschte die Alte sie an.

Juana preßte mit aller Kraft. Sie biß die Zähne aufeinander, die Backenknochen traten hervor, und ihr Gesicht verkrampfte sich, von der Anstrengung gezeichnet. Hazard hätte nie gedacht, daß es so schmerzhaft war, ein Kind zur Welt zu bringen. Juana kam fast ans Ende ihrer Kraft, aber dann ließen die Schmerzen ein wenig nach, und das Mädchen lehnte sich entspannter zurück, schloß die Augen und atmete ruhiger. Es schien, als ob sie schliefe, aber das war nur kurz, gleich klagte sie wieder:

»Mir ist so kalt!«

»Das mußt du aushalten«, die Alte schob Juana den feuchten Rock bis über die Schenkel empor. »Stütze dich auf deine Ellenbogen! Spreize die Beine, nun mach schon!«

Juana preßte mit aller Kraft. Die Alte kniete sich zwischen ihre Beine.

»Das Kind kommt«, rief sie. »Ich sehe schon die schwarzen Haare, bald ist es geschafft.«

Juana brüllte, neuer Schweiß trat auf ihre Stirn und rann über ihre Wangen. Nun erkannte Hazard das Köpfchen mit dem feuchten Haar, und er faltete die Hände. Juana atmete schnell, immer schneller, stoßweise, hastig. Jetzt war der ganze Kopf draußen, der faltige Hals.

»Brav, brav«, murmelte La Mégère.

Die Augen des Kindes waren geschlossen, der Mund voller Blut und Schleim, alles war verschmiert. Wie klein das Gesicht war! Hazard beugte sich zu Juana nieder und flüsterte:

»Es ist hübsch!«

Sie lächelte matt. Noch einmal kam eine Wehe, die Alte faßte den kleinen Kopf behutsam, und dann kam der Körper. Alles schien jetzt leicht zu gehen, La Mégère stützte die Hüfte des Kindes, als die krummen Beine herausgeglitten waren. Sie hob das Kind empor, hielt es an den Füßen, ließ den Kopf herabhängen und schlug ihm auf den Rücken. Es gab keinen Laut von sich, rührte sich nicht. Die Alte wischte den kleinen Körper mit einem Tuch ab und legte ihr Ohr auf den Leib.

»Es ist ein Mädchen«, erklärte sie rauh, »aber es ist tot.«

Juana schluchzte.

»Nun plärr nicht, du lebst ja. Und schließlich ist es wohl besser für euch.«

Dann trennte sie die Nabelschnur ab, hüllte den kleinen Körper in ein Tuch und legte ihn zur Seite ins niedrige Gebüsch. »Das Kind begrabe ich nicht hier draußen, sondern hinter meiner Hütte«, sagte sie mit einem Anflug von Mitleid. Juana blutete noch immer.

»Sie muß ins Haus«, entschied die Alte. Sie sagte es zu Hazard und fuhr fort: »Du wirst sie ja wohl tragen können.« Sie wartete seine Antwort nicht ab, tat das Bündel mit dem toten Kind in den Holzeimer, legte die restlichen Tücher, ihre Schlinge und ihr Messer dazu und schlurfte voraus.

»Leg deinen Arm um meinen Hals«, forderte Hazard Juana auf und hob sie auf. Er wunderte sich, wie leicht sie war. Der Weg erschien ihm jetzt seltsam kurz, die Alte öffnete die Tür.

»Leg sie dort auf den Strohsack«, forderte sie ihn auf. »Zieh ihr das nasse Zeug aus, du weißt ja wohl, wie sie aussieht, und deck sie mit dem Ziegenfell zu.«

Hazard legte das Mädchen ab und streifte ihm das Kleid vom Körper. Er rieb sie mit einem Stück Filz trocken und legte ihr das Fell über. Nun lag sie da wie ein Tier, graupelzig der Leib, mit schwarzer Mähne. Ihre Augen glänzten fiebrig.

»Da siehst du, was du angerichtet hast«, sagte die Alte.

»Aber ich war es nicht«, erwiderte Hazard heftig.

»Nicht?«

»Nein, mit dem Lumpen rechne ich heute noch ab, denn er hätte sie einfach sterben lassen.«

»Es ist immer dasselbe, ihr Kerle wollt nur euer Vergnügen, dann laßt ihr uns allein.« Die Alte machte sich hinter der Feuerstelle zu schaffen und kam mit einer Schaufel hervor. »Jetzt vergrab' ich den Balg«, murmelte sie und schlurfte mit dem Eimer hinaus, hinter die Hütte. Hazard wartete bei Juana, sie schlief nun, und er hoffte, daß sie es überstehen würde.

Als die Alte wiederkehrte, sagte Hazard:

»Ich gehe jetzt.«

»Und wer zahlt mich?« fragte La Mégère. »Denkt ihr, ich lebe von der Luft?«

Hazard gab ihr eine Münze.

»Ich komme morgen zurück und schaue wieder nach ihr«, versprach er.

Juana atmete ruhig, und Hazard verließ die rauchige Hütte. Draußen umfing ihn die klare Luft, und Hazard ging schnell.

Die Dunkelheit fiel rasch ein, der Wind frischte auf. Von Ferne sah er schon einen hellrötlichen Schein – das Dorf. Bald hörte er auch den Lärm, das Singen, Schreien, Fideln, Kreischen, die Kinderstimmen und das Hundegebell.

Außer Atem lief er durch die schmale Gasse und trat auf den Platz. Vor der Kirche loderte ein Feuer und übergoß den niedrigen, klobigen Turm des Gotteshauses mit flackernder Glut, so daß er aussah, als stünde er in Flammen. Bei der Schenke saßen die Leute noch immer im Freien, sie drängten sich an der langen Tafel aus Brettern, lärmten, tranken Bier und waren angeheitert, teils auch betrunken.

Hazard fand den Seiltänzer rasch, denn er saß zwischen zwei Mädchen, denen er seine Arme über die Schultern geworfen hatte.

»Na, du barmherziger Samariter, hat sie der Satan geholt und das Balg dazu?« grölte er, als er Hazard erkannte.

»Dich wird er jetzt holen!« schrie Hazard zurück, trat hinter den bunten Mann und riß ihn am Kragen, so daß er rückwärts von der Bank stürzte. Er war aber gleich wieder auf den Beinen.

»Das büßt du mir!« schrie er und hatte schon ein Messer in der Hand, das er gegen Hazard richtete. Dieser duckte sich und riß ebenfalls seinen Dolch aus dem Gürtel. So standen sie sich gegenüber und belauerten sich. Vom Feuer überstrahlt, sahen sie aus wie zwei buntgefiederte Hähne.

Die Burschen am Tisch sprangen auf, eine Rauferei war ganz nach ihrem Geschmack. Es entbrannte ein Kampf, dessen Ausgang lange ungewiß war.

»Du bist ein verdammtes Schwein«, keuchte Hazard. »Wenn es nach dir gegangen wäre, hätte Juana sterben müssen. Aber sie lebt! Nur das Kind ist tot! Dafür wirst du in der Hölle schmoren.«

»Wenn nur der Balg weg ist«, schrie der Mann, stach zu und ritzte Hazard an der Schulter.

Die zuschauenden Burschen nahmen Partei für den Seiltänzer, der ihr Saufkumpan gewesen war.

Doch dann kam der Sturm, er kam vom Meer. Das Fest hatte alle abgelenkt, niemand hatte etwas bemerkt. Die maurischen Freibeuter schlichen vom Strand her durch die Gasse, über fünfzig gedrungene Kerle, kampferprobt, bewaffnet mit Krummsäbeln und lodernden Fackeln. Sie schlugen die nächststehenden Leute nieder, auch Hazard war dabei. Er verlor die Besinnung.

Die Mädchen kreischten und versuchten zu fliehen, einige Männer wagten Widerstand, doch sie wurden erschlagen. Blut floß. Fackeln wurden an die Rieddächer der Hütten gehalten, und sie loderten auf. Die Dorfleute rannten kopflos schreiend hin und her. Diese Verwirrung war Teil des Planes. Eine Gruppe Piraten hielt die Leute in Schach, eine andere schlug erbarmungslos zu. Viele Leute wurden gebunden, vor allem Burschen und junge Frauen, dafür schonte man die Greise, ließ auch die Kinder, wählte rasch und geübt, bildete um die Opfer einen Kreis, schlug auf sie ein, betäubte und band sie. Dann schleppte man sie fort, fünfzig Mauren ein Dutzend Gefangene. Jede Gegenwehr war vergebens, es gab kein Entkommen. Die Galeere wartete mit hochgezogenen Rudern auf dem Meer, und die Piraten brachten ihre Gefangenen watend an Bord.

Der Überfall war das Werk weniger Minuten gewesen, und als Hazard wieder denken konnte, fand er sich gefesselt auf Deck. Er hörte das Knarren der Ruder, er spürte das Schwanken des Schiffes und sah einen Feuerschein am Himmel.

Das Dorf brannte.

Das Spiel als Sklave

Hazard war gefangen, seine Arme waren auf dem Rücken zusammengebunden, die Fesseln schnitten in seine Gelenke ein. Schiffsjungen fütterten ihn und seine Leidensgenossen, indem sie ihnen Mus mit Holzlöffeln in den Mund schütteten und sumpfiges Wasser aus Bechern. Von Fußtritten und Hieben abgesehen, wurden sie aber von den Piraten nicht schlecht behandelt, denn man wollte die Verschleppten bei Kräften und gutem Aussehen erhalten, da nur gesunde Ware einen guten Preis erzielte. Freilich war Hazard ausgeraubt worden, er besaß nun nichts mehr, keine einzige Münze, aber das belastete ihn nicht, denn wenn er Sklave blieb, brauchte er nichts, und wenn er jemals wieder frei zurückkehren sollte, dann konnte er auf seine Kreditbriefe zurückgreifen.

Sie segelten mehrere Tage und Nächte. Bei bewegtem Meer hatte Hazard mit Übelkeit zu kämpfen. Er litt und stöhnte, denn er war es nicht gewöhnt, auf See zu leben. Nachts schwankte der samtschwarze Himmel über ihm und drehte sich mit seinen Sternen, die wie Brillanten funkelten.

Er war froh, als sie endlich in einem kleinen Fischerhafen ausgeladen wurden. Man verschacherte sie an einen Händler, der sie von dunkelhäutigen Burschen bewachen ließ, die mit Spießen und Peitschen bewehrt waren. Nun nahm man ihnen die Seile von den Füßen ab, aber nur, um sie gegen Ketten auszutauschen, die so lang waren, daß sie notdürftig und rasselnd gehen konnten.

Dann wurde ihnen ein schmaler kupferner Reifen um den Hals gelegt. Der Schmied des Ortes war geschickt, er schützte die empfindliche Haut mit einem dünnen Metallblatt, das er unter den Ring legte, ehe er ihn mit dem glühenden Eisen zusammenfügte. So wurden sie dauerhaft als Sklaven gekennzeichnet. Ein Arzt kam, seine Fürsorge diente aber nur dem Zweck, die lebende Beute auf ihre unterschiedlichen Begabungen zu untersuchen. Er erkundigte sich nach der Herkunft eines jeden, nach seinen früheren Tätigkeiten und Kenntnissen. Daß Hazard wußte, wie ein Badehaus betrieben wurde, registrierte er mit zufriedenem

Kopfnicken, auch, daß er sich in verschiedenen Sprachen verständlich machen konnte.

Danach trieb sie der Händler drei Tage über Land, schonte sie aber, denn ihm waren die Burschen und Mädchen aus Les Saintes Vierges de la Mer noch wertvoller, als sie es den Piraten gewesen waren. Die Ketten klirrten und schleiften, sie gingen in einer Wolke von Staub.

Es war ein blühendes Land, wohlhabend schienen die Bauern zu sein, zufrieden die Menschen. Die Gefangenen schliefen auf freiem Feld unter Fellen oder in einfachen Hütten. Eines Morgens wurden sie von einem Dorfbarbier herausgeputzt, der Hazards Bart stutzte und in Form brachte, auch die Haare wurden ihm geschnitten, sie fielen nun lockig in seinen Nacken. Er ahnte, daß die Wanderung bald zu Ende sein würde, die Ware sollte zum Verkauf hergerichtet werden.

Wirklich kamen sie bald nach Medina Al-Tanagra, in die prächtigste Stadt des maurischen Landes, zu der aus hoher Ferne gleißende Schneeberge herüberleuchteten. Sie wurden durch Gassen mit weißgetünchten Häusern getrieben, waren umringt von schreienden, neugierigen Kindern, schritten vorbei an Moscheen mit schlanken, hohen Minaretten und rötlichen Kuppeldächern. In dieser Stadt gab es Universitäten, Schulen und öffentliche Badehäuser, Bäume wucherten über die Mauern: Zitronen, Palmen, Mimosen. Überall tönte Lärm, erklangen Gesang und Gelächter. Je weiter sie vordrangen, desto breiter wurden die Straßen. Endlich erreichten sie einen geräumigen Platz – hier war Markt mit vielerlei Waren, mit Vieh, Kamelen und Kamelsätteln, mit Stoffen und Waffen, mit Gewürzen und Gemüse, mit Bergen von Früchten oder Getreide, mit Datteln, Mais und Hafer, mit grünen, braunen und gescheckten Kürbissen. Es gab Stände mit Geflügel, wo die Tiere an den Füßen gefesselt in Bündeln herabhingen, andere mit Kupferschüsseln und Wasserkrügen, mit Weihrauch, Harzen und Spezereien. Es duftete aus Fischbratereien und Garküchen.

Musikanten, die Dolche in den Gürteln trugen, tanzten, sangen und spielten auf Instrumenten mit langen Hälsen, sie zupften die Saiten. An den hohen Hüten der Wasserverkäufer klingelten Glöckchen. Schmalzbäcker, Flickschuster und Wahrsager übten ihre Handwerke aus. Tief verschleierte Frauen durchschritten das Gewühl, um einzukaufen, ihnen folgten schwer beladene Diener. Und hier wurden auch Sklaven feilgeboten, einige standen schon aufgereiht, unglücklich wie Hazard. Man trieb sie auf ein rohes Podest aus Brettern, wo sie verkauft werden sollten wie Tiere, umringt von Wachen mit Krummschwertern. Hazard stand an der vordersten Kante, neben und hinter sich Männer und Frauen verschiedenen Alters und Hautfarbe.

Immer wieder gingen Herren oder Diener vorbei, die Obereunuchen des Sultans oder Verwalter aus des Emirs Serail. Sie musterten die Ware, begutachteten sie und drückten die Muskeln mit Kennerschaft, vor allem, wenn sie Gefallen an einer Person fanden. Sie schätzten die Kraft ab und ließen sich die Zähne zeigen, wie wenn sie Tiere zu erwerben trachteten. Manch ein Sklave wehrte sich, und einige Mädchen wollten sich nicht berühren lassen, aber man hielt sie fest. Der Händler pries seine Ware schreiend an:

»Die schönsten Sklavinnen! Prächtige Sklaven! – Alles weit unter Preis!«

Die Interessenten ließen die Gefangenen vor sich hin und her laufen oder sogar springen. Es kamen vor allem Muslime, aber auch einige Juden und sogar Christen, aber allen war es verboten, einen Angehörigen der eigenen Religion zu erwerben. Am begehrtesten und am teuersten waren die Sklaven mit besonderen Fähigkeiten, die höchsten Preise erzielten die Spezialisten wie Künstler, Handwerker, Köche, Schreiber, Tänzer und Sängerinnen – oder auch die Eunuchen.

Hazards Oberkörper war nackt wie der aller anderen Männer. Um die Hüften hatten man ihm ein dunkelbraunes Tuch geschlungen, das bis zu den Oberschenkeln reichte. Er sollte so vorteilhaft wie möglich präsentiert werden – und er brauchte sich nicht zu schämen. Sicher, es gab muskulösere, kräftigere Oberkörper, aber keinen, der harmonischer und ebenmäßiger war als der seine. Sein Brustkorb war wohlgeformt, die Rippen wirkten wie Schmiedearbeit, edel die Schulterkugeln, schlank und doch kräftig die Arme. Der lange Marsch hatte seine Haut getönt wie helles Kupfer. Er hörte sogar bewundernde Ausrufe, freilich nur von Mägden, die als Käufer nicht in Betracht kamen, die ernsthaft Interessierten hielten sich klug zurück.

Hazard blickte sich verstohlen um und musterte seine Leidensgenossen. Die meisten mochten Christen sein, vielleicht waren sogar Ritter darunter, mindestens Knappen, auch Bauernsöhne. Und dann natürlich die Mädchen und Frauen – waren es Edeldamen oder Dirnen? Sicher beides. Es war erstaunlich, wie wenig man ihnen ihre Herkunft ansah, nachdem man sie ihrer Kleidung beraubt hatte.

Wie würde ihrer aller Zukunft aussehen? Manch einem der Burschen drohte wohl das Dasein als Galeerensklave. Hazard betete, daß er von diesem Schicksal verschont blieb, aber vielleicht mußte er die kaum weniger harte Arbeit auf den Feldern eines maurischen Gutsherrn verrichten. Und auf die Mädchen mochte ein Harem warten. Hazard verfiel in einen Zustand träumerischer Gleichgültigkeit. Obwohl das Jahr erst im fünften Monat stand, brannte die Sonne auf die ungeschützten Köpfe und Körper und brachte das Blut zu fiebriger Wärme. Ob ein Gutsherr kam, der Vorsteher eines Serails, ein Sklavenaufseher, ein Kaufmann – Hazard achtete nicht mehr darauf, er ergab sich in sein Schicksal. Das Reden, Betasten, Bieten, Feilschen – alles spielte sich wie hinter einem Schleier ab. So nahm er zunächst auch nicht wahr, daß der Händler eine ernsthafte Verhandlung mit einem älteren Mann begann, der ein dunkles Hemdgewand trug. Er merkte erst auf, als dieser Mann ihn vom Podest herabkommen ließ, um ihn besser beurteilen zu können.

Und Hazard gefiel dem Alten.

»Bist du beschnitten?« fragte er. Hazard verneinte. »So bist du Christ? Woher kommst du, Bursche?« Der Mann redete ihn in lateinischer Sprache an.

Hazard überlegte. Der Alte sah vertrauenerweckend aus, weder wie ein Galeerenkapitän noch wie ein Besitzer großer Ländereien, eher wie ein Kaufmann, ein Händler. Das ist vielleicht nicht das schlechteste Los, dachte Hazard und antwortete schließlich, wenn auch zögernd in maurischer Sprache:

»Ich bin Christ, man hat mich in Les Saintes Vierges de la Mer überwältigt.«

»Sieh an, du kannst dich mit uns verständigen! Das ist prächtig. Du hat auch eine gute Figur und wärest möglicherweise eine Zierde für mein Hamam. Nun ja, nun ja, eine bescheidene Zierde, keine große, bilde dir nur nichts ein. Ich kann auch nicht viel für dich zahlen, wozu auch, gut gewachsene Burschen gibt es wie Sand am Meer. Hier finde ich mindestens ein halbes Dutzend deiner Sorte. Aber immerhin … Ich könnte es in Erwägung ziehen. Man sagte mir, daß du Erfahrungen hast. Weißt du, was ein Hamam ist?«

»Ein Badehaus?« Hazard frohlockte innerlich. Das war ihm ja vertraut von Kindheit an. Nicht ein maurisches Badehaus, nein, das kannte er nicht, aber so groß mochte der Unterschied wohl nicht sein.

»Glaubst du, daß du mir in meinem Bad nützlich sein kannst?« fragte der Hamami, der Herr des Badehauses.

Hazard nickte, blieb aber vorsichtig. Daß er aus Seimarle kam, wollte er noch nicht sagen.

»Nun, ich will es mit dir versuchen«, rief der Alte. Er zog den Sklavenhändler mit sich fort und begann mit ihm zu handeln. Sie gestikulierten und redeten lange aufeinander ein. Einmal drehte sich der Hamami um und entfernte sich einige Schritte, so daß Hazard befürchtete, er könne es aufgegeben haben. Aber er kehrte jammernd zurück und zahlte und jammerte immer noch, als er Hazard danach mit sich nahm:

»Ein Halsabschneider ist dieser Sklavenhändler, ein Gauner, ein Lump. Du bist deinen Preis gewiß nicht wert. Dumme Jungens seid ihr alle! Ich zahlte viel zuviel, ach, ich ließ mich davon verleiten, daß du schon einmal in einem Badehaus ein paar Eimer getragen hast! Mehr war es wohl nicht, ihr schneidet ja alle auf! Aber das nützt mir bestimmt nichts, denn mein Hamam ist mit keinem anderen zu vergleichen! Ich bin ein Narr, ein alter Narr.«

Hazard schwieg und ließ den Alten reden. Dieser führte ihn vom Markt fort, durch das Gewühl, bis die Straßen leerer wurden und sich zu Gassen verengten. So kamen sie in eine Vorstadt und gingen hügelan. Endlich erreichten sie ein weißes Gebäude, das von hohen Mauern umgeben war und sich an einen Abhang schmiegte. Sein Tor war reich verziert, und darüber standen Zeichen, die Hazard nicht entziffern konnte. Der alte Mann erklärte ihm:

»Das bedeutet: ›Hamam von Ibn Nabor‹. Wunderst du dich über diesen Namen? Ich war Jude von Geburt, aber ich kehrte der Religion meiner Väter den Rücken und wurde Muslim. Das ist hier bekömmlicher! Nun bete ich zu Allah statt zu Jehova. Im übrigen verehre ich den großmächtigen Sultan, den Beherrscher aller Gläubigen, den Allah schützen möge, und schulde dem mächtigen Emir und Kommandeur der Stadtwachen meinen Tribut. Ihm verdanke ich, daß ich das Hamam betreiben darf. Ach ja, ach ja … Doch was schwatze ich da? Nun, möge ich es nie bereuen, dich bei mir aufgenommen zu haben!«

Und ich auch nicht, ergänzte Hazard in Gedanken.

Der Raum hinter dem Eingangstor war weitläufig, ein mit Kacheln ausgekleidetes Gewölbe, das sich nach zwei Seiten in die Baderäume öffnete. Und Hazard lernte bald alle kennen: Nach rechts und links erstreckten sich die Kammern der Entkleidung mit den Wandnischen, der Raum des heißen Dampfes, der Saal der Kühle und Stille, die Kammern der Bürste und des Walkens, die der entspannenden Ruhe und des erfreulichen Gesprächs. Sorgfältig ausgestaltet waren sie alle: Es gab Becken mit heißem und kaltem Wasser, die durch Kupferrohre oder Rinnen gespeist wurden, und unter dem Dampfraum befand sich das Feuergewölbe mit dem gemauerten Ofen, aus dem der graufeuchte Dunst hinaufstieg.

Dieses Hamam von Ibn Nabor war wirklich das prächtigste in Medina Al-Tanagra, berühmt nicht nur in dieser blühenden Stadt, sondern weit darüber hinaus. Hinter dem überkuppelten Hauptbadehaus erstreckte sich ein leicht ansteigender weiträumiger Park mit mehreren kalten Freibecken, zum Teil mit Fontänen, und dort stand auch der kleine Pavillon, der Kiosk mit den goldenen Säulen. An der Seite auf halber Höhe befand sich ein weiteres Heizhaus, wo man das Wasser über prasselndem Holz erhitzte und danach hangabwärts leitete. Und zuoberst lag ein See, der vom verschneiten Gebirge gespeist wurde, so daß sein Wasser quellfrisch war. Er war das Herz des Hamam, von ihm aus sprudelte das erfrischende Naß in holzgefaßten Rinnen bis zum Heizhaus oder in natürlicher Kälte daran vorbei in die Freibecken oder auch in das große Hamam. Und alles war umgeben von einer hohen Mauer.

Hazard wurde in ein Gebäude neben das Hamam geführt, hier befanden sich die Lagerstätten der Sklaven. Er sah in viele Gesichter, und keines wirkte gequält oder geschunden.

Ibn Nabor wies ihm seinen Platz an und zeigte auf einen Burschen, dessen Bank neben seiner stand, er hatte eine schiefstehende Nase bei untersetzter Gestalt.

Hazard fuhr zusammen, denn der Mann trug eine auffällige Narbe in Form eines gezackten Sterns über der rechten Augenbraue.

»Ich heiße Guy«, knurrte dieser und blickte Hazard prüfend an, wie wenn er sich zu erinnern versuchte.

»Vertragt euch«, forderte sie Ibn Nabor auf. »Es trifft sich, daß ihr aus der gleichen Heimat kommt, Guy wird dich in deine Arbeit einweisen.«

***

Hazard fragte sich, ob der Bursche, der sich Guy nannte, ihn erkannt hatte. Er hoffte es nicht. War Guy überhaupt sein richtiger Name, und suchte er ihn noch? Wollte er ihm immer noch ans Leben und warum?

Vielleicht konnte Hazard dieses Geheimnis endlich entschlüsseln. War es denn nur ein Zufall, daß Guy ebenfalls Sklave im Badehaus Ibn Nabors war, oder war es gar eine Fügung des Schicksals? Gott zog doch die Fäden, an denen alle hingen. Hazard grübelte. Als Guy dann von Hazard wissen wollte:

»Wie heißt du?« verschwieg er die Wahrheit.

»Amadé ...« antwortete er.

»Und weiter?«

»Amadé ... Amadé Trouvé!« Das adelnde »le« ließ er hier weg, er schämte sich plötzlich.

Er war nun Badesklave und stellte sich geschickt an. Die Arbeit war ähnlich, wie sie daheim bei der Mutter gewesen war, wenn sich auch die Badestube in Seimarle nicht mit Ibn Nabors großartigem Hamam vergleichen konnte.

Er begann mit niederen Arbeiten, schleppte Brennholz, schürte das Feuer und reinigte die Becken. Doch schon bald durfte er die Männer beim Ausziehen bedienen, nahm ihnen die Kleider ab und ordnete sie in die Nischen der Aufbewahrung. Da er auch in seinem Lendenschurz ansehnlich war, wurde es ihm aufgetragen, die Gäste nach dem Bad trockenzureiben. Und er stieg weiter empor, indem er darin unterwiesen wurde, die erhitzten Leiber durchzukneten. Dabei lernte Hazard schnell, so mit den Männern zu plaudern, daß es diesen Vergnügen bereitete. Er war zurückhaltend mit der eigenen Meinung, denn der beste Gesprächspartner ist der gute Zuhörer.

So vergingen Wochen, Monate. Es war warm in Medina Al-Tanagra, auch die Wintermonate waren angenehm mild.

Streng geschieden vom Hamam war die Wohnung Ibn Nabors, in einem Nebenhaus, zwar noch im Park gelegen, aber umgeben von einer eigenen, niedrigen Mauer. Ibn Nabor hielt auf Trennung und hatte eigene Diener im Haus, die kaum Berührung mit den Badesklaven hatten. Hazard vernahm zwar, daß Ibn Nabor verwitwet sei und mit einer Tochter zusammenlebe, aber er kümmerte sich nicht darum, denn er war ausgefüllt von seiner Arbeit. Gab es doch nach und nach immer mehr Gäste, zu denen sich besondere Beziehungen entwickelten, auch wenn man es nicht gerade Freundschaft nennen konnte, er war und blieb ja Sklave. Aber er erfuhr von familiären Sorgen, hörte von Geschäften und wurde um seine Meinung befragt, er wurde mit Scherzworten begrüßt und verabschiedet, man freute sich, wenn man ihn erblickte. Ibn Nabor erkannte das wohl, er schätzte Hazard und lobte sich insgeheim selbst, weil er diesen hübschen Glücksjungen erworben hatte, ließ das freilich nicht laut werden, rieb sich nur verstohlen die Hände und betraute Hazard mit immer größeren Aufgaben, so daß man in ihm bald, wenn auch nicht den heimlichen Leiter, so doch einen bevorzugten, emporgehobenen Diener des Hamam erblicken konnte.

Und Hazard genoß seine Stellung, er freute sich darüber, wollte aber trotzdem kein Sklave bleiben. Im Gegenteil, er sann darauf, wie er seine Freiheit wiedererlangen könnte. Er hatte viele Ziele, und sein erstes war es, wieder ein freier Mann zu sein. Auch das zweite verlor er nicht aus den Augen: Er wollte weiter nach dem wunderbaren Buch suchen. Und nie vergaß er, daß er das Geheimnis der Mordversuche lüften wollte.

Sein Verhältnis zu Guy war daher zwiespältig. Er versuchte immer wieder, ihm aus dem Weg zu gehen, aber er spürte bald, daß Guy nicht ahnte, wen er in Wirklichkeit vor sich hatte. Gerissen oder raffiniert war dieser Bursche nicht, vielmehr das Gegenteil. Denn wenn Guy eher stumpf war, so entwickelte er doch allmählich eine Art Anhänglichkeit an Hazard und erkannte neidlos an, daß dieser ihm überlegen war. Er nahm es hin, daß Hazard bevorzugt wurde, während er bei den niederen Arbeiten blieb, schrubbte, putzte, Brennholz hackte und Feuer schürte. Er wünschte nicht mehr – nur frei sein, das allerdings wollte er.

Wenn Hazard auch allmählich sein Mißtrauen verlor, so blieb er doch vorsichtig und sagte nichts, was Guy als Hinweis auf seine Identität hätte verstehen können. Er wußte ja nicht, ob dieser noch den Auftrag hatte, ihn zu töten. Hazard wollte warten, bis sie miteinander völlig vertraut waren, dann beabsichtigte er, ihn vorsichtig auszufragen.

Eines Tages ließ ihn Ibn Nabor rufen, und Hazard folgte schnell. Der Hamami erwartete ihn im Eingangsgewölbe.

»Geh mit mir einige Schritte, Amadé.«

Hazard wunderte sich. Ibn Nabor wollte ihn alleine sprechen? Das glich fast einer Auszeichnung! Was hatte der Alte ihm wohl zu sagen?

Sie schritten in den Park, den Hang hinauf. Die Freibecken waren wie Augen, die schimmerten, den Himmel und sogar die fernen Berge spiegelten. Bäume zeigten ihre schönen Formen, Wipfel, Kugeln, Kegel und breitgefächerte Äste, in den weiten Rasenflächen erhoben sich einzelne Palmen und Zedern, Zypressen und Araucarien.

Ibn Nabor begann erst zu reden, als sie den kleinen Kiosk erreicht hatten, dessen goldene Säulen ein rotes, geschwungenes Dach trugen:

»Laß uns eintreten!«

Es fiel Hazard auf, daß seine Stimme verändert war, als wäre er ein wenig verlegen. Der Alte setzte sich auf die schmale Bank, und Hazard blieb höflich vor ihm stehen.

»Ich bin mit dir zufrieden, Amadé. Die Badegäste äußern sich lobend, es fällt manch gutes Wort. Nun ja, über die anderen auch, das ist wahr, bilde dir also nichts ein. Trotzdem möchte ich noch einen weiteren Versuch mit dir machen.« Ibn Nabor schwieg wieder. »Es ist vor allem deine Jugend, die dich auszeichnet, Amadé, dafür kannst du nichts, das ist nicht dein Verdienst, es ist weniger dein Geist, der gefällt. Freilich, das erwarte ich auch nicht, denn Geist entwickelt sich nun einmal erst nach einem langen, klug gelebten Leben. Aber die Jugend ist ja auch etwas Schönes. Und nicht jeder verfügt über sie in diesem Maße. Ach ja …« Ibn Nabor seufzte. »Allzuschnell verliert man diese Kostbarkeit. Dann wird das Fleisch schlaff, es hängt in Falten herab, während die Seele ihre Jugend nicht verliert und selbst nicht altert. So entsteht ein unschönes Mißverhältnis, das man nur notdürftig mit Philosophie überbrücken kann. Wie dem auch sei, ich frage dich jetzt, ob du dir schon zutraust, über philosophische Fragen zu reden, mindestens zu plaudern, und zwar auf angenehme Art?«

»Ich bin nicht ohne Interesse«, meinte Hazard vorsichtig. »Zum Beispiel suche ich ein Buch, von dem man sagt, daß es das weiseste Buch der Welt sei …«

»Vielleicht findest du es hier«, murmelte der Hamami. »Wir haben die schönste und am reichsten ausgestattete Bibliothek aller Länder, so sagt man jedenfalls.«

»Dürfte ich sie besuchen?«

»Es sei dir erlaubt … von Zeit zu Zeit natürlich nur, wenn du hier keine andere Arbeit hast. Nun aber zu meinem Geschäft: Höre, es ist zu wunderbar! Der Sultan selbst will mir die Ehre seines Leibes erweisen. Ja, er kommt in meinen Hamam, und das ist die höchste Auszeichnung, für die ich Allah, dem Allergnädigsten, danke! Nicht einmal wenn mich der Emir und Kommandant der Stadtwachen besuchen wollte, wäre es von gleicher Bedeutung, obwohl der Emir doch ein mächtiger Mann ist, für mich sogar besonders wichtig, doch das ist eine andere Sache. Wie nun, Amadé, wie nun … Würdest du dir zutrauen, Seine Erhabenheit, die Gott erhalten möge, allein zu bedienen? Besser und schonender, zartfühlender und einfühlsamer noch, als du all die anderen Gäste bedienst?«

Hazards Herz schlug schneller, denn er wußte, daß darin auch eine Gefahr lag. War er dem Sultan nicht angenehm, dann war seine Stellung hier, ja vielleicht sogar sein Leben bedroht, es konnte ihn den Kopf kosten.

»Ich weiß nicht, ob ich es mir zutrauen soll ... Aber bemühen würde ich mich freilich, sehr sogar, und ich würde beten, daß ich den Sultan zufriedenstellen kann, am besten so, daß er mich nicht bemerkt, wie man den Wind nicht bemerkt, der einem die Stirn angenehm kühlt.«

»Sehr klug gesprochen! Du erkennst, daß es bedenklich sein könnte, dem Sultan zu mißfallen, das wäre auch schlimm für mich. Deshalb habe ich reiflich überlegt, ob ich dich auswählen soll, entschloß mich aber dazu. Denke daran, daß du den Sultan mit geistreichen Gesprächen unterhältst, während du ihm den erhabenen Leib abtrocknest, bürstest und walkst. Wie man mir sagte, hört er gern Erzählungen aus fremden Ländern. Das ist auch ein Grund, warum ich auf dich verfiel, warum ich dich auszeichne mit dieser Gunst. Den Christen gilt sein Interesse, und den Rittern, die Medina Al-Tanagra bedrohen. Er findet ihre Sitten zwar barbarisch, aber er meint, er müsse sie kennen und will daher mehr von ihnen wissen. Erzähle ihm also von all dem, was du schon gesehen hast, erfreue ihn zusätzlich mit der Anmut deines wohlgewachsenen Körpers. Ist der Beherrscher der Gläubigen zufrieden, werde ich es auch sein, und du wirst noch größere Freiheiten erhalten. Nicht die Freiheit selbst, nein, das nun doch nicht, das schlage dir aus dem Kopf, denn ich zahlte nicht wenig für dich, aber einige kleinere Freiheiten will ich dir gewähren. Du dürftest die Stadt besuchen und die Bibliothek, man erkennt dich ja an deinem Halsring, und du wirst daher zu mir zurückkehren müssen.«

»Ich werde zurückkehren«, erklärte Hazard, »und zwar nicht nur des Halsringes wegen. Ich will ja auch gar nicht fort von Euch, mein Herr und Gebieter«, setzte er fast gegen seinen Willen hinzu. Er hatte plötzlich das Bedürfnis, zu dem alten Mann freundlich zu sein. »Ihr behandelt mich gut und zeichnet mich mit Gunst aus.«

»Ja, ich halte dich wie einen Sohn«, erklärte Ibn Nabor würdevoll.

Hazard errötete:

»Aber Euer Sohn wäre nicht Euer Sklave!«

»Familienbande fesseln vielleicht genauso«, war die gemurmelte Antwort. »Doch mir blieb ein Sohn versagt. Und du bist ein Christ, das wird immer zwischen uns stehen. Nun, verrichte deine Tätigkeit gut, erfreue den Sultan durch Bescheidenheit, Zurückhaltung und durch geschickte Vorrichtung, sorge dafür, daß er an seinen Körper und an seiner Seele gleichermaßen Entzücken verspürt. Natürlich ohne dabei die Grenzen des Anstandes zu überschreiten – das ist eine hohe Kunst! Und denke immer daran: Es wäre die höchste Ehre für mein Hamam, wenn der Beherrscher der Gläubigen nicht nur ein einziges Mal käme, sondern wenn er wiederkehrte ... Ich vermag es kaum zu denken! Dann soll es dir an nichts mangeln!«

Damit war die Unterredung fast beendet. Ibn Nabor besprach mit Hazard nur noch praktische Details seines hohen Dienstes, dann verließen sie den Kiosk und kehrten durch den Park ins Hamam zurück.

In den Bäumen sangen die Vögel.

***

Es dauerte noch fast eine Woche, bis der Sultan das Hamam beehren wollte. Und genau an jenem Spätnachmittag rief Guy Hazard zu sich:

»Amadé ...«

»Was willst du?«

Guy winkte ihn in eine Nische und zog ihn auf eine Holzbank. Sie waren unbeobachtet, nur weiße Wände leuchteten ringsum, darüber fiel das Licht aus einer runden Öffnung.

»Amadé, ich kann dir doch vertrauen – oder?« fragte Guy. Seine Narbe leuchtete wie ein Stern.

Hazards Puls ging schneller. War jetzt eine Gelegenheit, von Guy zu erfahren, ob wirklich er es war, der ihn in Corastanne auf der Stadtmauer hatte erdolchen wollen? Ob er immer noch die Absicht hatte, Hazard le Bain – oder richtiger: Hazard Molinet – zu töten?

»Du kannst mir vertrauen«, antwortete er. »Aber wie sieht es mit dir aus? Vertrauen gegen Vertrauen, ich weiß kaum etwas von dir, du warst doch auch nicht immer Sklave. Du kommst aus meiner Heimat, wenn auch nicht aus derselben Stadt, so doch aus demselben Land. Du sprichst meine Sprache, was also hast du gemacht, ehe du hierher verschleppt wurdest? Bist du Knappe, Handwerker oder Tagelöhner gewesen? Wovon hast du dich ernährt?«

»Ja, wovon? Von allem und nichts«, war die Antwort. Sie kam zögernd. »Ich lebte von allerhand Aufträgen, von Erledigungen, von Botengängen.«

»Dazu braucht man Geschicklichkeit.«

»Ja, und ich bin geschickt, das kannst du mir glauben! Ich überbrachte Nachrichten, Briefe, ging weite Strecken, kenne viele Städte.«

»Und warst du schon einmal in … Corastanne?«

»Corastanne? Nun ja, da war ich auch. Warum fragst du?«

»Ach, ich bin ebenfalls einmal dort gewesen, als Spielmann!«

Hazard schwieg, hatte er schon zuviel gesagt? Aber Guy merkte nicht auf. Da fragte Hazard schnell: »Diese Botengänge … war das alles?«

»Es war nicht alles, es gab auch Heikleres.«

»Was meinst du?«

»Nun – ich hatte vornehme und reiche Kunden, und diese wollten die verschiedensten und geheimsten Dinge geregelt haben.«

»Hast du im Auftrag gestohlen?«

»Gestohlen? Warum nennst du das so? Ich habe dafür gesorgt, daß kostbare Dinge von Zeit zu Zeit ihren Besitzer wechselten.«

Hazard zögerte.

»Und getötet … hast du auch?«

»Getötet ... Wieder so ein Wort! Manch einer ist manch einem im Weg. Die Leute werden schon ihre Gründe haben.«

»Aber die Schuld, die du auf dich lädst?«

»Pah! Wer ist denn schuld, die Hand, die etwas ausführt, oder der Kopf, der es anordnet?«

Hazard hätte gern mehr gefragt, aber ganz direkt durfte er ja nicht werden, noch nicht, er wollte sich nicht verraten. Er spürte auch, daß Guy die Unterhaltung unangenehm zu werden begann, daß er ausweichend antwortete:

»Nun, dir droht ja keine Gefahr. Du kannst dich auf mich verlassen. Und ich denke, auch du wirst mich nicht verraten. Also, ich sage es geradeheraus: Ich will fort von hier!«

»Du willst fliehen?«

»Ich will wieder frei sein. Und zu zweit schafft man es leichter über die Mauer, aus der Stadt. Kommst du mit?«

»Mit dem Halsring, der uns überall als Sklaven ausweist? Wo ist ein Schmied, der ihn löst?«

»Das findet sich. Ich erfuhr, daß der christliche König Medina Al-Tanagra erobern will, schon zieht er seine Truppen zusammen. Er hat neue Macht durch die Heirat mit der Fürstin von Seimarle und Vignona dazugewonnen. Schon sollen die Ritter nicht mehr weit sein. Noch wird verhandelt, aber wenn es zu einem Kampf kommt, dann möchte ich nicht mehr hier sein, denn allzuleicht wird man im Tumult für einen Muslim gehalten und erschlagen. Außerdem haben wir es nicht weit, die Gelegenheit ist günstig, wir müssen nur über die Berge, dann sind wir schon im Ritterlager, da gibt es Schmiede genug! Und wir können als freie Männer im Heer dienen.«

»Aber wie willst du aus der Stadt?«

»Aus dem Hamam zu kommen, ist nicht schwer, man muß ja nur über die Mauer, freilich geht das bloß zu zweit.«

»Ibn Nabor läßt uns viel Freiheit.«

»Kein Grund, bei ihm zu bleiben, denn bedenke, daß er uns jeden Tag wieder verkaufen könnte – auch auf eine Galeere.«

Plötzlich sah Hazard alles vor sich: die weiten Felder in Venproce, auf denen das Korn reifte, Burgen, deren Tore offenstanden, galoppierende Reiter, Städte mit gastfreundlichen Tavernen, fahrende Gesellen, die freche Lieder sangen, Mädchen, die ihn anlachten, Mädchen, die er in den Arm nahm. Wie lange hatte er keine Frau mehr geküßt … Deutlich stand es vor ihm, das Bild von Jeanine, im Zauber ihrer Jugend, mit der blonden Strähne in der Stirn, mit den Zöpfen, mit den hellblauen Augen …

»Wir mögen leicht aus dem Hamam kommen … Aber aus der Stadt, durch die Tore?«

»Nicht durch die Tore, es geht nur durch den Fluß. Du kannst doch schwimmen?«

Hazard nickte.

»Ich auch. Der Strom fließt zwischen zwei Türmen der Stadtmauer hindurch. Die Stelle ist zwar bewacht, aber wir können an ihr vorbeischwimmen, gegen die Strömung, sie ist nicht stark. Es muß eine dunkle Nacht sein, und bald ist Neumond, dann ist es finster. Ich will noch erkunden, wann es am günstigsten ist, und sage es dir. Wir schlagen uns danach ins Gebirge, warten den Tag im Gebüsch ab und steigen über schmale Pfade, wo uns das Unterholz verbirgt, nach Norden. Es wird sehr einfach sein, die Ketten der Sklaverei abzuschütteln. Also: Machst du mit?«

Hazard überlegte, es ging ihm nicht schlecht bei Ibn Nabor, es ging ihm sogar immer besser. Er wußte das, aber er war nicht freiwillig hier. Und es war richtig, daß Ibn Nabor ihn wieder verkaufen konnte. Außerdem wollte er bestimmt kein Sklave bleiben, auch nicht mit der Aussicht, den Sultan zu bedienen. Guys Plan klang durchführbar, er hatte auch noch ein paar Tage Zeit und mußte sich nicht sofort entscheiden, er konnte noch abwarten. Es konnte gelingen, was sprach dagegen?

»Du meinst, wir gehen abends in die Stadt, verstecken uns dort bis es dunkel ist, schwimmen durch den Fluß und wandern in der Nacht zu den Bergen?«

»Das ist noch nicht alles«, erwiderte Guy und schaute sich um, ob auch wirklich niemand zuhörte. »Ich will Geld haben. Wir erleichtern den Alten! Er bewahrt Gold in einer Truhe, in seiner Kammer, und es ist nicht schwer, in sein Haus zu kommen. Es gibt eine Lücke in der Mauer, dahinter ist ein kleiner Garten mit vielen Büschen. Zu seinem Schlafgemach rankt sich ein Baum empor, man kann leicht am Stamm hinaufklettern.«

»Er könnte es merken, erwachen, dann wäre alles verloren!« sagte Hazard widerstrebend.

»Wenn er sich wehrt, dann …« Guy tat so, als wolle er jemanden erdrosseln. »Das ist nicht schwer, wenn man es kann!«

»Nein, das nicht, keinesfalls!« rief Hazard energisch.

»Nicht so laut! Willst du uns verraten? Also gut … Doch es ist schade, der Alte ist reich genug, er merkt es ja kaum … wenn er davonkommt«, erklärte Guy. »Und wenn er nicht überlebt, merkt er auch nicht viel. Aber meinetwegen, ich dachte mir schon, daß du zu zart dafür bist. Irgendwie gefällt es mir sogar, du bist wohl was Besseres. Ich konnte nie wählerisch sein! Also – wenn du nur mitkommst! Wir schlagen uns dann schon zu den Rittern durch. Ich brauche nur deine Hilfe, allein schaffe ich es nicht! In ein paar Tagen? – Abgemacht?« Er streckte Hazard die Hand hin.

»Wenn Ibn Nabor aus dem Spiel bleibt – abgemacht!«

Hazard schlug ein.

***

Das Tor zum Hausgarten Ibn Nabors stand halb offen, aber das war sicher nur ein Zufall, der Alte mochte vergessen haben, es hinter sich zu schließen, und Hazard war an einem der blau gekachelten Freibecken beschäftigt. Er dachte über vielerlei nach, vor allem über die auf ihn zukommende Begegnung mit dem Sultan und wie er ihn unterhalten sollte, zugleich heiter, anregend und doch dezent, zurückhaltend. Er wollte ihm gefallen und den Beherrscher der Gläubigen ebenso spüren lassen, daß der Badesklave nicht aufdringlich war. Der Sultan kam ja zur Entspannung ins Hamam. Wasser, Dampf und die knetenden Hände sollten seine Freude sein, wobei zartklingendes Geplauder alles noch angenehmer machen konnte, wenn Hazard es nicht an der gebührenden Achtung fehlen ließ. Er wußte, es war ein Balanceakt. Er dachte ebenso an die Flucht mit Guy, und wie seltsam es war, daß dieser, der ihn hatte ermorden wollen, sein Kamerad dabei werden sollte.

Und nun stand dieses Tor, das immer geschlossen, stets von einem Geheimnis umgeben war, ein wenig offen, und Hazard sah einen Teil des weißen Hauses, in dem Ibn Nabor mit seiner Tochter wohnte. Er schaute in den Vorgarten mit seinem Grün, seinen Blumen und Buschgruppen, wurde neugierig und trat näher. Da wurde sein Blick gefangengenommen von einem Mädchen, das auf dem Rasen stand, und er sah nichts anderes mehr. Dieses Geschöpf war schön und unbeschreiblich anmutig, es trug ein rostrotes Obergewand über einer längeren, weißen Tunika, die bis an die Knöchel reichte. Die zierlichen Füße steckten in Pantoffeln aus Ziegenleder, die roten Hemdärmel fielen bis über die Handgelenke, die von weißen Bündchen umschlossen waren, und ein braunrotes Kopftuch schützte das tiefschwarze Haar vor der Sonne.

Aber was war das alles gegen das Gesicht des Mädchens! Es glich der feinsten Elfenbeinschnitzerei, die durch zart schrägstehende Augen, schwarz wie Onyx, und durch die Erdbeerfarbe der Lippen zum Schmuckstück wurde.

Hazard stand wie verzaubert und starrte sie an. Sie merkte auf. »Du mußt Amadé sein!« sagte sie, und ihre Stimme klang warm. »Ich hörte von dir, mein Vater erzählt mir manchmal aus dem Hamam, und ich liebe Geschichten.«

»So bist du Ibn Nabors Tochter?« brachte er heraus.

»Ja. Ich heiße Naemi!«

Er spürte ein Brennen und wußte, daß er die Gunst dieser Begegnung nutzen mußte, sie war vielleicht unwiederholbar.

»Geh nicht!« flehte er, und es lag eine solche Dringlichkeit in seiner Stimme, daß sie ihn verwundert anschaute. »Geh nicht fort, bevor du mir gesagt hast, wie wir uns wiedersehen können. Weißt du, ich kann dir so viel erzählen, viel mehr als dein Vater … Ich meine, ganz anderes, Dinge, die du noch nie gehört hast, aus fernen, fremden Ländern.«

»Du bist Christ!«

»Ja, aber was macht das? Ich meine … gerade dadurch weiß ich doch so vieles, was dir neu sein wird, von Badehäusern und Häfen, von Kapitänen und Pilgern, von Rittern und gebildeten Adligen. Ich kann dir von einem Grafen und von seinem Troß erzählen, vom Palast einer Fürstin, um die der König geworben hat und von einem Hirten, der im Mondschein tanzt.«

Sie lachte leise.

»Du versprichst viel!« Sie bemerkte verwundert, daß ihr dieser Bursche gefiel.

»Ach, das ist erst der Anfang – sag, werde ich dich wiedersehen?«

»Ich möchte wohl wissen, ob du mich nicht belogen hast. Ja, ich komme. Aber wo können wir uns treffen? Ich weiß nicht … vielleicht … kennst du den Kiosk?«

»Den im Park, mit den goldenen Säulen?«

Das Mädchen nickte.

»Aber natürlich kenne ich ihn, erst gestern war ich dort.«

»Gut, dort, zwar weiß ich noch nicht wann, aber einmal, wenn es dunkel wird, könnte es gehen. Doch ich warne dich, ich merke es, wenn du schwindelst und nur Märchen erzählst. Ich will die Wahrheit wissen!«

Sie errötete, als sie das sagte, weil sie schon an eine ganz andere Wahrheit dachte.

»Du magst keine Märchen?«

»Nicht von dir!« antwortete sie wie ein zwitschernder Vogel.

Da rief eine Stimme aus dem Haus:

»Naemi!«

Sie schreckte auf:

»Ich muß gehen! Auf bald ...«

»Ich warte auf dich!«

Sie verschwand, ihre zarten Füße bewegten das Gras.

Hazard war wie betäubt, am liebsten wäre er immer hier gestanden, immer an dieser Stelle. Aber er besann sich und ging, er wußte, daß er hier nicht gesehen werden durfte, jetzt schon gar nicht mehr, denn alles hatte sich verändert.

Am Abend saß er auf seinem Lager und starrte vor sich hin. Seine Gefühle waren im Aufruhr, seine Gedanken wirbelten, aber sie waren unklar. Er stützte den Kopf auf die Hände und überlegte, was er eigentlich wollte, die Freiheit oder das Mädchen? Denn beides zusammen konnte er nicht haben, aber vielleicht bekam er auch nichts!

Er schreckte erst auf, als Guy hereinkam, ihm die Hand auf die Schulter legte und in sein Ohr raunte:

»Bald ist es soweit, halte dich bereit!« Danach warf er sich auf seine Bank, wo er gleich einschlief.

Da legte sich auch Hazard nieder, grübelte aber weiter. Was sollte er nur tun?

»Naemi ... Naemi ...« flüsterte er lautlos und merkte nicht, wie sich der Name Naemi allmählich in Jeanine verwandelte.

***

Dann war er da: der Tag des Sultans. Der Beherrscher der Gläubigen, den Allah erhalten möge, kam mit zahlreichen Wachen, die ihn vor das Gebäude begleiteten. In das Hamam selbst aber schritten nur fünf Soldaten, die alle Räume durchsuchten. Da sie diese leer fanden bis auf einen, ihnen als ausgesucht bezeichneten Sklaven, zogen sie sich an die Türen zurück, und die Leuchte des Landes trat ein. Hazard näherte sich lautlos, auf nackten Sohlen, auch seine Beine waren bloß, er trug nur einen Lendenschurz um die Hüften. Er warf sich vor dem Sultan auf den

Boden, und der Herrscher bemerkte die Anmut des Sklaven, der ihm gefiel.

»Der Hamami scheint gut gewählt zu haben«, äußerte er, »gut jedenfalls, wenn das, was über deine Lippen kommt, dem entspricht, was dein Leib verheißt.«

Hazard stand auf und verneigte sich tief. Der Sultan war schwer, ein wenig beleibt, er trug seine Wohlhabenheit zur Schau, seine gepolsterten Wangen waren unter einem dichten Bart verborgen. Hazard flüsterte:

»Folgt mir in den nächsten Raum, o Licht meiner Augen!«

Teppiche lagen auf dem Steinboden. Hazard half dem Sultan, der sich willig bedienen ließ, aus den prächtigen Gewändern. Als der Erhabene, großartig in seiner Fülle, vor ihm stand, schlang ihm Hazard ein Tuch um die Hüften. Er machte es gewandt, behutsam und berührte den Mächtigen so, wie es schicklich war, ließ aber Zärtlichkeit ahnen.

Der Sultan nickte, legte seine Hand auf Hazards Schulter und empfand Freude dabei.

»Führe mich weiter, Sklave«, befahl er, und Hazard folgte der Aufforderung. Er öffnete die nächste, schmale Tür, Dampf schlug ihnen entgegen, der Sultan zögerte, Hazard faßte ihn mit aller Ehrfurcht am Ellenbogen, geleitete ihn behutsam hinein und führte ihn zu einer Bank, die mit weißem Linnen bedeckt war. Der Sultan ließ sich nieder und ächzte behaglich: »Dies ist also die Hölle des Hamam! Aber sie ist wohltuend! Und du, Sklave, dessen Anblick mir ebenfalls wohltut, rede: Woher kommst du?«

»Aus Venproce … o Wonne meines Herzens«, antwortete er. »Aus dem Land der Christen und Ritter.«

Von allen Seiten drang heißer Dunst in den Raum, dem Sultan rann der Schweiß von der Stirn, er perlte in den Bart und tropfte in die Hautfalten. Der Beherrscher der Gläubigen glänzte und begann zu träumen. Sein Kopf sank auf die Brust. Das war ein Zeichen für Hazard. Er wußte, wie wichtig es war, den Gast nicht in Gleichgültigkeit versinken zu lassen. Er beugte sein Knie und neigte das Haupt gegen den schimmernden Oberkörper.

»Folgt mir jetzt, Sonne des Lebens.«

»Nun, so hilf mir auf!« Der Sultan stöhnte.

Hazard erhob sich und berührte den fülligen Leib kraftvoll, aber behutsam. Es mußte sein wie ein Streicheln und es gelang, Hazard konnte seinen erhabenen Gast in einen weiteren Nebenraum führen. Hier war es immer noch warm, doch es fehlte der Dampf, aber wieder stand eine linnenbezogene Bank bereit.

»Legt Euch, o Glänzendster«, bat Hazard und achtete darauf, daß es fürsorglich geschah. Er rieb die Haut mit dem rauhen Handschuh und reinigte so die Poren, bis der Sultan seufzte: »Ich gestehe, das machst du gut, erfreulicher Sklave. Dein Herr soll es erfahren.«

Danach geleitete Hazard seinen Gast in die Halle des kalten Beckens. Auf Marmorstufen führte er ihn ins blauklare Naß. Der Sultan ließ einen erschreckten Schrei ertönen, doch es war zugleich ein Laut der Wonne. Er tauchte rasch und entschlossen unter, sein Bart schwamm auf der Oberfläche. Schnell hob der Beherrscher der Gläubigen den triefenden Körper wieder empor und stieg aus, worauf die erquickende Massage folgte. Das Olivenöl schmeichelte der Haut und nicht minder die Hand, denn Hazard knetete die durchwärmten Muskeln.

Im Raum der Kühle schlang Hazard dann seinem Gast ein Tuch um die Schultern und begnügte sich selbst mit dem Lendenschurz, dem Gebot der Schicklichkeit folgend, ohne den Reiz seines jungen Körpers jedoch ungut zu verhüllen.

Dies war der Ort, wo der Sultan sich völlig entspannte. Er legte sich nieder und schloß die Augen.

»Rede, erfreulicher Sklave«, forderte er Hazard auf. »Berichte mir von den Christen, erzähle mir aus deiner Heimat. Es ist gut für mich, wenn ich die Stunde der Ruhe mit Nützlichem fülle, und nützlich ist es für mich, meine Feinde kennenzulernen. Es sind nicht meine Feinde, weil ich es so will, sondern weil sie mich bedrohen. Ich leiste dem König der Franken nämlich Tribut, aber damit ist er nicht zufrieden und zieht ein Heer zusammen. Ich muß ihn davon abbringen, unsere Stadt anzugreifen. Vielleicht, wenn ich mehr von ihm weiß, kann ich ihm klüger begegnen. Rede also.«

Hazard sprach zunächst zögernd, dann immer flüssiger. Er konnte dabei den ganzen Schatz seiner Erfahrung vor dem Sultan ausbreiten. Unersättlich war dieser darin, vom Comte de la Brosse zu hören und von seinem Wagenzug, er wurde nicht müde, nach Herzog Erné und Herzogin Albane zu fragen. Vom Erzbischof wollte er vernehmen, und der Baron de Bercy fesselte seine Aufmerksamkeit.

»Ja, die Schönheit der Jugend! Allah, der Allmächtige und Allweise, der Unbegreifliche und Unerschöpfliche, hat sie gegeben, aber er nimmt sie uns wieder und läßt eine wabbelnde Hülle zurück. Sprich weiter, Sklave.«

Hazard erzählte von der Fürstin, die der König zur Gemahlin begehrt hatte. Und es war mehr ein Zufall, aber dann spielte doch ein wenig Eitelkeit mit, als Hazard auch von sich erzählte, vom Spiel mit den Figuren, wie er Herzog Erné das Leben retten konnte und danach zum Ritter geschlagen wurde.

»So bist du gleichzeitig Edler und Sklave«, murmelte der Sultan. »Allahs Wege sind wahrlich wunderbar! Du weißt doch, daß nichts geschieht, was Allah uns nicht vorherbestimmt hat? Alles, was uns zustößt, ist aufgeschrieben im Buch der Bücher seit unvordenklicher Zeit. Daher ziemt es uns auch nicht, dagegen aufzubegehren ... Du begehrst doch nicht auf?«

Hazard beeilte sich zu versichern, daß er nicht aufbegehre. »Ich denke ähnlich«, sagte er. »Ich glaube, daß Gott der Allmächtige, den Ihr, o Leuchte des Himmels, Allah nennt, uns an unsichtbaren Fäden führt. Jede Bewegung die wir tun, wird von ihm geleitet.«

»Das denkst du, erfreulicher Sklave? Warum wirst du kein Muslim? Man müßte dich dann nämlich in die Freiheit entlassen, weil es uns Gläubigen verboten ist, Muslime als Sklaven zu halten. Das gilt auch für Ibn Nabor, obwohl er einmal Jude gewesen ist. Aber noch ein anderer Gedanke kommt mir: Wie wäre es, wenn ich dich deinem Hamami abkaufen würde? Dann wärest du mein christlicher Sklave, und ich brauchte deine wohltuenden Hände nie mehr zu entbehren.«

Hazard zuckte zusammen. Vielleicht hätte er sich zu anderer Zeit über diese Auszeichnung gefreut, jetzt aber erschreckte sie ihn. Das hieß ja, sich von Naemi zu entfernen und sie nie mehr wiederzusehen! Undenkbar! Er warf sich auf den Boden und berührte den Stein mit der Stirn.

»Ihr beglückt mich unendlich, Stern des mondlosen Himmels«, stammelte er. »Aber bedenkt, daß ich für Ibn Nabor wie für einen Vater empfinde, und er für mich wie für einen Sohn. Er sagte es neulich, es würde ihn schmerzen, und ich bereite ihm ungern Kummer.«

»Ja, das wäre wohl ein Verlust für ihn.« Der Sultan wollte jetzt nicht weiter in Hazard dringen und sich auch nicht der Mühe planender Gedanken unterziehen, es eilte ihm nicht. Etwas anderes ging ihm nicht aus dem Sinn. Er ließ sich noch einmal vom Puppentheater in Corastanne erzählen, wollte alle Einzelheiten wissen vom Spiel um den römischen Kaiser, der ermordet werden sollte, von den beiden Verschwörern und wie der Anschlag auf Herzog Erné vereitelt wurde. Als Hazard zum Ende gekommen war, saß der Sultan schweigend da und strich sich nachdenklich über die Stirn, wobei er Hazard grübelnd ansah und die Zeit vergehen ließ. Schließlich sagte er:

»Für heute wollen wir es genug sein lassen, aber vielleicht werde ich dich zu einer anderen Stunde noch einmal befragen. Allah wird mir sagen, was ich tun soll. Vielleicht hat er dich mir geschickt, ich will ihn um seinen Rat bitten.«

Hazard waren diese Worte rätselhaft, er fühlte sich aber geschmeichelt, weil der Sultan in ihm ein Werkzeug seines Gottes sah, und er war gleichzeitig froh, daß die Sprache nicht noch einmal auf Ibn Nabor kam. Naemis Vater hätte dem Wunsch des Sultans, ihn zu verkaufen, Folge leisten müssen, und Hazard wäre gezwungen gewesen, den Hamam zu verlassen.

Hazard wußte nicht mehr, was er wollte, er verließ sich einfach darauf, daß Gott am richtigen Faden ziehen würde. Jetzt hatte er zunächst dem Sultan wieder in seine Kleider zu helfen. Als der Beherrscher der Gläubigen ging, warf sich Hazard mit der Stirn auf den Boden, und der mächtige Herr winkte gnädig, als er das Hamam verließ.

Wenige Tage später wurde Hazard von Guy beiseite genommen: »Übermorgen ist Neumond, Amadé, dann gehen wir!«

Und Hazard, der Unentschlossene, nickte.

Ibn Nabor seinerseits lobte Hazard:

»Unser Beherrscher, den Allah schützen möge, war zufrieden mit dir, Amadé, mein Sklave, so bin ich es auch. Genieße also die kleinen Freiheiten, die ich dir versprach.«

Da beeilte sich Hazard, er strebte zur Bibliothek, für die Medina Al-Tanagra berühmt war. Er wollte nicht aus dieser Stadt fliehen, ohne nach dem Wunderbuch des großen Esavero gesucht zu haben.

***

Hazard lief durch verwinkelte Gassen, und man wies ihm den Weg zu einem dreistöckigen, weißen Bau, in dessen Mitte sich ein mit Ornamenten geschmücktes Tor unter dem Hufeisenbogen öffnete. Viele Männer strebten hinein oder kamen heraus, Rechtsgelehrte, Professoren, Magister, Poeten, vor allem aber Studenten. Man ließ Hazard ungehindert eintreten.

Noch nie hatte er so viele Werke in einem einzigen Gebäude gesehen, Raum auf Raum, es roch nach Pergament, nach Papier, Leim und nach Staub – eine eigenartige Geruchsmischung, die ihn an Père Mertins Bücher erinnerte, sowie auch an die Folianten der Klosterbibliothek von Seimarle. Aber welcher Fülle sah er sich hier gegenüber! Dicht an dicht standen die gebundenen, mit Lederrücken versehenen Bände, daneben lagen die Schriftrollen, manche mit herabhängenden Siegeln – das Wissen von Philosophen und Ärzten enthaltend, von Mathematikern und Sterndeutern, von weisen Männern jeder Religion und jeden Glaubens. Ja – jeden Glaubens, denn Hazard sah nicht nur die Bücher der Muslime, sondern auch solche der Juden und Christen, und noch weiter in die Zeit zurückgehend, solche aus Rom und Athen. Er stand und staunte, er nahm Werke aus den Regalen, er blätterte darin und stellte sie wieder zurück.

In einem besonderen Raum, der heller war als die anderen, gab es keine Buchreihen, wohl aber Tische und Schemel, an denen Schreiber und Studenten sich über Papiere beugten, schrieben und kaum den Kopf hoben. Es wurde nicht gesprochen, kein lautes Wort, höchstens einmal ein Flüstern.

Hazard wünschte, er könnte sich unter diese Schreiber mischen und in die Welt des Geistes eintauchen.

Im nächsten Raum waren Studenten versammelt, die lebhaft miteinander diskutierten, Hazard glaubte seinen Ohren nicht zu trauen, denn sie zogen alle Religionen, das Judentum so gut wie das Christentum und sogar den Islam in Zweifel und machten sich über die Gebete, die Gebote, das Fasten, die Pilgerfahrten, den Ablaß und das Almosengeben lustig.

Hazard wandte sich an einen jungen Mann, der ihm sympathisch erschien. Der Bursche hatte ein klares Gesicht, blaue Augen, eine scharfe Nase, er war sorgfältig rasiert, sein helles Gewand fiel glatt auf seine Füße herab.

»Wie heißt du?«, fragte ihn Hazard, und setzte hinzu: »Mein Name ist Amadé. Wie du siehst, bin ich Sklave.«

»Du trägst einen Kupferring und kommst in die Bibliothek? Das ist selten«, antwortete der Bursche. »Sicher bist du nicht immer Sklave gewesen. Ich heiße Mahmud Al-Adil und werde Mahmud gerufen. Wem dienst du?«

»Ich gehöre dem Hamami Ibn Nabor und diene in seinem Auftrag sogar dem Beherrscher der Gläubigen, den ich ins Dampfbad führen, bürsten, kneten und massieren darf. Aber vor allem muß ich ihn unterhalten, freilich immer so, daß ich ihn nicht langweile oder ihm lästig falle mit Geplapper.« Als Hazard dies sagte, spürte er Freude und Stolz.

»Das ist eine große Kunst, ich bewundere dich!«

Hazard lächelte, die Anerkennung tat ihm gut.

»Vielleicht kannst du mir weiterhelfen, ich suche ein ganz besonderes Buch. Ich will es dir gern erklären, möchte aber vorher noch etwas anderes wissen.«

Mahmud wies auf einen Schemel.

»Setz dich!«

Hazard dachte nach. Wie sollte er ausdrücken, was ihn bewegte?

»Woran soll man sich halten?« fragte er schließlich. »Das möchte ich gern von dir wissen. Ich habe den Eindruck, daß ich mein Leben bisher verspielt habe. Ja, ich bin auch ein Spielmann gewesen, nicht immer, aber doch dem Wesen nach. Nun fühle ich, daß ich mich entscheiden muß. Noch bin ich nicht zu alt, und mir steht vieles offen. Ich werde sicher kein Sklave bleiben, wenn ich auch noch nicht weiß, wie ich es machen werde, den Ring loszuwerden. Aber Gott hat mich bis hierher geführt, er wird mich weiterführen. Nun, wenn ich kein Sklave mehr bin, was mache ich dann? Da wäre ein Leben im Dienst des Glaubens: Ich spüre aber, das ist nicht mein Weg. Da wäre die Wissenschaft, aber hätte ich nicht schon viel früher mit dem Studium anfangen müssen?«

»Ach, du quälst dich für nichts und wieder nichts, denn der Mensch ist wie ein Getreidekorn, das keimt und wächst und endlich gemäht wird – und für immer dahin ist! Es kommt nicht darauf an, was man tut, glaube mir, es kommt auf gar nichts an, außer auf das eine!«

»Was meinst du?«

»Das Leben in seiner ganzen Fülle! Wirklich, das wichtigste

ist, daß wir leben, ich meine, daß wir bewußt leben. Denn das Leben ist es, was am allersüßesten schmeckt, alles: die Liebe, die Umarmung, der Frühling, die Sonne, das Licht … Auf all das könnte ich nicht verzichten um eines einzigen Berufes willen. Freilich gehört noch mehr dazu: das Denken, das Betrachten, möglicherweise sogar das Spielen. Aber am schönsten ist es vielleicht, die Begierden des Geistes zu stillen. Du siehst, ich widerspreche mir auch, denn die Gedanken kommen mir beim Reden.«

»Und bist du jetzt hier, um deinen Verstand zu befriedigen?«

»So ist es.«

»Sage mir, wie viele Bücher es hier gibt.«

»Ich weiß nicht, ob man sie schon einmal gezählt hat. Es kommen ja täglich neue dazu. Sind es tausend, zehntausend, fünfzigtausend – oder noch mehr …«

»Und damit sind wir beim Thema!« rief Hazard. »Ich suche ein bestimmtes Buch. Vielleicht kannst du mir helfen, denn ich ahne, daß es hier ist. Meine Vorfreude macht mich fast sicher.«

»So verrate mir den Titel.«

»Ich kenne ihn nicht, aber es ist das vollkommenste aller Bücher.«

»Also der Koran? Denn Allah läßt nicht zu, daß ein anderes Buch vollkommener ist!«

»Nein, nicht der Koran, auch nicht die Bibel oder der Talmud.«

»Das ist unglaublich, aber erkläre mir mindestens, worum es sich handelt …«

»Es geht um alles! Der große Esavero soll es geschrieben haben!«

»Was weißt du von ihm, Badesklave?«

»Er war Arzt und Philosoph, Rechtsgelehrter und Dichter, Musiker und Mathematiker, eine Leuchte der Wissenschaft. Vielleicht war er sogar das Licht des Lebens selbst, in dem alles enthalten ist, und nur deshalb konnte er dieses Buch schreiben. Ich will nur andeuten, was es enthält: Es entschlüsselt alles Wissen von Gott und der Welt, vor allem aber sind in ihm die Regeln des Lebensspiels niedergeschrieben.«

»Das klingt zu wunderbar, ich glaube, du phantasierst.«

»Also kennst du das Buch nicht?«

»Wenn ich es kennen würde, säße ich wohl kaum hier, denn dann wäre ich Magier, König oder sogar Fürst der Welt. Immerhin, ich will mich umhören, vielleicht finde ich einen Fingerzeig, der dir weiterhilft – der uns weiterbringen kann, muß ich jetzt schon sagen, denn ich selbst sähe allzugern in dieses Buch hinein, und wenn auch nur für eine Stunde. Vielleicht ist ja ein Körnchen Wahrheit in dem, was du sagst.«

»Dann überlasse ich alles Weitere dir, ich komme wieder und werde dich fragen, ob du fündig geworden bist.« Hazard erhob sich, denn die Sonne stand schon tief, und die Schatten der Menschen an den Tischen waren länger geworden.

Als Hazard in das Hamam zurückkehrte, dämmerte es bereits. »Heute nacht, Amadé«, raunte Guy ihm zu. »Heute ist die günstigste Gelegenheit zur Flucht. Wir können ungesehen entkommen. Du bleibst doch bei deinem Wort? Ich brauche deine Hilfe.«

Hazard war irritiert und zögerte. Was sollte werden? Das Buch der Bücher … Die süße Naemi … Schließlich murmelte er:

»Wir gehen!« Sein Entschluß stand fest, er hatte sich entschieden und wußte nun, was er wollte.

Guy grinste und drückte Hazard die Hand.

***

Die zwei Burschen warteten die Dunkelheit ab, dann schlichen sie in den Park. Guy trug ein Bündel, seinen Mantel, sein Messer, Hazard ging ohne Gepäck. »Ich brauche nichts und bin so freier«, hatte er auf Guys Frage geantwortet.

Sie kamen zur Mauer und wählten eine Stelle, wo das Gebüsch dicht war. Guy half Hazard beim Hinaufklettern, danach reichte dieser Guy seinen Arm und zog ihn zu sich empor. Sie lauschten einen Augenblick und sprangen dann zur anderen Seite hinab. Unbemerkt gelangten sie in die Hauptstraße, wo Fackeln in Eisenkörben brannten. Aber auch hier war kein Mensch zu sehen, nur einmal hörten sie Schritte, da duckten sie sich in einen dunklen Eingang.

Sie erreichten ihr Ziel, den Strom, unbehelligt und liefen am Steingeländer geduckt über die Brücke.

Das andere Ufer war flacher, dort konnten sie zum Wasser hinab. Von hier aus sahen sie die dunkel aufragende Stadtmauer, sie reichte mit zwei Türmen rechts und links an den Strom, der sich verengte, so daß die Strömung zunahm. Auf den Türmen waren Wächter postiert.

»Versuchen wir es«, flüsterte Hazard und zog sich das Hemd über den Kopf. Auch Guy entledigte sich seines Gewandes, beide banden sich ihre Bündel auf die Köpfe. Dann ließen sie sich über den Abhang ins Wasser gleiten, wo sie die Strömung sofort ergriff. Es war nicht kalt, und sie kamen schnell ins Tiefe. Hazard mußte kräftig gegen die Strömung anschwimmen, und Guy hielt sich dicht bei ihm. Es wurde bald schwerer, mühsamer.

Zuerst mußten sie unter der Brücke hindurch. Oben ging ein Mann, der sich nun über das Geländer beugte und hinabschaute. Wenn er sie bemerkte, würde er die Stadtwache herausrufen, dann war alles verloren. Nun waren sie genau unter den Türmen – schwammen hindurch.

Nichts geschah, und langsam, ganz langsam kamen sie weiter. Endlich hatten sie es geschafft, die Stadt mit der Umwallung endete, jetzt stieg die Mauer in ihrem Rücken empor, der Fluß verbreiterte sich wieder und am Ufer wuchs dichtes Gebüsch.

Hier waren sie aus der Sichtweite der Wachen. Sie versuchten, an Land zu kommen, und obwohl der Grund glitschig war, gelang es ihnen, sich an Zweigen emporzuziehen, Hazard zuerst. Er reichte Guy die Hand und half ihm heraus. Guy breitete die Arme aus und atmete tief durch.

»Der erste Schritt in die Freiheit«, jubelte er leise, lachte und schlug Hazard auf die Schulter. Er warf sein Bündel auf den Boden, schnürte es auf und schlüpfte in seine Kleider.

Hazard stand schweigend daneben.

»Was ist mit dir?« fragte Guy. »Willst du dich nicht ankleiden? Wir müssen weiter, ins Gebirge. Ich bin verrückt nach einem Schmied, der mich von dem Halsring befreit!«

Aber Hazard erwiderte:

»Du brauchst mich nicht mehr, ich wollte dir nur helfen, wie ich es versprach. Jetzt kannst du allein weiter, ich schwimme zurück!«

»Bist du närrisch, wieder in die Sklaverei? Jetzt, wo du die Fesseln abgestreift hast?«

»Ja«, sagte Hazard. »Mein Weg ist ein anderer als der deine. Ich wünsche dir Glück, aber da wir uns nun trennen, möchte ich zuvor noch etwas von dir wissen. Höre mir gut zu, Guy: Mein richtiger Name ist nicht Amadé, ich heiße Hazard le Bain, genauer: Hazard Molinet und komme aus Seimarle. Ich glaube, daß du es gewesen bist, der mich auf der Stadtmauer von Corastanne töten wollte. Erkläre mir, warum und sage mir, wer dir den Auftrag dazu gab!«

Guy starrte Hazard mit geweiteten Augen an.

»Du bist Hazard Molinet!« würgte er dann hervor. »Daher kamst du mir gleich so bekannt vor … Du hast wirklich Mut! Ich könnte dich immer noch töten.«

»Aber ich würde mich wehren, und sicher wirst du es nicht tun, denn nun sind wir Kameraden, und ich könnte in den Fluß fliehen, da würdest du mir jetzt kaum folgen.«

»Das ist wahr! Geh immerhin, vielleicht ist es besser so, denn wer weiß, ob ich nicht vergesse, daß du mir geholfen hast. Aber hüte dich vor mir, Hazard Molinet, vielleicht kehre ich zurück, jetzt, wo ich weiß, wo du bist!«

»Aber warum?«

»Für lange Erklärungen habe ich keine Zeit, ich will fort. Ich muß nachdenken und mir klar darüber werden, was ich machen soll. Es geht nicht nur um Geld, sondern auch um meine Ehre!«

»Deine Ehre gebietet dir, einen Menschen zu töten?«

»Ich verpfändete mein Wort, meinen Auftrag zu erfüllen. Ich wurde im voraus bezahlt – zum Teil wenigstens.«

»So besteht dein Auftrag weiter?«

»Ja, aber das ist alles, was ich dir sagen kann. Lebe wohl – für jetzt jedenfalls! Und für heute danke ich dir auch!«

Im dunklen Fluß schwamm Hazard zurück. Warum ging er nicht in die Freiheit?

Hazard hatte ein neues Ziel: Naemi. Das Bild der Schönen stand vor seinen Augen, als er zurücktrieb, und ihm war, als umfingen ihn ihre Arme mit dem lauen Wasser. Ach, vielleicht konnte er die Freiheit ja doch noch erlangen, auf andere Weise, über sie …

Er ließ sich wieder treiben, überließ es Gott, ihn zu führen. Wohin? Er wußte doch, daß es ihm nicht erlaubt war, die Tochter seines Herrn zu begehren. Und Muslim wollte er so wenig werden wie Jude. Wie sollte also seine Zukunft aussehen? Darauf hatte er keine Antwort, weniger als jemals zuvor. Alles war dunkel – wie der Fluß.

***

Hazard glitt lautlos durch die Verengung des Stromes, wo sich die Türme erhoben. Ein milder Schimmer lag auf dem Wasser. Als er die Stelle erreichte, wo er mit Guy zuvor eingestiegen war, drehte er ab und schwamm zum Ufer, kletterte an Land, streifte die Nässe von seinen Gliedern, schlüpfte in seine Tunika und stieg den Abhang hinauf. Nun ging er aufrecht, verbarg sich nicht mehr und gelangte zurück zum Hamam. Aber über die Mauer konnte er nicht allein, sie war zu hoch. Er suchte den Eingang, kauerte sich unter das Tor und lehnte den Rücken in eine Ecke. Dann schlief er.

Als das Bad am nächsten Morgen geöffnet wurde, schlüpfte Hazard hinein und gab an, daß er sich am Abend mit einem Studenten verschwatzt und dadurch verspätet habe. So sei er vor die bereits verschlossene Tür gekommen. Ibn Nabor durchbohrte ihn mit seinem Blick, denn er hatte bereits entdeckt, daß Guy fehlte. Auf die drängenden Fragen des alten Mannes beteuerte Hazard, Guys Flucht und seine verspätete Heimkehr hätten nichts miteinander zu tun. Ibn Nabor mußte ihm schließlich glauben und tat es um so lieber, als Hazard ihm der wichtigere war. Er konnte froh sein, daß er zurück war, um den Sultan zu bedienen.

Hazard selbst lebte wie im Traum, er sehnte die Abende, die Dämmerung herbei und wartete fiebernd auf eine Botschaft von Naemi. Wann würde sie kommen, wann würde er sie treffen können, wann mit ihr reden, sie gar berühren? In Gedanken nahm er schon alles vorweg, die Umarmungen, die Küsse, sogar die Vereinigung. Dabei wußte er doch genau, wieviel zwischen ihnen stand, welche Hindernisse er zu überwinden hatte. Aber er verdrängte alles – wenn er sie nur erst allein sprach!

Er trieb sich, sooft er es einrichten konnte, in der Nähe des Tores herum, das zu Ibn Nabors Hausgarten führte. Zwar war es ihm unangenehm, denn das mußte ja auffallen, aber er hatte keine andere Wahl. Er machte sich im Park zu schaffen, tat so, als entdecke er seine Liebe zur Gartenarbeit, zupfte Unkraut, harkte den Rasen, las Herbstblätter auf, einzeln und mit der Hand, denn das dauerte länger.

So vergingen qualvolle Tage. Endlich, er wollte schon verzweifeln, endlich kam sie zum Tor und rief ihn leise an:

»Schnell … schnell!«

Naemis Stimme drang wie ein Glockenton in ihn ein, und er flog zu ihr. »Rasch, ich muß gleich wieder fort. Aber heute abend verläßt mein Vater das Haus«, wisperte sie. »Er wurde zum Emir befohlen. Komm, wenn es dämmert und warte im Kiosk …«

Schon war sie wieder davon, und er hatte plötzlich nichts mehr zu tun im Park. Er schlenderte in den Schlafsaal zurück, aber mit was für einem Herzen! Er legte sich auf sein Lager, wartete, zwang sich zur Ruhe, betete. Mehrmals wollte er aufspringen, aber er wußte, daß es zu früh war. Langsam, viel zu langsam sank sanfte Dämmerung durch das runde Oberfenster und legte einen Schleier über die Dinge. Endlich nahmen auch die Geräusche draußen den Klang des Abends an: die Muezzins riefen von den umliegenden Minaretten, Gelächter von Kindern klang; Geschrei der Mütter, die ihre Sprößlinge ins Haus befahlen; Geschrei von Eseln, Gackern von Hühnern. Die letzten Gäste hatten das Bad verlassen, das Tor des Hamam wurde geschlossen.

Nun erhob sich Hazard, zwang sich zur Langsamkeit, wollte gleichgültig erscheinen und verließ den Saal schlendernd. Die anderen Sklaven achteten nicht auf ihn. Die Dämmerung hatte den Garten erfüllt, die Bäume standen Ton in Ton, und über dem Rasen lag ein bleicher Schimmer.

Hazard schritt nun rascher empor. Er blickte sich um, aber es folgte ihm niemand. Er erreichte den Kiosk, doch dieser war leer. Hazard spürte Enttäuschung, Trockenheit im Hals, ließ sich auf die Bank fallen und lauschte, aber Ungeduld verzehrte ihn. Unendlich viel Zeit verging – so schien es ihm. Dann hörte er Schritte, leise, wie die eines geschmeidigen Tieres. Sie war es, tief verschleiert. Er sprang auf, trat ihr entgegen, faßte ihre Hände:

»Daß du kommst! Naemi!«

»Ich versprach es! Du tust mir weh!«

»Ja, du versprachst es! Aber daß du es wirklich ausführst!«

»Erzähle von deinem Zuhause, erzähle von den Christen, von den Rittern, von den Kapitänen, von den Schiffen, den Pilgern, den Königen. Ich erfahre so wenig. Das Leben im Haus ist still, es ist so einsam.«

»Dein Vater hält dich wohl streng?«

»Ja, so empfinde ich es, er aber meint, er ließe mir zuviel Freiheit. Vielleicht tut er das wirklich. Wenn er nicht früher Jude gewesen und erst zum Muslim geworden wäre, würde er mich wohl noch strenger halten. Doch nun berichte.«

»Ja … oder nein, später! Ich mache es bestimmt, ich will ja erzählen. Aber ich hoffe, wir haben dazu ein andermal Zeit. Jetzt gibt es anderes …«

»Was meinst du?«

»Sag mir: Was hat dein Vater beim Emir zu tun, warum wurde er zu ihm befohlen?«

»Ach, das weiß ich nicht, es ist aber sicher wichtig. Du mußt wissen, daß wir sehr abhängig von ihm sind. Ihm gehört dieses Grundstück, mein Vater konnte es nicht kaufen, dazu hatte er nicht genug Geld. Aber der Emir erlaubte ihm, das Hamam darauf zu errichten und es zu betreiben, unter der Bedingung, daß der Emir an allen Einnahmen beteiligt ist, mit ihm muß der Vater abrechnen und alles absprechen.«

»Dann gehört das Hamam eigentlich dem Emir?«

»Ja und nein. Entworfen und gebaut hat es der Vater.«

»Kennst du den Emir?«

»Ja, ich sah ihn mehrmals. Manchmal kommt er auch und nimmt alles in Augenschein, vor allem neue Gebäude.«

»Dann sah er auch dich!«

»Aber ja, er fragte den Vater sogar nach meinem Namen.«

»Er kennt dich also. Wenn er dich kennt, dann muß er doch auch entzückt von dir sein!«

»Was du redest! Meinst du denn, daß er mich für seinen Harem haben will? Das wäre ja furchtbar! Ich ginge nie, niemals!«

»Du würdest es müssen!«

Naemi zog den Schleier halb vor ihr Gesicht, das lieblich leuchtete:

»Eher stürbe ich. Nein, laß uns von etwas anderem sprechen. Was geht uns der Emir an!«

»Du hast recht … Ich muß dir etwas sagen!« Hazard flüsterte und trat nah an sie heran. Sein Bedürfnis, sie in die Arme zu nehmen, wurde übermächtig. Er zog sie ein wenig an sich. Sie ließ es geschehen, wenn auch mit sanftem Widerstreben. Doch sie spürte gleichfalls ein Beben.

»Deine Hände zittern ja!« Ihre Stimme war heiser, und dennoch klang sie ihm wie Musik.

Es war dunkel geworden, die ersten Sterne blinkten. Hazard hielt Naemi noch fester. Sie dachte, daß sie sich befreien müsse, bog den Kopf zurück und schob ihn noch einmal sacht von sich weg. Diesmal ließ er es ruhig geschehen, zog sie aber gleich wieder zu sich, und nun gab sie nach. Seine Arme glitten von ihren Hüften empor zu ihren zarten Schulterblättern, und die Zierlichkeit ihres Körpers ließ ihn schneller atmen.

»Naemi … Naemi, ich hab' dich sehr lieb«, hauchte er in ihre Ohrmuschel.

Ihr wurde heiß:

»Ach, was du redest«, wisperte sie und neigte den Kopf zur Seite. Der Schleier rutschte herab und entblößte ihren schönen Hals, ihr schwarzes Haar berührte fast den Erdboden. Wie blaß sie geworden war in der Dunkelheit, wie Marmor, ihre Augen wurden größer und runder, ihre Lippen öffneten sich und zuckten. Hazard folgte jeder ihrer Bewegungen mit Entzücken. Ja, wunderbar war diese Nacht, die Sterne standen fern über dem Kiosk und waren doch so nah. Er stammelte:

»Siehst du die Sterne? Ich möchte sie greifen, sie für dich vom Himmel pflücken.«

Sie ging auf seinen Ton ein:

»Alle sind klar und deutlich, und doch funkelt jeder.«

»Es sind Diamanten, wie schön wären sie in deinen Haaren.«

Sie schwiegen. Ein leichter Wind erhob sich, er brachte den Duft der Pflanzen, der Büsche und Blüten, den Geruch der Erde, des Grases, der tausend Sträucher zu ihnen.

Begierig sog Hazard die Düfte der Nacht ein, aber der Duft aller Düfte entströmte Naemis Haaren, und dieser Hauch erzeugte eine nie gekannte Zärtlichkeit in ihm. Ganz sacht bewegte er seine Hand, und sie ließ es geschehen, lehnte sich an ihn. Ihre Knie gaben nach, sie war nahe daran, umzusinken. Er strich ihr übers Haar, über ihren Hals, er hätte sie immer nur streicheln mögen, um dabei diese so vollkommen geformte Weichheit zu spüren. Die ganze Schönheit der Welt, ihr ganzer Reichtum war in ihr verwirklicht.

»Laß uns hineingehen«, bat er, zitternd vor Angst, sie könnte es abschlagen.

Aber sie nickte und stieg mit ihm die wenigen Stufen zum Kiosk empor. Er ließ sich auf die Bank sinken und zog sie neben sich. Wie gern wollte er ihr vom Reichtum der Erde erzählen, aber nicht mit spröden Worten, sondern mit seiner ganzen Person. Freude ließ sein Herz stolpern. Er legte den Arm um sie.

»Einen Kuß«, bat er.

Seine Lippen suchten ihren Mund, fanden ihn, und er wurde fortgespült.

»Naemi ... Naemi ...«

Auch sie trank seinen Kuß, dann erschrak sie und zog sich zurück, schwieg und neigte sich hinab, um ihren Kopf auf seine Knie zu legen. Er streichelte ihren Rücken mit heißen Händen, sie zitterten beide vor überflutender Zärtlichkeit.

Wie groß seine Sehnsucht nach ihrem Körper war!

»Jetzt sind wir zusammen«, flüsterte er.

»Nicht reden ...« wehrte sie ab, besorgt, den Zauber der Stunde zu zerstören.

Er wollte sie wieder küssen, beugte sich hinab, suchte ihren Mund. Sie drehte ihm den Kopf entgegen, ihre Lippen waren weich und voll. Er versank in ihnen. Konnte er sie mehr begehren?

Auch Naemis Erregung wuchs. Sie wußte nun, daß sie den fremden Sklaven liebte, spürte es mit allen Sinnen, aber ängstlich hütete sie sich davor, die letzten Schranken fallenzulassen. Ja, sie schob ihn sogar fort:

»Nicht, Lieber ... Mein Vater ... Und überhaupt, es darf nicht sein, noch nicht!«

Er ließ sofort nach, und es war kein Zorn in ihm, nicht einmal Enttäuschung. Er fühlte sich stark, wußte, daß er sie schonen mußte, und wollte es. Daß er sie nicht bedrängte, daß er sie ließ, war eine neue Art von Liebe. Das hatte er so noch nie gekannt. Und er ahnte, daß er nur deshalb so innig lieben konnte, weil er zuvor schon Liebe erfahren hatte. Er hatte begriffen, daß man die Liebe erlernen, daß sie reifen muß. Dann erst kann man die ganze Erfüllung finden.

Auch in Naemi ging eine Veränderung vor. Sie war für seine Zurückhaltung dankbar, denn nun wußte sie, daß sie ihm vertrauen konnte. Sie hielt die Augen geschlossen, so lag sie da, und ein Lächeln umspielte ihre Lippen. Sie freute sich über einen Reichtum des Lebens, den sie heute zum ersten Mal empfand.

Doch plötzlich schreckte sie auf.

»Es ist spät! Wenn der Vater zurückkommt, muß ich im Haus sein. Laß mich fort!«

»Nein, noch nicht!«

»Wenn er etwas merkt, kann ich nie wieder kommen!«

Da mußte Hazard sie gehen lassen, aber er flüsterte:

»Ich will mit ihm sprechen.«

»Was willst du ihm sagen? Du … sein Sklave!«

Sie wartete seine Antwort nicht ab, richtete ihre Kleider her, zog den Schleier über das Haupt und lief davon. Er konnte sie nicht einmal mehr küssen.

Als ihre Schritte verklungen waren, erhob auch er sich, war wie benommen, entrückt.

Irgendwie lag er dann doch auf seinem Lager, wußte kaum, wie er in den Saal zurückgekommen war. Lange fand er keinen Schlaf, erfüllt von Bildern, die süßer waren als alle Geheimnisse des Paradieses.

***

Am frühen Morgen befahl Ibn Nabor Hazard in sein Haus, Naemi stand bleich in der Stube.

»Dankst du mir so? Ich könnte dich töten lassen!« herrschte

der Vater ihn an. »Ich komme heim, gestern abend, vom Emir, nicht lang war ich bei ihm, zu kurz für meine Tochter, denn sie war noch nicht zurück – von dir nicht zurück, aus dem Park, o du Unseligster der Unseligen! Aber das habe ich mir selbst zuzuschreiben, warum ließ ich ihr soviel Freiheit? Warum hielt ich das Mädchen nicht so, wie ein Muslim seine Tochter halten muß, verborgen vor der Welt? Den anderen Glauben nahm ich wohl an, nicht aber die strengeren Sitten, das war mein Fehler.«

Hazard faßte sich schnell. Er wußte, daß er sich nicht entschuldigen konnte, er mußte selbst angreifen, zupacken:

»O Herr«, rief er, »es ist gut, daß Ihr die Wahrheit wißt, denn ich wollte mit Euch reden. Es liegt mir nicht, Euch zu hintergehen, Ihr seid gut zu mir gewesen. Nun ist es gekommen, wie Gott es wollte ...«

»Rede dich nicht auf Allah heraus!«

»Aber sind wir nicht alle in seiner Hand? Und wenn Ihr Muslim geworden seid, so wißt Ihr auch, daß alles vorausbestimmt ist. Wie können wir dann schuldig sein?« Hazard blickte Ibn Nabor stolz an. »Ich bitte Euch, Ihr wißt, daß ich nicht als Unfreier geboren bin.«

»Ach, was bist du denn schon gewesen? Ein Spielmann, ein Landstreicher!« Der Vater war in Erregung und wollte nichts hören.

»Meine Mutter betrieb selbst ein Hamam im Land der Christen, in der Stadt Seimarle. Ich verkaufte das Badehaus, sonst wäre ich heute Hamami wie Ihr. Mir blieb genug Geld, ich habe es beim Juden auf der Bank. Ich könnte es holen, ich könnte auch hier ... Ich meine ... Eure Tochter und ich ... Und Ihr ... Ihr versteht doch ...«

»Narr, du begehrst meine Tochter zur Frau?«

»Ja, mit Eurer Erlaubnis, o Herr!« Das kam stolz heraus, selbstbewußt, und Naemi blickte auf, sah ihn an, blutübergossen.

»Aber du bist mein Sklave!« rief Ibn Nabor aufgebracht. »Was hast du schon? Ein bißchen Geld! Und du bist außerdem Christ!

Ich bin Jude gewesen und wurde Muslim. Hat Gott mir dies schon verziehen? Nicht immer war ich sicher, daß ich das Richtige tat. Soll ich, ein Muslim, der einmal Jude gewesen ist, meine Tochter einem Christen zur Frau geben? Wie kann ich das vor Allah verantworten? Aber es ist sowieso alles müßig. Du weißt noch nicht alles, unseliger Sklave. Heute wollte ich meiner Tochter, die ich liebe, eröffnen, daß der Emir, den ich schätze und – ich gestehe es – den ich auch fürchten muß, geruht, Naemi in seinen Harem aufzunehmen. Verstehst du das Unheil? Ach, du verstehst nichts!«

Hazard fühlte den Boden unter sich wanken. Ibn Nabor fuhr fort:

»Gestern abend stellte der Emir dieses Ansinnen an mich. Mein Herz war voll Kummer, aber was soll ich tun? Ich kann es nicht ablehnen, es wäre mein Ende! Ich bin in seiner Hand. Er hat mir die Erlaubnis erteilt, dieses Hamam in seinem Park zu errichten. Er bekommt ein Viertel aller Einnahmen – das ist ein Vermögen! Nun, ich berichtete es meiner Tochter, wollte es mit ihr in Ruhe und Liebe besprechen, beraten – und was muß ich hören? ›Vater, ich gehe nicht in den Harem des Emirs, denn ich liebe deinen Sklaven, der sich Amadé nennt.‹ Welches Unglück!«

»Ich weiß«, murmelte Hazard. »Ich weiß, daß ich dem mächtigen Emir Eure Tochter nicht streitig machen kann. Und dennoch ...«

»Ich liebe Amadé«, erklärte Naemi, die nun ganz ruhig, gefaßt und entschlossen war. In ihr war die Sicherheit der jungen Frau, die sich begehrt und geliebt weiß. Und der Vater wußte nun Bescheid. Das war gut, das machte es ihr leichter zu reden. »Ja«, erklärte sie mit ihrer zwitschernden Stimme, die jetzt etwas Metallisches bekam, »gewiß, ich möchte dem Vater gehorsam sein, aber, selbst wenn ich Amadé nicht lieben würde, wollte ich doch niemals in den Harem des Emirs! Überhaupt in keinen Harem der Welt!«

»Aber du wirst im Luxus leben ...« der Vater sagte es matt, denn er verstand sie, und das Herz tat ihm weh.

»Im Luxus? In Gefangenschaft werde ich leben«, antwortete Naemi. »Und das wißt Ihr, mein Vater.«

»Aber«, rief Ibn Nabor verzweifelt, »soll ich dem Emir sagen, daß meine Tochter meinen Sklaven begehrt und einen Christen dazu? Nein! Amadé, ich verbiete dir, dich noch einmal mit Naemi zu treffen! Sonst lasse ich dich töten! Ihr trennt euch, und es ist nichts gewesen! Ich meine es ernst, vergiß nicht, daß ich volle Gewalt über dein Leben habe. Im übrigen will ich versuchen, Zeit zu gewinnen. Vielleicht gelingt es, den Emir umzustimmen. Ich werde geheime Gebrechen der Tochter erfinden, die ihm mißfallen könnten. Vielleicht hilft mir Allah! Ich bin verwirrt, muß überlegen, muß mich niederwerfen zum Gebet!«

»Bete, Vater, Allah wird dich erleuchten«, sagte Naemi, trat zu ihm und legte dem Gebeugten die Hand auf die Schulter. »Was meinst du, vielleicht sollte ich mit Amadé fliehen? Das wäre eine Lösung! Wenn wir nicht mehr hier sind, bist du frei.«

»Das würde alles noch schlimmer machen!«

Naemi senkte den Kopf, denn der Vater hatte recht:

»Ja«, sagte sie leise, »dann wärest du wohl verloren. Das ist kein Ausweg.«

»Erfährt der Emir, daß du und Amadé ... Das wäre das Schlimmste!« rief der Vater. »Ich sage euch, er könnte Amadé, ja, gewiß würde er ihn töten lassen. Ein Sklave – sein Nebenbuhler! Welch eine Schmach! Wenn er es erfährt, hat Amadé sein Leben verwirkt. Schweigt, in Allahs Namen! Und überlege du, mein Kind, ob du nicht doch, mir zuliebe ... in den Harem ... Ach, ich weiß selbst nicht ...«

Naemi schwieg und dachte, lieber töte ich mich. Hazard spürte ihre stumme Verzweiflung. Er fürchtete um ihr Leben, fürchtete um ihrer aller Leben.

Vor den Toren ertönten Kommandos, die den Sultan ankündigten.

***

Ein zweites Mal erschien der Sultan mit seinen Wachen. Das Juwel des Landes und der Beherrscher der Gläubigen trat ein, Hazard, rasch herbeigeeilt und bereits entkleidet, warf sich zu Boden und berührte mit der Stirn die Fliesen, nackt bis auf den Schurz. Der Sultan betrachtete ihn wieder mit Wohlgefallen: »Steh auf, du erfreulicher Sklave!«

Hazard gehorchte und verharrte in schweigender Verneigung. Danach geschah alles wie beim ersten Mal, das Entkleiden des Mächtigen und endlich der Raum des Dampfes, das Verharren auf der Bank. Da redete der Sultan zu Hazard-Amadé:

»Du kommst aus Venproce, aus dem Land der Christen und Ritter!«

»Groß ist Eure Güte, o Herr, Sonne meines Tages.«

»Es ist nicht nur Güte«, murmelte der Sultan und wischte sich den Schweiß von der Stirn. »Es ist auch Sorge, denn meine Kundschafter berichten mir von großen Vorbereitungen der Christen, die Medina Al-Tanagra, dieses Juwel, überfallen und plündern wollen. Unser Reichtum hat sie gierig gemacht, und sie nennen ihre Gier einen Kampf für ihren Glauben. Ihr Heer ist so gewaltig, wie mein Herz schwer ist. Ich bin zwar nicht untätig, aber meine Kraft reicht nicht aus!« Des Beherrschers Haupt sank herab.

Hazard ließ den Sultan ein wenig ruhen, beugte dann anmutig ein Knie und bat seinen hohen Gast in den Nebenraum. Er half ihm auf und rieb ihn auf der linnenbezogenen Bank mit dem rauhen Handschuh.

»Das machst du gut, liebenswerter Sklave. Mögest du es noch oft an mir ausüben können«, seufzte der Sultan.

Da freute sich Hazard.

Es folgte die Halle des kalten Beckens, dann die Massage mit dem schmeichelnden Öl der Olive, schließlich der Raum der Kühle.

»Höre, reizender Sklave«, sagte der Sultan dort, »du hast mir eine erstaunliche Geschichte berichtet von einem Herzog, den man ermorden wollte, was du durch deine Klugheit – und ein Spiel mit Puppen an Fäden – vereiteln konntest, durch ein Spiel, ja, aber vor allem doch durch deine Klugheit.« Hazard schwieg und wartete. Worauf wollte der Sultan hinaus?

»Allahs, des Allmächtigen und Allweisen Wege sind wahrlich wunderbar«, fuhr dieser fort und ächzte ein wenig. »Ich bin sicher, daß es kein Zufall war, der dich zu mir führte. Es gibt keine Zufälle! Ich möchte daher etwas mit dir besprechen, was ich mit meinen Beamten und Dienern nicht beraten kann, und zwar aus Vorsicht nicht, was du gleich verstehen wirst. Träume sagen mir, daß man mir ans Leben will. Nun, das ist nichts Ungewöhnliches, aber ich wüßte doch gern, ob ich mich in diesen schlimmen Zeiten auf meine Leute verlassen kann, genauer: auf einen bestimmten Mann. Ich nenne keinen Namen. Alles muß ganz unter uns bleiben, doch ich überlege, ob du mir vielleicht helfen könntest, so wie du deinem Herzog geholfen hast.«

»Ich?« Hazard fragte es verwirrt und verwundert. »Wollt Ihr … denkt Ihr, o Mond des klaren Nachthimmels … daß ich ein Puppenspiel … in Eurem Serail …«

»Ich weiß es noch nicht«, erwiderte der Sultan. »Ich wünsche mir deine Klugheit und deinen Rat, überlege dir eine List. Denk dir dies: Ein Mann kommt zu mir, den ich schätze, den ich mit Gunst überhäufte und der daher sehr mächtig ist. Er bat darum, mich allein sprechen zu dürfen, da er mir geheime, überaus wichtige Dinge mitzuteilen habe. Ich vermute aber, daß er einen Dolch im Gewand trägt, den er mir ins Herz stoßen will, um sich selbst zum Sultan zu machen. Die Macht dazu hat er, wenn ich nicht mehr leben sollte.«

»Warum, o mein Beherrscher, kommt Ihr ihm nicht zuvor und nehmt ihm seine Macht?«

»Dazu ist er bereits zu stark, ohne Grund kann ich es nicht wagen, und, sage selbst, habe ich einen Grund? Genügen meine Träume und mein Argwohn? Nein, das sähe nach Willkür, nach Tyrannei aus und würde mir schaden. Vielleicht tue ich ihm ja auch unrecht, ich möchte es doch erst erfahren. Danach könnte ich handeln, verstehst du, ich müßte ihn bei der Tat ertappen, dann wäre er überführt. Nur: Es müßte sicher sein, daß mir selbst nichts geschehen kann!«

Hazard dachte nach, stand lange mit gekräuselter Stirn. Endlich sagte er, zögernd:

»So müßtet ihr diesem gefährlichen Mann eine Audienz gewähren, bei der er seine böse Absicht ausführen kann, ohne daß es Euch trifft ...«

»Du überlegst schon!«

»Ja, und mir kommt ein Gedanke! Laßt mich alles arrangieren. Wenn Ihr mitspielt, kann es gelingen. Der Mann müßte denken, Ihr säßet vor ihm, aber natürlich seid Ihr es nicht! Und er müßte zustechen, aber er ersticht einen Falschen!«

»Das hieße, ein anderer müßte an meiner Stelle sterben? Ich dachte auch schon daran, aber wäre das ritterlich, kluger Sklave? Gerade jetzt, wo es möglich ist, daß die christlichen Ritter in unsere Stadt kommen, möchte ich nicht, daß sie gering von mir sprechen. Und ich lade mir damit ja auch eine Sünde auf, die ich büßen müßte.«

»Wenn der andere kein schlagendes Herz hat, sondern eine Schweinsblase, geht es ohne Schuld!«

»Wie verstehe ich das? Erkläre dich.«

»Der Raum, o mein Beherrscher, sollte düster sein, nicht ganz dunkel, aber doch so, daß alle Gegenstände mehr zu ahnen als zu erkennen sind. Der Mann, den Ihr verdächtigt, soll denken, daß er Euch selbst sieht, er soll glauben, daß Ihr vor ihm sitzt, mehr nicht. Es muß also ein gedämpftes Licht herrschen.«

»Das ist die Regel«, rief der Sultan mit schweißnasser Stirn. »Mein Besucher steht im Licht, ich aber sitze im Dunkeln, so kann ich ihn besser beobachten. Wenn ich den Mann am Abend empfange, lasse ich nur zwei Fackeln brennen – oder besser sogar nur Kerzen. Glaubst du, das würde gehen?«

»Ich denke.«

»Du hast also einen Plan? Laß mich hören!«

»Der Mann muß sicher sein, daß Ihr es seid, der mit ihm redet, er muß also Eure Stimme hören, die unverwechselbare, diesen Honig für die Ohren. Der Mann muß sich einer Gestalt gegenübersehen auf Eurem Thron, in Euren Kissen, die er für Eure erhabene Person hält. Diese Figur trägt Eure Kleider, hat einen Bart und trägt einen Turban, und es ist wichtig, daß Euer Gesicht, dieses Gestirn, zusätzlich im Schatten liegt.«

»Eine solche Figur, wie du sie dir denkst, aus meinen Kleidern gebildet, wäre eine unbewegliche Statue, wie versteinert. Das müßte ihn mißtrauisch machen.«

»Verzeiht, Zephir im Abendrot, wenn ich etwas anderes denke. Eine solche Figur würde sich dann bewegen, wenn man ihren Oberkörper und ihr Haupt, wenn man ihre Arme und Hände an Schnüren befestigt, die von oben geführt werden. Es ist nicht ganz einfach, aber es ist ungefährlich für Euch. Sagt mir, ob es möglich ist, über Eurem Thron einen Baldachin anzubringen? Er muß fest genug sein, daß ich, verborgen, darauf sitzen kann, er müßte von einer Rückwand gestützt werden. Hinter dieser Rückwand steht Ihr, o mein Beherrscher, den Allah schützen möge, und Ihr befragt den Mann. Ihr redet mit ihm, mit Eurer Stimme, die eine Musik ist, die er kennt. Da die Figur ihren Oberkörper neigt und aufrichtet und die Arme bewegt, da es nahezu dunkel sein wird, kann die Täuschung gelingen. Und wenn nicht, so ist wenig verloren, dann war es ein Scherz, ein Spiel.«

»Der Gedanke gefällt mir. Aber wenn er wirklich zusticht, dann sticht er in weiche Kissen, nicht in einen Körper, das wird er gleich spüren. Er könnte dann behaupten, er hätte nur mitgespielt. Es wäre viel eindeutiger, wenn er über meinen Tod triumphieren, die Leute zusammenrufen und sich vor allen Augen zum Sultan ausrufen würde!«

»Er wird in Rippen stechen und es wird Blut fließen«, versprach Hazard. »Dazu verhilft uns der Brustkorb eines geschlachteten Esels und eine mit Blut gefüllte Schweinsblase.

Verzeiht die Lästerung, o Beherrscher der Gläubigen, aber es dient Eurer Sache!«

»So kann es gehen! Ja, komm zu mir, komm gleich in mein Serail, du Ausbund an Klugheit, es ist keine Zeit zu verlieren. Mein Thron ist ein Lager aus vielen Kissen, ein Baldachin hängt darüber, und es genügen wenige Bretter zu seiner Verstärkung, so daß er dich trägt. Dort oben kannst du deine Fäden halten und ziehen und die Puppe, die mich darstellen soll, bewegen … Vortrefflich! Es scheint an alles gedacht zu sein, ich glaube immer mehr, daß dich Allah, der Allmächtige und Allweise, in seiner unendlichen Güte zu meiner Errettung geschickt hat.«

Der Sultan schwieg, ein wenig erschöpft. Hazard half ihm in seine Kleider und studierte sie dabei in all ihren Einzelheiten. Dann schlüpfte auch er in seine weiße Tunika.

An der Tür winkte der Sultan dem Offizier seiner Wache und befahl ihm, Hazard unbemerkt in das Serail zu geleiten, was gleich geschah. Hazard wurde in den Thronsaal geführt und staunte über dessen Pracht, über die Bemalung der Wände, über die Säulen mit Kapitellen, an denen künstliche Pflanzen rankten, über die umlaufenden dekorativen Schriften, die Verse aus dem Koran und Gedichte wiedergaben. Reich waren auch die Stukkaturen der Decke, vielfältig in ihrer ornamentalen Form, wie Tropfsteine hingen sie herab, und die sechseckige Kuppel erinnerte an eine Bienenwabe. Hufeisenbögen überwölbten die drei Fenster gegen Westen. Durch sie blickte man hinab auf die weiße Stadt, auf Medina Al-Tanagra mit ihren Häusern und Gassen.

Der Thron war ein Lager aus üppigen Kissen, er befand sich an der Schmalseite im Hintergrund. Breit und hoch war seine Rückwand, so daß sich dahinter bequem ein Mann verbergen konnte. Zu beiden Seiten standen schmückende Pfauenwedel, den Sessel überdeckte ein Baldachin aus reinem Gold, getragen von ziselierten Säulen.

Hazard ließ die Fenster durch Vorhänge verdunkeln, aber so, daß es wie zusätzliche Dekoration wirkte. Dann wurden die Säulen des Baldachins und die Plattform verstärkt. Er befahl, einen Esel zu schlachten und ließ sich die Rippen bringen, dazu eine Schweinsblase, mit Rotwein gefüllt. Daraus – indem er ein Staatsgewand des Sultans mit Kissen ausstopfte – bildete er die Figur. Die Blase befestigte er an den Rippen in Höhe des Herzens. Am meisten Mühe bereitete ihm der Kopf, ein Wächter mußte seinen Bart opfern, der dem des Sultans in der Farbe am ähnlichsten war. Hazard formte rosafarbene Seide zu einem ballähnlichen Kissen, versah dieses mit großen, dunklen Halbedelsteinen als Augen, malte Brauen darüber, klebte die Barthaare an Wangen und Kinn, setzte den Turban auf – und es gelang leidlich.

Das alles war das Werk einiger Stunden, Hazard wurde dabei unterstützt vom Schreiner des Serails und vom Bewahrer der Kissen und Polster. Beide waren vertrauenswürdige Männer, die zum Stillschweigen verpflichtet wurden, bei Androhung der Todesstrafe. Vorsichtshalber ließ der Sultan sie gleich nach Abschluß der Vorbereitungen in Einzelgewahrsam nehmen, auch zu ihrem eigenen Schutz.

Es wäre wohl alles nutzlos gewesen bei strahlender Helligkeit, aber das Dämmerlicht der beiden Kerzen in silbernen Leuchtern schluckte die Bilder, es verschluckte auch die dünnen Schnüre, die Hazard an den Gliedmaßen und am Haupt der Figur, die wie lebend wirkte, befestigt hatte. Darüber hinaus konnte alles nur gelingen, weil Hazard den Ernst auch als Spiel betrieb. Er war mit Freude bei der Sache und vergaß seine Bedrückung, zumal er auf die Hilfe des Sultans bei Ibn Nabor hoffte, die alles wenden konnte, auf Hilfe auch durch die Fürsprache des allmächtigen Beherrschers der Gläubigen beim Emir. Hazard wurde seiner Sache immer sicherer, je mehr er ins Phantasieren geriet. Was konnte es dem Emir denn schon auf ein einzelnes Mädchen ankommen, da er hundert andere haben konnte, jedes aus Medina Al-Tanagra, nur nicht diese eine: Naemi! Das durfte so schwer doch nicht zu erreichen sein, wenn Hazard einen Attentäter überführte und dem Sultan dadurch das Leben rettete! Er würde wieder frei sein, er würde sogar aufsteigen, so wie er in Corastanne zum Ritter aufgestiegen war. Dann blieb noch der Glaube als Hindernis, er war Christ, und Naemi bekannte sich zu Allah. Aber hatte nicht auch Ibn Nabor den Glauben gewechselt? Der Jude war Muslim geworden. Konnte dann nicht die Tochter auch Christin werden, einem Christen zuliebe? Es gab doch nur einen Gott, zu dem die Menschen beteten – die Juden, ebenso wie die Christen und Muslime? Oder, wenn das nicht ging, dann erwog Hazard ernsthaft, selbst Muslim zu werden und in Medina Al-Tanagra zu bleiben. Er würde mit dem Vater das Hamam betreiben und sein Geld vom Juden aus Venproce holen. Dann konnte er dem Emir vielleicht das Grundstück abkaufen und selbst den Park und einen Teil des Bades besitzen.

So träumte er, während er mit dem Sultan alles einübte, das Verbergen hinter der Rückwand des Thrones, sein eigenes Verstecken auf der oberen Plattform, um die ein bunter, halbhoher Paravent als Sichtschutz angebracht worden war. Hinter diesem Tuch hockte Hazard, halb liegend, vor sich eine Öffnung, durch die er die Schnüre hinabgleiten ließ, um die Hände, Arme, Haupt und Oberkörper der Figur langsam zu bewegen. Der Beherrscher der Gläubigen hatte eine Abendstunde für die Audienz bestimmt. Er trug dann ein schlichtes, graues Gewand über dem stattlichen Körper, darunter ein Kettenhemd, zur zusätzlichen Sicherheit. So begab er sich hinter die Rückwand seines Thrones, wo Hazard einen Schemel hatte bereitstellen lassen, damit der Herr es bequem habe.

Hazard selbst plazierte sich auf den Baldachin, hielt die Fäden, war hinter dem Paravent verborgen. Weder der Sultan noch der Puppenspieler waren vom Eingang des Saales aus zu erkennen. Da nur wenige Kerzen brannten, herrschte ein von Mattgold durchleuchtetes Grau, eine märchenhafte Schummrigkeit. Auf dem Thron, in die Kissen geschmiegt, saß der falsche Sultan, eine Puppe an Schnüren.

Der erwartete Gast war Hazard als einer der höchsten Beamten der Stadt bezeichnet worden. Als der Offizier des Thronsaales ihn meldete und sich gleich wieder zurückzog, hatte Hazard Mühe, sich auf dem Baldachin zu halten, so sehr erschrak er. Er wußte selbst nicht, ob er Freude oder Furcht empfand, denn der Offizier hatte gerufen:

»O du mein Beherrscher, den Allah erhalten möge, geruhst du, dem Emir Amahl Ibn Badjdja, Kommandeur der Stadtwachen, die Gnade deines Angesichtes zu schenken?«

Der Sultan antwortete, und seine Stimme zitterte leicht:

»Der Emir Amahl Ibn Badjdja, der getreueste meiner Untertanen, ist mir willkommen.« Und die Sultansfigur auf dem Thron winkte mit der rechten Hand.

Der Emir also war es, der Mann, von dem Hazards Glück, vielleicht sogar sein Leben abhing, und Hazard wußte sofort: Dies war eine Schicksalsstunde. Sein Herz schlug heftig, seine Hände zitterten, und dieses Zittern teilte sich den Fäden mit, so daß auch der falsche Sultan ein wenig zitterte.

Ein Mann trat ein, dessen rotes Hemdgewand bis über die Knie reichte. Um die Hüfte trug die gebieterische Erscheinung eine weiße Schärpe, deren Enden bis zum Schenkel herabhingen. Sein Gesicht wurde von einem dichten Schnurrbart geschmückt, er war barhaupt.

Der Emir warf sich auf den Boden.

»Es gibt keinen Gott außer Allah, o du Beherrscher der Gläubigen!« rief er und stammelte seinen Dank, daß ihm die Gnade zuteil geworden sei, vor das Angesicht des Beglückenden treten zu dürfen.

»Komm also näher«, forderte ihn die ein wenig ächzende Stimme des Sultans auf, und die Puppe machte eine einladende Handbewegung, die einigermaßen gelang, die Rechte schwebte nach oben und wippte wieder nach unten, wozu der Kopf mit dem Turban nickte.

»Sind wir wirklich allein, o du Beherrscher der Gläubigen,

erweist du mir diese überströmende Gunst?« fragte der Emir, erhob sich und trat ein wenig vor. Da stand er nun, sieben Schritte vom Thron entfernt, in demütiger Haltung, die rechte Hand aber quer über den Leib geführt und auf die linke Hüfte gestützt. Er konnte es selbst kaum fassen, wie leicht alles gelang.

»Nur für dein erlauchtes Ohr ist das bestimmt, was ich dir zu sagen habe, außer dir darf es nur Allah hören, denn es betrifft nur dich, ist aber von höchster Wichtigkeit.«

»Wir sind allein, wie es dein Wunsch war, denn ich vertraue dir«, sagte der Sultan. Diesmal hob er beide Hände und legte sie überkreuz vor die Brust, was für den Puppenspieler ein kleines Kunststück war.

Der Emir erwiderte:

»Aber die Wände, o Beherrscher der Gläubigen … Ich muß leise sprechen, ich muß flüstern, ich muß mich zu deiner Ohrmuschel beugen …«

»So tritt näher und beuge dich zu meinem Ohr«, antwortete der Sultan gnädig, hob beide Hände und nickte langsam.

Da kam der Emir, machte geschmeidige Schritte, und es war erstaunlich, daß der wuchtige Mann sich so katzenhaft bewegen konnte. Als ihn kaum mehr ein Meter vom Sultan trennte, flog seine rechte Hand nach vorn, und es blitzte.

»Das Geheimnis ist, daß du noch heute im Paradies sein wirst!« rief er und sprang auf den Sultan zu. »Oder in der Hölle! Wahrlich, nur du selbst solltest es von meinen Lippen erfahren.« Der Dolch stach zu. »Deine Macht ist zu Ende, jetzt bin ich der Herrscher, du vertrauensseliger Tölpel!« wieder stach er zu, und das Blut spritzte.

»Aaach …« Der Sultan hinter der Rückwand stöhnte laut, jetzt genoß er die Szene fast, und der Emir wischte den Dolch an seinem Ärmel ab, schritt zur Tür und rief Wachen und Beamte herbei.

»Der Sultan ist tot!« erklärte er und deutete auf die zusammengesunkene, blutüberströmte Gestalt. »Huldigt mir, im Hof warten meine Soldaten …«

»Nein, hier ist der Sultan, Schurke!« Der echte Herrscher trat hinter der Rückwand hervor. »Bindet den Mörder!« Schon eilten treue Wächter herbei, für die es leicht war, den Verräter zu greifen. »Nun wirst du selbst sterben, Ungetreuer!« rief der Sultan und befahl seinem Offizier: »Ins Gefängnis mit ihm, das er nur für seinen letzten Gang zum Richtblock noch einmal verlassen wird.«

Man schleppte den Emir hinaus. Er wehrte sich nicht, denn sein Verbrechen war offenkundig, sein Schicksal besiegelt.

»Daß nicht mein Blut geflossen ist, sondern nur Wein, das verdanke ich allein diesem erstaunlichen Sklaven, der sich dort auf dem Baldachin verborgen hält«, erklärte der Sultan und fuhr fort: »Komm herab!«

Hazard ließ sich an einer Säule hinabgleiten, und der Sultan wandte sich ihm freundlich zu.

»Badesklave, von jetzt an wird dich niemand mehr mit diesem Wort benennen, denn du bist frei! Ich kaufe dich dem Meister des Hamam ab, der Ibn Nabor heißt. Er soll mit dem Preis zufrieden sein, auch wenn er dich kaum entbehren kann. Dich selbst belohne ich außerdem mit Gold, genügend, um dich hier seßhaft zu machen. Trittst du auch noch zum rechten Glauben über, so stehen dir alle Türen offen. Ich jedenfalls möchte dein angenehmes Geplauder nicht gern entbehren. Besinne dich – aber besinne dich gut und laß dir Zeit, ich dränge dich nicht.«

Hazard ließ sich auf Knie und Hände nieder, berührte den Boden mit der Stirn, stammelte seinen Dank und versprach, sich alles genau zu überlegen. Vielleicht hätte er seine Entscheidung gleich verkündet, doch da trat ein Bote ein, der staubbedeckt war, außer Atem und rief:

»Der König, die Ritter … schon bald stehen sie vor den Mauern … sie kommen über das Gebirge … schwer bewaffnet … gepanzert … beritten … in großer Zahl.«

»Schließt die Stadttore!« befahl der Sultan.

»Es ist schon geschehen«, erklärte ein Offizier, der dem Boten gefolgt war. »Doch die Ritter schleppen Kriegsmaschinen heran, auch Rammböcke!«

»Allah wird uns schützen«, erklärte der Sultan. »Er muß es, denn allein sind wir zu schwach.«

***

Als der Hamami erfuhr, daß christliche Ritter vor den Stadtmauern standen, fand Hazard kaum noch Gelegenheit, mit ihm zu sprechen. Ibn Nabor ließ alle Tore verrammeln und die Läden vernageln. Zwar konnte Hazard ihm sagen, daß der Emir verhaftet sei und seinen Kopf verlieren würde, auch gelang es noch, ihm mitzuteilen, daß der Sultan ihn, den Badesklaven Amadé, freikaufen wolle – aber all dies nahm der würdige Mann nur wie geistesabwesend zur Kenntnis und murmelte bedrückt:

»Nur Allah allein weiß, ob wir die nächsten Tage überleben werden!«

Und er hatte Grund zur Besorgnis, denn das Ritterheer hatte sich ungehindert herangewälzt, niemand war ihm entgegengetreten. Der Sultan gab den Befehl, die Stadt zu verteidigen, aber jeder wußte, daß die Mauern nicht standhalten konnten.

Allzu sorglos war man in der Vergangenheit gewesen, hatte seinen Wohlstand genossen, sich im Frieden gewiegt und auf die Tributzahlungen an den König der Franken vertraut.

Jetzt freilich erschien die Zahl der Feinde übermächtig. Die Kämpfer waren zu Fuß und zu Pferde über die Berge gekommen, in ihren Rüstungen wirkten sie aus der Ferne wie gepanzerte Insekten. Das Heer schlug seine Zelte vor der Mauer am Ufer des Flußes auf, wo die einfachen Soldaten und Sklaven sofort damit begannen, Laufgräben auszuheben und Belagerungsmaschinen aufzubauen. Dagegen richteten die Pfeile der Verteidiger kaum etwas aus.

Das Erschrecken war nicht nur bei Ibn Nabor groß, es herrschte allgemein in Medina Al-Tanagra, und aus dem Erschrecken wurde Angst. Wer fliehen konnte, floh – dies um so mehr, als gemunkelt wurde, daß auch der Sultan Medina Al-Tanagra verlassen habe. Er hatte den General seiner Truppen mit dem Befehl zurückgelassen, die Stadt so lange zu halten, bis er mit einem Ersatzheer verbündeter Stammesfürsten wiedergekehrt sei.

Die Belagerer hatten dies erkundet und gönnten sich keine Rast, sie schleuderten flammende Geschosse in die Stadt und benutzten dazu Katapulte mit großer Reichweite. Die Feuerbündel flogen über die Dächer, die meist aus Holz waren. Dort, wo sie liegenblieben, flammten Brände auf. Zuerst gelang es noch, sie zu löschen, aber bald erhob sich der Wind – trotz aller Gebete – und fachte die Flammen an. Immer mehr Geschosse trafen ihr Ziel, zuerst brannten die oberen Stockwerke, dann fraß sich das Feuer nach unten, schnell standen ganze Straßenzüge in Brand, überall qualmte dichter Rauch, und zwischen den verkohlten Wänden suchten verängstigte Menschen Schutz. Nachts lag der Feuerschein auf den Häusern, grellrot und leuchtend.

Der Schrecken währte drei Tage und Nächte, in denen niemand zur Ruhe kam. Jeder war beschäftigt mit Löschen, mit Wassertragen, mit dem Retten von Gegenständen, die sich auf Plätzen und in Höfen stapelten. Geschrei und Befehle mischten sich mit dem Prasseln der Flammen, wobei die lodernden Geschosse ununterbrochen weiter auf die Stadt herabregneten. Schon war ihr Mittelpunkt mit der Moschee eingeäschert, und Rauchschwaden lagen über den zerstörten Gebäuden.

Wie durch ein Wunder blieb das Hamam unversehrt. Zwar fielen Feuergeschosse auch in den Park, aber sie richteten keinen weiteren Schaden an, nur der goldene Kiosk verbrannte. Doch das Bad, wie auch das Wohnhaus von Ibn Nabor blieben verschont, vermutlich, weil beide nicht in der Stadtmitte lagen.

Freilich, ein Aufatmen gab es nicht, denn schon bald hörte

man neue tödliche Geräusche, ein dumpfes Klopfen, ein Donnern, von dem die Luft erschüttert wurde. Die Ritter begannen mit der Zertrümmerung der Stadtmauer. Sie wollten eine oder gar mehrere Breschen schlagen. Wenn genügend Steine herausgebrochen waren, sollte der Sturm beginnen. Nachts beleuchteten Pechfackeln die Belagerungsmaschinen, in denen Baumstämme mit metallener Spitze in Seilen schwangen.

Dann stürzten Mauerteile mit Getöse ein, Ritter, geschützt durch eiserne Rüstungen und Schilde, drangen durch die Bresche, schlugen die Verteidiger in die Flucht und bildeten einen Brückenkopf, durch den immer mehr Soldaten in die Stadt kamen. Trompeten erklangen, Befehle wurden gebrüllt, das Gemetzel begann.

Die Verteidiger sammelten sich und wehrten sich verzweifelt, wobei das Handgemenge zum Blutbad wurde. Die Muslime kämpften verbissen, aber vergebens, die Angreifer gewannen Raum. Der Kampf verlagerte sich in die eingeäscherten Straßen, wo die Häuser gestürmt wurden, über Blutende, Röchelnde, Erschlagene. Die gepanzerten Soldaten wälzten sich über die Plätze, sie kletterten über die Mauerreste und folterten die Bewohner, damit sie verrieten, wo sie ihr Gold versteckt hatten. Dann erlöste man die Gepeinigten durch einen Schwertstreich. Alles lag voller Leichen, die Frauen wurden zuerst vergewaltigt und dann abgeschlachtet.

Nun blieb auch das Hamam nicht mehr verschont, geschwärzte Ruinen standen ringsum, Mauerreste klafften. Die Luft war grau, der Wind trieb die Asche vor sich her. Es gab niemanden mehr, der hätte löschen können, denn die wenigen Sklaven, die zurückgeblieben waren, versuchten, sich selbst zu retten, wobei die Christen unter ihnen damit rechneten, von den Rittern befreit zu werden. Einzig Hazard verließ Ibn Nabor und dessen Tochter nicht, er war von dem Gedanken beseelt, ihnen zu helfen. Nun hatte ihm der Alte auch erlaubt, in sein Haus zu kommen.

Sie versammelten sich zu dritt in der Wohnstube, die im oberen Stockwerk lag. Naemi hatte sich einen Dolch unter das Gewand geschoben, denn sie ahnte Schlimmes und war entschlossen, lieber zu sterben, als Schande zu dulden. Sie kniete mit dem Vater auf dem Teppich und betete. Hazard wartete an der Tür auf die Soldaten, deren Schläge gegen die untere Pforte dröhnten. Gleich darauf erbebte die Treppe von schweren, klirrenden Schritten, die Tür wurde aufgestoßen, vier Bewaffnete drangen ein. Der erste stieß Hazard beiseite, der stolpernd die Arme ausbreitete und schrie:

»Im Namen Jesu! Ich bin Christ und fränkischer Ritter! Verschont diese Leute!«

Eine Schwertspitze berührte seine Brust:

»Christ und Ritter willst du sein, Sklave? Gut, dann halte zu uns!« Ein Mann im Lederharnisch stand über ihm: »Wer bist du?«

»Hazard le Bain, Chevalier des Herzogs Erné von Corastanne!«

Der Ritter lachte.

»Chevalier des kleinen Herzogs! Da hast du Pech, denn der feine Herr wollte nicht mit uns ziehen, also ist keiner hier, der dich ausweisen und für dich sprechen kann.«

Hazard sah, daß ein zweiter Ritter das Schwert hob und Ibn Nabor erschlagen wollte.

»Nein!« brüllte er, und der Ritter hielt wirklich inne und schaute auf. Hazard machte sich frei und warf sich vor den alten Mann.

»Der Sklave behauptet, ein christlicher Ritter zu sein«, erklärte der erste Eindringling.

»Laßt diesen Mann und das Mädchen frei«, brüllte Hazard. »Ich bürge für sie, es sind gute, gottesfürchtige Leute!«

»Es sind Ungläubige und daher Geschöpfe des Satans«, urteilte ein dritter Ritter knapp. »Aber meinetwegen, mag der alte Mann noch leben und zuschauen. Das Mädchen ist sowieso wichtiger.«

»Das Mädchen ist eine Schönheit!« riefen die anderen. Sie hatten Naemi gepackt.

»Laßt sie frei!« flehte Hazard verzweifelt.

»Stopf dem Schreihals das Maul«, befahl der dritte Ritter. Der erste hielt Hazard, der zweite preßte Ibn Nabor die Hände auf dem Rücken zusammen, so daß sich der alte Mann nicht rühren konnte, und der dritte, der Anführer der Truppe, griff Naemi an die Brust.

Da riß sich Hazard mit einer wilden, entschlossenen Bewegung los und schlug die Hand des Ritters beiseite.

»Rühr sie nicht an!«

Überrascht starrte ihn der dritte Ritter an:

»Sieh an«, sagte er grinsend. »Der Sklave spielt sich als Beschützer auf. Wir müssen ihn bändigen. Halte du ihn fest!« befahl er dem ersten Ritter. »Wenn es nicht anders geht, erschlag ihn!«

Der erste Ritter faßte brutal zu und drehte Hazard die Hände auf den Rücken.

Der dritte Ritter wandte sich an Naemi.

»Du gefällst mir«, sagte er. »Du weißt, was wir von dir wollen. Wenn du klug bist, geschieht dir nichts anderes als das, was die Weiber mögen ...«

Naemi wehrte sich verzweifelt, doch vergeblich. Sie versuchte, ihren Dolch unter dem Kleid hervorzuziehen, aber es mißlang. Sie starrte den Ritter an, in ihren Blicken spiegelten sich Angst und Schrecken.

»Haltet sie«, befahl dieser, und der vierte Ritter packte Naemi und schleppte sie zum Tisch. In Panik versuchte sie, sich zu befreien. Der dritte Ritter schob ihre Tunika hoch, und Naemi schrie wie ein Tier, das den Todesstoß empfängt.

Da befreite sich Hazard noch einmal mit übermenschlicher Kraft und schlug auf den dritten Ritter ein, so hart er konnte. Der zweite Mann stürzte sich von hinten auf ihn und traf Hazard im Nacken.

Hazard schrie auf, knickte zusammen, dann wurde es dunkel um ihn.

Jetzt waren die Ritter ungehindert.

Der Vater flehte Gott um Hilfe an.

»Stopft dem Alten das Maul«, befahl der dritte Ritter.

Da erschlugen sie Ibn Nabor.

Naemi gab einen schluchzenden Laut von sich, ihr Haupt sank nach hinten. Sie wußte, daß sie nichts mehr verhindern konnte.

Dann verlor sie die Besinnung.

»Weiter jetzt!« befahl der Anführer. »Du suchst nach Gold«, befahl er dem vierten.

Die anderen verließen den Raum, sie hatten gehabt, was sie wollten, der vierte machte sich an der Truhe zu schaffen.

Da schlug Naemi die Augen auf, sah ihren Vater tot, erblickte Hazard leblos. Sie zog ihren Dolch und stieß ihn sich in die Brust. Sie sank zurück, lag auf dem Tisch, ihr Blut strömte.

So starb sie.

Hazard erwachte aus seiner Ohnmacht. Einer der Ritter kniete an der Truhe und füllte Goldmünzen in ein auf dem Boden ausgebreitetes Tuch. Ibn Nabor war tot – Naemi war tot.

Hazard raffte sich auf, trat an den Tisch, warf sich über das Mädchen und schluchzte.

Der Ritter drehte sich um.

»Lebst du noch?« rief er erbost und sprang auf. Er griff zu seinem Schwert und holte aus.

Hazard wäre verloren gewesen. Doch da trat durch die Tür wieder ein Mann, ein Knecht nur, aber er war bewaffnet. Er kam schnell, außer Atem, die Nase stand schief, das Gesicht war blutverschmiert, über seiner linken Augenbraue war eine sternförmige Narbe zu erkennen.

»Guy!« brüllte Hazard.

»Komme ich zu spät?«

»Sieh selbst«, antwortete Hazard.

Da zückte Guy sein Schwert.

»Hier bin ich!« rief er und duckte sich. Der Ritter fuhr herum, Klingen trafen aufeinander, Funken stoben, der Ritter gewann schnell die Oberhand und stach zu. Guy brach zusammen. Der Ritter bemächtigte sich des Goldes und verließ den Raum. Hazard bückte sich zu Guy hernieder.

»Was ist mit dir?«

Die Antwort kam keuchend, durch Stöhnen unterbrochen:

»Mit mir geht es zu Ende, ich spüre es … Ich wollte euch helfen … retten!«

»Ich danke dir«, erwiderte Hazard. »Aber beide sind tot, und so hat auch mein Leben keinen Sinn mehr.«

»Aber du lebst«, flüsterte Guy, »ich wollte, ich wäre an deiner Stelle!«

»Gott wird dir verzeihen und dich aufnehmen!«

»Du bist nun frei, denn niemand will dir mehr ans Leben! Im Lager der Ritter findest du einen Schmied, der dich von deinem Sklavenring befreit. Freue dich also!«

»Sage mir noch: Hast du meine Mutter getötet?«

»Nein, das war ein anderer, aber da sein Anschlag auf dich mißglückte, rief sie nach mir.«

»Sie? Wer ist sie? Sage mir, warum ich so lange verfolgt wurde!«

Guy stöhnte.

»Es war die Frau deines Vaters … den du nicht kennst … Sie gab mir den Auftrag, dich zu töten, und zahlte gut. Dein Vater war reich … der Bürgermeister von Seimarle. Er war schon verheiratet … da verliebte er sich in deine Mutter … aus seiner Ehe hatte er einen schwächlichen Sohn … und seine Frau konnte keine Kinder mehr bekommen … Dieser kränkelnde Junge, dein Halbbruder also … blieb ihr einziger. Sie war sehr eifersüchtig auf deine Mutter … und wollte ihrem Sohn sein Erbe ungeschmälert erhalten … Sie fürchtete, dein Vater könnte sich vielleicht von ihr trennen … und er könnte ihren Sohn verstoßen … um dich als Erben einzusetzen … Daher trachtete sie deiner Mutter … und dir nach dem Leben … Nun ist diese Frau aber gestorben … und dein Halbbruder erbte alles … denn auch dein Vater … ist tot …«

Die Pausen zwischen den Worten waren immer größer geworden, der Atem matter, die Stimme undeutlicher, die Sprache lallend.

Jetzt wußte Hazard alles, aber was bedeutete es ihm noch?

Guy war zusammengesunken, bewegte sich nicht mehr, und Hazard legte ihm die Hände zusammen. Dann stand er langsam auf, trat an den Tisch, zog Naemis Kleid herab, streichelte ihr Gesicht, strich ihr behutsam die Lider herab, um sie zu schließen.

Tränen standen in seinen Augen, rannen ihm über die Wangen, und er verbarg seinen Kopf in den Händen.

»Ich hätte dich trotzdem geliebt«, flüsterte er.

Plötzlich hörte er ein Krachen über sich, Dachbalken stürzten herab, erschütterten das Haus, und Brandgeruch drang durch die Tür. Das Feuer hatte sich weitergefressen, Hazard konnte nicht länger bleiben. Er schloß auch Ibn Nabor die Augen. Mit letzter Kraft hob er Naemi vom Tisch, legte sie neben den Vater, und deckte den Teppich über ihre Körper.

Nun verließ er den Raum, hier brauchte niemand ein Grab, das Feuer würde alles auslöschen. Und es war höchste Zeit, schon schlugen ihm die Flammen im Treppenhaus entgegen. Er drückte sich an der Wand entlang nach unten und erreichte das Freie.

Da stand auch das Hamam in Flammen, das Feuer war über das Dach gewandert, hatte im trockenen Holz reichlich Nahrung gefunden, war wie eine Schlange hinüber gezüngelt zum Wohnhaus und hüllte die beiden Gebäude gänzlich in eine Lohe. Hell war alles erleuchtet, durchzogen von schwarzem Rauch, die Mauerreste der Nachbarhäuser standen dunkel neben dem Glutmeer.

Nichts würde bleiben.

Hazard stolperte voran, ließ sich treiben. Wie lange wußte er nicht, er hatte jedes Zeitgefühl verloren. Er sah nichts, war wie blind und taumelte durch die lodernde Stadt.

***

Plötzlich stand Hazard vor einem Gebäude, das seine Aufmerksamkeit erregte, es war ein dreistöckiger, ehemals weißer Bau, dessen Wände jetzt rußgeschwärzt waren. Aus den Fenstern drang Rauch, aus einigen schlugen Flammen und aus dem Portal stürzten Burschen, die Bücher trugen, soviel sie nur schleppen konnten.

Hazard folgte seinem Impuls und drängte an ihnen vorbei, tat es wie im Traum, sah alles nur schemenhaft. Er stieß mit Studenten und Professoren zusammen, die von den kostbaren Werken retten wollten, was immer sie vermochten.

Hazard rannte die Treppe empor und trat in den ersten Saal, der von den Flammen erleuchtet war, rot übergossen die Gesichter der Retter, brennend die Haut, leuchtend die Körper in den langen Gewändern. Balken stürzten herab, Qualm suchte sich den Weg zu den Fenstern.

Ein junger Mann stand mitten im Rauch und Hazard meinte, sein Gesicht schon einmal gesehen zu haben. Ja, es war Mahmud Al-Adil, der freundliche Student, um den Flammen loderten, die aus herabgebrochenen Balken und aus den Regalen züngelten.

»Mahmud«, rief Hazard.

Der Student blickte auf.

»Da kommst du! Ich hatte dich schon früher erwartet.«

»Hast du das Buch gefunden?« fragte Hazard keuchend und dachte an nichts anderes mehr, obwohl die Hitze mörderisch war.

»Nimm es!« rief Mahmud und warf Hazard einen Band zu, der in dickes Pergament gebundenen war. Obwohl er angeschwärzt war, konnte Hazard den Titel entziffern:

BUCH ALLER BÜCHER
geschrieben von
Esavero
Es entschlüsselt alles Wissen von Gott und der Welt, es enthüllt die Wahrheiten der Religionen, es erklärt das Geheimnis des Goldmachens und verrät die Spielregeln des Lebens

Hazard stand mit aufgerissenen Augen da, vom Flammenschein übergossen, im hochwirbelnden Qualm. Er stieß einen Schrei der Überraschung und Freude aus, trotz des Infernos, das ihn umgab. Seine Haut spannte sich, sie drohte zu platzen, das Blut in seinen Adern siedete. So selbstvergessen war er, daß Mahmud schrie:

»Hinaus, hinaus!« und ihn zur Tür drängte.

Es war im letzten Moment, neben ihm ging eine Feuerwand nieder, ein Teil der Holzdecke brach herab. Rauch peinigte beide, brannte in ihren Augen, hustend rangen sie nach Luft. Sie mußten über brennende Balken springen, Mahmud ließ einige Bücher fallen und wollte zurück, aber nun packte ihn Hazard und zog ihn heraus aus der Hölle. Als sie das Treppenhaus erreichten, verebbte hinter ihnen das Geschrei der Eingeschlossenen.

So kamen sie auf die Straße, Mahmud trug nur noch fünf Bücher, die anderen hatte er verloren. Sie liefen ein Stück, brachten sich in Sicherheit, und Mahmud legte seine Bände auf einen Randstein.

»Beten wir zu Allah«, murmelte er. »Ihm verdanken wir unsere Rettung ...«

»Amen«, erwiderte Hazard und schlug sein Buch auf, um es geschwind zu durchblättern.

»Aber ... was ist das für eine Schrift?« rief er.

Mahmud beugte sich darüber. Auf den Seiten, deren Ränder verkohlt und aufgeworfen waren, sahen sie sonderbar-fremdartige Zeichen, von Ruß geschwärzt und lückenhaft. Und doch waren sie mit Kunstverstand erzeugt, das erkannte man.

»So eine Schrift erblickte ich noch nie«, erklärte Mahmud nach langem Nachdenken. »Und ich sah schon die Schriften aller bekannten Völker. Entweder hat Gott sie zerstört, weil er nicht wollte, daß sie gelesen wird. Denn wir sollen nicht alles wissen. Oder Esavero benutzte selbstgeschaffene Buchstaben, eine Geheimschrift, wohl wissend, daß es uns nicht bekommen kann, die Mysterien zu entschleiern.«

»Jedenfalls, um es schwieriger zu machen. Schade – ich hätte die Spielregeln des Lebens gern gewußt.«

»Nur Allah kennt sie! Es ist wohl so, daß sich jeder seine eigenen Regeln bilden oder sie selbst herausfinden muß.«

Hazard nickte.

»Leider ist jetzt ist nicht die Zeit, darüber zu philosophieren«, sagte er. »Aber ich werde mein ganzes Leben nicht müde werden zu versuchen, diese Zeichen zu entschlüsseln. Und weißt du, Mahmud, vielleicht muß man sogar ein volles, langes Leben gelebt haben, um reif genug dafür geworden zu sein, ihren Sinn zu verstehen. Möglich, daß uns Gott in seiner Gnade, wenn wir die Weisheit des Alters erlangt haben, kurz vor der Schwelle des Todes, die Wahrheit enthüllt.«

»So mag es sein«, antwortete Mahmud. »Leb wohl, denn ich denke, daß sich unsere Wege nun trennen. Du bist jetzt frei!«

Hazard nickte, reichte ihm die Hand und klemmte das Buch unter seinen Arm, um es sorgfältig dorthin zu bringen, wo er jetzt hingehen wollte. Er schritt durch die glimmenden Trümmer der Stadt, vorbei an zerstörten Häusern, an geschwärzten Mauerresten. Der Brand hatte schrecklich gewütet, die Ritter hatten ein Übriges getan, Hazard schämte sich seiner Glaubensbrüder.

Er schritt energischer aus, denn er wollte hinaus aus dieser Hölle. Tränen liefen ihm über die Wangen. Er weinte – er weinte aus vielen Gründen, aber die Tränen begannen auch die Verkrustungen seiner Seele zu lösen. Und indem Hazard fortging, ließ er nicht nur den Raum, er ließ auch die Zeit hinter sich zurück, die Vergangenheit. Ihm war weh ums Herz, aber ganz schemenhaft erhob sich doch schon ein Ziel aus der Asche.

***

Hazard wanderte durch das Land unter südlicher Sonne, die hohen Berge umging er an der Küste. Als Schnee fiel, verzauberte es die Bäume, besonders wenn sie ihre weißen, bizarr geformten Zweige in den blauen Sonnenhimmel hielten, wie im Tanz erstarrt. Dann kam der Frühling mit seinen Blüten und seinem Aufatmen und nach ihm der Sommer.

Da keimten die Hoffnungen kräftiger, und Hazards Bedrückung wich.

Der Wanderer erreichte das Land Venproce und die Stadt Corastanne im Sommer. Zwei Jahre waren vergangen, seit er diesen Ort verlassen hatte. Nun war er unkenntlich durch einen wuchernden Bart und nannte seinen Namen zunächst nicht. Er wollte nach Bouffon fragen, und sein erstes Ziel war die Schenke Zum Bierkrug.

Manchmal ist das Schicksal gnädig, und auch Glück gehört zum Leben. Hazard hatte kaum die Schwelle überschritten, da sah er den Narren, der am Tisch in seinen Becher starrte. Er schaute nicht einmal auf Hazard, aber wußte gleich, wer er war, und trat zu ihm:

»Darf ich mich zu dir setzen?« fragte er gleichgültig, aber Bouffon erkannte die Stimme sofort. Er wollte aufspringen, aber Hazard drückte seine Schulter mit der Hand nieder. »Laß dir nicht anmerken, daß du mich kennst«, raunte er.

Bouffon konnte ein Strahlen nicht unterdrücken, das sein Gesicht bis hin zu den Bartstoppeln überzog.

»Endlich!« gab er leise zurück und rief. »He Wirt, noch einen Becher Bier!« Dann wandte er sich Hazard wieder zu: »Die Dinge stehen günstig für dich, mein Freund, die Herzogin Albane ist niedergekommen, im Frühjahr, nachdem du fort warst.«

»Was ist es geworden?«

»Ein gesunder, kräftiger Bub, ein Thronerbe, den der Erzbischof auf den Namen Raoul getauft hat. Die Herzogin starb freilich im Kindbett.«

»Raoul ... und die Herzogin ist tot?« Hazard empfand Erleichterung, obwohl er sich gleich bekreuzigte, wegen der Sünde, sich über den Tod eines Menschen zu freuen.

Bouffon hatte den gleichen Gedanken. Er flüsterte ihm ins Ohr:

»Du kannst wohl glücklich sein, denn nun gibt es hier keinen Menschen mehr, der dir nach dem Leben trachtet.«

»Es gibt überhaupt niemand mehr«, erklärte Hazard und erzählte von Guy.

Bouffon hörte schweigend zu und nickte:

»Das ist gut, und was das Geheimnis von des kleinen Prinzen Herkunft betrifft, so kennen es nun nur noch du und ich, und ich werde schweigen, worauf du vertrauen kannst.«

»Und Herzog Erné?«

»Der hält sich für den glücklichen Vater des lockigen Buben, der gerade das Laufen lernt und die ersten Worte lallt. Man sagt, er würde der Mutter sehr ähnlich.«

»Welch ein Glück!«

»Man glaubt auch, daß der Herzog bald wieder heiraten will, die Trauerzeit ist ja nun vorüber, und seine männliche Natur, obwohl unfruchtbar – was er aber nicht weiß und nicht wahrhaben will – verlangt nach ihrem Recht, das heißt, nach einem Weib.«

»Es wird ihm an Auswahl nicht mangeln.«

»Nun aber zu dir«, drängte Bouffon. »Wie ist es dir ergangen, und – vor allem – was hast du jetzt vor?«

Hazard beugte sich zu ihm und berichtete in kurzen Sätzen alles, was er erzählen wollte. Sein inniges Verhältnis mit der Fürstin von Seimarle und Vignona verschwieg er freilich aus Rücksicht auf die Dame, berichtete aber von seiner Gefangennahme,

Verschleppung und Sklaverei, ohne mehr von der schönen Naemi zu erwähnen, als daß er sie geliebt habe, das Mädchen aber im Kampf um Medina Al-Tanagra erschlagen worden sei.

»Nun ist ein Jahr seitdem vergangen, und ich sah auf meiner Wanderschaft hierher viele Landstriche, Städte und Menschen.«

»Mein armer Freund, die Zeit heilt viele Wunden.«

»Sage mir, hast du unsere kleinen Figuren noch?«

»Sie sind wohl verwahrt, ebenso das Liederbuch und der bunte Umhang.«

»So fehlt uns nur noch eines zu einem glücklichen Beginn, und das ist mir nun das wichtigste. Wo ist das Mädchen Jeanine?«

»Ich wußte, daß du nach ihr fragen würdest, und habe mich schlau gemacht«, rief Bouffon, nun schon nicht mehr vorsichtig. »Der Vater holte seine Tochter aus dem Kloster in sein Haus zurück, als du weg warst, aber er hatte sich in ihr getäuscht, denn du gingst ihr nicht aus dem Sinn, und sie lehnte jede andere Verbindung ab. Sie schwor, nur dich heiraten zu wollen, und wenn sie darüber eine alte Jungfer werden sollte. Nun, ich muß sagen, daß der Vater auch nicht sehr auf eine Ehe drängte.«

»Wirt, zahlen!« rief Hazard und erhob sich.

»Warum so eilig, wo willst du hin?« fragte Bouffon, wußte es aber sehr genau.

Hazard antworte denn auch:

»Wozu noch warten?«

»Dann laß ich dich besser allein«, meinte Bouffon.

Und Hazard ging. In aller Eile ließ er sich beim Barbier den Bart entfernen, und bekam ein glattes, ansehnliches Gesicht. Dann lief er zu Maitre Cadet. Die Magd wollte ihm die Haustür vor der Nase zuschlagen, aber Jeanine flog ihm aus dem Dunkel entgegen, jubelte:

»Da bist du!« und lag gleich in seinen Armen, fragte nicht einmal, ob er noch frei sei. Er war ja hier, zu ihr gekommen, und das hätte er gewiß nicht getan, wenn es nicht endgültig sein sollte. Sie war ihrer Sache sicher mit der Kraft des Wunsches. Als sie seine

Umarmung spürte, seine Küsse auf den Nacken, auf den Hals und auf den Mund, da wurde es zur Gewißheit.

Alles andere waren dann nur noch Formalitäten. Zwar wehrte sich Maitre Cadet zunächst mit vielen, auch verständlichen Argumenten, aber er war Jeanine nicht gewachsen. Hazard konnte wieder einmal feststellen, daß sie genau wußte, was sie wollte und daß sie ihren Willen durchsetzen konnte.

Hazard begann, seine Verhältnisse zu schildern, sein kleines Vermögen, seine Pläne, und nach und nach gab der Vater seufzend nach.

Aber da sind wir schon bei einem anderen Tag, zugegeben, es ist ein willkürlicher Sprung in die Zukunft, aber im Grunde ist das unwichtig, denn jede Stunde eignet sich nun gleich gut. Dieser Tag war gekommen, nachdem wieder ein Winter vergangen und ein neues Frühjahr gekommen war, und er sah drei mit Pferden bespannte Wagen über die Landstraße rollen. Im ersten, mit einer Plane überspannten, führte Bouffon die Zügel, meist grinsend oder pfeifend, denn er freute sich des Lebens. Der Wagen enthielt allerlei Gepäck, Lebensmittel, Getreide, Kleidung, Wäsche, Kochgeschirr und einen Strohsack für Bouffon selbst.

Auf dem Bock des zweiten Wagens saß eine junge Frau, ein fröhliches, frisches Wesen, fast ein Mädchen noch, das seine dichten blonden Haare zu einem dicken Zopf geflochten und um den hübschen Kopf gewickelt hatte. Zierlich war dieses Persönchen zwar, aber doch zäh, und zäh mußte es ja auch sein, denn es brauchte Kraft für die Art Leben, die es sich erwählt hatte. Jeanines Augen leuchteten dem Tag entgegen, und Hazard liebte dieses Strahlen in ihrem klaren Gesicht.

Sein Wagen bildete den Schluß des kleinen Zuges, aber er war doch das wichtigste Fahrzeug der Gruppe. Wenn der erste Karren, Bouffons Wagen, alles enthielt, was sie zum Leben benötigten, so war Jeanines zweiter Wagen wie eine einfache, kleine Wohnung ausgestattet, mit Strohlager, Kleidertruhe und Kochgerät. Auf Hazards, dem dritten Fahrzeug, das besonders große Räder hatte und höher war als die anderen, befand sich ein kleines Theater, eben die Bühne, die Hazard in Corastanne zum Spiel vor dem Herzog gebaut hatte. Ein Freund von Maitre Cadet, der Zimmermann, war ihm dabei behilflich gewesen, sie auf dem Wagen aufzubauen und anzupassen – eine vollkommene, fahrbare Bühne – und der Zeltmacher hatte ein Stoffdach darübergespannt. Auch Maitre Cadet war schließlich nicht untätig gewesen, erst knurrend, aber mit wachsender Freude, hatte er viele Köpfe geschnitzt, Gauner mit spitzen Nasen, blinde Bettler, grinsende Narren, derbe Landleute, Knechte, Mägde, Handwerker, Könige, Geistliche und Professoren. Hazards Wünsche nach immer anderen Figuren waren unersättlich gewesen, denn er dachte sich viele neue Spiele aus, vorwiegend Farcen, lustige Szenen aus der Stadt und vom Land. Er wollte besonders das Alltagsleben schildern, die Mißhelligkeiten bloßstellen, die Unterschiede der Stände. Er wollte zeigen, was der Nachbar dem Nachbarn antat, das Versagen der Menschen, ihr Einander-Mißverstehen, ihren Hochmut und die Gier, die Grobheit, den Haß, aber natürlich auch Güte und Liebe.

Sein großes Können erleichterte Maitre Cadet die Arbeit, sie ging ihm rasch von der Hand, mehr als ein oder zwei Tage brauchte er nicht für einen Kopf, Hände und Schuhe eingerechnet. Der Schneider kleidete die Figürchen bunt und vervollständigte sie, während sich Hazard um alles andere kümmerte, um die kleinen Galgen, an denen sie hingen, um mit Fäden bewegt zu werden. Schließlich entstanden so auch einige Tiere, ein Esel, ein Schaf, ein Pferd und ein Ochse.

Der Theaterkarren war so eingerichtet, daß die Bühnenöffnung nach hinten zeigte. Während der Fahrt wurde der feine, blaue Vorhang durch eine zusätzliche Leinenplane vor Regen, Sonne und Wind geschützt. Kamen sie in eine kleine Stadt, wo sie wohl schon erwartet wurden, denn die Kunde ihres Kommens eilte ihnen voraus, so bauten sie die drei Fahrzeuge auf dem

Hauptplatz auf, den Theaterwagen in der Mitte, mit seiner rückwärtigen Bühnenöffnung zum Platz. Bouffon kündigte laut an, was sie heute spielen wollten, dann sorgten die Kinder, die Gaffer und Tagelöhner dafür, daß sich alles in Windeseile verbreitete. Bouffon im bunten Narrengewand riet den Leuten, sich Höcker oder Stühle mitzubringen, er setzte die Preise fürs Zuschauen in Sous und Florins fest, die vor der Aufführung kassiert wurden. Da saß – oder stand – dann alles, was kommen konnte, und es wollte jeder dabei sein, der nicht durch dringende Arbeiten, Krankheit oder zu hohes Alter festgehalten wurde, bunt gemischt, Kinder auf dem Schoß, und nicht selten gackerten Hühner durch die wirren Reihen, grunzten Schweine, streunten Hunde und Katzen. Hazard suchte sich nach Möglichkeit die Märkte oder die Tage aus, an denen Kirchenfeste gefeiert wurden, dann kamen die Leute auch vom Land und aus der weiteren Umgebung, aber auch sonst hatten sie über mangelnden Besuch nicht zu klagen. Die Wirte sahen es gern, wenn sie mit ihren Karren und mit den spielenden, redenden, springenden und tanzenden Puppen kamen. Dann wurden die Schenken und Gaststuben voll, und das Bier floß in Strömen.

Während der kalten Monate sah man sie manchmal bei reichen Adligen, auf Burgen oder Schlössern, oder sie ruhten in Corastanne aus, bei Maitre Cadet, der seine Hintergebäude für sie wohnlich ausgebaut hatte. Dann richteten sie ihre Figuren und die Ausrüstung wieder her.

Zeigten sich die ersten Blüten an den Bäumen, zogen sie erneut davon, und die Leute drängten zum Markt, wo das Stimmengewirr wogte, sich Bekannte grüßten und sich andere darüber stritten, wer zuerst dagewesen war und Anspruch auf den besseren Platz erheben konnte. Da wurden Nachrichten ausgetauscht, das kommende Theater besprochen, man war voller Erwartung, lachte und winkte, man kam ohne Unterschiede des Ranges und der Stellung, voller Neugier und Vorfreude, Schaulust und Erwartung. Da sah man Hausfrauen und Mägde, Witwen, Mädchen und Knaben, würdige Männer, Greise, Adlige, Geistliche, Bürger, Bauern und Handwerker. Sie erschienen einzeln oder in Gruppen, die Schmiede, Maler, Steinmetzen, Seidensticker, Bildhauer, Schreiner, Schuster, die Handarbeiter, Krämer und Straßenhändler, die Ordensbrüder und Domherren. Die Leute rückten möglichst nah an den Bühnenwagen heran, die vordersten setzten sich auf den Fußboden, wenn möglich auf Säcke oder Felle. Andere betrachteten das Spiel aus Fenstern, und oft folgte nach dem letzten Vorhang, wenn das Beifallsgetöse verebbt war, noch ein Fest auf dem Platz mit Musik und Tanz.

Dann war Bouffon in seinem Element, er narrte die Leute und strich manch zusätzliches Geldstück ein, aber sie hatten über Mangel auch sonst nicht zu klagen. Die Einnahmen überstiegen bei weitem ihre Kosten, und Hazard konnte jeweils mehr zu seinem Juden tragen, als er vorher abgehoben hatte.

Kam die Nacht nach einer Vorstellung, war der Lärm verebbt, hatten sie ihren Braten verzehrt, den sie am Spieß rösteten, war Bouffon in den ersten Wagen gekrochen, dann betteten sich auch Hazard und Jeanine auf ihr Strohlager, unter die Felldecke. Hazard schloß sie in seine Arme, und sie schmiegte sich eng an ihn, und es gab nichts mehr, was das Mädchen noch lernen oder erfahren mußte. Immer saß der kleine Mario ihnen gegenüber in der Wagenecke, so daß er sie mit seinen Knopfaugen unter wirrgrauen Haaren anschauen konnte.

»Er ist unser Talisman und Glücksbringer«, flüsterte Jeanine, indem sie Hazard so küßte, daß es ihm für eine Weile den Mund verschloß und ihn unfähig machte, zu antworten. Er wollte aber auch gar nicht reden.

Nur einmal richtete er sich aus dem Liegen ein wenig auf und flüsterte, halb zu sich, halb zu Jeanine:

»Ich danke Gott, daß ich lebe und daß mir mit dir alles Glück geschenkt wurde, das dem Menschen zuteil werden kann.«

»Was du da redest«, wollte sie sagen und ihm den Mund verschließen, aber er nahm sie in seinen Arm und fuhr fort:

»Weißt du, heute frage ich mich, ob meine Suche nach dem Wunderbuch nicht vielleicht töricht war. Denn jetzt weiß ich, daß die Liebe das Buch aller Bücher ist. Sie löst alle Fragen. Nicht Esavero hat dieses Buch geschrieben, sondern Gott selbst, und er trägt uns Menschen auf, es immer wieder neu zu lesen.«

Jeanine blickte Hazard an, und so dämmrig es war, sie konnte seine Züge doch erahnen. Sie strich ihm über die Stirn.

»Komm und schweig«, sagte sie, »ich weiß was besseres als zu reden.« Sie zog ihn zu sich herab.

Von draußen tönte Bouffons Gesang, der Narr saß auf einem Stein und spielte auf der Laute. Es klang vielleicht nicht sehr melodisch, aber für sie wurde es zur schönsten Musik der Welt.

Band 12527

Manfred Böckl

Die Hexe soll brennen

Roman über ein dunkles Kapitel deutscher Geschichte

Deutschland zur Zeit des Dreißigjährigen Krieges. Nach dem Tod ihres Onkels hört die zwölfjährige Katharina, wie dieser zu ihr spricht, und auch das Flehen und Seufzen der anderen Toten dringt zu ihr. Aufgrund ihrer übersinnlichen Fähigkeiten wird sie bald zu einer gefragten Person. Immer mehr Menschen aus dem Dorf und der Umgebung bitten sie um Hilfe. Die Familie wittert ein einträgliches Geschäft und inszeniert um Katharinas Visionen ein entsprechendes Spektakel. Doch dann gerät das Mädchen in die Fänge der Inquisition ...

BASTEI LÜBBE